Contos escolhidos

COLEÇÃO A OBRA-PRIMA DE CADA AUTOR

MACHADO DE ASSIS

CONTOS ESCOLHIDOS

4ª Edição

MARTIN CLARET

DIREÇÃO Martin Claret
PRODUÇÃO EDITORIAL Carolina Marani Lima
Flávia P. Silva

PROJETO GRÁFICO E DIAGRAMAÇÃO Giovana Gatti Leonardo

DIREÇÃO DE ARTE E CAPA José Duarte T. de Castro

REVISÃO Estúdio João de Barro
Alexander Barutti A. Siqueira

IMPRESSÃO E ACABAMENTO Meta Brasil

Este livro segue o novo Acordo Ortográfico da Língua Portuguesa.

Dados Internacionais de Catalogação na Publicação (CIP)
(Câmara Brasileira do Livro, SP, Brasil)

Assis, Machado de, 1839-1908.
Contos escolhidos / Machado de Assis. — São Paulo: Martin Claret, 2012. — (Coleção a obra-prima de cada autor; 65)

"Texto integral"
ISBN 978-85-7232-466-3

1. Contos brasileiros I. Título. II. Série.

11-06897 CDD-869.93

Índices para catálogo sistemático:

1. Contos: Literatura brasileira 869.93

EDITORA MARTIN CLARET LTDA.
Rua Alegrete, 62 – Bairro Sumaré
01254-010 – São Paulo, SP
Tel.: (11) 3672-8144 – Fax: (11) 3673-7146
www.martinclaret.com.br
2ª reimpressão - 2024

Sumário

Apêndice

Prefácio

Machado de Assis, contador de histórias com alcance universal

Jean Pierre Chauvin*

Considerado nosso maior escritor do século XIX, Joaquim Maria Machado de Assis (1839–1908) dissecou, como poucos, a sociedade fluminense, profundo conhecedor que era dos homens do Rio de Janeiro: cidade de onde raríssimas vezes saiu, durante os seus 69 anos de vida — mais de cinquenta deles dedicados à literatura, à crítica, ao jornalismo e ao funcionalismo público (Machado, 2007).

Com a presente publicação, o leitor tem em mãos uma excelente e mais que oportuna reunião de contos legados pelo escritor, selecionados a partir de todos os livros que ele mesmo organizou em vida. Um exame dos temas abordados nessas breves narrativas favorece o contato variado com a extraordinária dicção machadiana.

Não faltam aqui alguns dentre seus "contos-teoria", para empregar uma expressão cara a Alfredo Bosi (1999). É o caso de *Missa do galo*, *Teoria do medalhão*, *O espelho* e *A Igreja do Diabo*, narrativas também notabilizadas pela forma com que o escritor trouxe temas absolutamente densos pelo viés da prosa ágil, mas de melhor qualidade.

---

* Professor de Ficção Interativa, Comunicação e Expressão e Língua Portuguesa na Fatec São Caetano do Sul. Autor de *O Alienista:* a teoria dos contrastes em Machado de Assis. São Paulo: Reis, 2005. Mestre e Doutor em Teoria Literária e Literatura Comparada (USP). Membro da União Brasileira de Escritores.

A ambivalência entre a realidade e seu caráter postiço e ilusório (Castello, 1969; Mello e Souza, 2004) é uma poderosa chave, na interpretação da obra deixada por Machado. A ambiguidade, de fato, contagia a estrutura e o enredo de uma "conversação" de contornos sensuais, interrompida brusca e ironicamente por um evento tradicional, comemorado até hoje pela Igreja Católica, exatamente à meia-noite: horário em que o jovem é obrigado a voltar à terra e abandonar o sublime encontro proporcionado por sua visita à experiente e casada Dona Conceição.

O medalhão brasileiro pode servir como pretexto para uma produtiva reunião entre pai e filho, na noite que antecede a maioridade do mais jovem. Pautada mais pelo monólogo que pelo diálogo, a conversa sugere a forte influência paterna sobre os ânimos de Janjão, estimulado a cultivar a mediania em lugar da originalidade e da reflexão.

Jacobina, um alferes, relata a um grupo de amigos o que lhe sucedera em dada ocasião, quando a farda, que reveste a alma exterior, tornara-se item indispensável para ele se reconhecer frente ao espelho. A distorção de sua imagem era um fenômeno que só acontecia quando o então jovem soldado não vestia o uniforme. Daí o poder dado à *persona*, item indispensável para a manutenção da "máscara social": proteção do indivíduo, sendo ela questionável ou não (Bosi, 1999; Pereira, 2007).

Até que ponto os dogmas da Igreja poderiam servir, ainda que do avesso, ao Diabo? Eis uma anedota exemplar que revela, no próprio tratamento discursivo, de que modo a argumentação preside algumas infindáveis discussões de teor metafísico.

Também há espaço para o questionamento de crenças da ordem da adivinhação, bem como as posturas conduzidas por determinadas figuras, como acontece em *A cartomante*: conto que relativiza o alcance das supostas previsões de uma vidente, interrogada por Rita, temendo pelo futuro imediato do triângulo amoroso que vivencia.

Frei Simão molda-se em um terrível impasse, frente a um tema empregado mais de uma vez por Machado: a velha disputa entre a fé solitária e o amor correspondido, mas boicotado, devido à ação contrária dos pais do jovem Simão. O assunto reapareceria na novela *Relíquias da Casa Velha*, escrita na década de 1880, e no romance *Dom Casmurro*, de 1899.

O leitor também encontrará excelentes retratos, com uma original caracterização dos personagens e densidade psicológica, inclusive. É o caso da futilidade como moeda de troca, em *Miss Dollar;* das dicotomias da instável *Dona Paula*; da complexa personagem de *Uma senhora*; e da enérgica *Mariana*, frente às fortes tentações de um tórrido amor do passado.

Vale lembrar que as mulheres são realmente marcantes na ficção de Machado. Nas palavras de Ingrid Stein: "O lugar ocupado pela mulher na sociedade da época tem como fator decisivo sua situação educacional, situação por sua vez condicionada exatamente pela preparação ao papel feminino a desempenhar nesta mesma sociedade." (1984, p. 24).

Não poderiam ficar de fora desta coletânea as narrativas que abordam as dúvidas mais profundas e comuns aos seres humanos, em especial aquelas provocadas pelos dilemas que brotam na consciência de certos personagens, mal sustentadas na linha tênue que separa a moral, a regra, a lei, enfim, do compromisso, da convicção, da conduta ética.

Essa é a situação, por exemplo, em que se encontra o aluno, corrompido pelo dinheiro, para ensinar ao seu colega de classe (*Conto de escola*). Algo similar acontece com o adolescente Damião, que, para evitar seu regresso ao Seminário, oscila entre entregar ou não a vara para Sinhá Rita castigar uma escrava de onze anos (*O caso da vara*), de modo que a senhora salve a sua pele, impedindo a volta do rapaz às severas práticas religiosas.

Por vezes, o conto machadiano beira o suspense e a crueldade: caso de *A causa secreta*, em que dois colegas de profissão entram em conflito devido ao interesse por uma mesma mulher. Para punir os sentimentos do colega por sua esposa, o médico tortura um rato e se delicia com as doses de sofrimento do rival.

Há outras ocasiões em que a narrativa é acentuadamente marcada pelo fundo histórico ou alegórico, a exemplo do que se percebe em *Uma noite*, ambientado durante a Guerra do Paraguai; e no extraordinário *O segredo de Bonzo*: divertida paródia dos feitos implementados por supostos líderes espirituais.

Repare o leitor que trata-se de contos escritos com a maestria de um autor notadamente voltado para temas que vão além da literatura. Vale a pena examinar como Machado de Assis construiu suas personagens: uma galeria de tipos que exprimem ora um caráter marcado pela retidão, ora uma personalidade difusa, sujeita à angústia, entre os apelos do dinheiro, do amor e das conveniências.

Vale lembrar o que disse John Gledson a respeito do realismo machadiano, "muitas vezes implícito — isto é, não se compraz com descrições estendidas, preferindo detalhes pequenos, certeiros. Sendo possível, quase os esconde do leitor, desafiando-o a percebê-los." (2012, p. 16)

Seja este um singelo convite à leitura de Machado, como contista: breves narrativas que valem como uma segura porta de entrada para o universo de sua ficção em prosa, esta que, felizmente conta com nove romances e mais de duzentos contos, além das novelas *O Alienista* e *Relíquias da Casa Velha*. Eis, em suma, um livro feito sob medida para ser devorado. Em termos machadianos, é claro.

Contos Escolhidos

MISSA DO GALO

NUNCA PUDE ENTENDER a conversação que tive com uma senhora, há muitos anos, contava eu dezessete, ela trinta. Era noite de Natal. Havendo ajustado com um vizinho irmos à missa do galo, preferi não dormir; combinei que eu iria acordá-lo à meia-noite.

A casa em que eu estava hospedado era a do escrivão Meneses, que fora casado, em primeiras núpcias, com uma de minhas primas. A segunda mulher, Conceição, e a mãe desta acolheram-me bem, quando vim de Mangaratiba para o Rio de Janeiro, meses antes, a estudar preparatórios. Vivia tranquilo, naquela casa assobradada da Rua do Senado, com os meus livros, poucas relações, alguns passeios. A família era pequena, o escrivão, a mulher, a sogra e duas escravas. Costumes velhos. Às dez horas da noite toda a gente estava nos quartos; às dez e meia a casa dormia. Nunca tinha ido ao teatro, e mais de uma vez, ouvindo dizer ao Meneses que ia ao teatro, pedi-lhe que me levasse consigo. Nessas ocasiões, a sogra fazia uma careta, e as escravas riam à socapa; ele não respondia, vestia-se, saía e só tornava na manhã seguinte. Mais tarde é que eu soube que o teatro era um eufemismo em ação. Meneses trazia amores com uma senhora, separada do marido, e dormia fora de casa uma vez por semana. Conceição padecera, a princípio, com a existência da comborça; mas, afinal, resignara-se, acostumara-se, e acabou achando que era muito direito.

Boa Conceição! Chamavam-lhe "a santa", e fazia jus ao título, tão facilmente suportava os esquecimentos do marido. Em verdade, era um temperamento moderado, sem extremos, nem grandes lágrimas, nem grandes risos. No capítulo de que trato, dava para maometana; aceitaria um harém, com as aparências salvas. Deus me perdoe, se a julgo mal. Tudo nela era atenuado e passivo. O próprio rosto era mediano, nem bonito nem feio. Era o que chamamos uma pessoa simpática. Não dizia mal de ninguém, perdoava tudo. Não sabia odiar; pode ser até que não soubesse amar.

Naquela noite de Natal foi o escrivão ao teatro. Era pelos anos de 1861 ou 1862. Eu já devia estar em Mangaratiba, em férias; mas fiquei até o Natal para ver "a missa do galo na Corte". A família recolheu-se à hora do costume; eu meti-me na sala da frente, vestido e pronto. Dali passaria ao corredor da entrada e sairia sem acordar ninguém. Tinha três chaves a porta; uma estava com o escrivão, eu levaria outra, a terceira ficava em casa.

— Mas, Sr. Nogueira, que fará você todo esse tempo? — perguntou a mãe de Conceição.

— Leio, D. Inácia.

Tinha comigo um romance, *Os três mosqueteiros,*[1] velha tradução creio do *Jornal do Comércio.* Sentei-me à mesa que havia no centro da sala e, à luz de um candeeiro de querosene, enquanto a casa dormia, trepei ainda uma vez ao cavalo magro de D'Artagnan e fui-me às aventuras. Dentro em pouco estava completamente ébrio de Dumas. Os minutos voavam, ao contrário do que costumam fazer, quando são de espera; ouvi bater onze horas, mas quase sem dar por elas, um acaso. Entretanto, um pequeno rumor que ouvi dentro veio acordar-me da leitura. Eram uns passos no corredor que ia da sala de visitas à de jantar; levantei a cabeça; logo depois vi assomar à porta da sala o vulto de Conceição.

— Ainda não foi? — perguntou ela.

— Não fui; parece que ainda não é meia-noite.

— Que paciência!

Conceição entrou na sala, arrastando as chinelinhas da alcova. Vestia um roupão branco, mal apanhado na cintura. Sendo magra, tinha um ar de visão romântica, não disparatada

---

[1] *Os três mosqueteiros* — romance de Alexandre Dumas (1802–1870), escritor francês que conheceu largo público em seu tempo. D'Artagnan é o principal dos mosqueteiros.

com o meu livro de aventuras. Fechei o livro; ela foi sentar-se na cadeira que ficava defronte de mim, perto do canapé. Como eu lhe perguntasse se a havia acordado, sem querer, fazendo barulho, respondeu com presteza:

— Não! Qual! Acordei por acordar.

Fitei-a um pouco e duvidei da afirmativa. Os olhos não eram de pessoa que acabasse de dormir; pareciam não ter ainda pegado no sono. Essa observação, porém, que valeria alguma coisa em outro espírito, depressa a botei fora, sem advertir que talvez não dormisse justamente por minha causa, e mentisse para me não afligir ou aborrecer. Já disse que ela era boa, muito boa.

— Mas a hora já há de estar próxima — disse eu.

— Que paciência a sua de esperar acordado, enquanto o vizinho dorme! E esperar sozinho! Não tem medo de almas do outro mundo? Eu cuidei que se assustasse quando me viu.

— Quando ouvi os passos estranhei; mas a senhora apareceu logo.

— Que é que estava lendo? Não diga, já sei, é o romance dos *Mosqueteiros*.

— Justamente: é muito bonito.

— Gosta de romances?

— Gosto.

— Já leu *A moreninha*?[2]

— Do Dr. Macedo? Tenho lá em Mangaratiba.

— Eu gosto muito de romances, mas leio pouco, por falta de tempo. Que romances é que você tem lido?

Comecei a dizer-lhe os nomes de alguns. Conceição ouvia-me com a cabeça reclinada no espaldar, enfiando os olhos por entre as pálpebras meio cerradas, sem os tirar de mim. De vez em quando passava a língua pelos beiços, para umedecê-los. Quando acabei de falar, não me disse nada; ficamos assim alguns segundos. Em seguida, vi-a endireitar a cabeça, cruzar os dedos e sobre eles pousar o queixo, tendo

---

[2] *A moreninha* — romance romântico de Joaquim Manuel de Macedo (1820–1882), de trama simples, bem ao gosto da época.

os cotovelos nos braços da cadeira, tudo sem desviar de mim os grandes olhos espertos.

"Talvez esteja aborrecida", pensei eu.

E logo alto:

— D. Conceição, creio que vão sendo horas, e eu...

— Não, não, ainda é cedo. Vi agora mesmo o relógio; são onze e meia. Tem tempo. Você, perdendo a noite, é capaz de não dormir de dia?

— Já tenho feito isso.

— Eu, não; perdendo uma noite, no outro dia estou que não posso, e, meia hora que seja, hei de passar pelo sono. Mas também estou ficando velha.

— Que velha o quê, D. Conceição!

Tal foi o calor da minha palavra, que a fez sorrir. De costume tinha os gestos demorados e as atitudes tranquilas; agora, porém, ergueu-se rapidamente, passou para o outro lado da sala e deu alguns passos, entre a janela da rua e a porta do gabinete do marido. Assim, como o desalinho honesto que trazia, dava-me uma impressão singular. Magra embora, tinha não sei que balanço no andar, como quem lhe custa levar o corpo; essa feição nunca me pareceu tão distinta como naquela noite. Parava algumas vezes, examinando um trecho de cortina ou consertando a posição de algum objeto no aparador; afinal deteve-se, ante mim, com a mesa de permeio. Estreito era o círculo das suas ideias; tornou ao espanto de me ver esperar acordado; eu repeti-lhe o que ela sabia, isto é, que nunca ouvira missa do galo na Corte, e não queria perdê-la.

— É a mesma missa da roça; todas as missas se parecem.

— Acredito; mas aqui há de haver mais luxo e mais gente também. Olhe, a semana santa na Corte é mais bonita que na roça. São João não digo, nem Santo Antônio...

Pouco a pouco, tinha-se inclinado; fincara os cotovelos no mármore da mesa e metera o rosto entre as mãos espalmadas. Não estando abotoadas, as mangas caíram naturalmente, e eu vi-lhe metade dos braços, muito claros, e menos magros do que se poderiam supor. A vista não era nova para mim, posto também não fosse comum; naquele momento, porém, a impressão que tive foi grande. As veias eram tão azuis que, apesar da pouca claridade, podia contá-las do meu lugar. A presença de Conceição espertara-me ainda mais que o livro. Continuei a dizer o que pensava das festas da roça e da cidade, e de outras coisas que me iam vindo à boca. Falava emendando os assuntos, sem saber por quê, variando deles ou tornando aos primeiros, e rindo para fazê-la sorrir e ver-lhe os dentes que luziam de brancos, todos iguaizinhos. Os olhos dela não eram bem negros, mas escuros; o nariz, seco e longo, um tantinho curvo, dava-lhe ao rosto um ar interrogativo. Quando eu alteava um pouco a voz, ela reprimia-me:

— Mais baixo! Mamãe pode acordar.

E não saía daquela posição, que me enchia de gosto, tão perto ficavam as nossas caras. Realmente, não era preciso falar alto para ser ouvido; cochichávamos os dois, eu mais que ela, porque falava mais; ela, às vezes, ficava séria, muito séria, com a testa um pouco franzida. Afinal, cansou; trocou de atitude e de lugar. Deu volta à mesa e veio sentar-se do meu lado, no canapé. Voltei-me, e pude ver, a furto, o bico das chinelas; mas foi só o tempo que ela gastou em sentar-se, o roupão era comprido e cobriu-as logo. Recordo-me que eram pretas. Conceição disse baixinho:

— Mamãe está longe, mas tem o sono muito leve; se acordasse agora, coitada, tão cedo não pegava no sono.

— Eu também sou assim.

— O quê? — perguntou ela, inclinando o corpo para ouvir melhor.

Fui sentar-me na cadeira que ficava ao lado do canapé e repeti a palavra. Riu-se da coincidência; também ela tinha o sono leve; éramos três sonos leves.

— Há ocasiões em que sou como mamãe: acordando, custa-me dormir outra vez, rolo na cama, à toa, levanto-me, acendo a vela, passeio, torno a deitar-me, e nada.

— Foi o que lhe aconteceu hoje.

— Não, não — atalhou ela.

Não entendi a negativa; ela pode ser que também não a entendesse. Pegou das pontas do cinto e bateu com elas sobre os joelhos, isto é, o joelho direito, porque acabava de cruzar as pernas. Depois referiu uma história de sonhos, e afirmou-me que só tivera um pesadelo, em criança. Quis saber se eu os tinha. A conversa reatou-se assim lentamente, longamente, sem que eu desse pela hora nem pela missa. Quando eu acabava uma narração ou uma explicação, ela inventava outra pergunta ou outra matéria, e eu pegava novamente na palavra. De quando em quando, reprimia-me:

— Mais baixo, mais baixo...

Havia também umas pausas. Duas outras vezes, pareceu-me que a via dormir; mas os olhos, cerrados por um instante, abriam-se logo sem sono nem fadiga, como se ela os houvesse fechado para ver melhor. Uma dessas vezes creio que deu por mim embebido na sua pessoa, e lembra-me que os tornou a fechar, não sei se apressada ou vagarosamente. Há impressões dessa noite que me aparecem truncadas ou confusas. Contradigo-me, atrapalho-me. Uma das que ainda tenho frescas é que, em certa ocasião, ela, que era apenas simpática, ficou linda, ficou lindíssima. Estava de pé, os braços cruzados; eu, em respeito a ela, quis levantar-me; não consentiu, pôs uma das mãos no meu ombro, e obrigou-me a estar sentado. Cuidei que ia dizer alguma coisa; mas estremeceu, como se tivesse um arrepio de frio, voltou as costas e foi sentar-se na cadeira, onde me achara lendo. Dali relanceou a vista pelo espelho, que ficava por cima do canapé, falou de duas gravuras que pendiam da parede.

— Estes quadros estão ficando velhos. Já pedi a Chiquinho para comprar outros.

Chiquinho era o marido. Os quadros falavam do principal negócio desse homem. Um representava "Cleópatra", não me recordo o assunto do outro, mas eram mulheres. Vulgares ambos; naquele tempo não me pareciam feios.

— São bonitos — disse eu.

— Bonitos são; mas estão manchados. E depois, francamente, eu preferia duas imagens, duas santas. Estas são mais próprias para sala de rapaz ou de barbeiro.

— De barbeiro? A senhora nunca foi a casa de barbeiro.

— Mas imagino que os fregueses, enquanto esperam, falam de moças e namoros, e naturalmente o dono da casa alegra a vista deles com figuras bonitas. Em casa de família é que não acho próprio. É o que eu penso; mas eu penso muita coisa assim esquisita. Seja o que for, não gosto dos quadros. Eu tenho uma Nossa Senhora da Conceição, minha madrinha, muito bonita; mas é de escultura, não se pode pôr na parede, nem eu quero. Está no meu oratório.

A ideia do oratório trouxe-me a da missa, lembrou-me que podia ser tarde e quis dizê-lo. Penso que cheguei a abrir a boca, mas logo a fechei para ouvir o que ela contava, com doçura, com graça, com tal moleza que trazia preguiça à minha alma e fazia esquecer a missa e a igreja. Falava das suas devoções de menina e moça. Em seguida referia umas anedotas de baile, uns casos de passeio, reminiscências de Paquetá, tudo de mistura, quase sem interrupção. Quando cansou do passado, falou do presente, dos negócios da casa, das canseiras de família, que lhe diziam ser muitas, antes de casar, mas não eram nada. Não me contou, mas eu sabia que casara aos vinte e sete anos.

Já agora não trocava de lugar, como a princípio, e quase não saíra da mesma atitude. Não tinha os grandes olhos compridos, e entrou a olhar à toa para as paredes.

— Precisamos mudar o papel da sala — disse daí a pouco, como se falasse consigo.

Concordei, para dizer alguma coisa, para sair da espécie de sono magnético, ou o que quer que era que me tolhia a língua e os sentidos. Queria e não queria acabar a conversação; fazia esforço para arredar os olhos dela, e arredava-os por um sentimento de respeito; mas a ideia de parecer que era aborrecimento, quando não era, levava-me os olhos outra vez para Conceição. A conversa ia morrendo. Na rua, o silêncio era completo.

Chegamos a ficar por algum tempo — não posso dizer quanto — inteiramente calados. O rumor único e escasso era um roer de camundongo no gabinete, que me acordou daquela espécie de sonolência; quis falar dele, mas não achei modo. Conceição parecia estar devaneando. Subitamente, ouvi uma pancada na janela, do lado de fora, e uma voz que bradava: "Missa do galo! Missa do galo!"

— Aí está o companheiro — disse ela levantando-se. — Tem graça; você é que ficou de ir acordá-lo, ele é que vem acordar você. Vá, que hão de ser horas; adeus.

— Já serão horas? — perguntei.

— Naturalmente.

— Missa do galo! — repetiram de fora, batendo.

— Vá, vá, não se faça esperar. A culpa foi minha. Adeus, até amanhã.

E com o mesmo balanço do corpo, Conceição enfiou pelo corredor dentro, pisando mansinho. Saí à rua e achei o vizinho que esperava. Guiamos dali para a igreja. Durante a missa, a figura de Conceição interpôs-se, mais de uma vez, entre mim e o padre; fique isto à conta dos meus dezessete anos. Na manhã seguinte, ao almoço, falei da missa do galo e da gente que estava na igreja, sem excitar a curiosidade de Conceição. Durante o dia, achei-a como sempre, natural, benigna, sem nada que fizesse lembrar a conversação da véspera. Pelo Ano-Bom fui para Mangaratiba. Quando tornei ao Rio de Janeiro, em março, o escrivão tinha morrido de apoplexia. Conceição morava no Engenho Novo, mas nem a visitei nem a encontrei. Ouvi mais tarde que casara com o escrevente juramentado do marido.

Conto de escola

A escola era na Rua do Costa, um sobradinho de grade de pau. O ano era de 1840. Naquele dia — uma segunda-feira, do mês de maio —, deixei-me estar alguns instantes na Rua da Princesa a ver onde iria brincar a manhã. Hesitava entre o Morro de São Diogo e o Campo de Sant'Ana, que não era então esse parque atual, construção de *gentleman*, mas um espaço rústico, mais ou menos infinito, alastrado de lavadeiras, capim e burros soltos. Morro ou campo? Tal era o problema. De repente disse comigo que o melhor era a escola. E guiei para a escola. Aqui vai a razão.

Na semana anterior tinha feito dois suetos, e, descoberto o caso, recebi o pagamento das mãos de meu pai, que me deu uma sova de vara de marmeleiro. As sovas de meu pai doíam por muito tempo. Era um velho empregado do Arsenal de Guerra, ríspido e intolerante. Sonhava para mim uma grande posição comercial, e tinha ânsia de me ver com os elementos mercantis, ler, escrever e contar, para me meter de caixeiro. Citava-me nomes de capitalistas que tinham começado ao balcão. Ora, foi a lembrança do último castigo que me levou naquela manhã para o colégio. Não era um menino de virtudes.

Subi a escada com cautela, para não ser ouvido do mestre, e cheguei a tempo; ele entrou na sala três ou quatro minutos depois. Entrou com o andar manso do costume, em chinelas de cordovão, com a jaqueta de brim lavada e desbotada, calça branca e tesa e grande colarinho caído. Chamava-se Policarpo e tinha perto de cinquenta anos ou mais. Uma vez sentado, extraiu da jaqueta a boceta de rapé[1] e o lenço vermelho, pô-los

---

[1] *Boceta de rapé* — pequena caixa redonda, oval ou oblonga, em que se coloca o rapé, tabaco em pó, para cheirar.

na gaveta; depois relanceou os olhos pela sala. Os meninos, que se conservaram de pé durante a entrada dele, tornaram a sentar-se. Tudo estava em ordem; começaram os trabalhos.

— *Seu* Pilar, eu preciso falar com você — disse-me baixinho o filho do mestre.

Chamava-se Raimundo esse pequeno, e era mole, aplicado, inteligência tarda. Raimundo gastava duas horas em reter aquilo que a outros levava apenas trinta ou cinquenta minutos; vencia com o tempo o que não podia fazer logo com o cérebro. Reunia a isso um grande medo ao pai. Era uma criança fina, pálida, cara doente; raramente estava alegre. Entrava na escola depois do pai e retirava-se antes. O mestre era mais severo com ele do que conosco.

— O que é que você quer?

— Logo — respondeu ele com voz trêmula.

Começou a lição escrita. Custa-me dizer que eu era dos mais adiantados da escola; mas era. Não digo também que era dos mais inteligentes, por um escrúpulo fácil de entender e de excelente efeito no estilo, mas não tenho outra convicção. Note-se que não era pálido nem mofino: tinha boas cores e músculos de ferro. Na lição de escrita, por exemplo, acabava sempre antes de todos, mas deixava-me estar a recortar narizes no papel ou na tábua, ocupação sem nobreza nem espiritualidade, mas em todo caso ingênua. Naquele dia foi a mesma coisa; tão depressa acabei, como entrei a reproduzir o nariz do mestre, dando-lhe cinco ou seis atitudes diferentes, das quais recordo a interrogativa, a admirativa, a dubitativa e a cogitativa. Não lhes punha esses nomes, pobre estudante de primeiras letras que era; mas, instintivamente, dava-lhes essas expressões. Os outros foram acabando; não tive remédio senão acabar também, entregar a escrita, e voltar para o meu lugar.

Com franqueza, estava arrependido de ter vindo. Agora que ficava preso, ardia por andar lá fora, e recapitulava o campo e o morro, pensava nos outros meninos vadios, o Chico Telha, o Américo, o Carlos das Escadinhas, a fina flor do bairro e do gênero humano. Para cúmulo de desespero, vi através das vidraças da escola, no claro azul do céu, por cima do Morro do Livramento, um papagaio de papel, alto e largo, preso de uma corda imensa, que bojava no ar, uma coisa soberba. E eu na escola, sentado, pernas unidas, com o livro de leitura e a gramática nos joelhos.

— Fui um bobo em vir — disse eu a Raimundo.

— Não diga isso — murmurou ele.

Olhei para ele; estava mais pálido. Então lembrou-me outra vez que queria pedir-me alguma coisa, e perguntei-lhe o que era. Raimundo estremeceu de novo, e, rápido, disse-me que esperasse um pouco; era uma coisa particular.

— *Seu* Pilar... — murmurou ele daí a alguns minutos.

— Que é?

— Você...

— Você quê?

Ele deitou os olhos ao pai, e depois a alguns outros meninos. Um destes, Curvelo, olhava para ele, desconfiado, e Raimundo, notando-me essa circunstância, pediu alguns minutos mais de espera. Confesso que começava a arder de curiosidade. Olhei para Curvelo e vi que parecia atento; podia ser uma simples curiosidade vaga, natural indiscrição; mas podia ser também alguma coisa entre eles. Esse Curvelo era um pouco levado do diabo. Tinha onze anos, era mais velho que nós.

Que me quereria Raimundo? Continuei inquieto, remexendo-me muito, falando-lhe baixo, com instância, que me dissesse o que era, que ninguém cuidava dele nem de mim. Ou, então, de tarde...

— De tarde, não — interrompeu-me ele —, não pode ser de tarde.

Então agora...

— Papai está olhando.

Na verdade, o mestre fitava-nos. Como era mais severo para o filho, buscava-o muitas vezes com os olhos, para trazê-lo mais aperreado. Mas nós também éramos finos; metemos o nariz no livro e continuamos a ler. Afinal cansou e tomou as folhas do dia, três ou quatro, que ele lia devagar, mastigando as ideias e as paixões. Não esqueçam que estávamos então no fim da Regência, e que era grande a agitação pública.

Policarpo tinha decerto algum partido, mas nunca pude averiguar esse ponto. O pior que ele podia ter, para nós, era a palmatória. E essa lá estava, pendurada do portal da janela, à direita, com os seus cinco olhos do diabo. Era só levantar a mão, despendurá-la e brandi-la, com a força do costume, que não era pouca. E daí, pode ser que alguma vez as paixões políticas dominassem nele a ponto de poupar-nos uma ou outra correção. Naquele dia, ao menos, pareceu-me que lia as folhas com muito interesse; levantava os olhos de quando em quando, ou tomava uma pitada, mas tornava logo aos jornais, e lia a valer.

No fim de algum tempo — dez ou doze minutos — Raimundo meteu a mão no bolso das calças e olhou para mim.

— Sabe o que tenho aqui?

— Não.

— Uma pratinha que mamãe me deu.

— Hoje?

— Não, no outro dia, quando fiz anos...

— Pratinha de verdade?

— De verdade.

Tirou-a vagarosamente e mostrou-me de longe. Era uma moeda do tempo do rei, cuido que doze vinténs ou dois tostões, não me lembro; mas era uma moeda; e tal moeda que me fez pular o sangue no coração. Raimundo revolveu em mim o olhar pálido; depois perguntou-me se a queria para mim. Respondi-lhe que estava caçoando, mas ele jurou que não.

— Mas então você fica sem ela?

— Mamãe depois me arranja outra. Ela tem muitas que vovô lhe deixou, numa caixinha; algumas são de ouro. Você quer esta?

Minha resposta foi estender-lhe a mão disfarçadamente, depois de olhar para a mesa do mestre. Raimundo recuou a mão dele e deu à boca um gesto amarelo, que queria sorrir. Em seguida propôs-me um negócio, uma troca de serviços; ele me daria a moeda, eu lhe explicaria um ponto da lição de sintaxe. Não conseguira reter nada do livro e estava com medo do pai. E concluía a proposta esfregando a pratinha nos joelhos...

Tive uma sensação esquisita. Não é que eu possuísse da virtude uma ideia antes própria de homem; não é também que não fosse fácil em empregar uma ou outra mentira de criança. Sabíamos ambos enganar ao mestre. A novidade estava nos termos da proposta, na troca de lição e dinheiro, compra franca, positiva, toma lá, dá cá; tal foi a causa da sensação. Fiquei a olhar para ele, à toa, sem poder dizer nada.

Compreende-se que o ponto da lição era difícil e que Raimundo, não o tendo aprendido, recorria a um meio que lhe pareceu útil para escapar ao castigo do pai. Se me tem pedido a coisa por favor, alcançá-la-ia do mesmo modo, como de outras vezes; mas parece que a lembrança das outras vezes, o medo de achar a minha vontade frouxa ou cansada, e não aprender como queria — e pode ser mesmo que em alguma ocasião lhe tivesse ensinado mal —, parece que tal foi a causa da proposta. O pobre-diabo contava com o favor — mas queria assegurar-lhe a eficácia, e daí recorreu à moeda que a mãe lhe dera e que ele guardava como relíquia ou brinquedo; pegou dela e veio esfregá-la nos joelhos, à minha vista, como uma tentação... Realmente, era bonita, fina, branca, muito branca; e para mim, que só trazia cobre no bolso, quando trazia alguma coisa, um cobre feio, grosso, azinhavrado...

Não queria recebê-la, e custava-me recusá-la. Olhei para o mestre, que continuava a ler, com tal interesse, que lhe pingava o rapé do nariz.

— Ande, tome — dizia-me baixinho o filho. — E a pratinha fuzilava-lhe entre os dedos, como se fora diamante... Em verdade, se o mestre não visse nada, que mal havia? E ele não podia ver nada, estava agarrado aos jornais, lendo com fogo, com indignação...

— Tome, tome...

Relanceei os olhos pela sala, e dei com os do Curvelo em nós; disse ao Raimundo que esperasse. Pareceu-me que o outro nos observava, então dissimulei; mas daí a pouco, deitei-lhe outra vez o olho e — tanto se ilude a vontade! — não lhe vi mais nada. Então cobrei o ânimo.

— Dê cá...

Raimundo deu-me a pratinha, sorrateiramente; eu meti-a na algibeira das calças, com um alvoroço que não posso definir. Cá estava ela comigo, pegadinha à perna. Restava prestar o serviço, ensinar a lição, e não me demorei em fazê-lo, nem o fiz mal, ao menos conscientemente; passava-lhe a explicação em um retalho de papel que ele recebeu com cautela e cheio de atenção. Sentia-se que despendia um esforço cinco ou seis vezes maior para aprender um nada; mas contanto que ele escapasse ao castigo, tudo iria bem.

De repente, olhei para Curvelo e estremeci; tinha os olhos em nós, com um riso que me pareceu mau. Disfarcei; mas daí a pouco, voltando-me outra vez para ele, achei-o do mesmo modo, com o mesmo ar, acrescendo que entrava a remexer-se no banco, impaciente. Sorri para ele e ele não sorriu; ao contrário, franziu a testa, o que lhe deu um aspecto ameaçador. O coração bateu-me muito.

— Precisamos de muito cuidado — disse eu ao Raimundo.

— Diga-me isso só — murmurou ele.

Fiz-lhe sinal que se calasse; mas ele instava, e a moeda, cá no bolso, lembrava-me o contrato feito. Ensinei-lhe o que era, disfarçando muito; depois, tornei a olhar para Curvelo, que me pareceu ainda mais inquieto, e o riso, dantes mau, estava agora pior. Não é preciso dizer que também eu ficara em brasas, ansioso que a aula acabasse; mas nem o relógio andava como das outras vezes, nem o mestre fazia caso da escola; este lia os jornais, artigo por artigo, pontuando-os com exclamações, com gestos de ombros, com uma ou duas pancadinhas na mesa. E lá fora, no céu azul, por cima do morro, o mesmo eterno papagaio, guinando a um lado e outro, como se me chamasse a ir ter com ele. Imaginei-me ali, com os livros e a pedra embaixo da mangueira, e a pratinha no bolso das calças, que eu não daria a ninguém, nem que me serrassem; guardá-la-ia em casa, dizendo a mamãe que a tinha achado na rua. Para que me não fugisse, ia apalpando, roçando-lhe os dedos pelo cunho, quase lendo pelo tato a inscrição, com uma grande vontade de espiá-la.

— Oh! *Seu* Pilar! — bradou o mestre com voz de trovão.

Estremeci como se acordasse de um sonho, e levantei-me às pressas. Dei com o mestre, olhando para mim, cara fechada, jornais dispersos, e ao pé da mesa, em pé, Curvelo. Pareceu-me adivinhar tudo.

— Venha cá! — bradou o mestre.

Fui e parei diante dele. Ele enterrou-me pela consciência dentro um par de olhos pontudos; depois chamou o filho. Toda a escola tinha parado; ninguém mais lia, ninguém fazia um só movimento. Eu, conquanto não tirasse os olhos do mestre, sentia no ar a curiosidade e o pavor de todos.

— Então o senhor recebe dinheiro para ensinar as lições aos outros? — disse-me Policarpo.

— Eu...

— Dê cá a moeda que este seu colega lhe deu! — clamou.

Não obedeci logo, mas não pude negar nada. Continuei a tremer muito. Policarpo bradou de novo que lhe desse a moeda, e eu não resisti mais, meti a mão no bolso, vagarosamente, saquei-a e entreguei-lha. Ele examinou-a de um e outro lado, bufando de raiva; depois estendeu o braço e atirou-a à rua. E então disse-nos uma porção de coisas duras, que tanto o filho como eu acabávamos de praticar uma ação feia, indigna, baixa, uma vilania, e para emenda e exemplo íamos ser castigados. Aqui pegou da palmatória.

— Perdão, *seu* mestre... — solucei eu.

— Não há perdão! Dê cá a mão! Dê cá! Vamos! Sem-vergonha! Dê cá a mão!

— Mas *seu* mestre...

— Olhe que é pior!

Estendi-lhe a mão direita, depois a esquerda, e fui recebendo os bolos uns por cima dos outros, até completar doze, que me deixaram as palmas vermelhas e inchadas. Chegou a vez do filho, e foi a mesma coisa; não lhe poupou nada, dois, quatro, oito, doze bolos. Acabou, pregou-nos outro sermão. Chamou-nos sem-vergonhas, desaforados, e jurou que, se repetíssemos o negócio, apanharíamos tal castigo que nos havia de lembrar para todo o sempre. E exclamava:

— Porcalhões! Tratantes! Faltos de brio!

Eu por mim tinha a cara no chão. Não ousava fitar ninguém, sentia todos os olhos em nós. Recolhi-me ao banco, soluçando, fustigado pelos impropérios do mestre. Na sala arquejava o terror; posso dizer que naquele dia ninguém faria igual negócio. Creio que o próprio Curvelo enfiara de medo. Não olhei logo para ele, cá dentro de mim jurava quebrar-lhe a cara, na rua, logo que saíssemos, tão certo como três e dois serem cinco.

Daí a algum tempo olhei para ele; ele também olhava para mim, mas desviou a cara, e penso que empalideceu. Compôs-se e entrou a ler em voz alta; estava com medo. Começou a variar de atitude, agitando-se à toa, coçando os joelhos, o nariz. Pode ser até que se arrependesse de nos ter denunciado; e, na verdade, por que denunciar-nos? Em que é que lhe tirávamos alguma coisa?

"Tu me pagas! Tão duro como osso!", dizia eu comigo.

Veio a hora de sair, e saímos; ele foi adiante, apressado, e eu não queria brigar ali mesmo, na Rua do Costa, perto do colégio; havia de ser na Rua Larga de São Joaquim. Quando, porém, cheguei à esquina, já o não vi; provavelmente escondera-se em algum corredor ou loja; entrei numa botica, espiei em outras casas, perguntei por ele a algumas pessoas, ninguém me deu notícia. De tarde faltou à escola.

Em casa não contei nada, é claro; mas, para explicar as mãos inchadas, menti à minha mãe, disse-lhe que não tinha sabido a lição. Dormi nessa noite mandando ao diabo os dois meninos, tanto o da denúncia como o da moeda. E sonhei com a moeda; sonhei que, ao tornar à escola, no dia seguinte, dera com ela na rua, e a apanhara, sem medo nem escrúpulos...

De manhã, acordei cedo. A ideia de ir procurar a moeda fez-me vestir depressa. O dia estava esplêndido, um dia de maio, sol magnífico, ar brando, sem contar as calças novas que minha mãe me deu, por sinal que eram amarelas. Tudo isso, e a pratinha... Saí de casa, como se fosse trepar ao trono de Jerusalém.[2] Piquei o passo para que ninguém chegasse

---

[2] *Como se fosse... ao trono de Jerusalém* — referência ao episódio bíblico, do Antigo Testamento, no "Segundo livro de Samuel", capítulo VI, versículo 14, em que Davi, depois de ter consolidado seu reino em Jerusalém, leva a Arca da Aliança para essa cidade, dançando de alegria.

antes de mim à escola; ainda assim não andei tão depressa que amarrotasse as calças. Não, que elas eram bonitas! Mirava-as, fugia aos encontros, ao lixo da rua...

Na rua encontrei uma companhia do batalhão de fuzileiros, tambor à frente, rufando. Não podia ouvir isso quieto. Os soldados vinham batendo o pé rápido, igual, direita, esquerda, ao som do rufo; vinham, passaram por mim, e foram andando. Eu senti uma comichão nos pés, e tive ímpeto de ir atrás deles. Já lhes disse: o dia estava lindo, e depois o tambor... Olhei para um e outro lado; afinal, não sei como foi, entrei a marchar também ao som do rufo, creio que cantarolando alguma coisa: Rato na casaca... Não fui à escola, acompanhei os fuzileiros, depois enfiei pela Saúde, e acabei a manhã na Praia da Gamboa. Voltei para casa com as calças enxovalhadas, sem pratinha no bolso nem ressentimento na alma. E, contudo, a pratinha era bonita e foram eles, Raimundo e Curvelo, que me deram o primeiro conhecimento, um da corrupção, outro da delação; mas o diabo do tambor...

Cantiga de esponsais

Imagine a leitora que está em 1813, na Igreja do Carmo, ouvindo uma daquelas boas festas antigas, que eram todo o recreio público e toda a arte musical. Sabem o que é uma missa cantada; podem imaginar o que seria uma missa cantada daqueles anos remotos. Não lhe chamo a atenção para os padres e os sacristães, nem para o sermão, nem para os olhos das moças cariocas, que já eram bonitos nesse tempo, nem para as mantilhas das senhoras graves, os calções, as cabeleiras, as sanefas, as luzes, os incensos, nada. Não falo sequer da orquestra, que é excelente; limito-me a mostrar-lhes uma cabeça branca, a cabeça desse velho que rege a orquestra, com alma e devoção.

Chama-se Romão Pires; terá sessenta anos, não menos, nasceu no Valongo, ou por esses lados. É bom músico e bom homem; todos os músicos gostam dele. Mestre Romão é o nome familiar; e dizer familiar e público era a mesma coisa em tal matéria e naquele tempo. "Quem rege a missa é mestre Romão" — equivalia a esta outra forma de anúncio, anos depois: "Entra em cena o ator João Caetano[1]" —; ou então: "O ator Martinho[2] cantará uma de suas melhores árias". Era o tempero certo, o chamariz delicado e popular. Mestre Romão rege a festa! Quem não conhecia mestre Romão, com o seu ar circunspecto, olhos no chão, riso triste e passo demorado? Tudo isso desaparecia à frente da orquestra; então a vida

---

[1] *João Caetano dos Santos* (1808–1863) — um dos mais importantes atores de seu tempo, no Brasil, e também um dos maiores incentivadores do teatro durante a vigência do Romantismo.

[2] *Martinho Correia Vasques* (1822–1890) — ator que pertenceu ao elenco da companhia organizada por João Caetano, onde permaneceu por 20 anos, de 1843 a 1863.

derramava-se por todo o corpo e todos os gestos do mestre; o olhar acendia-se, o riso iluminava-se: era outro. Não que a missa fosse dele; esta, por exemplo, que ele rege agora no Carmo é de José Maurício;[3] mas ele rege-a com o mesmo amor que empregaria se a missa fosse sua.

Acabou a festa; é como se acabasse um clarão intenso, e deixasse o rosto apenas alumiado da luz ordinária. Ei-lo que desce do coro, apoiado na bengala; vai à sacristia beijar a mão aos padres e aceita um lugar à mesa do jantar. Tudo isso indiferente e calado. Jantou, saiu, caminhou para a Rua da Mãe dos Homens, onde reside, com um preto velho, pai José, que é a sua verdadeira mãe, e que neste momento conversa com uma vizinha.

— Mestre Romão lá vem, pai José — disse a vizinha.

— Eh! Eh! Adeus, sinhá, até logo.

Pai José deu um salto, entrou em casa, e esperou o senhor, que daí a pouco entrava com o mesmo ar do costume. A casa não era rica naturalmente; nem alegre. Não tinha o menor vestígio de mulher, velha ou moça, nem passarinhos que cantassem, nem flores, nem cores vivas ou jucundas. Casa sombria e nua. O mais alegre era um cravo, onde o mestre Romão tocava algumas vezes, estudando. Sobre uma cadeira, ao pé, alguns papéis de música; nenhuma dele...

Ah! Se mestre Romão pudesse seria um grande compositor. Parece que há duas sortes de vocação, as que têm língua e as que a não têm. As primeiras realizam-se; as últimas representam uma luta constante e estéril entre o impulso interior e a ausência de um modo de comunicação com os homens. Romão era destas. Tinha a vocação íntima da música; trazia dentro de si muitas óperas e missas, um mundo de harmonias novas e originais, que não alcançava exprimir e pôr no papel. Esta era a causa única de tristeza de mestre Romão. Naturalmente o vulgo não atinava com ela; uns diziam isto, outros aquilo: doença, falta de dinheiro, algum desgosto antigo; mas

---

[3] *José Maurício Nunes Garcia* (1767–1830), músico e compositor brasileiro dos mais importantes de seu tempo.

a verdade é esta: a causa da melancolia de mestre Romão era não poder compor, não possuir o meio de traduzir o que sentia. Não é que não rabiscasse muito papel e não interrogasse o cravo, durante horas; mas tudo lhe saía informe, sem ideia nem harmonia. Nos últimos tempos tinha até vergonha da vizinhança, e não tentava mais nada.

E, entretanto, se pudesse, acabaria ao menos uma certa peça, um canto esponsalício, começado três dias depois de casado, em 1779. A mulher, que tinha então vinte e um anos, e morreu com vinte e três, não era muito bonita, nem pouco, mas extremamente simpática, e amava-o tanto como ele a ela. Três dias depois de casado, mestre Romão sentiu em si alguma coisa parecida com inspiração. Ideou, então, o canto esponsalício, e quis compô-lo; mas a inspiração não pôde sair. Como um pássaro que acaba de ser preso, e forceja por transpor as paredes da gaiola, abaixo, acima, impaciente, aterrado, assim batia a inspiração do nosso músico, encerrada nele sem poder sair, sem achar uma porta, nada. Algumas notas chegaram a ligar-se; ele escreveu-as; obra de uma folha de papel, não mais. Teimou no dia seguinte, dez dias depois, vinte vezes durante o tempo de casado. Quando a mulher morreu, ele releu essas primeiras notas conjugais, e ficou ainda mais triste por não ter podido fixar no papel a sensação de felicidade extinta.

— Pai José — disse ele, ao entrar —, sinto-me hoje adoentado.

— Sinhô comeu alguma coisa que fez mal...

— Não; já de manhã não estava bom. Vai à botica...

O boticário mandou alguma coisa, que ele tomou à noite; no dia seguinte mestre Romão não se sentia melhor. É preciso dizer que ele padecia do coração: moléstia grave e crônica. Pai José ficou aterrado, quando viu que o incômodo não cedera ao remédio, nem ao repouso, e quis chamar o médico.

— Para quê? — disse o mestre. — Isto passa.

O dia não acabou pior; e a noite suportou-a ele bem, não assim o preto, que mal pôde dormir duas horas. A vizinhança apenas soube do incômodo, não quis outro motivo de palestra; os que entretinham relações com o mestre foram visitá-lo.

E diziam-lhe que não era nada, que eram macacoas do tempo; um acrescentava graciosamente que era manha, para fugir aos capotes que o boticário lhe dava no gamão, outro que eram amores. Mestre Romão sorria, mas consigo mesmo dizia que era o final.

"Está acabado," pensava ele.

Um dia de manhã, cinco depois da festa, o médico achou-o realmente mal; e foi isso o que ele lhe viu na fisionomia por trás das palavras enganadoras:

— Isto não é nada; é preciso não pensar em músicas...

Em músicas! Justamente esta palavra do médico deu ao mestre um pensamento. Logo que ficou só, com o escravo, abriu a gaveta onde guardava desde 1779 o canto esponsalício começado. Releu essas notas arrancadas a custo e não concluídas. E então teve uma ideia singular: rematar a obra agora, fosse como fosse; qualquer coisa servia, uma vez que deixasse um pouco de alma na terra.

— Quem sabe? Em 1880, talvez se toque isto, e se conte que um mestre Romão...

O princípio do canto rematava em um certo lá; este lá, que lhe caía bem no lugar, era a nota derradeiramente escrita. Mestre Romão ordenou que lhe levassem o cravo para a sala do fundo, que dava para o quintal: era-lhe preciso ar. Pela janela viu na janela dos fundos de outra casa dois casadinhos de oito dias, debruçados, com os braços por cima dos ombros, e duas mãos presas. Mestre Romão sorriu com tristeza.

— Aqueles chegam — disse ele —, eu saio. Comporei ao menos este canto que eles poderão tocar...

Sentou-se ao cravo; reproduziu as notas e chegou ao *lá*...

— Lá, lá, lá...

Nada, não passava adiante. E, contudo, ele sabia música como gente.

Lá, dó... lá, mi... lá, si, dó, ré... ré... ré...

Impossível! Nenhuma inspiração. Não exigia uma peça profundamente original, mas enfim alguma coisa, que não fosse de outro e se ligasse ao pensamento começado. Voltava ao princípio, repetia as notas, buscava reaver um retalho da sensação extinta, lembrava-se da mulher, dos primeiros tempos. Para completar a ilusão, deitava os olhos pela janela para o lado dos casadinhos. Estes continuavam ali, com as mãos presas e os braços passados nos ombros um do outro; a diferença é que se miravam agora, em vez de olhar para baixo. Mestre Romão, ofegante da moléstia e de impaciência, tornava ao cravo; mas a vista do casal não lhe suprira a inspiração, e as notas seguintes não soavam.

— Lá... lá... lá...

Desesperado, deixou o cravo, pegou do papel escrito e rasgou-o. Nesse momento, a moça embebida no olhar do marido, começou a cantarolar à toa, inconscientemente, uma coisa nunca antes cantada nem sabida, na qual coisa um certo *lá* trazia após si uma linda frase musical, justamente a que mestre Romão procurara durante anos sem achar nunca. O mestre ouviu-a com tristeza, abanou a cabeça e à noite expirou.

Teoria do Medalhão

Diálogo

— Estás com sono?

— Não, senhor.

— Nem eu; conversemos um pouco. Abre a janela. Que horas são?

— Onze.

— Saiu o último conviva do nosso modesto jantar. Com que, meu peralta, chegaste aos teus vinte e um anos. Há vinte e um anos, no dia 5 de agosto de 1854, vinhas tu à luz, um pirralho de nada, e estás homem, longos bigodes, alguns namoros.

— Papai...

— Não te ponhas com denguices, e falemos como dois amigos sérios. Fecha aquela porta; vou dizer-te coisas importantes. Senta-te e conversemos. Vinte e um anos, algumas apólices, um diploma, podes entrar no parlamento, na magistratura, na imprensa, na lavoura, na indústria, no comércio, nas letras ou nas artes. Há infinitas carreiras diante de ti. Vinte e um anos, meu rapaz, formam apenas a primeira sílaba do nosso destino. Os mesmos Pitt[1] e Napoleão,[2] apesar de precoces, não foram tudo aos vinte e um anos. Mas,

---

[1] William Pitt (1759–1806) — político inglês, inimigo de Napoleão Bonaparte, cujo poder pretendeu, infrutiferamente, abater ou diminuir, com uma série de manobras, dentre as quais três coligações de países contrários à França.

[2] Napoleão Bonaparte (1769–1821) — imperador dos franceses, que, com seu gênio militar, sonhou para a França um grande império. O temperamento fogoso lhe roubou a serenidade necessária para levar a cabo tal empreendimento. Não obstante, representou um estilo de vida e de homem que exerceu enorme e profunda influência, dentro e fora da França.

qualquer que seja a profissão da tua escolha, o meu desejo é que te faças grande e ilustre, ou pelo menos notável, que te levantes acima da obscuridade comum. A vida, Janjão, é uma enorme loteria; os prêmios são poucos, os malogrados inúmeros, e com os suspiros de uma geração é que se amassam as esperanças de outra. Isto é a vida; não há planger, nem imprecar, mas aceitar as coisas integralmente com seus ônus e percalços, glórias e desdouros, e ir por diante.

— Sim, senhor.

— Entretanto, assim como é de boa economia guardar um pão para a velhice, assim também é de boa prática social acautelar um ofício para a hipótese de que os outros falhem, ou não indenizem suficientemente o esforço da nossa ambição. É isto o que te aconselho hoje, dia da tua maioridade.

— Creia que lhe agradeço; mas que ofício, não me dirá?

— Nenhum me parece mais útil e cabido que o de medalhão. Ser medalhão foi o sonho da minha mocidade; faltaram-me, porém, as instruções de um pai, e acabo, como vês, sem outra consolação e relevo moral, além das esperanças que deposito em ti. Ouve-me bem, meu querido filho, ouve-me e entende. És moço, tens naturalmente o ardor, a exuberância, os improvisos da idade; não os rejeites, mas modera-os de modo que aos quarenta e cinco anos possas entrar francamente no regímen do aprumo e do compasso. O sábio que disse: "A gravidade é um mistério do corpo,"[3] definiu a compostura do medalhão. Não confundas essa gravidade com aquela outra que, embora resida no aspecto, é um puro reflexo ou emanação do espírito; essa é do corpo, tão somente do corpo, um sinal da natureza ou um jeito da vida. Quanto à idade de quarenta e cinco anos...

— É verdade, por que quarenta e cinco anos?

---

[3] "A gravidade é um mistério do corpo" — é o princípio de uma das máximas de La Rochefoucauld. A máxima toda contém o seguinte: "A gravidade é um mistério do corpo inventado para esconder os defeitos do espírito" (*"La Gravité est un mystère du corps inventé pour cacher les défauts de l'esprit"*). (*Máximas*, nº 257).

— Não é, como podes supor, um limite arbitrário, filho do puro capricho; é a data normal do fenômeno. Geralmente, o verdadeiro medalhão começa a manifestar-se entre os quarenta e cinco e cinquenta, conquanto alguns exemplos se deem entre os cinquenta e cinco e os sessenta; mas estes são raros. Há os também de quarenta anos, e outros mais precoces, de trinta e cinco e de trinta; não são, todavia, vulgares. Não falo dos de vinte e cinco anos: esse madrugar é privilégio do gênio.

— Entendo.

— Venhamos ao principal. Uma vez entrado na carreira, deves pôr todo o cuidado nas ideias que houveres de nutrir para uso alheio e próprio. O melhor será não as ter absolutamente; coisa que entenderás bem, imaginando, por exemplo, um ator defraudado do uso de um braço. Ele pode, por um milagre de artifício, dissimular o defeito aos olhos da plateia, mas era muito melhor dispor dos dois. O mesmo se dá com as ideias; pode-se, com violência, abafá-las, escondê-las até à morte; mas nem essa habilidade é comum, nem tão constante esforço conviria ao exercício da vida.

— Mas quem lhe diz que eu...

— Tu, meu filho, se me não engano, pareces dotado da perfeita inópia mental, conveniente ao uso deste nobre ofício. Não me refiro tanto à fidelidade com que repetes numa sala as opiniões ouvidas numa esquina, e vice-versa, porque esse fato, posto indique certa carência de ideias, ainda assim pode não passar de uma traição da memória. Não; refiro-me ao gesto correto e perfilado com que usas expender francamente as tuas simpatias ou antipatias acerca do corte de um colete, das dimensões de um chapéu, do ranger ou calar das botas novas. Eis aí um sintoma eloquente, eis aí uma esperança. No entanto, podendo acontecer que, com a idade, venhas a ser afligido de algumas ideias próprias, urge aparelhar fortemente o espírito. As ideias são de sua natureza espontâneas e súbitas; por mais que as sofremos, elas irrompem e precipitam-se. Daí a certeza com que o vulgo, cujo faro é extremamente delicado, distingue o medalhão completo do medalhão incompleto.

— Creio que assim seja; mas um tal obstáculo é invencível.

— Não é; há um meio; é lançar mão de um regímen debilitante, ler compêndios de retórica, ouvir certos discursos etc. O voltarete, o dominó e o *whist* são remédios aprovados. O *whist* tem até a rara vantagem de acostumar ao silêncio, que é a forma mais acentuada da circunspecção. Não digo o mesmo da natação, da equitação e da ginástica, embora elas façam repousar o cérebro; mas por isso mesmo que o fazem repousar, restituem-lhe as forças e a atividade perdidas. O bilhar é excelente.

— Como assim, se também é um exercício corporal?

— Não digo que não, mas há coisas em que a observação desmente a teoria. Se te aconselho excepcionalmente o bilhar é porque as estatísticas mais escrupulosas mostram que três quartas partes dos habituados do taco partilham as opiniões do mesmo taco. O passeio nas ruas, mormente nas de recreio e parada é utilíssimo, com a condição de não andares desacompanhado, porque a solidão é oficina de ideias, e o espírito deixado a si mesmo, embora no meio da multidão, pode adquirir uma tal ou qual atividade.

— Mas se eu não tiver à mão um amigo apto e disposto a ir comigo?

— Não faz mal; tens o valente recurso de mesclar-te aos pasmatórios em que toda a poeira da solidão se dissipa. As livrarias, ou por causa da atmosfera do lugar, ou por qualquer outra razão que me escapa, não são propícias ao nosso fim; e, não obstante, há grande conveniência em entrar por elas, de quando em quando, não digo às ocultas, mas às escâncaras. Podes resolver a dificuldade de um modo simples: vai ali falar do boato do dia, da anedota da semana, de um contrabando, de uma calúnia, de um cometa, de qualquer coisa, quando não prefiras interrogar diretamente os leitores habituais das belas crônicas de Mazade;[4] 75% desses estimáveis cavalheiros

---

[4] *Charles Mazade* (1821–1893) — escritor francês, colaborador da *Revue de Paris* e *Revue des Deux Mondes*, onde assinava artigos de crítica literária e de política.

repetir-te-ão as mesmas opiniões, e uma tal monotonia é grandemente saudável. Com este regímen, durante oito, dez, dezoito meses — suponhamos dois anos —, reduzes o intelecto, por mais pródigo que seja, à sobriedade, à disciplina, ao equilíbrio comum. Não trato do vocabulário, porque ele está subentendido no uso das ideias; há de ser naturalmente simples, tíbio, apoucado, sem notas vermelhas, sem cores de clarim...

— Isto é o diabo! Não poder adornar o estilo, de quando em quando...

— Podes; podes empregar umas quantas figuras expressivas: a hidra de Lerna,[5] por exemplo, a cabeça de Medusa,[6] o tonel das Danaides,[7] as asas de Ícaro,[8] e outras, que românticos, clássicos e realistas empregam sem dosar, quando precisam delas. Sentenças latinas, ditos históricos, versos célebres, brocardos jurídicos, máximas, é de bom aviso trazê-los contigo para os discursos de sobremesa, de

---

[5] Hidra de Lerna — segundo a mitologia grega, era uma serpente de sete cabeças, que renasciam quando eram cortadas, uma por uma. Fazia-se necessário cortá-las de um só golpe. Hércules acabou por vencê-la, em um de seus doze trabalhos.

[6] Cabeça de Medusa — Medusa era uma jovem dotada de extraordinária beleza, segundo a mitologia grega. Possuía magnífica cabeleira. Tendo irritado Minerva, deusa da sabedoria, esta transformou seus cabelos em serpentes, e deu a seus olhos o poder de tornar em pedra tudo quanto visse. Perseu cortou-lhe a cabeça e levou-a em suas expedições, a fim de amedrontar seus inimigos. É nesse sentido que a expressão passou a ser usada na literatura.

[7] Tonel das Danaides — as Danaides eram as cinquenta filhas de Dânao, que, na noite de núpcias, mataram seus maridos, apenas deixando um, Linceu, esposo de Hipermnestre. Foram condenadas a encher de água, eternamente, um tonel sem fundo. A expressão denota pessoas cujo coração não se satisfaz com o que tem, e de pessoas dissipadoras de seus bens.

[8] Asas de Ícaro — Ícaro, filho de Dédalo, era prisioneiro do Labirinto de Creta. Para escapar, construiu asas pregadas com cera. Tendo-se aproximado muito do sol em sua fuga, a cera derreteu, as asas se despregaram e Ícaro caiu em pleno mar. A expressão é usada para descrever pessoas vítimas de projetos muito ambiciosos.

felicitação, ou de agradecimento. *Caveant, consules*[9] é um excelente fecho de artigo político; o mesmo direi do *Si vis pacem para bellum.*[10] Alguns costumam renovar o sabor de uma citação intercalando-a numa frase nova, original e bela, mas não te aconselho esse artifício: seria desnaturar-lhe as graças vetustas. Melhor do que tudo isso, porém, que afinal não passa de mero adorno, são as frases feitas, as locuções convencionais, as fórmulas consagradas pelos anos, incrustadas na memória individual e pública. Essas fórmulas têm a vantagem de não obrigar os outros a um esforço inútil. Não as relaciono agora, mas fá-lo-ei por escrito. De resto, o mesmo ofício te irá ensinando os elementos dessa arte difícil de pensar o pensado. Quanto à utilidade de um tal sistema, basta figurar uma hipótese. Faz-se uma lei; executa-se, não produz efeito, subsiste o mal. Eis aí uma questão que pode aguçar as curiosidades vadias, dar ensejo a um inquérito pedantesco, a uma coleta fastidiosa de documentos e observações, análise das causas prováveis, causas certas, causas possíveis, um estudo infinito das aptidões do sujeito reformado, da natureza do mal, da manipulação do remédio, das circunstâncias da aplicação; matéria, enfim, para todo um andaime de palavras, conceitos, e desvarios. Tu poupas aos teus semelhantes todo esse imenso aranzel, tu dizes simplesmente: “Antes das leis, reformemos os costumes!” E esta frase sintética, transparente, límpida, tirada ao pecúlio comum, resolve mais depressa o problema, entra pelos espíritos como um jorro súbito de sol.

— Vejo por aí que vosmecê condena toda e qualquer aplicação de processos modernos.

---

9 “Que os cônsules se ponham em guarda.” Primeiras palavras de uma fórmula que se completava do seguinte modo: *ne quid detrimenti respublica capiat* (a fim de que a república não sofra qualquer dano). Era usada pelo Senado, em Roma, nos momentos de crise política, e por meio dela os cônsules eram convidados a designar um ditador capaz de fazer face à situação.

10 “Se queres a paz, prepara a guerra”, fórmula que significa que o melhor modo de evitar ser atacado é estar preparado para defender-se no momento oportuno.

— Entendamo-nos. Condeno a aplicação, louvo a denominação. O mesmo direi de toda a recente terminologia científica; deves decorá-la. Conquanto o rasgo peculiar do medalhão seja uma certa atitude de deus Término,[11] e as ciências sejam obra do movimento humano, como tens de ser medalhão mais tarde, convém tomar as armas do teu tempo. E de duas uma: ou elas estarão usadas e divulgadas daqui a trinta anos, ou conservar-se-ão novas: no primeiro caso, pertencem-te de foro próprio; no segundo, podes ter a coquetice de as trazer, para mostrar que também és pintor. De outiva, com o tempo, irás sabendo a que leis, casos e fenômenos responde toda essa terminologia; porque o método de interrogar os próprios mestres e oficiais da ciência, nos seus livros, estudos e memórias, além de tedioso e cansativo, traz o perigo de inocular ideias novas, e é radicalmente falso. Acresce que no dia em que viesses a assenhorear-te do espírito daquelas leis e fórmulas, serias provavelmente levado a empregá-las com um tal ou qual comedimento, como a costureira — esperta e afreguesada — que, segundo um poeta clássico: *"Quanto mais pano tem, mais poupa o corte, menos monte alardeia de retalhos"*; e este fenômeno, tratando-se de um medalhão, é que não seria científico.

— Upa! Que a profissão é difícil!

— E ainda não chegamos ao cabo.

— Vamos a ele.

— Não te falei ainda dos benefícios da publicidade. A publicidade é uma dona loureira e senhoril, que tu deves requestar à força de pequenos mimos, confeitos, almofadinhas, coisas miúdas, que antes exprimem a constância do afeto do que o atrevimento e a ambição. Que Dom Quixote solicite os favores dela mediante ações heróicas ou custosas, é um sestro próprio desse ilustre lunático. O verdadeiro medalhão tem outra política. Longe de inventar um *Tratado Científico da Criação dos Carneiros*, compra um carneiro e dá-o aos

---

[11] Deus Término — na mitologia romana, era o deus dos limites, das fronteiras.

amigos sob a forma de um jantar, cuja notícia não pode ser indiferente aos seus concidadãos. Uma notícia traz outra; cinco, dez, vinte vezes põe o teu nome ante os olhos do mundo. Comissões ou deputações para felicitar um agraciado, um benemérito, um forasteiro, têm singulares merecimentos, e assim as irmandades e associações diversas, sejam mitológicas, cinegéticas ou coreográficas. Os sucessos de certa ordem, embora de pouca monta, podem ser trazidos a lume, contanto que ponham em relevo a tua pessoa. Explico-me. Se caíres de um carro, sem outro dano, além do susto, é útil mandá-lo dizer aos quatro ventos, não pelo fato em si, que é insignificante, mas pelo efeito de recordar um nome caro às afeições gerais. Percebeste?

— Percebi.

— Essa é publicidade constante, barata, fácil, de todos os dias; mas há outra. Qualquer que seja a teoria das artes, é fora de dúvida que o sentimento da família, a amizade pessoal e a estima pública instigam à reprodução das feições de um homem amado ou benemérito. Nada obsta a que sejas objeto de uma tal distinção, principalmente se a sagacidade dos amigos não achar em ti repugnância. Em semelhante caso, não só as regras da mais vulgar polidez mandam aceitar o retrato ou o busto, como seria desazado impedir que os amigos o expusessem em qualquer casa pública. Dessa maneira o nome fica ligado à pessoa; os que houverem lido o teu recente discurso (suponhamos) na sessão inaugural da União dos Cabeleireiros reconhecerão na compostura das feições o autor dessa obra grave, em que a "alavanca do progresso" e o "suor do trabalho" vencem as "fauces hiantes" da miséria. No caso de que uma comissão te leve à casa o retrato, deves agradecer-lhe o obséquio com um discurso cheio de gratidão e um copo d'água: é uso antigo razoável e honesto. Convidarás então os melhores amigos, os parentes, e, se for possível, uma ou duas pessoas de representação. Mais. Se esse dia é um dia de glória ou regozijo, não vejo que possas, decentemente, recusar um lugar à mesa aos repórteres dos jornais. Em todo o caso, se as obrigações desses cidadãos os retiverem noutra parte, podes ajudá-los de certa maneira, redigindo tu mesmo a notícia da festa; e, dado que por um tal ou qual escrúpulo, aliás desculpável, não queiras com a própria mão anexar ao teu nome os qualificativos dignos dele, incumbe a notícia a algum amigo ou parente.

— Digo-lhe que o que vosmecê me ensina não é nada fácil.

— Nem eu te digo outra coisa. É difícil, come tempo, muito tempo, leva anos, paciência, trabalho, e felizes os que chegam a entrar na terra prometida! Os que lá não penetram, engole-os a obscuridade. Mas os que triunfam! E tu triunfarás, crê-me. Verás cair as muralhas de Jericó[12] ao som das trompas sagradas. Só então poderás dizer que estás fixado. Começa nesse dia a tua fase de ornamento indispensável, de figura obrigada, de rótulo. Acabou-se a necessidade de farejar ocasiões, comissões, irmandades; elas virão ter contigo, com o seu ar pesadão e cru de substantivos desajetivados, e tu serás o adjetivo dessas orações opacas, o *odorífero* das flores, o *anilado* dos céus, o *prestimoso* dos cidadãos, o *noticioso* e *suculento* dos relatórios. E ser isso é o principal, porque o adjetivo é a alma do idioma, a sua porção idealista e metafísica. O substantivo é a realidade nua e crua, é o naturalismo do vocabulário.

— E parece-lhe que todo esse ofício é apenas um sobressalente para os *déficits* da vida?

— Decerto; não fica excluída nenhuma outra atividade.

— Nem política?

— Nem política. Toda a questão é não infringir as regras e obrigações capitais. Podes pertencer a qualquer partido, liberal ou conservador, republicano ou ultramontano, com a cláusula única de não ligar nenhuma ideia especial a esses

---

[12] Muralhas de Jericó — Jericó era uma antiga cidade da Palestina, próxima de Jerusalém, cercada de fortes muralhas. Por ordem de Deus, Josué cercou a cidade durante sete dias. No sétimo dia, Josué fez com que os sete sacerdotes que o acompanhavam precedendo a Arca da Aliança se pusessem a tocar suas trombetas, enquanto o exército levantava a voz em altos alaridos. Com o ato, as muralhas caem. Daí a referência, no texto, às trombetas.

vocábulos, e reconhecer-lhe somente a utilidade do *scibboleth* bíblico.[13]

— Se for ao Parlamento, posso ocupar a tribuna?

— Podes e deves; é um modo de convocar a atenção pública. Quanto à matéria dos discursos, tens à escolha: ou os negócios miúdos, ou a metafísica política, mas prefere a metafísica. Os negócios miúdos, força é confessá-lo, não desdizem daquela chateza de bom-tom, própria de um medalhão acabado; mas, se puderes, adota a metafísica; é mais fácil e mais atraente. Supõe que desejas saber por que motivo a 7ª Companhia de Infantaria foi transferida de Uruguaiana para Canguçu; serás ouvido tão somente pelo ministro da guerra, que te explicará em dez minutos as razões desse ato. Não assim a metafísica. Um discurso de metafísica política apaixona naturalmente os partidos e o público, chama os apartes e as respostas. E depois não obriga a pensar e descobrir. Nesse ramo dos conhecimentos humanos tudo está acabado, formulado, rotulado, encaixotado; é só prover os alforjes da memória. Em todo caso, não transcendas nunca os limites de uma invejável vulgaridade.

— Farei o que puder. Nenhuma imaginação?

— Nenhuma; antes, faze correr o boato de que um tal dom é ínfimo.

— Nenhuma filosofia?

— Entendamo-nos: no papel e na língua alguma, na realidade nada. "Filosofia da história", por exemplo, é uma locução que deves empregar com frequência, mas proíbo-te que chegues a outras conclusões que não sejam as já achadas por outros. Foge a tudo que possa cheirar a reflexão, originalidade etc, etc.

---

[13] Scibboleth bíblico — conforme mostra o livro dos *Juízes* (12:4-6), o povo de Galaad venceu o de Efraim, e ocupou os vaus do Jordão. Sempre que algum efraimita desejava passar, perguntavam se era efraimita. Se a resposta fosse negativa: "Pois bem, diziam eles, então dize: *Scibboleth.* E ele dizia *sibboleth,* não podendo pronunciar corretamente. Prendiam-no logo e degolavam-no junto dos vaus do Jordão". *Scibboleth* significa: espiga, torrente, curso de água, e em sentido figurado, senha.

— Também ao riso?

— Como ao riso?

— Ficar sério, muito sério...

— Conforme. Tens um gênio folgazão, prazenteiro, não hás de sofreá-lo nem eliminá-lo; podes brincar e rir alguma vez. Medalhão não quer dizer melancólico. Um grave pode ter seus momentos de expansão alegre. Somente, e este ponto é melindroso...

— Diga...

— Somente não deves empregar a ironia, esse movimento ao canto da boca, cheio de mistérios, inventado por algum grego da decadência, contraído por Luciano,[14] transmitido a Swift[15] e Voltaire,[16] feição própria dos cépticos e desabusados. Não. Usa antes a chalaça, a nossa boa chalaça amiga, gorducha, redonda, franca, sem biocos, nem véus, que se mete pela cara dos outros, estala como uma palmada, faz pular o sangue nas veias, e arrebentar de riso os suspensórios. Usa a chalaça. Que é isto?

— Meia-noite.

— Meia-noite? Entras nos teus vinte e dois anos, meu peralta; estás definitivamente maior. Vamos dormir, que é tarde. Rumina bem o que te disse, meu filho. Guardadas as proporções, a conversa desta noite vale *O príncipe* de Machiavelli.[17] Vamos dormir.

---

[14] Luciano de Samosata (II séc. a.C.) — autor de *Diálogo dos mortos;* caracterizado por ceticismo, humor e sátira.

[15] Jonathan Swift (1667–1745) — escritor inglês, autor das *As Viagens de Gulliver*, sátira mordaz à sociedade inglesa de seu tempo.

[16] Voltaire — pseudônimo de François-Marie Arouet (1694–1778), escritor francês, célebre por sua mordacidade, expressa numa série de contos, dentre os quais se salientam *Cândido, Zadig* e *Micromegas.*

[17] Nicola Machiavelli, ou Maquiavel (1469–1527) — autor, entre outras obras, de *O príncipe,* que o tornou célebre, graças ao seu pensamento central, segundo o qual os fins justificam os meios, quaisquer que sejam estes.

O ESPELHO

ESBOÇO DE UMA NOVA TEORIA DA ALMA HUMANA

QUATRO OU CINCO CAVALHEIROS DEBATIAM, uma noite, várias questões de alta transcendência, sem que a disparidade dos votos trouxesse a menor alteração aos espíritos. A casa ficava no Morro de Santa Teresa, a sala era pequena, alumiada a velas, cuja luz fundia-se misteriosamente com o luar que vinha de fora. Entre a cidade, com as suas agitações e aventuras, e o céu, em que as estrelas pestanejavam, através de uma atmosfera límpida e sossegada, estavam os nossos quatro ou cinco investigadores de coisas metafísicas, resolvendo amigavelmente os mais árduos problemas do universo.

Por que quatro ou cinco? Rigorosamente eram quatro os que falavam; mas, além deles, havia na sala um quinto personagem, calado, pensando, cochilando, cuja espórtula no debate não passava de um ou outro resmungo de aprovação. Esse homem tinha a mesma idade dos companheiros, entre quarenta e cinquenta anos, era provinciano, capitalista, inteligente, não sem instrução, e, ao que parece, astuto e cáustico. Não discutia nunca; e defendia-se da abstenção com um paradoxo, dizendo que a discussão é a forma polida do instinto batalhador, que jaz no homem, como uma herança bestial; e acrescentava que os serafins e os querubins não controvertiam nada e, aliás, eram a perfeição espiritual e eterna. Como desse essa mesma resposta naquela noite, contestou-lha um dos presentes, e desafiou-o a demonstrar o que dizia, se era capaz. Jacobina (assim se chamava ele) refletiu um instante e respondeu:

— Pensando bem, talvez o senhor tenha razão.

Vai senão quando, no meio da noite, sucedeu que esse casmurro usou da palavra, e não dois ou três minutos, mas trinta ou quarenta. A conversa, em seus meandros, veio a cair na natureza da alma, ponto que dividiu radicalmente os quatro amigos. Cada cabeça, cada sentença, não só o acordo, mas a mesma discussão, tornou-se difícil, senão impossível, pela multiplicidade de questões que se deduziram do tronco principal, e um pouco, talvez, pela inconsistência dos pareceres. Um dos argumentadores pediu a Jacobina alguma opinião — uma conjetura, ao menos.

— Nem conjetura, nem opinião — redarguiu ele. — Uma ou outra pode dar lugar a dissentimento, e, como sabem, eu não discuto. Mas, se querem ouvir-me calados, posso contar-lhes um caso de minha vida, em que ressalta a mais clara demonstração acerca da matéria de que se trata. Em primeiro lugar, não há uma só alma, há duas...

— Duas?

— Nada menos de duas almas. Cada criatura humana traz duas almas consigo: uma que olha de dentro para fora, outra que olha de fora para dentro... Espantem-se à vontade; podem ficar de boca aberta, dar de ombros, tudo; não admito réplica. Se me replicarem, acabo o charuto e vou dormir. A alma exterior pode ser um espírito, um fluido, um homem, muitos homens, um objeto, uma operação. Há casos, por exemplo, em que um simples botão de camisa é a alma exterior de uma pessoa; e assim também a polca, o voltarete, um livro, uma máquina, um par de botas, uma cavatina, um tambor etc. Está claro que o ofício dessa segunda alma é transmitir a vida, como a primeira; as duas completam o homem, que é, metafisicamente falando, uma laranja. Quem perde uma das metades, perde naturalmente metade da existência; e casos há, não raros, em que a perda da alma exterior implica a da existência inteira. Shylock,[1] por exemplo. A alma exterior daquele judeu eram os seus ducados,[2] perdê-los equivalia

---

[1] Personagem da peça *O mercador de Veneza,* de William Shakespeare (1564–1616). Shylock é um rico judeu, que faz empréstimos monetários.

[2] Ducado — nome comum dado a moedas de ouro de vários países.

a morrer. "Nunca mais verei o meu ouro", diz ele a Tubal,[3] "é um punhal que me enterras no coração." Vejam bem essa frase; a perda dos ducados, alma exterior, era a morte para ele. Agora, é preciso saber que a alma exterior não é sempre a mesma...

— Não?

— Não, senhor; muda de natureza e de estado. Não aludo a certas almas absorventes, como a pátria, com a qual disse Camões que morria, e o poder, que foi a alma exterior de César[4] e de Cromwell.[5] São almas enérgicas e exclusivas; mas há outras, embora enérgicas, de natureza mutável. Há cavalheiros, por exemplo, cuja alma exterior, nos primeiros anos, foi um chocalho ou um cavalinho de pau, e mais tarde uma provedoria de irmandade, suponhamos. Pela minha parte, conheço uma senhora — e na verdade, gentilíssima — que muda de alma exterior cinco, seis vezes por ano. Durante a estação lírica é a ópera; cessando a estação, a alma exterior substitui-se por outra: um concerto, um baile do Cassino, a Rua do Ouvidor, Petrópolis...

— Perdão; essa senhora quem é?

— Essa senhora é parenta do diabo, e tem o mesmo nome: chama-se Legião... E assim outros muitos casos. Eu mesmo tenho experimentado dessas trocas. Não as relato, porque iria longe; restrinjo-me ao episódio de que lhes falei. Um episódio dos meus vinte e cinco anos...

Os quatro companheiros, ansiosos de ouvir o caso prometido, esqueceram a controvérsia. Santa curiosidade! Tu não és só a alma da civilização, és também o pomo da concórdia, fruta divina, de outro sabor que não aquele pomo da mitologia. A sala, até há pouco ruidosa de física e metafísica, é

---

[3] Outro personagem da peça de Shakespeare, também judeu e amigo de Shylock.

[4] Júlio César (101–44 a.C.) — estadista e general romano.

[5] Oliver Cromwell (159 –1658) — líder inglês de movimentos de rebelião, que derrotou as tropas reais e exerceu o poder como ditador com o título de lorde protetor da Inglaterra, da Escócia e da Irlanda.

agora um mar morto; todos os olhos estão no Jacobina, que conserta a ponta do charuto, recolhendo as memórias. Eis aqui como ele começou a narração:

— Tinha vinte e cinco anos, era pobre, e acabava de ser nomeado alferes da Guarda Nacional. Não imaginam o acontecimento que isso foi em nossa casa. Minha mãe ficou tão orgulhosa! Tão contente! Chamava-me o seu alferes. Primos e tios, foi tudo uma alegria sincera e pura. Na vila, note-se bem, houve alguns despeitados; choro e ranger de dentes, como na Escritura; e o motivo não foi outro senão que o posto tinha muitos candidatos e que estes perderam. Suponho também que uma parte do desgosto foi inteiramente gratuita: nasceu da simples distinção. Lembra-me de alguns rapazes, que se davam comigo, e passaram a olhar-me de revés, durante algum tempo. Em compensação, tive muitas pessoas que ficaram satisfeitas com a nomeação; e a prova é que todo o fardamento me foi dado por amigos... Vai então uma das minhas tias, dona Marcolina, viúva do capitão Peçanha, que morava a muitas léguas da vila, num sítio escuso e solitário, desejou ver-me, e pediu que fosse ter com ela e levasse a farda. Fui, acompanhado de um pajem, que daí a dias tornou à vila, porque a tia Marcolina, apenas me pilhou no sítio, escreveu a minha mãe, dizendo que não me soltava antes de um mês, pelo menos. E abraçava-me! Chamava-me também o seu alferes. Achava-me um rapagão bonito. Como era um tanto patusca, chegou a confessar que tinha inveja da moça que houvesse de ser minha mulher. Jurava que em toda a província não havia outro que me pusesse o pé adiante. E sempre alferes; era alferes para cá, alferes para lá, alferes a toda a hora. Eu pedia-lhe que me chamasse Joãozinho, como dantes; e ela abanava a cabeça, bradando que não, era o "senhor alferes". Um cunhado dela, irmão do finado Peçanha, que ali morava, não me chamava de outra maneira. Era o "senhor alferes", não por gracejos, mas a sério, e à vista dos escravos, que naturalmente foram pelo mesmo caminho. Na mesa tinha eu o melhor lugar, e era o primeiro servido. Não imaginam. Se lhes disser que o entusiasmo da tia Marcolina chegou ao ponto de mandar pôr no meu quarto um grande espelho, obra rica e magnífica, que destoava do resto da casa, cuja mobília era modesta e simples... Era um espelho que lhe dera a madrinha, e que está herdara da mãe, que o comprara a uma das fidalgas vindas em 1808 com a corte de dom João VI. Não sei o que havia nisso de verdade; era a tradição. O espelho estava naturalmente muito velho, mas via-se-lhe ainda o ouro, comido em parte pelo tempo, uns delfins esculpidos nos ângulos superiores da moldura, uns enfeites de madrepérola e outros caprichos do artista. Tudo velho, mas bom...

— Espelho grande?

— Grande. E foi, como digo, uma enorme fineza, porque o espelho estava na sala; era a melhor peça da casa. Mas não houve forças que a demovessem do propósito; respondia que não fazia falta, que era só por algumas semanas, e finalmente que o "senhor alferes" merecia muito mais. O certo é que todas essas coisas, carinhos, atenções, obséquios, fizeram em mim uma transformação, que o natural sentimento da mocidade ajudou e completou. Imaginam, creio eu?

— Não.

— O alferes eliminou o homem. Durante alguns dias as duas naturezas equilibraram-se; mas não tardou que a primitiva cedesse à outra; ficou-me uma parte mínima de humanidade. Aconteceu então que a alma exterior, que era dantes o sol, o ar, o campo, os olhos das moças, mudou de natureza, e passou a ser a cortesia e os rapapés da casa, tudo o que me falava do posto, nada do que me falava do homem. A única parte do cidadão que ficou comigo foi aquela que entendia com o exercício da patente; a outra dispersou-se no ar e no passado. Custa-lhes acreditar, não?

— Custa-me até entender — respondeu um dos ouvintes.

— Vai entender. Os fatos explicarão melhor os sentimentos; os fatos são tudo. A melhor definição do amor não vale um beijo de moça namorada; e, se bem me lembro, um filósofo antigo demonstrou o movimento andando. Vamos aos fatos. Vamos ver como, ao tempo em que a consciência do homem se obliterava, a do alferes tornava-se viva e intensa. As dores humanas, as alegrias humanas se eram só isso, mal obtinham de mim uma compaixão apática ou um sorriso de favor. No fim de três semanas, era outro, totalmente outro. Era exclusivamente alferes. Ora, um dia recebeu a tia Marcolina uma notícia grave; uma de suas filhas, casada com um lavrador residente dali a cinco léguas, estava mal e à morte. Adeus, sobrinho! Adeus, alferes! Era mãe extremosa, armou logo uma viagem, pediu ao cunhado que fosse com ela, a mim que tomasse conta do sítio. Creio que, se não fosse a aflição, disporia o contrário; deixaria o cunhado e iria comigo. Mas o certo é que fiquei só, com os poucos escravos da casa. Confesso-lhes que desde logo senti uma grande opressão, alguma coisa semelhante ao efeito de quatro paredes de um cárcere, subitamente levantadas em torno de mim. Era a alma exterior que se reduzia, estava agora limitada a alguns espíritos boçais. O alferes continuava a dominar em mim, embora a vida fosse menos intensa, e a consciência mais débil. Os escravos punham uma nota de humildade nas suas cortesias, que de certa maneira compensava a afeição dos parentes e a intimidade doméstica interrompida. Notei mesmo, naquela noite, que eles redobravam de respeito, de alegria, de protestos. Nhô alferes de minuto a minuto. Nhô alferes é muito bonito; nhô alferes há de ser coronel; nhô alferes há de casar com moça bonita, filha de general; um concerto de louvores e profecias, que me deixou extático. Ah! Pérfidos! Mal podia eu suspeitar a intenção secreta dos malvados.

— Matá-lo?

— Antes assim fosse.

— Coisa pior?

— Ouçam-me. Na manhã seguinte achei-me só. Os velhacos, seduzidos por outros, ou de movimento próprio, tinham resolvido fugir durante a noite; e assim fizeram. Achei-me só, sem mais ninguém, entre quatro paredes, diante do terreiro deserto e da roça abandonada. Nenhum fôlego humano. Corri a casa toda, a senzala, tudo, nada, ninguém, um molequinho que fosse. Galos e galinhas tão somente, um par de mulas, que filosofavam a vida, sacudindo as moscas, e três bois. Os mesmos cães foram levados pelos escravos. Nenhum ente humano. Parece-lhes que isso era melhor do que ter morrido? Era pior. Não por medo; juro-lhes que não tinha medo; era um pouco atrevidinho, tanto que não senti nada, durante as primeiras horas. Fiquei triste por causa do dano causado à tia Marcolina; fiquei também um pouco perplexo, não sabendo se devia ir ter com ela, para lhe dar a triste notícia, ou ficar tomando conta da casa. Adotei o segundo alvitre, para não desamparar a casa, e porque, se a minha prima enferma estava mal, eu ia somente aumentar a dor da mãe, sem remédio nenhum; finalmente, esperei que o irmão do tio Peçanha voltasse naquele dia ou no outro, visto que tinha saído havia já trinta e seis horas. Mas a manhã passou sem vestígio dele; e à tarde comecei a sentir uma sensação como de pessoa que houvesse perdido toda a ação nervosa, e não tivesse consciência da ação muscular. O irmão do tio Peçanha não voltou nesse dia, nem no outro, nem em toda aquela semana. Minha solidão tomou proporções enormes. Nunca os dias foram mais compridos, nunca o sol abrasou a terra com uma obstinação mais cansativa. As horas batiam de século a século, no velho relógio da sala, cuja pêndula, tique-taque, tique-taque, feria-me a alma interior, como um piparote contínuo da eternidade. Quando, muitos anos depois, li uma poesia americana, creio que de Longfellow[6] e topei com este famoso estribilho: *Never, for ever! — For ever, never!*[7] Confesso-lhes que tive um calafrio: recordei-me daqueles dias medonhos. Era justamente assim que fazia o relógio da tia Marcolina: *Never, for ever! — For ever, never!* Não eram golpes de pêndula, era um diálogo do abismo, um cochicho do nada. E então de noite! Não que a noite fosse mais silenciosa. O silêncio era o mesmo que de dia. Mas a noite era a sombra, era a solidão ainda mais estreita ou mais larga. Tique-taque, tique-taque. Ninguém nas salas, na varanda, nos corredores, no terreiro, ninguém em parte nenhuma... Riem-se?

---

[6] Henry Longfellow (1807–1882) — o poeta norte-americano mais popular do século XIX. "O salmo da vida", "A luz das estrelas" e "Minha juventude perdida" são alguns de seus poemas mais conhecidos e ainda hoje apreciados.

[7] "Nunca, para sempre! — Para sempre, nunca!"

— Sim, parece que tinha um pouco de medo.

— Oh! Fora bom se eu pudesse ter medo! Viveria. Mas o característico daquela situação é que eu nem sequer podia ter medo, isto é, o medo vulgarmente entendido. Tinha uma sensação inexplicável. Era como um defunto andando, um sonâmbulo, um boneco mecânico. Dormindo, era outra coisa. O sono dava-me alívio, não pela razão comum de ser irmão da morte, mas por outra. Acho que posso explicar assim esse fenômeno: o sono, eliminando a necessidade de uma alma exterior, deixava atuar a alma interior. Nos sonhos, fardava-me, orgulhosamente, no meio da família e dos amigos, que me elogiavam o garbo, que me chamavam alferes; vinha um amigo de nossa casa, e prometia-me o posto de tenente, outro o de capitão ou major; e tudo isso fazia-me viver. Mas quando acordava, dia claro, esvaía-se com o sono a consciência do meu ser novo e único — porque a alma interior perdia a ação exclusiva, e ficava dependente da outra, que teimava em não tornar... Não tornava. Eu saía fora, a um lado e outro, a ver se descobria algum sinal de regresso. *Soeur Anne, soeur Anne, ne vois-tu rien venir?*[8] Nada, coisa nenhuma; tal qual como na lenda francesa. Nada mais do que a poeira da estrada e o capinzal dos morros. Voltava para casa, nervoso, desesperado, estirava-me no canapé da sala. Tique-taque, tique-taque. Levantava-me, passeava, tamborilava nos vidros e janelas, assobiava. Em certa ocasião lembrei-me de escrever alguma coisa, um artigo político, um romance, uma ode; não escolhi nada definitivamente; sentei-me e tracei no papel algumas palavras e frases soltas, para intercalar no estilo. Mas o estilo, como a tia Marcolina, deixava-se estar. *Soeur Anne, soeur Anne...* Coisa nenhuma. Quando muito via negrejar a tinta e alvejar o papel.

— Mas não comia?

— Comia mal, frutas, farinha, conservas, algumas raízes tostadas ao fogo, mas suportaria tudo alegremente, se não fora a terrível situação moral em que me achava. Recitava

---

[8] Irmã Ana, irmã Ana, vês alguma coisa chegar?

versos, discursos, trechos latinos, liras de Gonzaga,[9] oitavas de Camões, décimas, uma antologia em trinta volumes. Às vezes fazia ginástica; outras dava beliscões nas pernas, mas o efeito era só uma sensação física de dor ou de cansaço, e mais nada. Tudo silêncio, um silêncio vasto, enorme, infinito, apenas sublinhado pelo eterno tic-tac da pêndula. Tique-taque, tique-taque...

— Na verdade, era de enlouquecer.

— Vão ouvir coisa pior. Convém dizer-lhes que, desde que ficara só, não olhara uma só vez para o espelho. Não era abstenção deliberada, não tinha motivo; era um impulso inconsciente, um receio de achar-me um e dois, ao mesmo tempo, naquela casa solitária; e se tal explicação é verdadeira, nada prova melhor a contradição humana, porque no fim de oito dias, deu-me na veneta olhar para o espelho com o fim justamente de achar-me dois. Olhei e recuei. O próprio vidro parecia conjurado com o resto do universo; não me estampou a figura nítida e inteira, mas vaga, esfumada, difusa, sombra de sombra. A realidade das leis físicas não permite negar que o espelho reproduziu-lhe textualmente, corri os mesmos contornos e feições; assim devia ter sido. Mas tal não foi a minha sensação. Então tive medo; atribuí o fenômeno à excitação nervosa em que andava; receei ficar mais tempo, e enlouquecer. "Vou-me embora", disse comigo. E levantei o braço com gesto de mau humor, e ao mesmo tempo de decisão, olhando para o vidro; o gesto lá estava, mas disperso, esgaçado, mutilado... Entrei a vestir-me, murmurando comigo, tossindo sem tosse, sacudindo a roupa com estrépito, afligindo-me a frio com os botões, para dizer alguma coisa. De quando em quando, olhava furtivamente para o espelho; a imagem era a mesma difusão de linhas, a mesma decomposição de contornos... Continuei a vestir-me. Subitamente por uma inspiração inexplicável, por um impulso

---

[9] Tomás Antonio Gonzaga (1744–1809) — poeta brasileiro, autor de um livro de liras intitulado *Marília de Dirceu.*

sem cálculo, lembrou-me... Se forem capazes de adivinhar qual foi a minha ideia...

— Diga.

— Estava a olhar para o vidro, com uma persistência de desesperado, contemplando as próprias feições derramadas e inacabadas, uma nuvem de linhas soltas, informes, quando tive o pensamento... não, não são capazes de adivinhar.

— Mas, diga, diga.

— Lembrou-me vestir a farda de alferes. Vesti-a, aprontei-me de todo; e, como estava defronte do espelho, levantei os olhos, e... não lhes digo nada; o vidro reproduziu então a figura integral; nenhuma linha de menos, nenhum contorno diverso; era eu mesmo, o alferes, que achava, enfim, a alma exterior. Essa alma ausente com a dona do sítio, dispersa e fugida com os escravos, ei-la recolhida no espelho. Imaginai um homem que, pouco a pouco, emerge de um letargo, abre os olhos sem ver, depois começa a ver, distingue as pessoas dos objetos, mas não conhece individualmente uns nem outros; enfim, sabe que este é fulano, aquele é sicrano; aqui está uma cadeira, ali um sofá. Tudo volta ao que era antes do sono. Assim foi comigo. Olhava para o espelho, ia de um lado para outro, recuava, gesticulava, sorria, e o vidro exprimia tudo. Não era mais um autômato, era um ente animado. Daí em diante, fui outro. Cada dia, a uma certa hora, vestia-me de alferes, e sentava-me diante do espelho, lendo, olhando, meditando; no fim de duas, três horas, despia-me outra vez. Com esse regime pude atravessar mais seis dias de solidão, sem os sentir...

Quando os outros voltaram a si, o narrador tinha descido as escadas.

A CARTOMANTE

HAMLET OBSERVA A HORÁCIO[1] que há mais coisas no céu e na terra do que sonha a nossa filosofia. Era a mesma explicação que dava a bela Rita ao moço Camilo, numa sexta-feira de novembro de 1869, quando este ria dela, por ter ido na véspera consultar uma cartomante; a diferença é que o fazia por outras palavras.

— Ria, ria. Os homens são assim; não acreditam em nada. Pois saiba que fui, e que ela adivinhou o motivo da consulta, antes mesmo que eu lhe dissesse o que era. Apenas começou a botar as cartas, disse-me: "A senhora gosta de uma pessoa..." Confessei que sim, e então ela continuou a botar as cartas, combinou-as, e no fim declarou-me que eu tinha medo de que você me esquecesse, mas que não era verdade...

— Errou! — interrompeu Camilo, rindo.

— Não diga isso, Camilo. Se você soubesse como eu tenho andado, por sua causa. Você sabe; já lhe disse. Não ria de mim, não ria...

Camilo pegou-lhe nas mãos e olhou para ela sério e fixo. Jurou que lhe queria muito, que os seus sustos pareciam de criança; em todo o caso, quando tivesse algum receio, a melhor cartomante era ele mesmo. Depois, repreendeu-a; disse-lhe que era imprudente andar por essas casas. Vilela podia sabê-lo, e depois...

— Qual saber! Tive muita cautela, ao entrar na casa.

— Onde é a casa?

---

[1] Hamlet — figura central da peça de igual nome, de William Shakespeare, diz as palavras referidas a Horácio, que estão no ato I, cena quinta.

— Aqui perto, na Rua da Guarda Velha; não passava ninguém nessa ocasião. Descansa; eu não sou maluca.

Camilo riu outra vez:

— Tu crês deveras nessas coisas? — perguntou-lhe.

Foi então que ela, sem saber que traduzia Hamlet em vulgar, disse-lhe que havia muita coisa misteriosa e verdadeira neste mundo. Se ele não acreditava, paciência; mas o certo é que a cartomante adivinhara tudo. Que mais? A prova é que ela agora estava tranquila e satisfeita.

Cuido que ele ia falar, mas reprimiu-se. Não queria arrancar-lhe as ilusões. Também ele, em criança, e ainda depois, foi supersticioso, teve um arsenal inteiro de crendices, que a mãe lhe incutiu e que aos vinte anos desapareceram. No dia em que deixou cair toda essa vegetação parasita, e ficou só o tronco da religião, ele, como tivesse recebido da mãe ambos os ensinos, envolveu-os na mesma dúvida, e logo depois em uma só negação total. Camilo não acreditava em nada. Por quê? Não poderia dizê-lo, não possuía um só argumento; limitava-se a negar tudo. E digo mal, porque negar é ainda afirmar, e ele não formulava a incredulidade; diante do mistério, contentou-se em levantar os ombros, e foi andando.

Separaram-se contentes, ele ainda mais que ela. Rita estava certa de ser amada; Camilo, não só o estava, mas via-a estremecer e arriscar-se por ele, correr às cartomantes, e, por mais que a repreendesse, não podia deixar de sentir-se lisonjeado. A casa do encontro era na antiga Rua dos Barbonos, onde morava uma comprovinciana de Rita. Esta desceu pela Rua das Mangueiras na direção de Botafogo, onde residia; Camilo desceu pela da Guarda Velha, olhando de passagem para a casa da cartomante.

Vilela, Camilo e Rita, três nomes, uma aventura, e nenhuma explicação das origens. Vamos a ela. Os dois primeiros eram amigos de infância. Vilela seguiu a carreira de magistrado. Camilo entrou no funcionalismo, contra a vontade do pai, que queria vê-lo médico; mas o pai morreu, e Camilo preferiu não ser nada, até que a mãe lhe arranjou um emprego público. No princípio de 1869, voltou Vilela da província, onde casara com uma dama formosa e tonta; abandonou a magistratura e veio abrir banca de advogado. Camilo arranjou-lhe casa para os lados de Botafogo, e foi a bordo recebê-lo.

— É o senhor? — exclamou Rita, estendendo-lhe a mão. — Não imagina como meu marido é seu amigo; falava sempre do senhor.

Camilo e Vilela. Olharam-se com ternura. Eram amigos deveras. Depois, Camilo confessou de si para si que a mulher do Vilela não desmentia as cartas do marido. Realmente, era graciosa e viva nos gestos, olhos cálidos, boca fina e interrogativa. Era um pouco mais velha que ambos: contava trinta anos, Vilela vinte e nove e Camilo vinte e seis. Entretanto, o porte grave de Vilela fazia-o parecer mais velho que a mulher, enquanto Camilo era um ingênuo na vida moral e prática. Faltava-lhe tanto a ação do tempo, como os óculos de cristal, que a natureza põe no berço de alguns para adiantar os anos. Nem experiência, nem intuição.

Uniram-se os três. Convivência trouxe intimidade. Pouco depois morreu a mãe de Camilo, e nesse desastre, que o foi, os dois mostraram-se grandes amigos dele. Vilela cuidou do enterro, dos sufrágios e do inventário; Rita tratou especialmente do coração, e ninguém o faria melhor.

Como daí chegaram ao amor, não o soube ele nunca. A verdade é que gostava de passar as horas ao lado dela; era a sua enfermeira moral, quase uma irmã, mas principalmente era mulher e bonita. *Odor di femina*: eis o que ele aspirava nela, e em volta dela, para incorporá-lo em si próprio. Liam os mesmos livros, iam juntos a teatros e passeios. Camilo ensinou-lhe as damas e o xadrez e jogavam às noites — ela mal —; ele, para lhe ser agradável, pouco menos mal. Até aí as coisas. Agora a ação da pessoa, os olhos teimosos de Rita, que procuravam muita vez os dele, que os consultavam antes de o fazer ao marido, as mãos frias, as atitudes insólitas. Um dia, fazendo ele anos, recebeu de Vilela uma rica bengala de presente, e de Rita apenas um cartão com um vulgar cumprimento a lápis, e foi então que ele pôde ler no próprio coração; não conseguia arrancar os olhos do bilhetinho. Palavras vulgares; mas há vulgaridades sublimes, ou, pelo menos, deleitosas. A velha caleça de praça, em que pela primeira vez passeaste com a mulher amada, fechadinhos ambos, vale o carro de Apolo.[2] Assim é o homem, assim são as coisas que o cercam.

Camilo quis sinceramente fugir, mas já não pôde. Rita, como uma serpente, foi-se acercando dele, envolveu-o todo, fez-lhe estalar os ossos num espasmo e pingou-lhe o veneno na boca. Ele ficou atordoado e subjugado. Vexame, sustos, remorsos, desejos, tudo sentiu de mistura; mas a batalha foi curta e a vitória delirante. Adeus, escrúpulos! Não tardou que o sapato se acomodasse ao pé, e aí foram ambos, estrada fora, braços dados, pisando folgamente por cima de ervas e pedregulhos, sem padecer nada mais que algumas saudades, quando estavam ausentes um do outro. A confiança e estima de Vilela continuavam a ser as mesmas.

Um dia, porém, recebeu Camilo uma carta anônima, que lhe chamava imoral e pérfido, e dizia que a aventura era sabida de todos. Camilo teve medo e, para desviar as suspeitas, começou a rarear as visitas à casa de Vilela. Este notou-lhe as ausências. Camilo respondeu que o motivo era uma paixão frívola de rapaz. Candura gerou astúcia. As ausências prolongaram-se, e as visitas cessaram inteiramente. Pode ser que entrasse também nisso um pouco de amor-próprio, uma intenção de diminuir os obséquios do marido, para tornar menos dura a aleivosia do ato.

Foi por esse tempo que Rita, desconfiada e medrosa, correu à cartomante para consultá-la sobre a verdadeira causa do procedimento de Camilo. Vimos que a cartomante restituiu-lhe a confiança e que o rapaz repreendeu-a por ter feito o que fez. Correram ainda algumas semanas. Camilo recebeu mais duas ou três cartas anônimas, tão apaixonadas, que não podiam ser advertência da virtude, mas despeito de algum pretendente; tal foi a opinião de Rita, que, por outras

---

[2] Carro de Apolo — Segundo a mitologia grega, Apolo, ou o Sol, monta em seu carro todas as manhãs, desde que a Aurora lhe abre as portas do Dia, e faz seu passeio habitual, até que sobrevenha a Noite, quando o Sol desce sobre as ondas, a fim de gozar de merecido repouso que lhe permita, no dia seguinte, retomar seu caminho.

palavras mal compostas, formulou este pensamento: "A virtude é preguiçosa e avara, não gasta tempo nem papel; só o interesse é ativo e pródigo".

Nem por isso Camilo ficou mais sossegado; temia que o anônimo fosse ter com Vilela, e a catástrofe viria então sem remédio. Rita concordou que era possível.

— Bem — disse ela —, eu levo os sobrescritos para comparar a letra com a das cartas que lá aparecerem; se alguma for igual guardo-a e rasgo-a...

Nenhuma apareceu; mas daí a algum tempo Vilela começou a mostrar-se sombrio, falando pouco, como desconfiado. Rita deu-se pressa em dizê-lo ao outro, e sobre isso deliberaram. A opinião dela é que Camilo devia tornar à casa deles, tatear o marido, e pode ser até que lhe ouvisse a confidência de algum negócio particular. Camilo divergia; aparecer depois de tantos meses era confirmar a suspeita ou denúncia. Mais valia acautelarem-se, sacrificando-se por algumas semanas. Combinaram os meios de se corresponderem, em caso de necessidade, e separaram-se com lágrimas.

No dia seguinte, estando na repartição, recebeu Camilo este bilhete de Vilela: "Vem já, já, à nossa casa; preciso falar-te sem demora". Era mais de meio-dia. Camilo saiu logo; na rua, advertiu que teria sido mais natural chamá-lo ao escritório; por que em casa? Tudo indicava matéria especial, e a letra, fosse realidade ou ilusão, afigurou-se-lhe trêmula. Ele combinou todas essas coisas com a notícia da véspera.

— Vem já, já, à nossa casa; preciso falar-te sem demora — repetia ele com os olhos no papel.

Imaginariamente, viu a ponta da orelha de um drama, Rita subjugada e lacrimosa, Vilela indignado, pegando da pena e escrevendo o bilhete, certo de que ele acudiria, e esperando-o para matá-lo. Camilo estremeceu, tinha medo; depois sorriu amarelo, e em todo caso repugnava-lhe a ideia de recuar, e foi andando. De caminho, lembrou-se de ir à casa; podia achar algum recado de Rita, que lhe explicasse tudo. Não achou nada, nem ninguém. Voltou à rua, e a ideia de estarem descobertos parecia-lhe cada vez mais verossímil; era natural uma denúncia anônima, até da própria pessoa que o ameaçara antes; podia ser que Vilela conhecesse agora tudo. A mesma suspensão das suas visitas, sem motivo aparente, apenas com um pretexto fútil, viria confirmar o resto.

Camilo ia andando inquieto e nervoso. Não relia o bilhete, mas as palavras estavam decoradas, diante dos olhos, fixas; ou então — o que era ainda pior — eram-lhe murmuradas ao ouvido, com a própria voz de Vilela. "Vem já, já, à nossa casa; preciso falar-te sem demora." Ditas assim, pela voz do outro, tinham um tom de mistério e ameaça. Vem, já, já, para quê? Era perto de uma hora da tarde. A comoção crescia de minuto a minuto. Tanto imaginou o que se iria passar, que chegou a crê-lo e vê-lo. Positivamente, tinha medo. Entrou a cogitar em ir armado, considerando que, se nada houvesse, nada perdia, e a precaução era útil. Logo depois rejeitava a ideia, vexado de si mesmo, e seguia, picando o passo, na direção do Largo da Carioca, para entrar num tílburi. Chegou, entrou e mandou seguir a trote largo.

"Quanto antes, melhor", pensou ele; "não posso estar assim..."

Mas o mesmo trote do cavalo veio agravar-lhe a comoção. O tempo voava, e ele não tardaria a entestar com o perigo. Quase no fim da Rua da Guarda Velha, o tílburi teve de parar; a rua estava atravancada com uma carroça, que caíra. Camilo, em si mesmo, estimou o obstáculo e esperou. No fim de cinco minutos, reparou que ao lado, à esquerda, ao pé do tílburi, ficava a casa da cartomante, a quem Rita consultara uma vez, e nunca ele desejou tanto crer na lição das cartas. Olhou, viu as janelas fechadas, quando todas as outras estavam abertas e pejadas de curiosos do incidente da rua. Dir-se-ia a morada do indiferente destino.

Camilo reclinou-se no tílburi, para não ver nada. A agitação dele era grande, extraordinária, e do fundo das camadas morais emergiam alguns fantasmas de outro tempo, as velhas crenças, as superstições antigas. O cocheiro propôs-lhe voltar a primeira travessa, e ir por outro caminho; ele respondeu que não, que esperasse. E inclinava-se para fitar a casa... Depois fez um gesto incrédulo; era a ideia de ouvir a cartomante, que lhe passava ao longe, muito longe, com vastas asas cinzentas; desapareceu, reapareceu, e tornou a esvair-se no cérebro; mas daí a pouco moveu outra vez as asas, mais perto, fazendo uns giros concêntricos... Na rua, gritavam os homens, safando a carroça:

— Anda! Agora! Empurra! Vá! Vá!

Daí a pouco estaria removido o obstáculo. Camilo fechava os olhos, pensava em outras coisas; mas a voz do marido sussurrava-lhe às orelhas as palavras da carta: "Vem, já, já..." E ele via as contorções do drama e tremia. A casa olhava para ele. As pernas queriam descer e entrar... Camilo achou-se diante de um longo véu opaco... pensou rapidamente no inexplicável de tantas coisas, a voz da mãe repetia-lhe uma porção de casos extraordinários, e a mesma frase do príncipe da Dinamarca[3] reboava-lhe dentro: "Há mais coisas no céu e na terra do que sonha a filosofia..." Que perdia ele, se...?

Deu por si na calçada, ao pé da porta; disse ao cocheiro que esperasse, e rápido enfiou pelo corredor, e subiu a escada. A luz era pouca, os degraus comidos dos pés, o corrimão pegajoso; mas ele não viu nem sentiu nada. Trepou e bateu. Não aparecendo ninguém, teve ideia de descer; mas era tarde, a curiosidade fustigava-lhe o sangue, as fontes latejavam-lhe; ele tornou a bater uma, duas, três pancadas. Veio uma mulher; era a cartomante. Camilo disse que ia consultá-la, ela fê-lo entrar. Dali subiram ao sótão, por uma escada ainda pior que a primeira e mais escura. Em cima, havia uma salinha, mal alumiada por uma janela, que dava para o telhado dos fundos. Velhos trastes, paredes sombrias, um ar de pobreza, que antes aumentava do que destruía o prestígio.

A cartomante fê-lo sentar diante da mesa, e sentou-se do lado oposto, com as costas para a janela, de maneira que a pouca luz de fora batia em cheio no rosto de Camilo. Abriu uma gaveta e tirou um baralho de cartas compridas e enxovalhadas. Enquanto as baralhava, rapidamente, olhava para ele, não de rosto, mas por baixo dos olhos. Era uma mulher

---

[3] Príncipe da Dinamarca — refere-se a Hamlet, de William Shakespeare. (Ver nota 1).

de quarenta anos, italiana, morena e magra, com grandes olhos sonsos e agudos. Voltou três cartas sobre a mesa, e disse-lhe:

— Vejamos primeiro o que é que o traz aqui. O senhor tem um grande susto...

Camilo, maravilhado, fez um gesto afirmativo.

— E quer saber — continuou ela — se lhe acontecerá alguma coisa ou não...

— A mim e a ela — explicou vivamente ele.

A cartomante não sorriu; disse-lhe só que esperasse. Rápido pegou outra vez das cartas e baralhou-as, com os longos dedos finos, de unhas descuradas; baralhou-as bem, transpôs os maços, uma, duas, três vezes; depois começou a estendê-las. Camilo tinha os olhos nela, curioso e ansioso.

— As cartas dizem-me...

Camilo inclinou-se para beber uma a uma as palavras. Então ela declarou-lhe que não tivesse medo de nada. Nada aconteceria nem a um nem a outro; ele, o terceiro, ignorava tudo. Não obstante, era indispensável muita cautela; ferviam invejas e despeitos. Falou-lhe do amor que os ligava, da beleza de Rita... Camilo estava deslumbrado. A cartomante acabou, recolheu as cartas e fechou-as na gaveta.

— A senhora restituiu-me a paz ao espírito — disse ele estendendo a mão por cima da mesa e apertando a da cartomante.

Esta levantou-se, rindo.

— Vá — disse ela; vá —, *ragazzo innamorato*[4]...

E de pé, com o dedo indicador, tocou-lhe na testa. Camilo estremeceu, como se fosse a mão da própria sibila,[5] e levantou-se também. A cartomante foi à cômoda, sobre a qual estava um prato com passas, tirou um cacho destas, começou a despencá-las e comê-las, mostrando duas fileiras de dentes que desmentiam as unhas. Nessa mesma ação comum, a mulher tinha um ar particular. Camilo, ansioso por sair, não sabia como pagasse; ignorava o preço.

---

[4] "Rapaz apaixonado".

[5] As sibilas eram as profetisas da antiga Roma.

— Passas custam dinheiro — disse ele afinal, tirando a carteira. — Quantas quer mandar buscar?

— Pergunte ao seu coração — respondeu ela.

Camilo tirou uma nota de dez mil-réis e deu-lha. Os olhos da cartomante fuzilaram. O preço usual era dois mil-réis.

— Vejo bem que o senhor gosta muito dela... E faz bem; ela gosta muito do senhor. Vá, vá tranquilo. Olhe a escada, é escura; ponha o chapéu...

A cartomante tinha já guardado a nota na algibeira e descia com ele, falando, com um leve sotaque. Camilo despediu-se dela embaixo, e desceu a escada que levava à rua, enquanto a cartomante, alegre com a paga, tornava acima, cantarolando uma barcarola. Camilo achou o tílburi esperando; a rua estava livre. Entrou e seguiu a trote largo.

Tudo lhe parecia agora melhor, as outras coisas traziam outro aspecto, o céu estava límpido e as caras joviais. Chegou a rir dos seus receios, que chamou pueris; recordou os termos da carta de Vilela e reconheceu que eram íntimos e familiares. Onde é que ele lhe descobrira a ameaça? Advertiu também que eram urgentes e que fizera mal em demorar-se tanto; podia ser algum negócio grave e gravíssimo.

— Vamos, vamos depressa — repetia ele ao cocheiro.

E consigo, para explicar a demora ao amigo, engenhou qualquer coisa; parece que formou também o plano de aproveitar o incidente para tornar à antiga assiduidade... De volta com os planos, reboavam-lhe na alma as palavras da cartomante. Em verdade, ela adivinhara o objeto da consulta, o estado dele, a existência de um terceiro; por que não adivinharia o resto? O presente que se ignora vale o futuro. Era assim, lentas e contínuas, que as velhas crenças do rapaz iam tornando ao de cima, e o mistério empolgava-o com as unhas de ferro. Às vezes queria rir, e ria de si mesmo, algo vexado; mas a mulher, as cartas, as palavras secas e afirmativas, a exortação: "Vá, vá, *ragazzo innamorato*"; e no fim, ao longe, a barcarola da despedida, lenta e graciosa, tais eram os elementos recentes, que formavam, com os antigos, uma fé nova e vivaz.

A verdade é que o coração ia alegre e impaciente, pensando nas horas felizes de outrora e nas que haviam de vir. Ao passar pela Glória, Camilo olhou para o mar, estendeu os olhos para fora, até onde a água e o céu dão um abraço infinito, e teve assim uma sensação do futuro, longo, longo, interminável.

Daí a pouco chegou à casa de Vilela. Apeou-se, empurrou a porta de ferro do jardim e entrou. A casa estava silenciosa. Subiu os seis degraus de pedra, e mal teve tempo de bater, a porta abriu-se, e apareceu-lhe Vilela.

— Desculpa, não pude vir mais cedo; que há?

Vilela não lhe respondeu; tinha as feições decompostas; fez-lhe sinal, e foram para uma saleta interior. Entrando, Camilo não pôde sufocar um grito de terror: ao fundo, sobre o canapé, estava Rita morta e ensanguentada. Vilela, pegou-o pela gola e, com dois tiros de revólver, estirou-o morto no chão.

A CAUSA SECRETA

GARCIA, EM PÉ, MIRAVA E ESTALAVA AS UNHAS; Fortunato, na cadeira de balanço, olhava para o teto; Maria Luísa, perto da janela, concluía um trabalho de agulha. Havia já cinco minutos que nenhum deles dizia nada. Tinham falado do dia, que estivera excelente — de Catumbi, onde morava o casal Fortunato, e de uma casa de saúde, que adiante se explicará. Como os três personagens aqui presentes estão agora mortos e enterrados, tempo é de contar a história sem rebuço.

Tinham falado também de outra coisa, além daquelas três, coisa tão feia e grave, que não lhes deixou muito gosto para tratar do dia, do bairro e da casa de saúde. Toda a conversação a este respeito foi constrangida. Agora mesmo, os dedos de Maria Luísa parecem ainda trêmulos, ao passo que há no rosto de Garcia uma expressão de severidade, que lhe não é habitual. Em verdade, o que se passou foi de tal natureza, que para fazê-lo entender, é preciso remontar à origem da situação.

Garcia tinha-se formado em medicina, no ano anterior, 1861. No de 1860, estando ainda na Escola, encontrou-se com Fortunato, pela primeira vez, à porta da Santa Casa; entrava, quando o outro saía. Fez-lhe impressão a figura; mas, ainda assim, tê-la-ia esquecido, se não fosse o segundo encontro, poucos dias depois. Morava na Rua de Dom Manoel. Uma de suas raras distrações era ir ao teatro de São Januário, que ficava perto, entre essa rua e a praia; ia uma ou duas vezes por mês, e nunca achava acima de quarenta pessoas. Só os mais intrépidos ousavam estender os passos até aquele recinto da cidade. Uma noite, estando nas cadeiras, apareceu ali Fortunato, e sentou-se ao pé dele.

A peça era um dramalhão, cosido a facadas, ouriçado de imprecações e remorsos; mas Fortunato ouviu-a com singular interesse. Nos lances dolorosos, a atenção dele redobrava, os olhos iam avidamente de um personagem a outro, a tal ponto que o estudante suspeitou haver na peça reminiscências pessoais do vizinho. No fim do drama, veio uma farsa; mas Fortunato não esperou por ela e saiu; Garcia saiu atrás dele. Fortunato foi pelo Beco do Cotovelo, Rua de São José, até o Largo da Carioca. Ia devagar, cabisbaixo, parando às vezes, para dar uma bengalada em algum cão que dormia; o cão ficava ganindo e ele ia andando. No Largo da Carioca entrou num tílburi, e seguiu para os lados da Praça da Constituição. Garcia voltou para casa sem saber mais nada.

Decorreram algumas semanas. Uma noite, eram nove horas, estava em casa, quando ouviu rumor de vozes na escada; desceu logo do sótão, onde morava, ao primeiro andar, onde vivia um empregado do Arsenal de Guerra. Era este, que alguns homens conduziam escada acima, ensanguentado. O preto que o servia, acudiu a abrir a porta; o homem gemia, as vozes eram confusas, a luz pouca. Deposto o ferido na cama, Garcia disse que era preciso chamar um médico.

— Já aí vem um — acudiu alguém.

Garcia olhou: era o próprio homem da Santa Casa e do teatro. Imaginou que seria parente ou amigo do ferido; mas, rejeitou a suposição, desde que lhe ouvira perguntar se este tinha família ou pessoa próxima. Disse-lhe o preto que não, e ele assumiu a direção do serviço, pediu às pessoas estranhas que se retirassem, pagou aos carregadores e deu as primeiras ordens. Sabendo que o Garcia era vizinho e estudante de medicina pediu-lhe que ficasse para ajudar o médico. Em seguida contou o que se passara.

— Foi uma malta de capoeiras. Eu vinha do Quartel de Moura, onde fui visitar um primo, quando ouvi um barulho muito grande, e logo depois um ajuntamento. Parece que eles feriram também a um sujeito que passava, e que entrou por um daqueles becos; mas eu só vi a este senhor, que atravessava a rua no momento em que um dos capoeiras, roçando por ele, meteu-lhe o punhal. Não caiu logo; disse onde morava, e, como era a dois passos, achei melhor trazê-lo.

— Conhecia-o antes? — perguntou Garcia.

— Não, nunca o vi. Quem é?

— É um bom homem, empregado no Arsenal de Guerra. Chama-se Gouvêa.

— Não sei quem é.

Médico e subdelegado vieram daí a pouco; fez-se o curativo, e tomaram-se as informações. O desconhecido declarou chamar-se Fortunato Gomes da Silveira, ser capitalista, solteiro, morador em Catumbi. A ferida foi reconhecida grave. Durante o curativo ajudado pelo estudante, Fortunato serviu de criado, segurando a bacia, a vela, os panos, sem perturbar nada, olhando friamente para o ferido, que gemia muito. No fim, entendeu-se particularmente com o médico, acompanhou-o até o patamar da escada, e reiterou ao subdelegado a declaração de estar pronto a auxiliar as pesquisas da polícia. Os dois saíram, ele e o estudante ficaram no quarto.

Garcia estava atônito. Olhou para ele, viu-o sentar-se tranquilamente, estirar as pernas, meter as mãos nas algibeiras das calças, e fitar os olhos no ferido. Os olhos eram claros, cor de chumbo, moviam-se devagar, e tinham a expressão dura, seca e fria. Cara magra e pálida; uma tira estreita de barba, por baixo do queixo, e de uma têmpora a outra, curta, ruiva e rara. Teria quarenta anos. De quando em quando, voltava-se para o estudante, e perguntava alguma coisa acerca do ferido; mas tornava logo a olhar para ele, enquanto o rapaz lhe dava a resposta. A sensação que o estudante recebia era de repulsa ao mesmo tempo que de curiosidade; não podia negar que estava assistindo a um ato de rara dedicação, e se era desinteressado como parecia, não havia mais que aceitar o coração humano como um poço de mistérios.

Fortunato saiu pouco antes de uma hora; voltou nos dias seguintes, mas a cura fez-se depressa, e, antes de concluída, desapareceu sem dizer ao obsequiado onde morava. Foi o estudante que lhe deu as indicações do nome, rua e número.

— Vou agradecer-lhe a esmola que me fez, logo que possa sair — disse o convalescente.

Correu a Catumbi daí a seis dias. Fortunato recebeu-o constrangido, ouviu impaciente as palavras de agradecimento, deu-lhe uma resposta enfastiada e acabou batendo com as borlas do chambre no joelho. Gouvêa, defronte dele, sentado e calado, alisava o chapéu com os dedos, levantando os olhos de quando em quando, sem achar mais nada que dizer. No fim de dez minutos, pediu licença para sair, e saiu.

— Cuidado com os capoeiras! — disse-lhe o dono da casa, rindo-se.

O pobre-diabo saiu de lá mortificado, humilhado, mastigando a custo o desdém, forcejando por esquecê-lo, explicá-lo ou perdoá-lo, para que no coração só ficasse a memória do benefício; mas o esforço era vão. O ressentimento, hóspede novo e exclusivo, entrou e pôs fora o benefício, de tal modo que o desgraçado não teve mais que trepar à cabeça e refugiar-se ali como uma simples ideia. Foi assim que o próprio benfeitor insinuou a este homem o sentimento da ingratidão.

Tudo isso assombrou Garcia. Este moço possuía, em germe, a faculdade de decifrar os homens, de decompor os caracteres, tinha o amor da análise, e sentia o regalo, que dizia ser supremo, de penetrar muitas camadas morais, até apalpar o segredo de um organismo. Picado de curiosidade, lembrou-se de ir ter com o homem de Catumbi, mas advertiu que nem recebera dele o oferecimento formal da casa. Quando menos, era-lhe preciso um pretexto, e não achou nenhum.

Tempos depois, estando já formado, e morando na Rua de Matacavalos, perto da do Conde, encontrou Fortunato em uma gôndola, encontrou-o ainda outras vezes, e a frequência trouxe a familiaridade. Um dia Fortunato convidou-o a ir visitá-lo ali perto, em Catumbi.

— Sabe que estou casado?

— Não sabia.

— Casei-me há quatro meses, podia dizer quatro dias. Vá jantar conosco domingo.

— Domingo?

— Não esteja forjando desculpas; não admito desculpas. Vá domingo.

Garcia foi lá domingo. Fortunato deu-lhe um bom jantar, bons charutos e boa palestra, em companhia da senhora, que era interessante. A figura dele não mudara; os olhos eram as mesmas chapas de estanho, duras e frias; as outras feições não eram mais atraentes que dantes. Os obséquios, porém, se não resgatavam a natureza, davam alguma compensação, e não era pouco. Maria Luísa é que possuía ambos os feitiços, pessoa e modos. Era esbelta, airosa, olhos meigos e submissos; tinha vinte e cinco anos e parecia não passar de dezenove. Garcia, à segunda vez que lá foi, percebeu que entre eles havia alguma dissonância de caracteres, pouca ou nenhuma afinidade moral e da parte da mulher para com o marido uns modos que transcendiam o respeito e confinavam na resignação e no temor. Um dia, estando os três juntos, perguntou Garcia a Maria Luísa se tivera notícia das circunstâncias em que ele conhecera o marido.

— Não — respondeu a moça.

— Vai ouvir uma ação bonita.

— Não vale a pena — interrompeu Fortunato.

— A senhora vai ver se vale a pena — insistiu o médico.

Contou o caso da Rua de Dom Manoel. A moça ouviu-o espantada. Insensivelmente estendeu a mão e apertou o pulso ao marido, risonha e agradecida, como se acabasse de descobrir-lhe o coração. Fortunato sacudia os ombros, mas não ouvia com indiferença. No fim contou ele próprio a visita que o ferido lhe fez, com todos os pormenores da figura, dos gestos, das palavras atadas, dos silêncios, em suma, um estúrdio. E ria muito ao contá-la. Não era o riso da dobrez. A dobrez é evasiva e oblíqua; o riso dele era jovial e franco.

"Singular homem!", pensou Garcia.

Maria Luísa ficou desconsolada com a zombaria do marido; mas o médico restituiu-lhe a satisfação anterior, voltando a referir a dedicação deste e as suas raras qualidades de enfermeiro; tão bom enfermeiro, concluiu ele, que, se algum dia fundar uma casa de saúde, irei convidá-lo.

— Valeu? — perguntou Fortunato.

— Valeu o quê?

— Vamos fundar uma casa de saúde?

— Não valeu nada; estou brincando.

— Podia-se fazer alguma coisa; e para o senhor, que começa a clínica, acho que seria bem bom. Tenho justamente uma casa que vai vagar, e serve.

Garcia recusou nesse e no dia seguinte; mas a ideia tinha-se metido na cabeça ao outro, e não foi possível recuar mais. Na verdade, era uma boa estreia para ele, e podia vir a ser um bom negócio para ambos. Aceitou finalmente, daí a dias, e foi uma desilusão para Maria Luísa. Criatura nervosa e frágil, padecia só com a ideia de que o marido tivesse de viver em contato com enfermidades humanas, mas não ousou opor-se-lhe, e curvou a cabeça. O plano fez-se e cumpriu-se depressa. Verdade é que Fortunato não curou de mais nada, nem então, nem depois. Aberta a casa, foi ele o próprio administrador e chefe de enfermeiros, examinava tudo, ordenava tudo, compras e caldos, drogas e contas.

Garcia pôde então observar que a dedicação ao ferido da Rua de Dom Manoel não era um caso fortuito, mas assentava na própria natureza deste homem. Via-o servir como nenhum dos fâmulos. Não recuava diante de nada, não conhecia moléstia aflitiva ou repelente, e estava sempre pronto para tudo, a qualquer hora do dia ou da noite. Toda a gente pasmava e aplaudia. Fortunato estudava, acompanhava as operações, e nenhum outro curava os cáusticos. — Tenho muita fé nos cáusticos — dizia ele.

A comunhão dos interesses apertou os laços da intimidade. Garcia tornou-se familiar na casa; ali jantava quase todos os dias, ali observava a pessoa e a vida de Maria Luísa, cuja solidão moral era evidente. E a solidão como que lhe duplicava o encanto. Garcia começou a sentir que alguma coisa o agitava, quando ela aparecia, quando falava, quando trabalhava, calada, ao canto da janela, ou tocava ao piano umas músicas tristes. Manso e manso, entrou-lhe o amor no coração. Quando deu por ele, quis expeli-lo para que entre ele e Fortunato não houvesse outro laço que o da amizade; mas não pôde. Pôde apenas trancá-lo; Maria Luísa compreendeu ambas as coisas, a afeição e o silêncio, mas não se deu por achada.

No começo de outubro deu-se um incidente que desvendou ainda mais aos olhos do médico a situação da moça. Fortunato metera-se a estudar anatomia e fisiologia, e ocupava-se nas horas vagas em rasgar e envenenar gatos e cães. Como os guinchos dos animais atordoavam os doentes, mudou o laboratório para casa, e a mulher, compleição nervosa, teve de os sofrer. Um dia, porém, não podendo mais, foi ter com o médico e pediu-lhe que, como coisa sua, alcançasse do marido a cessação de tais experiências.

— Mas a senhora mesma...

Maria Luísa acudiu, sorrindo:

— Ele naturalmente achará que sou criança. O que eu queria é que o senhor, como médico, lhe dissesse que isso me faz mal; e creia que faz...

Garcia alcançou prontamente que o outro acabasse com tais estudos. Se os foi fazer em outra parte, ninguém o soube, mas pode ser que sim. Maria Luísa agradeceu ao médico, tanto por ela como pelos animais, que não podia ver padecer. Tossia de quando em quando; Garcia perguntou-lhe se tinha alguma coisa, ela respondeu que nada.

— Deixe ver o pulso.

— Não tenho nada.

Não deu o pulso, e retirou-se. Garcia ficou apreensivo. Cuidava, ao contrário, que ela podia ter alguma coisa, que era preciso observá-la e avisar o marido em tempo.

Dois dias depois — exatamente o dia em que os vemos agora —, Garcia foi lá jantar. Na sala disseram-lhe que Fortunato estava no gabinete, e ele caminhou para ali; ia chegando à porta, no momento em que Maria Luísa saía aflita.

— Que é? — perguntou-lhe.

— O rato! O rato! — exclamou a moça, sufocada e afastando-se.

Garcia lembrou-se que, na véspera, ouvira ao Fortunato queixar-se de um rato, que lhe levara um papel importante; mas estava longe de esperar o que viu. Viu Fortunato sentado à mesa, que havia ao centro do gabinete, e sobre a qual pusera um prato com espírito de vinho. O líquido flamejava. Entre o polegar e o índice da mão esquerda segurava um barbante, de cuja ponta pendia o rato atado pela cauda. Na direita tinha uma tesoura. No momento em que o Garcia entrou, Fortunato cortava ao rato uma das patas; em seguida desceu o infeliz até a chama, rápido, para não matá-lo, e dispôs-se a fazer o mesmo à terceira, pois já lhe havia cortado a primeira. Garcia estacou horrorizado.

— Mate-o logo! — disse-lhe.

— Já vai.

E com um sorriso único, reflexo de alma satisfeita, alguma coisa que traduzia a delícia íntima das sensações supremas, Fortunato cortou a terceira pata ao rato, e fez pela terceira vez o mesmo movimento até a chama. O miserável estorcia-se, guinchando, ensanguentado, chamuscado, e não acabava de morrer. Garcia desviou os olhos, depois voltou-os novamente, e estendeu a mão para impedir que o suplício continuasse, mas não chegou a fazê-lo, porque o diabo do homem impunha medo, com toda aquela serenidade radiosa da fisionomia. Faltava cortar a última pata; Fortunato cortou-a muito devagar, acompanhando a tesoura com os olhos; a pata caiu, e ele ficou olhando para o rato meio cadáver. Ao descê-lo pela quarta vez, até a chama, deu ainda mais rapidez ao gesto, para salvar, se pudesse, alguns farrapos de vida.

Garcia defronte, conseguia dominar a repugnância do espetáculo para fixar a cara do homem. Nem raiva, nem ódio; tão somente um vasto prazer, quieto e profundo, como daria a outro a audição de uma bela sonata ou a vista de uma estátua divina, alguma coisa parecida com a pura sensação estética. Pareceu-lhe, e era verdade, que Fortunato havia-o inteiramente esquecido. Isto posto, não estaria fingindo, e devia ser aquilo mesmo. A chama ia morrendo, o rato podia ser que tivesse ainda um resíduo de vida, sombra de sombra. Fortunato aproveitou-o para cortar-lhe o focinho e pela última vez chegar a carne ao fogo. Afinal deixou cair o cadáver no prato, e arredou de si toda essa mistura de chamusco e sangue.

Ao levantar-se deu com o médico e teve um sobressalto. Então, mostrou-se enraivecido contra o animal, que lhe comera o papel; mas a cólera evidentemente era fingida.

"Castiga sem raiva", pensou o médico, "pela necessidade de achar uma sensação de prazer, que só a dor alheia lhe pode dar: é o segredo deste homem."

Fortunato encareceu a importância do papel, a perda que lhe trazia, perda de tempo, é certo, mas o tempo agora era-lhe preciosíssimo. Garcia ouvia só, sem dizer nada, nem lhe dar crédito. Relembrava os atos dele, graves e leves, achava a mesma explicação para todos. Era a mesma troca das teclas da sensibilidade, um diletantismo *sui generis,*[1] uma redução de Calígula.[2]

Quando Maria Luísa voltou ao gabinete, daí a pouco, o marido foi ter com ela, rindo, pegou-lhe nas mãos e falou-lhe mansamente:

— Fracalhona!

E voltando-se para o médico:

— Há de crer que quase desmaiou?

Maria Luísa defendeu-se a medo, disse que era nervosa e mulher; depois foi sentar-se à janela com as suas lãs e agulhas, e os dedos ainda trêmulos, tal qual a vimos ao começo desta história. Hão de lembrar-se que, depois de terem falado de outras coisas, ficaram calados os três, o marido sentado e olhando para o teto, o médico estalando as unhas. Pouco depois foram jantar; mas o jantar não foi alegre. Maria Luísa cismava e tossia; o médico indagava de si mesmo se ela não estaria exposta a algum excesso na companhia de tal homem. Era apenas possível; mas o amor trocou-lhe a possibilidade em certeza; tremeu por ela e cuidou de os vigiar.

Ela tossia, tossia, e não se passou muito tempo que a moléstia não tirasse a máscara. Era a tísica, velha dama insaciável, que chupa a vida toda, até deixar um bagaço de ossos. Fortunato recebeu a notícia como um golpe; amava deveras a mulher, a seu modo, estava acostumado com ela, custava-lhe perdê-la. Não poupou esforços, médicos, remédios, ares, todos os recursos e todos os paliativos. Mas foi tudo vão. A doença era mortal.

Nos últimos dias, em presença dos tormentos supremos da moça, a índole do marido subjugou qualquer outra afeição.

---

[1] *Sui generis* — expressão latina que significa de seu próprio gênero, isto é, inigualável.

[2] Calígula — Antium Calígula (12–41 d.C.), imperador romano, conhecido por sua crueldade e insanidade.

Não a deixou mais; fitou o olho baço e frio naquela decomposição lenta e dolorosa da vida, bebeu uma a uma as aflições da bela criatura, agora magra e transparente, devorada de febre e minada de morte. Egoísmo aspérrimo, faminto de sensações, não lhe perdoou um só minuto de agonia, nem lhos pagou com uma só lágrima, pública ou íntima. Só quando ela expirou, é que ele ficou aturdido. Voltando a si, viu que estava outra vez só.

De noite, indo repousar uma parenta de Maria Luísa, que a ajudara a morrer, ficaram na sala Fortunato e Garcia, velando o cadáver, ambos pensativos; mas o próprio marido estava fatigado, o médico disse-lhe que repousasse um pouco.

— Vá descansar, passe pelo sono uma hora ou duas; eu irei depois.

Fortunato saiu, foi deitar-se no sofá da saleta contígua, e adormeceu logo. Vinte minutos depois acordou, quis dormir outra vez, cochilou alguns minutos, até que se levantou e voltou à sala. Caminhava nas pontas dos pés para não acordar a parenta, que dormia perto. Chegando à porta, estacou assombrado.

Garcia tinha-se chegado ao cadáver, levantara o lenço e contemplara por alguns instantes as feições defuntas. Depois, como se a morte espiritualizasse tudo, inclinou-se e beijou-o na testa. Foi nesse momento que Fortunato chegou à porta. Estacou assombrado; não podia ser o beijo da amizade, podia ser o epílogo de um livro adúltero. Não tinha ciúmes, note-se; a natureza compô-lo de maneira que lhe não deu ciúmes nem inveja, mas dera-lhe vaidade, que não é menos cativa ao ressentimento. Olhou assombrado, mordendo os beiços.

Entretanto, Garcia inclinou-se ainda para beijar outra vez o cadáver; mas então não pôde mais. O beijo rebentou em soluços, e os olhos não puderam conter as lágrimas, que vieram em borbotões, lágrimas de amor calado, e irremediável desespero. Fortunato, à porta onde ficara, saboreou tranquilo essa explosão de dor moral que foi longa, muito longa, deliciosamente longa.

Mariana

Capítulo I

"Que será feito de Mariana?", perguntou Evaristo a si mesmo, no Largo da Carioca, ao despedir-se de um velho amigo, que lhe fez lembrar aquela velha amiga.

Era em 1890. Evaristo voltara da Europa, dias antes, após dezoito anos de ausência. Tinha saído do Rio de Janeiro em 1872, e contava demorar-se até 1874 ou 1875, depois de ver algumas cidades célebres ou curiosas; mas o viajante põe e Paris dispõe. Uma vez entrado naquele mundo em 1873, Evaristo deixou-se ir ficando, além do prazo determinado; adiou a viagem um ano, outro ano, e afinal não pensou mais na volta. Desinteressara-se das nossas coisas; ultimamente nem lia os jornais daqui; era um estudante pobre da Bahia, que os ia buscar emprestados e lhe referia depois uma ou outra notícia de vulto. Senão quando, em novembro de 1889,[1] entra-lhe em casa um repórter parisiense, que lhe fala de revolução no Rio de Janeiro, pede informações políticas, sociais, biográficas. Evaristo refletiu.

— Meu caro senhor — disse ao repórter —, acho melhor ir eu mesmo buscá-las.

Não tendo partido, nem opiniões, nem parentes próximos, nem interesses (todos os seus haveres estavam na Europa), mal se explica a resolução súbita de Evaristo pela simples curiosidade, e contudo não houve outro motivo. Quis ver o novo aspecto das coisas. Indagou da data de uma primeira

[1] Referência a 15 de novembro de 1889, quando o marechal Deodoro da Fonseca proclamou a República no Brasil.

representação no Odéon, comédia de um amigo, calculou que, saindo no primeiro paquete e voltando três paquetes depois, chegaria a tempo de comprar bilhete e entrar no teatro; fez as malas, correu a Bordéus,[2] e embarcou.

"Que será feito de Mariana? — repetia agora, descendo a Rua da Assembleia. — Talvez morta... Se ainda viver, deve estar outra; há de andar pelos seus quarenta e cinco... Upa! Quarenta e oito; era mais moça que eu uns cinco anos. Quarenta e oito... Bela mulher; grande mulher! Belos e grandes amores!"

Teve desejo de vê-la. Indagou discretamente, soube que vivia e morava na mesma casa em que a deixou, Rua do Engenho Velho; mas não aparecia desde alguns meses, por causa do marido, que estava mal, parece que à morte.

— Ela também deve estar escangalhada — disse Evaristo ao conhecido que lhe dava aquelas informações.

— Homem, não. A última vez que a vi, achei-a frescalhona. Não se lhe dá mais de quarenta anos. Você quer saber uma coisa? Há por aí roseiras magníficas, mas os nossos cedros de 1860 a 1865 parece que não nascem mais.

— Nascem; você não os vê, porque já não sobe ao Líbano — retorquiu Evaristo.

Crescera-lhe o desejo de ver Mariana. Que olhos teriam um para o outro? Que visões antigas viriam transformar a realidade presente? A viagem de Evaristo, cumpre sabê-lo, não foi de recreio, senão de cura. Agora que a lei do tempo fizera a sua obra, que efeito produziria neles quando se encontrassem os espectros de 1872, aquele triste ano da separação que quase o pôs doido, e quase a deixou morta?

---

[2] Cidade francesa de porto muito ativo.

Capítulo II

Dias depois apeava-se ele de um tílburi à porta de Mariana, e dava um cartão ao criado, que lhe abriu a sala.

Enquanto esperava, circulou os olhos e ficou impressionado. Os móveis eram os mesmos de dezoito anos antes. A memória, incapaz de os recompor na ausência, reconheceu-os a todos, assim como a disposição deles, que não mudara. Tinham o aspecto vetusto. As próprias flores artificiais de uma grande jarra, que estava sobre um aparador, haviam desbotado com o tempo. Tudo ossos dispersos, que a imaginação podia enfeixar para restaurar uma figura, a que só faltasse a alma.

Mas não faltava a alma. Pendente da parede, por cima do canapé, estava o retrato de Mariana. Tinha sido pintado quando ela contava vinte e cinco anos; a moldura, dourada uma só vez, descascando em alguns lugares, contrastava com a figura ridente e fresca. O tempo não descolara a formosura. Mariana estava ali, trajada à moda de 1865, com os seus lindos olhos redondos e namorados. Era o único alento vivo da sala; mas só ele bastava a dar à decrepitude ambiente a fugidia mocidade. Grande foi a comoção de Evaristo. Havia uma cadeira defronte do retrato, ele sentou-se nela, e ficou a mirar a moça de outro tempo. Os olhos pintados fitavam também os naturais, porventura admirados do encontro e da mudança, porque os naturais não tinham o calor e a graça da pintura. Mas pouco durou a diferença; a vida anterior do homem restituiu-lhe a verdura exterior, e os olhos embeberam-se uns nos outros, e todos nos seus velhos pecados.

Depois, vagarosamente, Mariana desceu da tela e da moldura, e veio sentar-se defronte de Evaristo, inclinou-se, estendeu os braços sobre os joelhos e abriu as mãos. Evaristo entregou-lhes as suas, e as quatro apertaram-se cordialmente. Nenhum perguntou nada que se referisse ao passado, porque ainda não havia passado; ambos estavam no presente, as horas tinham parado, tão instantâneas e tão fixas, que pareciam haver sido ensaiadas na véspera para esta representação única e interminável. Todos os relógios da cidade e do mundo quebraram discretamente as cordas, e todos os relojoeiros trocaram de ofício. Adeus, velho *lago* de Lamartine![3] Evaristo e Mariana tinham ancorado no oceano dos tempos. E aí vieram as palavras mais doces que jamais disseram lábios de homem nem de mulher, e as mais ardentes também, e as mudas, e as tresloucadas, e as expirantes, e as de ciúme, e as de perdão.

— Estás bom?

— Bom; e tu?

— Morria por ti. Há uma hora que te espero, ansiosa, quase chorando; mas bem vês que estou risonha e alegre, tudo porque o melhor dos homens entrou nesta sala. Por que te demoraste tanto?

— Tive duas interrupções em caminho; e a segunda muito maior que a primeira.

— Se tu me amasses deveras, gastarias dois minutos com as duas, e estarias aqui há três quartos de hora. Que riso é esse?

— A segunda interrupção foi teu marido.

Mariana estremeceu.

— Foi aqui perto — continuou Evaristo —; falamos de ti, ele primeiro, a propósito não sei de quê, e falou com bondade, quase que com ternura. Cheguei a crer que era um laço, um modo de captar a minha confiança. Afinal despedimo-nos; mas eu ainda fiquei espiando, a ver se ele voltava; não vi ninguém. Aí está a causa da minha demora; aí tens também a causa dos meus tormentos.

— Não venhas outra vez com essa eterna desconfiança — atalhou Mariana sorrindo, como na tela, há pouco. — Que quer você que eu faça? Xavier é meu marido; não hei de mandá-lo embora, nem castigá-lo, nem matá-lo, só porque eu e você nos amamos.

---

[3] Velho lago de Lamartine — referência ao poema "O lago", de Alphonse de Lamartine (1790–1869), poeta francês romântico, autor de *As meditações*, *A queda dum anjo*, entre outras obras. No poema, Lamartine trata da passagem cruel do tempo para os apaixonados.

— Não digo que o mates; mas tu o amas, Mariana.

— Amo-te e a ninguém mais — respondeu ela, evitando assim a resposta negativa, que lhe pareceu demasiado crua.

Foi o que pensou Evaristo; mas não aceitou a delicadeza da forma indireta. Só a negativa rude e simples poderia contentá-lo.

— Tu o amas — insistiu ele.

Mariana refletiu um instante.

— Para que hás de revolver a minha alma e o meu passado? — disse ela. — Para nós, o mundo começou há quatro meses, e não acabará mais, ou acabará quando você se aborrecer de mim, porque eu não mudarei nunca...

Evaristo ajoelhou-se, puxou-lhe os braços, beijou-lhe as mãos, e fechou nelas o rosto; finalmente, deixou cair a cabeça nos joelhos de Mariana. Ficaram assim alguns instantes, até que ela sentiu os dedos úmidos, ergueu-lhe a cabeça e viu-lhe os olhos rasos de água. Que era?

— Nada — disse ele —, adeus.

— Mas que foi?!

— Tu o amas — tornou Evaristo —, e esta ideia apavora--me, ao mesmo tempo que me aflige, porque eu sou capaz de matá-lo, se tiver certeza de que ainda o amas.

— Você é um homem singular — retorquiu Mariana, depois de enxugar os olhos de Evaristo com os cabelos, que despenteara às pressas, para servi-lo com o melhor lenço do mundo. — Que o amo? Não, já não o amo, aí tens a resposta. Mas já agora hás de consentir que te diga tudo, porque a minha índole não admite meias confidências.

Desta vez foi Evaristo que estremeceu; mas a curiosidade mordia--lhe a ele o coração, em tal maneira, que não houve mais temer, senão aguardar e escutar. Apoiado nos joelhos dela, ouviu a narração, que foi curta. Mariana referiu o casamento, a resistência do pai, a dor da mãe, e a perseverança dela e de Xavier. Esperaram dez meses, firmes, ela já menos paciente que ele, porque a paixão que a tomou tinha toda a força necessária para as decisões violentas. Que de lágrimas verteu por ele! Que de maldições lhe saíram do coração contra os pais, e foram sufocadas por ela, que temia a Deus, e não quisera que essas palavras, como armas de parricídio, a condenassem, pior que ao inferno, à eterna separação do homem a quem amava. Venceu a constância, o tempo desarmou os velhos, e o casamento se fez, lá se iam sete anos. A paixão dos noivos prolongou-se na vida conjugal. Quando o tempo trouxe o sossego, trouxe também a estima. Os corações eram harmônicos, as recordações da luta pungentes e doces. A felicidade serena veio sentar-se à porta deles, como uma sentinela. Mas bem depressa se foi a sentinela; não deixou a desgraça, nem ainda o tédio, mas a apatia, uma figura pálida, sem movimento, que mal sorria e não lembrava nada. Foi por esse tempo que Evaristo apareceu aos seus olhos e a arrebatou. Não a arrebatou ao amor de ninguém; mas por isso mesmo nada tinha que ver com o passado, que era um mistério, e podia trazer remorsos...

— Remorsos? — interrompeu ele.

— Podias supor que eu os tinha; mas não os tenho, nem os terei jamais.

— Obrigado! — disse Evaristo após alguns momentos. — Agradeço-te a confissão. Não falarei mais de tal assunto. Não o amas, é o essencial. Que linda és tu quando juras assim, e me falas do nosso futuro! Sim, acabou; agora aqui estou, ama-me!

— Só a ti, querido.

— Só a mim? Ainda uma vez, jura!

— Por estes olhos — respondeu ela, beijando-lhe os olhos —; por estes lábios — continuou, impondo-lhe um beijo nos lábios. — Pela minha vida e pela tua!

Evaristo repetiu as mesmas fórmulas, com iguais cerimônias. Depois, sentou-se defronte de Mariana como estava a princípio. Ela ergueu-se então, por sua vez, e foi ajoelhar-se-lhe aos pés, com os braços nos joelhos dele. Os cabelos caídos enquadravam tão bem o rosto, que ele sentiu não ser um gênio para copiá-la e legá-la ao mundo. Disse-lhe isso, mas a moça não respondeu palavra; tinha os olhos fitos nele, suplicantes. Evaristo inclinou-se, cravando nela os seus, e assim ficaram, rosto a rosto, uma, duas, três horas, até que alguém veio acordá-los:

— Faz favor de entrar.

Capítulo III

Evaristo teve um sobressalto. Deu com um homem, o mesmo criado que recebera o seu cartão de visita. Levantou-se depressa; Mariana recolheu-se à tela, que pendia da parede, onde ele a viu outra vez, trajada à moda de 1865, penteada e tranquila. Como nos sonhos, os pensamentos, gestos e atos mediram-se por outro tempo, que não o tempo; fez-se tudo em cinco ou seis minutos, que tantos foram os que o criado despendeu em levar o cartão e trazer o convite. Entretanto, é certo que Evaristo sentia ainda a impressão das carícias da moça, vivera realmente entre 1869 e 1872, porque as três horas da visão foram ainda uma concessão ao tempo. Toda a história ressurgira com os ciúmes que ele tinha de Xavier, os seus perdões e as ternuras recíprocas. Só faltou a crise final, quando a mãe de Mariana, sabendo de tudo, corajosamente se interpôs e os separou. Mariana resolveu morrer, chegou a ingerir veneno, e foi preciso o desespero da mãe para restituí-la à vida. Xavier que então estava na província do Rio, nada soube daquela tragédia, senão que a mulher escapara da morte, por causa de uma troca de medicamentos. Evaristo quis ainda vê-la antes de embarcar, mas foi impossível.

— Vamos — disse ele agora ao criado que o esperava.

Xavier estava no gabinete próximo, estirado em um canapé, com a mulher ao lado e algumas visitas. Evaristo penetrou ali cheio de comoção. A luz era pouca, o silêncio grande; Mariana tinha presa uma das mãos do enfermo, a observá-lo, a temer a morte ou uma crise. Mal pôde levantar os olhos para Evaristo e estender-lhe a mão; voltou a fitar o marido, em cujo rosto havia a marca do longo padecimento, e cujo respirar parecia o prelúdio da grande ópera infinita. Evaristo, que apenas vira o rosto de Mariana, retirou-se a um canto, sem ousar mirar-lhe a figura, nem acompanhar-lhe os movimentos. Chegou o médico, examinou o enfermo, recomendou as prescrições dadas, e retirou-se para voltar de noite. Mariana foi com ele até a porta, interrogando baixo, e procurando ler no rosto a verdade que a boca não queria dizer. Foi então que Evaristo a viu bem; a dor parecia alquebrá-la mais que os anos. Conheceu-lhe o jeito particular do corpo. Não descia da tela, como a outra, mas do tempo. Antes que ela tornasse ao leito do marido, Evaristo entendeu retirar-se também, e foi até a porta.

— Peço-lhe licença... Sinto não poder falar agora a seu marido.

— Agora não pode ser; o médico recomenda repouso e silêncio. Será noutra ocasião...

— Não vim há mais tempo vê-lo, porque só há pouco é que soube... E não cheguei há muito.

— Obrigada.

Evaristo estendeu-lhe a mão e saiu a passo abafado, enquanto ela voltava a sentar-se ao pé do doente. Nem os olhos nem a mão de Mariana revelaram em relação a ele uma impressão qualquer, e a despedida fez-se como entre pessoas indiferentes. Certo, o amor acabara, a data era remota, o coração envelhecera com o tempo, e o marido estava a expirar; mas, refletia ele, como explicar que, ao cabo de dezoito anos de separação, Mariana visse diante de si um homem que tanta parte tivera em sua vida, sem o menor abalo, espanto, constrangimento que fosse? Eis aí um mistério. Chamava-lhe mistério. Ainda agora à despedida, sentira ele um aperto, uma coisa, que lhe fez a palavra trôpega, que lhe tirou as ideias e até as simples fórmulas banais de pesar e de esperança. Ela, entretanto, não recebeu dele a menor comoção. E lembrando-se do retrato da sala, Evaristo concluiu que a arte era superior à natureza; a tela guardara o corpo e a alma... Tudo isso borrifado de um despeitozinho acre.

Xavier durou ainda uma semana. Indo fazer-lhe segunda visita, Evaristo assistiu à morte do enfermo, e não pôde furtar-se à comoção natural do momento, do lugar e das circunstâncias. Mariana, desgrenhada ao pé do leito, tinha os olhos mortos de vigília e de lágrimas. Quando Xavier, depois de longa agonia, expirou, mal se ouviu o choro de alguns parentes e amigos; um grito agudíssimo de Mariana chamou a atenção de todos; depois o desmaio e a queda da viúva. Durou alguns minutos a perda dos sentidos; tornada a si, Mariana correu ao cadáver, abraçou-se a ele, soluçando desesperadamente, dizendo-lhe os nomes mais queridos e ternos. Tinham esquecido de fechar os olhos ao cadáver; daí um lance pavoroso e melancólico, porque ela, depois de os beijar muito, foi tomada de alucinação e bradou que ele ainda vivia, que estava salvo; e, por mais que quisessem arrancá-la dali, não cedia, empurrava a todos, clamava que queriam tirar-lhe o marido. Nova crise a prostrou; foi levada às carreiras para outro quarto.

Quando o enterro saiu no dia seguinte, Mariana não estava presente, por mais que insistisse em despedir-se; já não tinha forças para acudir à vontade. Evaristo acompanhou o enterro. Seguindo o carro fúnebre, mal chegava a crer onde estava e o que fazia. No cemitério, falou a um dos parentes de Xavier, confiando-lhe a pena que tivera de Mariana.

— Vê-se que se amavam muito — concluiu.

— Ah! Muito — disse o parente. — Casaram-se por paixão; não assisti ao casamento, porque só cheguei ao Rio de Janeiro muitos anos depois, em 1874; achei-os, porém, tão unidos como se fossem noivos, e assisti até agora à vida de ambos. Viviam um para outro; não sei se ela ficará muito tempo neste mundo.

"1874", pensou Evaristo; "dois anos depois."

Mariana não assistiu à missa do sétimo dia; um parente — o mesmo do cemitério — representava-a naquela triste ocasião. Evaristo soube por ele que o estado da viúva não lhe permitia arriscar-se à comemoração da catástrofe. Deixou passar alguns dias, e foi fazer a sua visita de pêsames; mas, tendo dado o cartão, ouviu que ela não recebia ninguém. Foi então a São Paulo, voltou cinco ou seis semanas depois, preparou-se para embarcar; antes de partir, pensou ainda em visitar Mariana — não tanto por simples cortesia, como para levar consigo a imagem, deteriorada embora, daquela paixão de quatro anos.

Não a encontrou em casa. Voltava zangado, mal consigo, achava-se impertinente e de mau gosto. A pouca distância viu sair da igreja do Espírito Santo uma senhora de luto, que lhe pareceu Mariana. Era Mariana; vinha a pé; ao passar pela carruagem, olhou para ele, fez que o não conheceu, e foi andando, de modo que o cumprimento de Evaristo ficou sem resposta. Este ainda quis mandar parar o carro e despedir-se dela, ali mesmo, na rua, um minuto, três palavras; como, porém, hesitasse na resolução, só parou quando já havia passado a igreja, e Mariana ia um grande pedaço adiante. Apeou-se, não obstante, e desandou o caminho; mas, fosse respeito ou despeito, trocou de resolução, meteu-se no carro e partiu.

"Três vezes sincera", concluiu, passados alguns minutos de reflexão.

Antes de um mês estava em Paris. Não esquecera a comédia do amigo, a cuja primeira representação no Odéon ficara de assistir. Correu a saber dela; tinha caído redondamente.

— Coisas de teatro — disse Evaristo ao autor, para consolá-lo. — Há peças que caem. Há outras que ficam no repertório.

O ENFERMEIRO

PARECE-LHE ENTÃO que o que se deu comigo em 1860 pode entrar numa página de livro? Vá que seja, com a condição única de que não há de divulgar nada antes da minha morte. Não esperará muito, pode ser que oito dias, se não for menos; estou desenganado.

Olhe, eu podia mesmo contar-lhe a minha vida inteira, em que há outras coisas interessantes, mas para isso era preciso tempo, ânimo e papel, e eu só tenho papel; o ânimo é frouxo, e o tempo assemelha-se à lamparina de madrugada. Não tarda o sol do outro dia, um sol dos diabos, impenetrável como a vida. Adeus, meu caro senhor, leia isto e queira-me bem; perdoe-me o que lhe parecer mau, e não maltrate muito a arruda, se lhe não cheira a rosas. Pediu-me um documento humano, ei-lo aqui. Não me peça também o império do Grão-Mogol,[1] nem a fotografia dos Macabeus;[2] peça, porém, os meus sapatos de defunto e não os dou a ninguém mais.

Já sabe que foi em 1860. No ano anterior, ali pelo mês de agosto, tendo eu quarenta e dois anos, fiz-me teólogo, quero dizer, copiava os estudos de teologia de um padre de Niterói, antigo companheiro de colégio, que assim me dava,

---

[1] Império do Grão-Mogol — referência ao rei da Índia Akbar (1542–1605), cuja personalidade brilhante e habilidade administrativa tornaram-no conhecido pelo nome de Grão-Mogol, perpetuando, desse modo, a própria dinastia, extinta em 1870, a partir do domínio inglês.

[2] Referência aos irmãos Macabeus, sobretudo a Judas Macabeus, revolucionários judeus de 167 a.C., que conseguiram libertar Israel da repressão grega, sob o rei Antíoco IV Epífanes. No Antigo Testamento, o "Livro dos Macabeus" celebra essa revolução.

delicadamente, casa, cama e mesa. Naquele mês de agosto de 1859, recebeu ele uma carta de um vigário de certa vila do interior perguntando se conhecia pessoa entendida, discreta e paciente, que quisesse ir servir de enfermeiro ao coronel Felisberto, mediante um bom ordenado. O padre falou-me, aceitei com ambas as mãos, estava já enfarado de copiar citações latinas e fórmulas eclesiásticas. Vim à Corte despedir-me de um irmão, e segui para a vila.

Chegando à vila, tive más notícias do coronel. Era homem insuportável, estúrdio, exigente, ninguém o aturava, nem os próprios amigos. Gastava mais enfermeiros que remédios. A dois deles quebrou a cara. Respondi que não tinha medo de gente sã, menos ainda de doentes; e depois de entender-me com o vigário, que me confirmou as notícias recebidas, e me recomendou mansidão e caridade, segui para a residência do coronel.

Achei-o na varanda da casa estirado numa cadeira, bufando muito. Não me recebeu mal. Começou por não dizer nada; pôs em mim dois olhos de gato que observa; depois, uma espécie de riso maligno alumiou-lhe as feições, que eram duras. Afinal, disse-me que nenhum dos enfermeiros que tivera prestava para nada, dormiam muito, eram respondões e andavam ao faro das escravas; dois eram até gatunos!

— Você é gatuno?

— Não, senhor.

Em seguida, perguntou-me pelo nome: disse-lho e ele fez um gesto de espanto. Colombo? Não, senhor: Procópio José Gomes Valongo. Valongo? Achou que não era nome de gente, e propôs chamar-me tão somente Procópio, ao que respondi que estaria pelo que fosse de seu agrado. Conto-lhe esta particularidade, não só porque me parece pintá-lo bem, como porque a minha resposta deu de mim a melhor ideia ao coronel. Ele mesmo o declarou ao vigário, acrescentando que eu era o mais simpático dos enfermeiros que tivera. A verdade é que vivemos uma lua de mel de sete dias.

No oitavo dia, entrei na vida dos meus predecessores, uma vida de cão, não dormir, não pensar em mais nada, recolher injúrias e, às vezes, rir delas, com um ar de resignação e conformidade; reparei que era um modo de lhe fazer corte. Tudo impertinências de moléstia e do temperamento. A moléstia era um rosário delas, padecia de aneurisma, de reumatismo e de três ou quatro afecções menores. Tinha perto de sessenta anos, e desde os cinco toda a gente lhe fazia a vontade. Se fosse só rabugento, vá; mas ele era também mau, deleitava-se com a dor e a humilhação dos outros. No fim de três meses estava farto de o aturar; determinei vir embora; só esperei ocasião.

Não tardou a ocasião. Um dia, como lhe não desse a tempo uma fomentação, pegou da bengala e atirou-me dois ou três golpes. Não era preciso mais; despedi-me imediatamente, e fui aprontar a mala. Ele foi ter comigo, ao quarto, pediu-me que ficasse, que não valia a pena zangar por uma rabugice de velho. Instou tanto que fiquei.

— Estou na dependura, Procópio — dizia-me ele à noite. — Não posso viver muito tempo. Estou aqui, estou na cova. Você há de ir ao meu enterro, Procópio; não o dispenso por nada. Há de ir, há de rezar ao pé da minha sepultura. Se não for — acrescentou rindo —, eu voltarei de noite para lhe puxar as pernas. Você crê em almas de outro mundo, Procópio?

— Qual o quê!

— E por que é que não há de crer, seu burro? — redarguiu vivamente, arregalando os olhos.

Eram assim as pazes; imagine a guerra. Coibiu-se das bengaladas; mas as injúrias ficaram as mesmas, se não piores. Eu, com o tempo, fui calejando, e não dava mais por nada; era burro, camelo, pedaço d'asno, idiota, moleirão, era tudo. Nem, ao menos, havia mais gente que recolhesse uma parte desses nomes. Não tinha parentes; tinha um sobrinho que morreu tísico, em fins de maio ou princípios de julho, em Minas. Os amigos iam por lá às vezes aprová-lo, aplaudi-lo, e nada mais; cinco, dez minutos de visita. Restava eu; era eu sozinho para um dicionário inteiro. Mais de uma vez resolvi sair; mas, instado pelo vigário, ia ficando.

Não só as relações foram-se tornando melindrosas, mas eu estava ansioso por tornar à Corte. Aos quarenta e dois anos não é que havia de acostumar-me à reclusão constante, ao pé de um doente bravio, no interior. Para avaliar o meu isolamento, basta saber que eu nem lia os jornais; salvo alguma notícia mais importante que levavam ao coronel, eu nada sabia do resto do mundo. Entendi, portanto, voltar para a Corte, na primeira ocasião, ainda que tivesse de brigar com o vigário. Bom é dizer (visto que faço uma confissão geral) que, nada gastando e tendo guardado integralmente os ordenados, estava ansioso por vir dissipá-los aqui.

Era provável que a ocasião aparecesse. O coronel estava pior, fez testamento, descompondo o tabelião, quase tanto como a mim. O trato era mais duro, os breves lapsos de sossego e brandura faziam-se raros. Já por esse tempo tinha eu perdido a escassa dose de piedade que me fazia esquecer os excessos do doente; trazia dentro de mim um fermento de ódio e aversão. No princípio de agosto resolvi definitivamente sair; o vigário e o médico, aceitando as razões, pediram-me que ficasse algum tempo mais. Concedi-lhes um mês; no fim de um mês viria embora, qualquer que fosse o estado do doente. O vigário tratou de procurar-me substituto.

Vai ver o que aconteceu. Na noite de vinte e quatro de agosto, o coronel teve um acesso de raiva, atropelou-me, disse-me muito nome cru, ameaçou-me de um tiro, e acabou atirando-me um prato de mingau, que achou frio, o prato foi cair na parede, onde se fez em pedaços.

— Hás de pagá-lo, ladrão! — bradou ele.

Resmungou ainda muito tempo. Às onze horas passou pelo sono. Enquanto ele dormia, saquei um livro do bolso, um velho romance de d'Arlincourt,[3] traduzido, que lá achei, e pus-me a lê-lo, no mesmo quarto, a pequena distância da cama; tinha de acordá-lo à meia-noite para lhe dar o remédio. Ou fosse de cansaço, ou do livro, antes de chegar ao fim da segunda página adormeci também. Acordei aos gritos do coronel, e levantei-me estremunhado. Ele, que parecia delirar, continuou nos mesmos gritos, e acabou por lançar mão da

---

[3] D'Arlincourt — Charles Victor Prevot, Visconde d'Arlincourt (1789–1856), escritor francês, autor de *O solitário*.

moringa e arremessá-la contra mim. Não tive tempo de desviar-me; a moringa bateu-me na face esquerda, e tal foi a dor que não vi mais nada; atirei-me ao doente, pus-lhe as mãos ao pescoço, lutamos, e esganei-o.

Quando percebi que o doente expirava, recuei aterrado, e dei um grito; mas ninguém me ouviu. Voltei à cama, agitei-o para chamá-lo à vida, era tarde; arrebentara o aneurisma, e o coronel morreu. Passei à sala contígua, e durante duas horas não ousei voltar ao quarto. Não posso mesmo dizer tudo o que passei durante esse tempo. Era um atordoamento, um delírio vago e estúpido. Parecia-me que as paredes tinham vultos; escutava umas vozes surdas. Os gritos da vítima, antes da luta e durante a luta, continuavam a repercutir dentro de mim, e o ar, para onde quer que me voltasse, aparecia recortado de convulsões. Não creia que esteja fazendo imagens nem estilo; digo-lhe que eu ouvia distintamente umas vozes que me bradavam: assassino! Assassino!

Tudo o mais estava calado. O mesmo som do relógio, lento, igual e seco, sublinhava o silêncio e a solidão. Colava a orelha à porta do quarto na esperança de ouvir um gemido, uma palavra, uma injúria, qualquer coisa que significasse a vida, e me restituísse a paz à consciência. Estaria pronto a apanhar das mãos do coronel, dez, vinte, cem vezes. Mas nada, nada; tudo calado. Voltava a andar à toa, na sala, sentava-me, punha as mãos na cabeça; arrependia-me de ter vindo. "Maldita a hora em que aceitei semelhante coisa!", exclamava. E descompunha o padre de Niterói, o médico, o vigário, os que me arranjaram um lugar, e os que me pediram para ficar mais algum tempo. Agarrava-me à cumplicidade dos outros homens.

Como o silêncio acabasse por aterrar-me, abri uma das janelas, para escutar o som do vento, se ventasse. Não ventava. A noite ia tranquila, as estrelas fulguravam, com a indiferença de pessoas que tiram o chapéu a um enterro que passa, e continuam a falar de outra coisa. Encostei-me ali por algum tempo, fitando a noite, deixando-me ir a uma recapitulação da vida, a ver se descansava da dor presente. Só então posso dizer que pensei claramente no castigo. Achei-me com um crime às costas e vi a punição certa. Aqui o temor complicou o remorso. Senti que os cabelos me ficavam de pé. Minutos depois, vi três ou quatro vultos de pessoas, no terreiro espiando, com um ar de emboscada; recuei, os vultos esvaíram-se no ar; era uma alucinação.

Antes do alvorecer curei a contusão da face. Só então ousei voltar ao quarto. Recuei duas vezes, mas era preciso e entrei; ainda assim, não cheguei logo à cama. Tremiam-me as pernas, o coração batia-me; cheguei a pensar na fuga; mas era confessar o crime, e, ao contrário, urgia fazer desaparecer os vestígios dele. Fui até a cama; vi o cadáver, com os olhos arregalados e a boca aberta, como deixando passar a eterna palavra dos séculos: "Caim, que fizeste de teu irmão?".[4] Vi no pescoço o sinal das minhas unhas; abotoei alto a camisa e cheguei ao queixo a ponta do lençol. Em seguida, chamei um escravo, disse-lhe que o coronel amanhecera morto; mandei recado ao vigário e ao médico.

A primeira ideia foi retirar-me logo cedo, a pretexto de ter meu irmão doente, e, na verdade, recebera carta dele, alguns dias antes, dizendo-me que se sentia mal. Mas adverti que a retirada imediata poderia fazer despertar suspeitas, e fiquei. Eu mesmo amortalhei o cadáver, com o auxílio de um preto velho e míope. Não saí da sala mortuária; tinha medo de que descobrissem alguma coisa. Queria ver no rosto dos outros se desconfiavam; mas não ousava fitar ninguém. Tudo me dava impaciências: os passos de ladrão com que entravam na sala, os cochichos, as cerimônias e as rezas do vigário. Vindo a hora, fechei o caixão, com as mãos trêmulas, tão trêmulas que uma pessoa, que reparou nelas, disse à outra com piedade:

— Coitado do Procópio! Apesar do que padeceu, está muito sentido.

---

[4] "Caim, que fizeste de teu irmão?" — referência ao episódio do Antigo Testamento, no livro de Gênesis, capítulo IV, versículo 10, em que Deus pergunta a Caim por seu irmão, Abel, que ele havia matado por ciúmes.

Pareceu-me ironia; estava ansioso por ver tudo acabado. Saímos à rua. A passagem da meia escuridão da casa para a claridade da rua deu-me grande abalo; receei que fosse então impossível ocultar o crime. Meti os olhos no chão, e fui andando. Quando tudo acabou, respirei. Estava em paz com os homens. Não o estava com a consciência, e as primeiras noites foram naturalmente de desassossego e aflição. Não é preciso dizer que vim logo para o Rio de Janeiro, nem que vivi aqui aterrado, embora longe do crime; não ria, falava pouco, mal comia, tinha alucinações, pesadelos...

— Deixa lá o outro que morreu — diziam-me. — Não é caso para tanta melancolia.

E eu aproveitava a ilusão, fazendo muitos elogios ao morto, chamando-lhe boa criatura, impertinente, é verdade, mas um coração de ouro. E elogiando, convencia-me também, ao menos por alguns instantes. Outro fenômeno interessante, e que talvez lhe possa aproveitar, é que, não sendo religioso, mandei dizer uma missa pelo eterno descanso do coronel, na igreja do Sacramento. Não fiz convites, não disse nada a ninguém; fui ouvi-la, sozinho, e estive de joelhos todo o tempo, persignando-me a miúdo. Dobrei a espórtula do padre, e distribuí esmolas à porta, tudo por intenção do finado. Não queria embair os homens; a prova é que fui só. Para completar este ponto, acrescentarei que nunca aludia ao coronel, que não dissesse: "Deus lhe fale n'alma!". E contava dele algumas anedotas alegres, rompantes engraçados...

Sete dias depois de chegar ao Rio de Janeiro, recebi a carta do vigário, que lhe mostrei, dizendo-me que fora achado o testamento do coronel, e que eu era o herdeiro universal. Imagine o meu pasmo. Pareceu-me que lia mal, fui a meu irmão, fui aos amigos; todos leram a mesma coisa. Estava escrito; era eu o herdeiro universal do coronel. Cheguei a supor que fosse uma cilada; mas adverti logo que havia outros meios de capturar-me, se o crime estivesse descoberto. Demais, eu conhecia a probidade do vigário, que não se prestaria a ser instrumento. Reli a carta, cinco, dez, muitas vezes; lá estava a notícia.

— Quanto tinha ele? — perguntava-me meu irmão.

— Não sei, mas era rico.

— Realmente, provou que era teu amigo.

— Era... Era...

Assim, por uma ironia da sorte, os bens do coronel vinham parar às minhas mãos. Cogitei em recusar a herança. Parecia-me odioso receber um vintém do tal espólio; era pior do que fazer-me esbirro alugado. Pensei nisso três dias, e esbarrava sempre na consideração de que a recusa podia fazer desconfiar alguma coisa. No fim dos três dias, assentei num meio-termo; receberia a herança e dá-la-ia toda, aos bocados e às escondidas. Não era só escrúpulo; era também o modo de resgatar o crime por um ato de virtude; pareceu-me que ficava assim de contas saldas.

Preparei-me e segui para a vila. Em caminho, à proporção que me ia aproximando, recordava o triste sucesso; as cercanias da vila tinham um aspecto de tragédia, e a sombra do coronel parecia-me surgir de cada lado. A imaginação ia reproduzindo as palavras, os gestos, toda a noite horrenda do crime...

Crime ou luta? Realmente, foi uma luta em que eu, atacado, defendi-me, e na defesa... Foi uma luta desgraçada, uma fatalidade. Fixei-me nessa ideia. E balanceava os agravos, punha no ativo as pancadas, as injúrias... Não era culpa do coronel, bem o sabia, era da moléstia, que o tornava assim rabugento e até mau... Mas eu perdoava tudo, tudo... O pior foi a fatalidade daquela noite... Considerei também que o coronel não podia viver muito mais; estava por pouco; ele mesmo o sentia e dizia. Viveria quanto? Duas semanas, ou uma; pode ser até que menos. Já não era vida, era um molambo de vida, se isto mesmo se podia chamar ao padecer contínuo do pobre homem... E quem sabe mesmo se a luta e a morte não foram apenas coincidentes? Podia ser, era até o mais provável; não foi outra coisa. Fixei-me também nessa ideia...

Perto da vila apertou-se-me o coração, e quis recuar; mas dominei-me e fui. Receberam-me com parabéns. O vigário disse-me as disposições do testamento, os legados pios, e de caminho ia louvando a mansidão cristã e o zelo com que eu servira ao coronel, que, apesar de áspero e duro, soube ser grato.

— Sem dúvida — dizia eu olhando para outra parte.

Estava atordoado. Toda a gente me elogiava a dedicação e a paciência. As primeiras necessidades do inventário detiveram-me algum tempo na vila. Constituí advogado; as coisas correram placidamente. Durante esse tempo, falava muita vez do coronel. Vinham contar-me coisas dele, mas sem a moderação do padre; eu defendia-o, apontava algumas virtudes, era austero...

— Qual austero! Já morreu, acabou; mas era o diabo.

E referiam-me casos duros, ações perversas, algumas extraor-dinárias. Quer que lhe diga? Eu, a princípio, ia ouvindo cheio de curiosidade; depois, entrou-me no coração um singular prazer, que eu, sinceramente, buscava expelir. E defendia o coronel, explicava-o, atribuía alguma coisa às rivalidades locais; confessava, sim, que era um pouco violento... Um pouco? Era uma cobra assanhada, interrompia-me o barbeiro; e todos, o coletor, o boticário, o escrivão, todos diziam a mesma coisa; e vinham outras anedotas, vinha toda a vida do defunto. Os velhos lembravam-se das crueldades dele, em menino. E o prazer íntimo, calado, insidioso, crescia dentro de mim, espécie de tênia moral, que por mais que a arrancasse aos pedaços recompunha-se logo e ia ficando.

As obrigações do inventário distraíram-me; e por outro lado a opinião da vila era tão contrária ao coronel, que a vista dos lugares foi perdendo para mim a feição tenebrosa que a princípio achei neles. Entrando na posse da herança, converti-a em títulos e dinheiro. Eram então passados muitos meses, e a ideia de distribuí-la toda em esmolas e donativos pios não me dominou como da primeira vez; achei mesmo que era afetação. Restringi o plano primitivo: distribuí alguma coisa aos pobres, dei à matriz da vila uns paramentos novos, fiz uma esmola à Santa Casa da Misericórdia etc.: ao todo trinta e dois contos. Mandei também levantar um túmulo ao coronel, todo de mármore, obra de um napolitano, que aqui esteve até 1866, e foi morrer, creio eu, no Paraguai.

Os anos foram andando, a memória tornou-se cinzenta e desmaiada. Penso às vezes no coronel, mas sem os terrores dos primeiros dias. Todos os médicos a quem contei as moléstias dele, foram acordes em que a morte era certa, e só se admiravam de ter resistido tanto tempo. Pode ser que eu, involuntariamente, exagerasse a descrição que então lhes fiz; mas a verdade é que ele devia morrer, ainda que não fosse aquela fatalidade...

Adeus, meu caro senhor. Se achar que esses apontamentos valem alguma coisa, pague-me também com um túmulo de mármore, ao qual dará por epitáfio esta emenda que faço aqui ao divino sermão da montanha: "Bem-aventurados os que possuem, porque eles serão consolados".[5]

[5] "Ao divino sermão... eles serão consolados" — referência ao episódio bíblico, narrado no livro de Mateus, capítulo V, do Novo Testamento, em que Jesus prega numa montanha, propondo as bem-aventuranças do reino de Deus.

Um cão de lata ao rabo

Era uma vez um mestre-escola, residente em Chapéu d'Uvas, que se lembrou de abrir entre os alunos um torneio de composição e de estilo; ideia útil, que não somente afiou e desafiou as mais diversas ambições literárias, como produziu páginas de verdadeiro e raro merecimento.

— Meus rapazes — disse ele. — Chegou a ocasião de brilhar e mostrar que podem fazer alguma coisa. Abro o concurso, e dou quinze dias aos concorrentes. No fim dos quinze dias, quero ter em minhas mãos os trabalhos de todos; escolherei um júri para os examinar, comparar e premiar.

— Mas o assunto? — perguntaram os rapazes batendo palmas de alegria.

— Podia dar-lhes um assunto histórico; mas seria fácil, e eu quero experimentar a aptidão de cada um. Dou-lhes um assunto simples, aparentemente vulgar, mas profundamente filosófico.

— Diga, diga!

— O assunto é este: *um cão de lata ao rabo*. Quero vê-los brilhar com opulência de linguagem e atrevimentos de ideia. Rapazes, à obra! Claro é que cada um pode apreciá-lo conforme entender.

O mestre-escola nomeou um júri, de que eu fiz parte. Sete escritos foram submetidos ao nosso exame. Eram geralmente bons; mas três, sobretudo, mereceram a palma e encheram de pasmo o júri e o mestre, tais eram neste o arrojo do pensamento e a novidade do estilo, naquele a pureza da linguagem e a solenidade acadêmica, naquele outro a erudição rebuscada e técnica — tudo novidade, ao menos em Chapéu d'Uvas. Nós os classificamos pela ordem do mérito e do estilo.

Assim, temos:

1º Estilo antitético e astmático.

2º Estilo *ab ovo.*[1]

3º Estilo clássico.

Para que o leitor fluminense julgue por si mesmo de tais méritos, vou dar adiante os referidos trabalhos, até agora inéditos, mas já agora sujeitos ao apreço público.

Capítulo I
Estilo antitético e astmático

O cão atirou-se com ímpeto. Fisicamente, o cão tem pés, quatro; moralmente, tem asas, duas. Pés: ligeireza na linha reta. Asas: ligeireza na linha ascensional. Duas forças, duas funções. Espádua de anjo no dorso de uma locomotiva.

Um menino atara a lata ao rabo do cão. Que é o rabo? Um prolongamento e um deslumbramento. Esse apêndice, que é carne, é também um clarão. Di-lo a filosofia? Não; di-lo a etimologia. Rabo, rabino: duas ideias e uma só raiz.

A etimologia é a chave do passado, como a filosofia é a chave do futuro.

O cão ia pela rua afora, a dar com a lata nas pedras. A pedra faiscava, a lata retinia, o cão voava. Ia como o raio, como o vento, como a ideia. Era a revolução, que transtorna, o temporal que derruba, o incêndio que devora. O cão devorava. Que devorava o cão? O espaço. O espaço é comida. O céu pôs esse transparente manjar ao alcance dos impetuosos. Quando uns jantam e outros jejuam; quando, em oposição às toalhas da casa nobre, há os andrajos da casa pobre; quando em cima as garrafas choram *lacrima-christi,*[2] e embaixo os olhos choram lágrimas de sangue, Deus inventou um banquete para a alma. Chamou-lhe espaço. Esse imenso azul, que está entre a criatura e o criador, é o caldeirão dos grandes famintos. Caldeirão azul: antinomia, unidade.

---

[1] Expressão latina que significa desde o ovo, isto é, desde o início.

[2] Expressão latina que significa lágrima de Cristo.

O cão ia. A lata saltava como os guizos do arlequim.[3] De caminho envolveu-se nas pernas de um homem. O homem parou; o cão parou: pararam diante um do outro. Contemplação única! *Homo, canis.*[4] Um parecia dizer: — Liberta-me! O outro parecia dizer: — Afasta-te! Após alguns instantes, recuaram ambos; o quadrúpede deslaçou-se do bípede. *Canis* levou a sua lata; *homo* levou a sua vergonha. Divisão equitativa. A vergonha é a lata ao rabo do caráter.

Então, ao longe, muito longe, troou alguma coisa funesta e misteriosa. Era o vento, era o furacão que sacudira as algemas do infinito e rugia como uma imensa pantera. Após o rugido, o movimento, o ímpeto, a vertigem. O furacão vibrou, uivou, grunhiu. O mar calou o seu tumulto, a terra calou a sua orquestra. O furacão vinha retorcendo as árvores, essas torres da natureza, vinha abatendo as torres, essas árvores da arte; e rolava tudo, e aturdia tudo, e ensurdecia tudo. A natureza parecia atônita de si mesma. O condor, que é o colibri dos Andes, tremia de terror, como o colibri, que é o condor das rosas. O furacão igualava o píncaro e a base. Diante dele o máximo e o mínimo eram uma só coisa: nada. Alçou o dedo e apagou o sol. A poeira cercava-o todo; trazia poeira adiante, atrás, à esquerda, à direita; poeira em cima, poeira embaixo. Era o redemoinho, a convulsão, o arrasamento.

O cão, ao sentir o furacão, estacou. O pequeno parecia desafiar o grande. O finito encarava o infinito, não com pasmo, não com medo; com desdém. Essa espera do cão tinha alguma coisa de sublime. Há no cão que espera uma expressão semelhante à tranquilidade do leão ou à fixidez do deserto. Parando o cão, parou a lata. O furacão viu de longe esse inimigo quieto: achou-o sublime e desprezível. Quem

---

[3] Arlequim — personagem da *Commedia dell'arte* italiana, tipo de teatro profissional do século XVI. O traje de Arlequim é composto de pequenos retalhos triangulares de diversas cores, máscara preta e uma espécie de espada de madeira. Rival de Pierrot nos amores de Colombina.

[4] Expressão latina que significa homem, cão.

era ele para o afrontar? A um quilômetro de distância, o cão investiu para o adversário. Um e outro entraram a devorar o espaço, o tempo, a luz. O cão levava a lata, o furacão trazia a poeira. Entre eles, e em redor deles, a natureza ficara extática, atônita.

Súbito grudaram-se. A poeira redemoinhou, a lata retiniu com o fragor das armas de Aquiles.[5] Cão e furacão envolveram-se um no outro; era a raiva, a ambição, a loucura, o desvario; eram todas as forças, todas as doenças; era o azul, que dizia ao pó: és baixo; era o pó, que dizia ao azul: és orgulhoso. Ouvia-se o rugir, o latir, o retinir; e por cima de tudo isso, uma testemunha impassível, o Destino; e por baixo de tudo isso, uma testemunha visível, o Homem.

As horas voavam como folhas num temporal. O duelo prosseguia sem misericórdia nem interrupção. Tinha a continuidade das grandes cóleras. Tinha a persistência das pequenas vaidades. Quando o furacão abria as largas asas, o cão arreganhava os dentes agudos. Arma por arma; afronta por afronta; morte por morte. Um dente vale uma asa. A asa buscava o pulmão, para sufocá-lo; o dente buscava a asa, para destruí-la. Cada uma dessas duas espadas implacáveis trazia a morte na ponta.

De repente, ouviu-se um estouro, um gemido, um grito de triunfo. A poeira subiu, o ar clareou, e o terreno do duelo apareceu aos olhos do homem estupefato. O cão devorara o furacão. O pó vencera o azul. O mínimo derrubara o máximo. Na fronte do vencedor havia uma aurora; na do vencido negrejava uma sombra. Entre ambas jazia, inútil, uma coisa: a lata.

Capítulo II
Estilo *ab ovo*

Um cão saiu de lata ao rabo. Vejamos primeiramente o que é o cão, o barbante e a lata; e vejamos se é possível saber a origem do uso de pôr uma lata ao rabo do cão.

---

[5] Célebre guerreiro grego, personagem da *Ilíada*, de Homero.

O cão nasceu no sexto dia. Com efeito, achamos no *Gênesis*, cap. I, v. 24 e 25, que, tendo criado na véspera os peixes e as aves, Deus criou naqueles dias as bestas da terra e os animais domésticos, entre os quais figura o de que ora trato.

Não se pode dizer com acerto a data do barbante e da lata. Sobre o primeiro, encontramos no *Êxodo*, cap. XXVII, v. 1, estas palavras de Jeová: "Farás dez cortinas de linho retorcido", de onde se pode inferir que já se torcia o linho, e por conseguinte se usava o cordel. Da lata as induções são mais vagas. No mesmo livro do *Êxodo*, cap. XXVII, v. 3, fala o profeta em *caldeiras*; mas logo adiante recomenda que sejam de cobre. O que não é o nosso caso.

Seja como for, temos a existência do cão, provada pelo *Gênesis*, e a do barbante citada com verossimilhança no *Êxodo*. Não havendo prova cabal da lata, podemos crer, sem absurdo, que existe, visto o uso que dela fazemos.

Agora: donde vem o uso de atar uma lata ao rabo do cão? Sobre este ponto a história dos povos semíticos[6] é tão obscura como a dos povos arianos.[7] O que se pode afiançar é que os Hebreus não o tiveram. Quando David (*Reis*, cap. V, v. 16)[8] entrou na cidade a bailar defronte da arca, Micol, a filha de Saul, que o viu, ficou fazendo má ideia dele, por motivo dessa expansão coreográfica. Concluo que era um povo triste. Dos Babilônios suponho a mesma coisa, e a mesma dos Cananeus dos Jabuseus, dos Amorreus, dos Filisteus, dos Fariseus, dos Hateus e dos Heveus.

Nem admira que esses povos desconhecessem o uso de que se trata. As guerras que traziam não davam lugar à criação do município, que é de data relativamente moderna;

---

[6] Descendentes de Sem, filho de Noé, que compreende os hebreus, assírios, aramaicos e árabes.

[7] Indivíduos dos árias, os mais antigos antepassados dos indo-europeus (germânicos, celtas, gregos, bálticos, entre outros).

[8] Ao que tudo indica, Machado confundiu suas referências. O episódio da entrada dançante de Davi, na Arca da Aliança, é narrado no dois de Samuel", capítulo VI, versículos 14, 15 e 16.

e o uso de atar a lata ao cão, há fundamento para crer que é contemporâneo do município, porquanto nada menos é que a primeira das liberdades municipais.

O município é o verdadeiro alicerce da sociedade, do mesmo modo que a família o é do município. Sobre este ponto estão de acordo os mestres da ciência. Daí vem que as sociedades remotíssimas, se bem tivessem o elemento da família e o uso do cão, não tinham nem podiam ter o de atar a lata ao rabo desse digno companheiro do homem, por isso que lhe faltava o município e as liberdades correlatas.

Na *Ilíada*[9] não há episódio algum que mostre o uso da lata atada ao cão. O mesmo direi dos *Vedas,*[10] do Popol-Vuh,[11] e dos livros de Confúcio.[12] Num hino a Varuna (*Rig-Veda*, cap. I, v. 2)[13] fala-se em um "cordel atado embaixo". Mas não sendo as palavras postas na boca do cão, e sim do homem, é absolutamente impossível ligar esse texto ao uso moderno.

Que os meninos antigos brincavam, e de modo vário, é ponto incontroverso, em presença dos autores. Varrão, Cícero, Aquiles, Aulo Gélio, Suetônio, Higino, Propércio, Marcial, falam de diferentes objetos com que as crianças se entretinham ou fossem bonecos, ou espadas de pau, ou bolas, ou análogos artifícios. Nenhum deles, entretanto, diz

---

[9] Poema épico de Homero, em que se narram as aventuras da Guerra de Troia.

[10] Livros sagrados da Índia; escritos em sânscrito, em quatro volumes, atribuídos à revelação de Brama, deus supremo e criador de todas as coisas.

[11] Documento da literatura indígena americana que se refere às origens, peregrinações e artes mágicas dos quichés, povo aborígine, principalmente da Guatemala e Iucatã.

[12] Kong-Fu-Tse (cerca de 551–479 a.C.), célebre filósofo chinês. De seus livros consta um sistema de moral e de conduta que valoriza o cultivo do espírito humano e a harmonia no corpo social.

[13] Na mitologia hindu, Varuna é o deus do céu. *Rig-Veda*, coletânea de 1.028 hinos, é o primeiro dos quatro livros do *Veda*. Abrange a essência da mitologia, da cosmogonia e da filosofia bramânica.

uma só palavra do cão de lata ao rabo. Será crível que, se tal gênero de divertimento houvera entre Romanos e Gregos, nenhum autor nos desse dele alguma notícia, quando o fato de haver Alcebíades cortado a cauda de um cão seu é citado solenemente no livro de Plutarco?

Assim explorada a origem do uso, entrarei no exame do assunto que... *(Não houve tempo para concluir.)*

Capítulo III
Estilo largo e clássico

Larga messe de louros se oferece às inteligências altíloquas, que, no prélio agora encetado, têm de terçar armas, temperadas e finas, ante o ilustre mestre e guia de nossos trabalhos; e porquanto os apoucamentos do meu espírito me não permitem justar com glória, e quiçá me condenam a pronto desbaratamento, contento-me em seguir de longe a trilha dos vencedores, dando-lhes as palmas da admiração.

Manha foi sempre da puerícia atar uma lata ao apêndice posterior do cão: e essa manha, não por certo louvável, é quase certo que a tiveram os párvulos de Atenas, não obstante ser a abelha mestra da antiguidade, cujo mel ainda hoje gosta o paladar dos sabedores.

Tinham alguns infantes, por brinco e gala, atado uma lata a um cão, dando assim folga a aborrecimentos e enfados de suas tarefas escolares. Sentindo a mortificação do barbante, que lhe prendia a lata, e assustado com o soar da lata nos seixos do caminho, o cão ia tão cego e desvairado, que a nenhuma coisa ou pessoa parecia atender.

Movidos da curiosidade, acudiam os vizinhos às portas de suas vivendas, e, longe de sentirem a compaixão natural do homem quando vê padecer outra criatura, dobravam os agastamentos do cão com surriadas e vaias. O cão perlustrou as ruas, saiu aos campos, aos andurriais, até entestar com uma montanha, em cujos alcantilados píncaros desmaiava o sol, e ao pé de cuja base um mancebo apascoava o seu gado.

Quis o Supremo Opífice[14] que este mancebo fosse mais compassivo que os da cidade, e fizesse acabar o suplício ao cão. Gentil era ele, de olhos brandos e não somenos em graça aos da mais formosa donzela. Com o cajado ao ombro, e sentado num pedaço de rochedo, manuseava um tomo de Virgílio, seguindo com o pensamento a trilha daquele caudal engenho. Aproximando-se o cão do mancebo, este lhe lançou as mãos e o deteve. O mancebo varreu logo da memória o poeta e o gado, tratou de desvincular a lata do cão e o fez em poucos minutos, com mor destreza e paciência.

O cão, aliás vultoso, parecia haver desmedrado fortemente, depois que a malícia dos meninos o pusera em tão apertadas andanças. Livre da lata, lambeu as mãos do mancebo, que o tomou para si, dizendo:

— De ora avante, me acompanharás ao pasto.

Folgareis certamente com o caso que deixo narrado, embora não possa o apoucado e rude estilo do vosso condiscípulo dar ao quadro os adequados toques. Feracíssimo é o campo para engenhos de mais alto quilate; e, embora abastado de urzes, e porventura coberto de trevas, a imaginação dará o fio de Ariadne[15] com que sói vencer os mais complicados labirintos.

Entranhado anelo me enche de antecipado gosto, por ler os produtos de vossas inteligências, que serão em tudo dignos do nosso mestre, e que desafiarão a foice da morte colhendo vasta seara de louros imarcescíveis com que engrinaldareis as fontes imortais.

Tais são os três escritos; dando-os ao prelo, fico tranquilo com a minha consciência; revelei três escritores.

O Cruzeiro, 2 abril, 1878.

---

[14] Supremo artífice, provável referência a Zeus, deus grego de todos os deuses, ou a Júpiter, deus supremo dos romanos.

[15] Referência ao episódio da mitologia grega, em que Ariadne, filha de Minos, rei de Creta, deu a Teseu o fio que o ajudou a sair do labirinto, depois de ele ter matado o Minotauro.

A CHINELA TURCA

VEDE O BACHAREL DUARTE. Acaba de compor o mais teso e correto laço de gravata que apareceu naquele ano de 1850, e anunciam-lhe a visita do major Lopo Alves. Notai que é de noite, e passa de nove horas. Duarte estremeceu, e tinha duas razões para isso. A primeira era ser o major, em qualquer ocasião, um dos mais enfadonhos sujeitos do tempo. A segunda é que ele preparava-se justamente para ir ver, em um baile, os mais finos cabelos louros e os mais pensativos olhos azuis, que este nosso clima, tão avaro deles, produzira. Datava de uma semana aquele namoro. Seu coração, deixando-se prender entre duas valsas, confiou aos olhos, que eram castanhos, uma declaração em regra, que eles pontualmente transmitiram à moça, dez minutos antes da ceia, recebendo favorável resposta logo depois do chocolate. Três dias depois, estava a caminho a primeira carta, e pelo jeito que levavam as coisas, não era de admirar que, antes do fim do ano, estivessem ambos a caminho da igreja. Nestas circunstâncias, a chegada de Lopo Alves era uma verdadeira calamidade. Velho amigo da família, companheiro de seu finado pai no exército, tinha jus o major a todos os respeitos. Impossível despedi-lo ou tratá-lo com frieza. Havia felizmente uma circunstância atenuante; o major era aparentado com Cecília, a moça dos olhos azuis; em caso de necessidade, era um voto seguro.

Duarte enfiou um chambre e dirigiu-se para a sala, onde Lopo Alves, com um rolo debaixo do braço e os olhos fitos no ar, parecia totalmente alheio à chegada do bacharel.

— Que bom vento o trouxe a Catumbi a semelhante hora? — perguntou Duarte, dando à voz uma expressão de prazer, aconselhada não menos pelo interesse que pelo bom tom.

— Não sei se o vento que me trouxe é bom ou mau — respondeu o major, sorrindo por baixo do espesso bigode grisalho —; sei que foi um vento rijo. Vai sair?

— Vou ao Rio Comprido.

— Já sei; vai à casa da viúva Meneses. Minha mulher e as pequenas já lá devem estar: eu irei mais tarde, se puder. Creio que é cedo, não?

Lopo Alves tirou o relógio e viu que eram nove horas e meia. Passou a mão pelo bigode, levantou-se, deu alguns passos na sala, tornou a sentar-se e disse:

— Dou-lhe uma notícia, que certamente não espera. Saiba que fiz... fiz um drama.

— Um drama! — exclamou o bacharel.

— Que quer? Desde criança padeci destes achaques literários. O serviço militar não foi remédio que me curasse, foi um paliativo. A doença regressou com a força dos primeiros tempos. Já agora não há remédio senão deixá-la, e ir simplesmente ajudando a natureza.

Duarte recordou-se de que efetivamente o major falava noutro tempo de alguns discursos inaugurais, duas ou três nênias e boa soma de artigos que escrevera acerca das campanhas do Rio da Prata. Havia, porém, muitos anos que Lopo Alves deixara em paz os generais platinos e os defuntos; nada fazia supor que a moléstia volvesse, sobretudo caracterizada por um drama. Esta circunstância explicá-la-ia o bacharel, se soubesse que Lopo Alves, algumas semanas antes, assistira à representação de uma peça do gênero ultrarromântico, obra que lhe agradou muito e lhe sugeriu a ideia de afrontar as luzes do tablado. Não entrou o major nestas minuciosidades necessárias, e o bacharel ficou sem conhecer o motivo da explosão dramática do militar. Nem o soube, nem curou disso. Encareceu muito as faculdades mentais do major, manifestou calorosamente a ambição que nutria de o ver sair triunfante naquela estreia, prometeu que o recomendaria a alguns amigos que tinha no *Correio Mercantil*, e só estacou e empalideceu quando viu o major, trêmulo de bem-aventurança, abrir o rolo que trazia consigo.

— Agradeço-lhe as suas boas intenções — disse Lopo Alves —e aceito o obséquio que me promete; antes dele, porém, desejo outro. Sei que é inteligente e lido; há de me dizer francamente o que pensa deste trabalho. Não lhe peço elogios, exijo franqueza e franqueza rude. Se achar que não é bom, diga-o sem rebuço.

Duarte procurou desviar aquele cálice de amargura; mas era difícil pedi-lo, e impossível alcançá-lo. Consultou melancolicamente o relógio, que marcava nove horas e cinquenta e cinco minutos, enquanto o major folheava paternalmente as cento e oitenta folhas do manuscrito.

— Isto vai depressa — disse Lopo Alves. — Eu sei o que são rapazes e o que são bailes. Descanse que ainda hoje dançará duas ou três valsas com *ela*, se a tem, ou com elas. Não acha melhor irmos para o seu gabinete?

Era indiferente, para o bacharel, o lugar do suplício; acedeu ao desejo do hóspede. Este, com a liberdade que lhe davam as relações, disse ao moleque que não deixasse entrar ninguém. O algoz não queria testemunhas. A porta do gabinete fechou-se; Lopo Alves tomou lugar ao pé da mesa, tendo em frente o bacharel, que mergulhou o corpo e o desespero numa vasta poltrona de marroquim, resoluto a não dizer palavra para ir mais depressa ao termo.

O drama dividia-se em sete quadros. Esta indicação produziu um calafrio no ouvinte. Nada havia de novo naquelas cento e oitenta páginas, senão a letra do autor. O mais eram os lances, os caracteres, as *ficelles*[1] e até o estilo dos mais acabados tipos do romantismo desgrenhado. Lopo Alves cuidava pôr por obra uma invenção, quando não fazia mais do que alinhavar as suas reminiscências. Noutra ocasião, a obra seria um bom passatempo. Havia logo no primeiro quadro, espécie de prólogo, uma criança roubada à família, um envenenamento, dois embuçados, a ponta de um punhal e quantidade de adjetivos não menos afiados que o punhal.

---

[1] Palavra francesa que significa cordinha ou rusga, intriga. O texto faz referência a este último sentido.

No segundo quadro dava-se conta da morte de um dos embuçados, que devia ressuscitar no terceiro, para ser preso no quinto, e matar o tirano no sétimo. Além da morte aparente do embuçado, havia no segundo quadro o rapto da menina, já então moça de dezessete anos, um monólogo que parecia durar igual prazo, e o roubo de um testamento.

Eram quase onze horas quando acabou a leitura deste segundo quadro. Duarte mal podia conter a cólera; era já impossível ir ao Rio Comprido. Não é fora de propósito conjeturar que, se o major expirasse naquele momento, Duarte agradeceria a morte como um benefício da Providência. Os sentimentos do bacharel não faziam crer tamanha ferocidade; mas a leitura de um mau livro é capaz de produzir fenômenos ainda mais espantosos. Acresce que, enquanto aos olhos carnais do bacharel aparecia em toda a sua espessura a grenha de Lopo Alves, fulgiam-lhe ao espírito os fios de ouro que ornavam a formosa cabeça de Cecília; via-a com os olhos azuis, a tez branca e rosada, o gesto delicado e gracioso, dominando todas as demais damas que deviam estar no salão da viúva Meneses. Via aquilo, e ouvia mentalmente a música, a palestra, o soar dos passos, e o ruge-ruge das sedas; enquanto a voz rouquenha e sensaborona de Lopo Alves ia desfiando os quadros e os diálogos, com a impassibilidade de uma grande convicção.

Voava o tempo, e o ouvinte já não sabia a conta dos quadros. Meia-noite soara desde muito; o baile estava perdido. De repente, viu Duarte que o major enrolava outra vez o manuscrito, erguia-se, empertigava-se, cravava nele uns olhos odientos e maus, e saía arrebatadamente do gabinete. Duarte quis chamá-lo, mas o pasmo tolhera-lhe a voz e os movimentos. Quando pôde dominar-se, ouviu o bater do tacão rijo e colérico do dramaturgo na pedra da calçada.

Foi à janela; nada viu nem ouviu; autor e drama tinham desaparecido.

— Por que não fez ele isso há mais tempo? — disse o rapaz suspirando.

O suspiro mal teve tempo de abrir as asas e sair pela janela fora, em demanda do Rio Comprido, quando o moleque do bacharel veio anunciar-lhe a visita de um homem baixo e gordo.

— A esta hora! — exclamou Duarte.

— A esta hora — repetiu o homem baixo e gordo, entrando na sala. — A esta ou a qualquer hora, pode a polícia entrar na casa do cidadão, uma vez que se trata de um delito grave.

— Um delito!

— Creio que me conhece...

— Não tenho essa honra.

— Sou empregado na polícia.

— Mas que tenho eu com o senhor? De que delito se trata?

— Pouca coisa: um furto. O senhor é acusado de haver subtraído uma chinela turca. Aparentemente não vale nada ou vale pouco a tal chinela. Mas há chinela e chinela. Tudo depende das circunstâncias.

O homem disse isto com um riso sarcástico, e cravando no bacharel uns olhos de inquisidor. Duarte não sabia sequer da existência do objeto roubado. Concluiu que havia equívoco de nome, e não se zangou com a injúria irrogada à sua pessoa, e de algum modo à sua classe, atribuindo-se-lhe a ratonice. Isto mesmo disse ao empregado da polícia, acrescentando que não era motivo, em todo caso, para incomodá-lo a semelhante hora.

— Há de perdoar-me — disse o representante da autoridade. — A chinela de que se trata vale algumas dezenas de contos de réis; é ornada de finíssimos diamantes, que a tornam singularmente preciosa. Não é turca só pela forma, mas também pela origem. A dona, que é uma de nossas patrícias mais viageiras, esteve, há cerca de três anos, no Egito, onde a comprou a um judeu. A história, que este aluno de Moisés referiu acerca daquele produto da indústria muçulmana, é verdadeiramente miraculosa e, no meu sentir, perfeitamente mentirosa. Mas não vem ao caso dizê-la. O que importa saber é que ela foi roubada e que a polícia tem denúncia contra o senhor.

Neste ponto do discurso, chegara-se o homem à janela; Duarte suspeitou que fosse um doudo ou um ladrão. Não teve tempo de examinar a suspeita, porque dentro de alguns segundos, viu entrar cinco homens armados, que lhe lançaram as mãos e o levaram, escada abaixo, sem embargo dos gritos que soltava e dos movimentos desesperados que fazia. Na rua havia um carro, onde o meteram à força. Já lá estava o homem baixo e gordo, e mais um sujeito alto e magro que o receberam e fizeram sentar no fundo do carro. Ouviu-se estalar o chicote do cocheiro e o carro partiu à desfilada.

— Ah! Ah! — disse o homem gordo. — Com que então pensava que podia impunemente furtar chinelas turcas, namorar moças louras, casar talvez com elas... e rir ainda por cima do gênero humano.

Ouvindo aquela alusão à dama dos seus pensamentos, Duarte teve um calafrio. Tratava-se, ao que parecia, de algum desforço de rival suplantado. Ou a alusão seria casual e estranha à aventura? Duarte perdeu-se num cipoal de conjeturas, enquanto o carro ia sempre andando a todo galope. No fim de algum tempo, arriscou uma observação.

— Quaisquer que sejam os meus crimes, suponho que a polícia...

— Nós não somos da polícia — interrompeu friamente o homem magro.

— Ah!

— Este cavalheiro e eu fazemos um par. Ele, o senhor e eu faremos um terno. Ora, terno não é melhor que par; não é, não pode ser. Um casal é o ideal. Provavelmente não me entendeu?

— Não, senhor.

— Há de entender logo mais.

Duarte resignou-se à espera, enfronhou-se no silêncio, derreou o corpo, e deixou correr o carro e a aventura. Obra de cinco minutos depois estacavam os cavalos.

— Chegamos — disse o homem gordo.

Dizendo isto tirou um lenço da algibeira e ofereceu-o ao bacharel para que tapasse os olhos. Duarte recusou, mas o homem magro observou-lhe que era mais prudente obedecer que resistir. Não resistiu o bacharel; atou o lenço e apeou-se. Ouviu, daí a pouco, ranger uma porta; duas pessoas, provavelmente as mesmas que o acompanharam no carro, seguraram-lhe as mãos e o conduziram por uma infinidade de corredores e escadas. Andando, ouvia o bacharel algumas vozes desconhecidas, palavras soltas, frases truncadas. Afinal pararam; disseram-lhe que se sentasse e destapasse os olhos. Duarte obedeceu: mas ao desvendar-se, não viu ninguém mais.

Era uma sala vasta, assaz iluminada, trastejada com elegância e opulência. Era talvez sobreposse a variedade dos adornos; contudo, a pessoa que os escolhera devia ter gosto apurado.

Os bronzes, charões, tapetes, espelhos — a cópia infinita de objetos que enchiam a sala, era tudo da melhor fábrica. A vista daquilo restituiu a serenidade de ânimo ao bacharel; não era provável que ali morassem ladrões.

Reclinou-se o moço indolentemente na otomana... Na otomana! Esta circunstância trouxe à memória do rapaz o princípio da aventura e o roubo da chinela. Alguns minutos de reflexão bastaram para ver que a tal chinela era já agora mais que problemática. Cavando mais fundo no terreno das conjeturas, pareceu-lhe achar uma explicação nova e definitiva. A chinela vinha a ser pura metáfora; tratava-se do coração de Cecília, que ele roubara, delito de que o queria punir o já imaginado rival. A isto deviam ligar-se naturalmente as palavras misteriosas do homem magro: o par é melhor que o terno; um casal é o ideal.

"Há de ser isso", concluiu Duarte; "mas quem será esse pretendente derrotado?"

Neste momento abriu-se uma porta do fundo da sala e negrejou a batina de um padre alvo e calvo. Duarte levantou-se, como por efeito de uma mola. O padre atravessou lentamente a sala, ao passar por ele deitou-lhe a bênção, e foi sair por outra porta rasgada na parede fronteira. O bacharel ficou sem movimento, a olhar para a porta, a olhar sem ver, estúpido de todos os sentidos. O inesperado daquela aparição baralhou totalmente as ideias anteriores a respeito da aventura. Não teve tempo, entretanto, de cogitar alguma nova explicação, porque a primeira porta foi de novo aberta e entrou por ela outra figura, desta vez o homem magro, que foi direito a ele e o convidou a segui-lo. Duarte não opôs resistência. Saíram por uma terceira porta, e, atravessados alguns corredores mais ou menos alumiados, foram dar a outra sala, que só o era por duas velas postas em castiçais de prata. Os castiçais estavam sobre uma mesa larga. Na cabeceira desta havia um homem velho que representava ter cinquenta e cinco anos; era uma figura atlética, farta de cabelos na cabeça e na cara.

— Conhece-me? — perguntou o velho, logo que Duarte entrou na sala.

— Não, senhor.

— Nem é preciso. O que vamos fazer exclui absolutamente a necessidade de qualquer apresentação. Saberá em primeiro lugar que o roubo da chinela foi um simples pretexto...

— Oh! Decerto! — interrompeu Duarte.

— Um simples pretexto — continuou o velho — para trazê-lo a esta nossa casa. A chinela não foi roubada; nunca saiu das mãos da dona João Rufino, vá buscar a chinela.

O homem magro saiu, e o velho declarou ao bacharel que a famosa chinela não tinha nenhum diamante, nem fora comprada a nenhum judeu do Egito; era, porém, turca, segundo lhe disse, e um milagre de pequenez. Duarte ouviu as explicações e, reunindo todas as forças, perguntou resolutamente:

— Mas, senhor, não me dirá de uma vez o que querem de mim e o que estou fazendo nesta casa?

— Vai sabê-lo — respondeu tranquilamente o velho.

A porta abriu-se e apareceu o homem magro com a chinela na mão. Duarte, convidado a aproximar-se da luz, teve ocasião de verificar que a pequenez era realmente miraculosa. A chinela era de marroquim finíssimo; no assento do pé, estufado e forrado de seda cor azul, rutilavam duas letras bordadas a ouro.

— Chinela de criança, não lhe parece? — disse o velho.

— Suponho que sim.

— Pois supõe mal; é chinela de moça.

— Será; nada tenho com isso.

— Perdão! Tem muito, porque vai casar com a dona.

— Casar! — exclamou Duarte.

— Nada menos. João Rufino, vá buscar a dona da chinela.

Saiu o homem magro, e voltou logo depois. Assomando à porta, levantou o reposteiro e deu entrada a uma mulher, que caminhou para o centro da sala. Não era mulher, era uma sílfide, uma visão de poeta, uma criatura divina.

Era loura; tinha os olhos azuis, como os de Cecília, extáticos, uns olhos que buscavam o céu ou pareciam viver dele. Os cabelos, desleixadamente penteados, faziam-lhe em volta da cabeça, um como resplendor de santa; santa somente, não mártir, porque o sorriso que lhe desabrochava os lábios, era um sorriso de bem-aventurança, como raras vezes há de ter tido a terra.

Um vestido branco, de finíssima cambraia, envolvia-lhe castamente o corpo, cujas formas aliás desenhava, pouco para os olhos, mas muito para a imaginação.

Um rapaz, como o bacharel, não perde o sentimento da elegância, ainda em lances daqueles. Duarte, ao ver a moça, compôs o chambre, apalpou a gravata e fez uma cerimoniosa cortesia, a que ela correspondeu com tamanha gentileza e graça, que a aventura começou a parecer muito menos aterradora.

— Meu caro doutor, esta é a noiva.

A moça abaixou os olhos; Duarte respondeu que não tinha vontade de casar.

— Três coisas vai o senhor fazer agora mesmo, continuou impassivelmente o velho: a primeira, é casar; a segunda, escrever o seu testamento; a terceira, engolir certa droga do Levante[2]...

— Veneno! — interrompeu Duarte.

— Vulgarmente é esse o nome; e dou-lhe outro: passaporte do céu.

Duarte estava pálido e frio. Quis falar, não pôde; um gemido, sequer, não lhe saiu do peito. Rolaria ao chão, se não houvesse ali perto uma cadeira em que se deixou cair.

[2] Referência ao Oriente.

— O senhor — continuou o velho — tem uma fortunazinha de cento e cinquenta contos. Esta pérola será a sua herdeira universal. João Rufino, vá buscar o padre.

O padre entrou, o mesmo padre calvo que abençoara o bacharel pouco antes; entrou e foi direto ao moço, engrolando sonolentamente um trecho de Neemias ou qualquer outro profeta menor; travou-lhe da mão e disse:

— Levante-se!

— Não! Não quero! Não me casarei!

— E isto? — disse da mesa o velho, apontando-lhe uma pistola.

— Mas então é um assassinato?

— É; a diferença está no gênero de morte: ou violenta com isto, ou suave com a droga. Escolha!

Duarte suava e tremia. Quis levantar-se e não pôde. Os joelhos batiam um contra o outro. O padre chegou-se-lhe ao ouvido, e disse baixinho:

— Quer fugir?

— Oh! Sim! — exclamou, não com os lábios que podia ser ouvido, mas com os olhos em que pôs toda a vida que lhe restava.

— Vê aquela janela? Está aberta; embaixo fica um jardim. Atire--se dali sem medo.

— Oh! Padre! — disse baixinho o bacharel.

— Não sou padre, sou tenente do exército. Não diga nada.

A janela estava apenas cerrada; via-se pela fresta uma nesga do céu, já meio claro. Duarte não hesitou, coligiu todas as forças, deu um pulo do lugar onde estava e atirou-se a Deus misericórdia por ali abaixo. Não era grande altura, a queda foi pequena; ergueu-se o moço rapidamente, mas o homem gordo, que estava no jardim, tomou-lhe o passo.

— Que é isso? — perguntou ele rindo.

Duarte não respondeu, fechou os punhos, bateu com eles violentamente nos peitos do homem e deitou a correr pelo jardim fora. O homem não caiu; sentiu apenas um grande abalo; e, uma vez passada a impressão, seguiu no encalço do fugitivo. Começou então uma carreira vertiginosa. Duarte ia saltando cercas e muros, calcando canteiros, esbarrando árvores, que uma ou outra vez se lhe erguiam na frente. Escorria-lhe o suor em bica, alteava-se-lhe o peito, as forças iam a perder-se pouco a pouco; tinha uma das mãos ferida, a camisa salpicada do orvalho das folhas, duas vezes esteve a ponto de ser apanhado, o chambre pegara-se-lhe em uma cerca de espinhos. Enfim, cansado, ferido, ofegante, caiu nos degraus de pedra de uma casa, que havia no meio do último jardim que atravessara.

Olhou para trás; não viu ninguém; o perseguidor não o acompanhara até ali. Podia vir, entretanto. Duarte ergueu-se a custo, subiu os quatro degraus que lhe faltavam e entrou na casa, cuja porta, aberta, dava para uma sala pequena e baixa.

Um homem que ali estava, lendo um número do *Jornal do Comércio*, pareceu não o ter visto entrar. Duarte caiu numa cadeira. Fitou os olhos no homem. Era o major Lopo Alves.

O major, empunhando a folha, cujas dimensões iam-se tornando extremamente exíguas, exclamou repentinamente:

— Anjo do céu, estás vingado! Fim do último quadro.

Duarte olhou para ele, para a mesa, para as paredes, esfregou os olhos, respirou à larga.

— Então! Que tal lhe pareceu?

— Ah! Excelente! — respondeu o bacharel, levantando-se.

— Paixões fortes, não?

— Fortíssimas. Que horas são?

— Deram duas agora mesmo.

Duarte acompanhou o major até à porta, respirou ainda uma vez, apalpou-se, foi até à janela. Ignora-se o que pensou durante os primeiros minutos; mas, ao cabo de um quarto de hora, eis o que ele dizia consigo: "Ninfa, doce amiga, fantasia inquieta e fértil, tu me salvaste de uma ruim peça com um sonho original, substituíste-me o tédio por um pesadelo: foi um bom negócio. Um negócio e uma grave lição: provaste-me que muitas vezes o melhor drama está no espectador e não no palco".

Uns braços

Inácio estremeceu, ouvindo os gritos do solicitador, recebeu o prato que este lhe apresentava e tratou de comer, debaixo de uma trovoada de nomes, malandro, cabeça de vento, estúpido, maluco.

— Onde anda que nunca ouve o que lhe digo? Hei de contar tudo a seu pai, para que lhe acuda a preguiça do corpo com uma boa vara de marmelo, ou um pau; sim, ainda pode apanhar, não pense que não. Estúpido! Maluco!

— Olhe que lá fora é isto mesmo que você vê aqui — continuou, voltando-se para D. Severina, senhora que vivia com ele maritalmente, há anos. — Confunde-me os papéis todos, erra as casas, vai a um escrivão em vez de ir a outro, troca os advogados: é o diabo! É o tal sono pesado e contínuo. De manhã é o que se vê; primeiro que acorde é preciso quebrar-lhe os ossos... Deixe; amanhã hei de acordá-lo a pau de vassoura!

D. Severina tocou-lhe no pé, como pedindo que acabasse. Borges espeitorou ainda alguns impropérios, e ficou em paz com Deus e os homens.

Não digo que ficou em paz com os meninos, porque o nosso Inácio não era propriamente menino. Tinha quinze anos feitos e bem feitos. Cabeça inculta, mas bela, olhos de rapaz que sonha, que adivinha, que indaga, que quer saber e não acaba de saber nada. Tudo isso posto sobre um corpo não destituído de graça, ainda que mal vestido. O pai é barbeiro na Cidade Nova, e pô-lo de agente, escrevente ou que quer que era, do solicitador Borges, com esperança de vê-lo no foro, porque lhe parecia que os procuradores de causas ganhavam muito. Passava-se isto na Rua da Lapa, em 1870.

Durante alguns minutos não se ouviu mais que o tinir dos talheres e o ruído da mastigação. Borges abarrotava-se de alface e vaca; interrompia-se para virgular a oração com um golpe de vinho e continuava logo calado.

Inácio ia comendo devagarinho, não ousando levantar os olhos do prato, nem para colocá-los onde eles estavam no momento em que o terrível Borges o descompôs. Verdade é que seria algo muito arriscado. Nunca ele pôs os olhos nos braços de D. Severina que se não esquecesse de si e de tudo.

Também a culpa era antes de D. Severina em trazê-los assim nus, constantemente. Usava mangas curtas em todos os vestidos de casa, meio palmo abaixo do ombro; dali em diante ficavam-lhe os braços à mostra. Na verdade, eram belos e cheios, em harmonia com a dona, que era antes grossa que fina, e não perdiam a cor nem a maciez por viverem ao ar; mas é justo explicar que ela os não trazia assim por faceira, senão porque já gastara todos os vestidos de mangas compridas. De pé, era muito vistosa; andando, tinha meneios engraçados; ele, entretanto, quase que só a via à mesa, onde, além dos braços, mal poderia mirar-lhe o busto. Não se pode dizer que era bonita; mas também não era feia. Nenhum adorno; o próprio penteado consta de mui pouco; alisou os cabelos, apanhou-os, atou-os e fixou-os no alto da cabeça com o pente de tartaruga que a mãe lhe deixou. Ao pescoço, um lenço escuro; nas orelhas, nada. Tudo isso com vinte e sete anos floridos e sólidos.

Acabaram de jantar. Borges, vindo o café, tirou quatro charutos da algibeira, comparou-os, apertou-os entre os dedos, escolheu um e guardou os restantes. Aceso o charuto, fincou os cotovelos na mesa e falou a D. Severina de trinta mil coisas que não interessavam nada ao nosso Inácio; mas enquanto falava, não o descompunha e ele podia devanear à larga.

Inácio demorou o café o mais que pôde. Entre um e outro gole, alisava a toalha, arrancava dos dedos pedacinhos de peles imaginários, ou passava os olhos pelos quadros da sala de jantar, que eram dois, um São Pedro e um São João, registros trazidos de festas e encaixilhados em casa. Vá que disfarçasse com São João, cuja cabeça moça alegra as imaginações católicas; mas com o austero São Pedro era demais. A única defesa do moço Inácio é que ele não via nem um nem outro; passava os olhos por ali como por nada. Via só os braços de D. Severina, ou porque sorrateiramente olhasse para eles, ou porque andasse com eles impressos na memória.

— Homem, você não acaba mais? — bradou de repente o solicitador.

Não havia remédio; Inácio bebeu a última gota, já fria, e retirou-se, como de costume, para o seu quarto, nos fundos da casa. Entrando, fez um gesto de zanga e desespero e foi depois encostar-se a uma das duas janelas que davam para o mar. Cinco minutos depois, a vista das águas próximas e das montanhas ao longe restituía-lhe o sentimento confuso, vago, inquieto, que lhe doía e fazia bem, alguma coisa que deve sentir a planta, quando abotoa a primeira flor. Tinha vontade de ir embora e de ficar. Havia cinco semanas que ali morava, e a vida era sempre a mesma, sair de manhã com o Borges, andar por audiências e cartórios, correndo, levando papéis ao selo, ao distribuidor, aos escrivães, aos oficiais de justiça. Voltava à tarde, jantava e recolhia-se ao quarto, até a hora da ceia; ceava e ia dormir. Borges não lhe dava intimidade na família, que se compunha apenas de D. Severina, nem Inácio a via mais de três vezes por dia, durante as refeições. Cinco semanas de solidão, de trabalho sem gosto, longe da mãe e das irmãs; cinco semanas de silêncio, porque ele só falava uma ou outra vez na rua; em casa, nada.

"Deixe estar", pensou ele. "Um dia fujo daqui e não volto mais."

Não foi; sentiu-se agarrado e acorrentado pelos braços de D. Severina. Nunca via outros tão bonitos e tão frescos. A educação que tivera não lhe permitia encará-los logo abertamente, parece até que a princípio afastava os olhos, vexado. Encarou-os pouco a pouco, ao ver que eles não tinham outras mangas, e assim os foi descobrindo, mirando e amando. No fim de três semanas eram eles, moralmente, falando, as suas tendas de repouso. Aguentava toda a trabalheira de fora, toda a melancolia da solidão e do silêncio, toda a grosseria do patrão, pela única paga de ver, três vezes por dia, o famoso par de braços.

Naquele dia, enquanto a noite ia caindo e Inácio estirava-se na rede (não tinha ali outra cama), D. Severina, na sala da frente, recapitulava o episódio do jantar e, pela primeira vez, desconfiou de alguma coisa. Rejeitou a ideia logo, uma criança! Mas há ideias que são da família das moscas teimosas: por mais que a gente as sacuda, elas tornam e pousam. Criança? Tinha quinze anos; e ela advertiu que entre o nariz e a boca do rapaz havia um princípio de rascunho de buço. Que admira que começasse a amar? E não era ela bonita? Esta outra ideia não foi rejeitada, antes afagada e beijada. E recordou então os modos dele, os esquecimentos, as distrações, e mais um incidente, e mais outro, tudo eram sintomas, e concluiu que sim.

Que é que você tem? — disse-lhe o solicitador, estirado no canapé, ao cabo de alguns minutos de pausa.

— Não tenho nada.

— Nada? Parece que cá em casa anda tudo dormindo! Deixem estar, que eu sei de um bom remédio para tirar o sono dos dorminhocos...

E foi por ali, no mesmo tom zangado, fuzilando ameaças, mas realmente incapaz de as cumprir, pois era antes grosseiro que mau. D. Severina interrompia-o que não, que era engano, não estava dormindo, estava pensando na comadre Fortunata. Não a visitavam desde o Natal; por que não iriam lá uma daquelas noites? Borges redarguia que andava cansado, trabalhava como um negro, não estava para visitas de parola; e descompôs a comadre, descompôs o compadre, descompôs o afilhado, que não ia ao colégio, com dez anos! Ele, Borges, com dez anos, já sabia ler, escrever e contar, não muito bem, é certo, mas sabia. Dez anos! Havia de ter um bonito fim: vadio, e o côvado e meio nas costas. A tarimba é que viria ensiná-lo.

D. Severina apaziguava-o com desculpas, a pobreza da comadre, o caiporismo do compadre, e fazia-lhe carinhos, a medo, que eles podiam irritá-lo mais. A noite caíra de todo; ela ouviu o tlic do lampião do gás da rua, que acabavam de acender, e viu o clarão dele nas janelas da casa fronteira. Borges, cansado do dia, pois era realmente um trabalhador de primeira ordem, foi fechando os olhos e pegando no sono, e deixou-a só na sala, às escuras, consigo e com a descoberta que acaba de fazer.

Tudo parecia dizer à dama que era verdade; mas essa verdade, desfeita a impressão do assombro, trouxe-lhe uma complicação moral, que ela só conheceu pelos efeitos, não achando meio de discernir o que era. Não podia entender-se nem equilibrar-se, chegou a pensar em dizer tudo ao solicitador, e ele que mandasse embora o fedelho. Mas que era tudo? Aqui estacou: realmente, não havia mais que suposição, coincidência e possivelmente ilusão. Não, não, ilusão não era. E logo recolhia os indícios vagos, as atitudes do mocinho, o acanhamento, as distrações, para rejeitar a ideia de estar enganada. Daí a pouco (capciosa natureza!), refletindo que seria mau acusá-lo sem fundamento, admitiu que se iludisse, para o único fim de observá-lo melhor e averiguar bem a realidade das coisas.

Já nessa noite, D. Severina mirava por baixo dos olhos os gestos de Inácio; não chegou a achar nada, porque o tempo do chá era curto e o rapazinho não tirou os olhos da xícara. No dia seguinte pôde observar melhor, e nos outros otimamente. Percebeu que sim, que era amada e temida, amor adolescente e virgem, retido pelos liames sociais e por um sentimento de inferioridade que o impedia de reconhecer-se a si mesmo. D. Severina compreendeu que não havia recear nenhum desacato, e concluiu que o melhor era não dizer nada ao solicitador; poupava-lhe um desgosto, e outro à pobre criança. Já se persuadia bem que ele era criança, e assentou de o tratar tão secamente como até ali, ou ainda mais. E assim fez; Inácio começou a sentir que ela fugia com os olhos, ou falava áspero, quase tanto como o próprio Borges. De outras vezes, é verdade que o tom da voz saía brando e até meigo, muito meigo; assim como o olhar, geralmente esquivo, tanto errava por outras partes, que, para descansar, vinha pousar na cabeça dele; mas tudo isso era curto.

— Vou-me embora — repetia ele na rua como nos primeiros dias.

Chegava a casa e não se ia embora. Os braços de D. Severina fechavam-lhe um parêntesis no meio do longo e fastidioso período da vida que levava, e essa oração intercalada trazia uma ideia original e profunda, inventada pelo céu unicamente para ele. Deixava-se estar e ia andando. Afinal, porém, teve de sair, e para nunca mais; eis aqui como e porquê.

D. Severina tratava-o desde alguns dias com benignidade. A rudeza da voz parecia acabada, e havia mais do que brandura, havia desvelo e carinho. Um dia recomendava-lhe que não apanhasse ar, outro que não bebesse água fria depois do café quente, conselhos, lembranças, cuidados de amiga e mãe, que lhe lançaram na alma ainda maior inquietação e confusão. Inácio chegou ao extremo de confiança de rir um dia à mesa, coisa que jamais fizera; e o solicitador não o tratou mal dessa vez, porque era ele que contava um caso engraçado, e ninguém pune a outro pelo aplauso que recebe. Foi então que D. Severina viu que a boca do mocinho, graciosa estando calada, não o era menos quando ria.

A agitação de Inácio ia crescendo, sem que ele pudesse acalmar-se nem entender-se. Não estava bem em parte nenhuma. Acordava de noite, pensando em D. Severina. Na rua, trocava de esquinas, errava as portas, muito mais que dantes, e não via mulher, ao longe ou ao perto, que lha não trouxesse à memória. Ao entrar no corredor da casa, voltando do trabalho, sentia sempre algum alvoroço, às vezes grande quando dava com ela no topo da escada, olhando através das grades de pau da cancela, como tendo acudido a ver quem era.

Um domingo — nunca ele esqueceu esse domingo —, estava só no quarto, à janela, virado para o mar, que lhe falava a mesma linguagem obscura e nova de D. Severina. Divertia-se em olhar para as gaivotas, que faziam grandes giros no ar, ou pairavam em cima d'água, ou avoaçavam somente. O dia estava lindíssimo. Não era só um domingo cristão; era um imenso domingo universal.

Inácio passava-os todos ali no quarto ou à janela, ou relendo um dos três folhetos que trouxera consigo, contos de outros tempos comprados a tostão, debaixo do passadiço do Largo do Paço. Eram duas horas da tarde. Estava cansado, dormira mal a noite, depois de haver andado muito na véspera; estirou-se na rede, pegou em um dos folhetos, a *Princesa Magalona,*[1] e começou a ler. Nunca pode entender porque é que todas as heroínas dessas velhas histórias tinham a mesma cara e talhe de D. Severina, mas a verdade é que os tinham. Ao cabo de meia hora, deixou cair o folheto e pôs os olhos na parede, donde, cinco minutos depois, viu sair a dama dos seus cuidados. O natural era que se espantasse; mas não se espantou. Embora com as pálpebras cerradas, viu-a desprender-se de todo, parar, sorrir e andar para a rede. Era ela mesma; eram os seus mesmos braços.

É certo porém que D. Severina, tanto não podia sair da parede, dado que houvesse ali porta ou rasgão, que estava justamente na sala da frente ouvindo os passos do solicitador que descia as escadas. Ouviu-o descer; foi à janela vê-lo sair e só se recolheu quando ele se perdeu ao longe, no caminho da Rua das Mangueiras. Então entrou e foi sentar-se no canapé. Parecia fora do natural, inquieta, quase maluca; levantando-se, foi pegar na jarra que estava em cima do aparador e deixou-a no mesmo lugar; depois caminhou até a porta, deteve-se e voltou, ao que parece, sem plano. Sentou-se outra vez, cinco ou dez minutos. De repente, lembrou-se que Inácio comera pouco ao almoço, e tinha o ar abatido, e advertiu que podia estar doente; podia ser até que estivesse muito mal.

Saiu da sala, atravessou rasgadamente o corredor e foi até o quarto do mocinho, cuja porta achou escancarada. D. Severina parou, espiou, deu com ele na rede, dormindo, com o braço para fora e o folheto caído no chão. A cabeça inclinava-se um pouco do lado da porta, deixando ver os olhos fechados, os cabelos revoltos e um grande ar de riso e de beatitude.

D. Severina sentiu bater-lhe o coração com veemência e recuou. Sonharia de noite com ele; pode ser que ele estivesse

---

[1] Novela de cavalaria do século XIV, de autor desconhecido. Só foi publicada, pela primeira vez, em 1519.

sonhando com ela. Desde madrugada que a figura do mocinho andava-lhe diante dos olhos como uma tentação diabólica. Recuou ainda, depois voltou, olhou dois, três, cinco minutos, ou mais. Parece que o sono dava à adolescência de Inácio uma expressão mais acentuada, quase feminina, quase pueril. "Uma criança!", disse ela a si mesma, naquela língua sem palavras que todos trazemos conosco. E esta ideia abateu-lhe o alvoroço do sangue e dissipou-lhe em parte a turvação dos sentidos.

"Uma criança!"

E mirou-o lentamente, fartou-se de vê-lo, com a cabeça inclinada, o braço caído; mas, ao mesmo tempo que o achava criança, achava-o bonito, muito mais bonito que acordado, e uma dessas ideias corrigia ou corrompia a outra. De repente estremeceu e recuou assustada: ouvira um ruído ao pé, na saleta do engomado; foi ver, era um gato que deitara uma tigela ao chão. Voltando devagarinho a espiá-lo, viu que dormia profundamente. Tinha o sono duro a criança! O rumor que a abalara tanto, não o fez sequer mudar de posição. E ela continuou a vê-lo dormir — dormir e talvez sonhar.

Que não possamos ver os sonhos uns dos outros! D. Severina ter-se-ia visto a si mesma na imaginação do rapaz; ter-se-ia visto diante da rede, risonha e parada; depois inclinar-se, pegar-lhes nas mãos, levá-las ao peito, cruzando ali os braços, os famosos braços. Inácio, namorado deles, ainda assim ouvia as palavras dela, que eram lindas, cálidas, principalmente novas — ou, pelo menos, pertenciam a algum idioma que ele não conhecia, posto que o entendesse. Duas, três e quatro vezes a figura esvaía-se, para tornar logo, vindo do mar ou de outra parte, entre gaivotas, ou atravessando o corredor, com toda a graça robusta de que era capaz. E tornando, inclinava-se, pegava-lhe outra vez das mãos e cruzava ao peito os braços, até que, inclinando-se, ainda mais, muito mais, abrochou os lábios e deixou-lhe um beijo na boca.

Aqui o sonho coincidiu com a realidade, e as mesmas bocas uniram-se na imaginação e fora dela. A diferença é que a visão não recuou, e a pessoa real tão depressa cumprira o gesto, como fugiu até a porta, vexada e medrosa. Dali passou à sala da frente, aturdida do que fizera, sem olhar fixamente para nada. Afiava o ouvido, ia até o fim do corredor, a ver se escutava algum rumor que lhe dissesse que ele acordara, e só depois de muito tempo é que o medo foi passando. Na verdade, a criança tinha o sono duro; nada lhe abria os olhos, nem os fracassos contíguos, nem os beijos de verdade. Mas, se o medo foi passando, o vexame ficou e cresceu. D. Severina não acabava de crer que fizesse aquilo; parece que embrulhara os seus desejos na ideia de que era uma criança namorada que ali estava sem consciência nem imputação; e, meia mãe, meia amiga, inclinara-se e beijara-o. Fosse como fosse, estava confusa, irritada, aborrecida, mal consigo e mal com ele. O medo de que ele podia estar fingindo que dormia apontou-lhe na alma e deu-lhe um calafrio.

Mas a verdade é que dormiu ainda muito e só acordou para jantar. Sentou-se à mesa lépido. Conquanto achasse D. Severina calada e severa e o solicitador tão ríspido como nos outros dias, nem a rispidez de um, nem a severidade da outra podiam dissipar-lhe a visão graciosa que ainda trazia consigo, ou amortecer-lhe a sensação do beijo. Não reparou que D. Severina tinha um xale que lhe cobria os braços: reparou depois, na segunda-feira, e na terça-feira, também, e até sábado, que foi o dia em que Borges mandou dizer ao pai que não podia ficar com ele; e não o fez zangado, porque o tratou relativamente bem e ainda lhe disse à saída:

— Quando precisar de mim para alguma coisa, procure-me.

— Sim, senhor. A Sra. D. Severina...

— Está lá para o quarto, com muita dor de cabeça. Venha amanhã ou depois despedir-se dela.

Inácio saiu sem entender nada. Não entendia a despedida, nem a completa mudança de D. Severina, em relação a ele, nem o xale, nem nada. Estava tão bem! Falava-lhe com tanta amizade! Como é que, de repente... Tanto pensou que acabou supondo de sua parte algum olhar indiscreto, alguma distração que a ofendera; não era outra coisa; e daqui a cara fechada e o xale que cobria os braços tão bonitos... Não importa; levava consigo o sabor do sonho. E através dos anos, por meio de outros amores, mais efetivos e longos, nenhuma sensação achou nunca igual à daquele domingo, na Rua da Lapa, quando ele tinha quinze anos. Ele mesmo exclama às vezes, sem saber que se engana:

— E foi um sonho! Um simples sonho!

Frei Simão

I

Frei Simão era um frade da ordem dos beneditinos.[1] Tinha, quando morreu, cinquenta anos em aparência, mas na realidade trinta e oito. A causa desta velhice prematura derivava da que o levou ao claustro na idade de trinta anos, e, tanto quanto se pode saber por uns fragmentos de Memórias que ele deixou, a causa era justa.

Era frei Simão de caráter taciturno e desconfiado. Passava dias inteiros na sua cela, donde apenas saía na hora do refeitório e dos ofícios divinos. Não contava amizade alguma no convento, porque não era possível entreter com ele os preliminares que fundam e consolidam as afeições.

Em um convento, onde a comunhão das almas deve ser mais pronta e mais profunda, frei Simão parecia fugir à regra geral. Um dos noviços pôs-lhe alcunha de urso, que lhe ficou, mas só entre os noviços, bem entendido. Os frades professos, esses, apesar do desgosto que o gênio solitário de frei Simão lhes inspirava, sentiam por ele certo respeito e veneração.

Um dia anuncia-se que frei Simão adoecera gravemente. Chamaram-se os socorros e prestou-se ao enfermo todos os cuidados necessários. A moléstia era mortal: depois de cinco dias frei Simão expirou.

Durante estes cinco dias de moléstia, a cela de frei Simão esteve cheia de frades. Frei Simão não disse uma palavra durante esses cinco dias; só no último, quando se aproximava o minuto fatal, sentou-se no leito, fez chamar para mais perto

---

[1] Ordem criada por São Bento, papa do século VII, de 684 a 685.

o abade, e disse-lhe ao ouvido com voz sufocada e em tom estranho:

— Morro odiando a humanidade!

O abade recuou até a parede ao ouvir estas palavras, e no tom em que foram ditas. Quanto a frei Simão, caiu sobre o travesseiro e passou à eternidade.

Depois de feitas ao irmão finado as honras que se lhe deviam, a comunidade perguntou ao seu chefe que palavras ouvira tão sinistras que o assustaram. O abade referiu-as, persignando-se. Mas os frades não viram nessas palavras senão um segredo do passado, sem dúvida importante, mas não tal que pudesse lançar o terror no espírito do abade. Este explicou-lhe a ideia que tivera quando ouviu as palavras de frei Simão, no tom em que foram ditas, e acompanhadas do olhar com que o fulminou: acreditara que frei Simão estivesse doido; mais ainda, que tivesse entrado já doido para a ordem. Os hábitos da solidão e taciturnidade a que se votara o frade pareciam sintomas de uma alienação mental de caráter brando e pacífico; mas durante oito anos parecia impossível aos frades que frei Simão não tivesse um dia revelado de modo positivo a sua loucura; objetaram isso ao abade; mas este persistia na sua crença.

Entretanto procedeu-se ao inventário dos objetos que pertenciam ao finado, e entre eles achou-se um rolo de papéis convenientemente enlaçados, com este rótulo: *Memórias que há de escrever frei Simão de Santa Águeda, frade beneditino.*

Este rolo de papéis foi um grande achado para a comunidade curiosa. Iam finalmente penetrar alguma coisa no véu misterioso que envolvia o passado de frei Simão, e talvez confirmar as suspeitas do abade. O rolo foi aberto e lido para todos.

Eram, pela maior parte, fragmentos incompletos, apontamentos truncados e notas insuficientes; mas de tudo junto pôde-se colher que realmente frei Simão estivera louco durante certo tempo.

O autor desta narrativa despreza aquela parte das Memórias que não tiver absolutamente importância; mas procura aproveitar a que for menos inútil ou menos obscura.

II

As notas de frei Simão nada dizem do lugar do seu nascimento nem do nome de seus pais. O que se pôde saber dos seus princípios é que, tendo concluído os estudos preparatórios, não pôde seguir a carreira das letras, como desejava, e foi obrigado a entrar como guarda-livros na casa comercial de seu pai.

Morava então em casa de seu pai uma prima de Simão, órfã de pai e mãe, que haviam por morte deixado ao pai de Simão o cuidado de a educarem e manterem. Parece que os cabedais deste deram para isto. Quanto ao pai da prima órfã, tendo sido rico, perdera tudo ao jogo e nos azares do comércio, ficando reduzido à última miséria.

A órfã chamava-se Helena; era bela, meiga e extremamente boa. Simão, que se educara com ela, e juntamente vivia debaixo do mesmo teto, não pôde resistir às elevadas qualidades e à beleza de sua prima. Amaram-se. Em seus sonhos de futuro contavam ambos o casamento, coisa que parece mais natural do mundo para corações amantes.

Não tardou muito que os pais de Simão descobrissem o amor dos dois. Ora é preciso dizer, apesar de não haver declaração formal disto nos apontamentos do frade, é preciso dizer que os referidos pais eram de um egoísmo descomunal. Davam de boa vontade o pão da subsistência a Helena; mas lá casar o filho com a pobre órfã é que não podiam consentir. Tinham posto a mira em uma herdeira rica, e dispunham de si para si que o rapaz se casaria com ela.

Uma tarde, como estivesse o rapaz a adiantar a escrituração do livro mestre, entrou no escritório o pai com ar grave e risonho ao mesmo tempo, e disse ao filho que largasse o trabalho e o ouvisse. O rapaz obedeceu. O pai falou assim:

— Vais partir para a província de ***. Preciso mandar umas cartas ao meu correspondente Amaral, e como sejam elas de grande importância, não quero confiá-las ao nosso desleixado correio. Queres ir no vapor ou preferes o nosso brigue?

Esta pergunta era feita com grande tino.

Obrigado a responder-lhe, o velho comerciante não dera lugar a que seu filho apresentasse objeções.

O rapaz enfiou, abaixou os olhos e respondeu:

— Vou onde meu pai quiser.

O pai agradeceu mentalmente a submissão do filho, que lhe poupava o dinheiro da passagem no vapor, e foi muito contente dar parte à mulher de que o rapaz não fizera objeção alguma.

Nessa noite os dois amantes tiveram ocasião de encontrar-se sós na sala de jantar.

Simão contou a Helena o que se passara. Choraram ambos algumas lágrimas furtivas, e ficaram na esperança de que a viagem fosse de um mês, quando muito.

À mesa do chá, o pai de Simão conversou sobre a viagem do rapaz que devia ser de poucos dias. Isto reanimou as esperanças dos dois amantes. O resto da noite passou-se em conselhos da parte do velho ao filho sobre a maneira de portar-se na casa do correspondente. Às dez horas, como de costume, todos se recolheram aos aposentos.

Os dias passaram-se depressa. Finalmente raiou aquele em que devia partir o brigue. Helena saiu de seu quarto com os olhos vermelhos de chorar. Interrogada bruscamente pela tia, disse que era uma inflamação adquirida pelo muito que lera na noite anterior. A tia prescreveu-lhe abstenção da leitura e banhos de água de malvas.

Quanto ao tio, tendo chamado Simão, entregou-lhe uma carta para o correspondente, e abraçou-o. A mala e um criado estavam prontos. A despedida foi triste. Os dois pais sempre choraram alguma coisa, a rapariga muito.

Quanto a Simão, levava os olhos secos e ardentes. Era refratário às lágrimas; por isso mesmo padecia mais.

O brigue partiu. Simão, enquanto pôde ver terra, não se retirou de cima; quando finalmente se fecharam de todo às paredes do cárcere que anda, na frase pitoresca de Ribeyrolles,[2]

---

[2] Charles Ribeyrolles (1812–1860), escritor e jornalista francês. Veio para o Brasil, em 1858, onde escreveu *Brésil pitoresque*, em edição bilíngue. A tradução foi feita por escritores brasileiros, inclusive Machado de Assis.

Simão desceu ao seu camarote, triste e com o coração apertado. Havia como um pressentimento que lhe dizia interiormente ser impossível tornar a ver sua prima. Parecia que ia para um degredo.

Chegando ao lugar do seu destino, procurou Simão o correspondente de seu pai e entregou-lhe a carta. O Sr. Amaral leu a carta, fitou o rapaz e, depois de algum silêncio, disse-lhe, volvendo a carta:

— Bem, agora é preciso esperar que eu cumpra esta ordem de seu pai. Entretanto venha morar para a minha casa.

— Quando poderei voltar? — perguntou Simão.

— Em poucos dias, salvo se as coisas se complicarem.

Este salvo, posto na boca de Amaral como incidente, era a oração principal. A carta do pai de Simão versava assim:

"Meu caro Amaral,

Motivos ponderosos me obrigam a mandar meu filho desta cidade. Retenha-o por lá como puder. O pretexto da viagem é ter eu necessidade de ultimar alguns negócios com você, o que dirá ao pequeno, fazendo-lhe sempre crer que a demora é pouca ou nenhuma. Você, que teve na sua adolescência a triste ideia de engendrar romances, vá inventando circunstâncias e ocorrências imprevistas, de modo que o rapaz não me torne cá antes de segunda ordem. Sou, como sempre" etc.

III

Passaram-se dias e dias, e nada de chegar o momento de voltar à casa paterna. O ex-romancista era na verdade fértil, e não se cansava de inventar pretextos que deixavam convencido o rapaz.

Entretanto, como o espírito dos amantes não é menos engenhoso que o dos romancistas, Simão e Helena acharam meio de se escreverem, e deste modo podiam consolar-se da ausência, com presença das letras e do papel. Bem diz Heloísa[3]

---

[3] *Heloísa* (1101–1164) — autora francesa conhecida por suas cartas apaixonadas endereçadas a Abelardo. Sobrinha do cônego

que a arte de escrever foi inventada por alguma amante separada do seu amante. Nestas cartas juravam-se os dois sua eterna felicidade.

No fim de dois meses de espera baldada e de ativa correspondência, a tia de Helena surpreendeu uma carta de Simão.

Era a vigésima, creio eu. Houve grande temporal em casa. O tio, que estava no escritório, saiu precipitadamente e tomou conhecimento do negócio. O resultado foi proscrever de casa tinta, penas e papel, e instituir vigilância rigorosa sobre a infeliz rapariga.

Começaram pois a escassear as cartas ao pobre deportado. Inquiriu a causa disto em cartas choradas e compridas; mas como o rigor fiscal da casa de seu pai adquiria proporções descomunais, acontecia que todas as cartas de Simão iam parar às mãos do velho, que, depois de apreciar o estilo amoroso de seu filho, fazia queimar as ardentes epístolas.

Passaram-se dias e meses. Carta de Helena, nenhuma. O correspondente ia esgotando a veia inventadora, e já não sabia como reter finalmente o rapaz.

Chega uma carta a Simão. Era letra do pai. Só diferençava das outras que recebia do velho em ser esta mais longa, muito mais longa. O rapaz abriu a carta, e leu trêmulo e pálido. Contava nesta carta o honrado comerciante que a Helena, a boa rapariga que ele destinava a ser sua filha casando-se com Simão, a boa Helena tinha morrido. O velho copiara algum dos últimos necrológios que vira nos jornais, e ajuntara algumas consolações de casa. A última consolação foi dizer-lhe que embarcasse e fosse ter com ele.

O período final da carta dizia:

"Assim como assim, não se realizam os meus negócios; não te pude casar com Helena, visto que Deus a levou. Mas volta, filho, vem; poderás consolar-te casando com outra, a

---

Fullbert, desposou secretamente aquele filósofo. Descoberto o casamento, o cônego mandou castrar Abelardo, separando-o de Heloísa, que entrou para um convento.

filha do conselheiro ***. Está moça feita e é um bom partido. Não te desalentes; lembra-te de mim".

O pai de Simão não conhecia bem o amor do filho, nem era grande águia para avaliá-lo, ainda que o conhecesse. Dores tais não se consolam com uma carta nem com um casamento. Era melhor mandá-lo chamar, e depois preparar-lhe a notícia; mas dada assim friamente em uma carta, era expor o rapaz a uma morte certa.

Ficou Simão vivo em corpo e morto moralmente, tão morto que por sua própria ideia foi dali procurar uma sepultura. Era melhor dar aqui alguns dos papéis escritos por Simão relativamente ao que sofreu depois da carta; mas há muitas falhas, e eu não quero corrigir a exposição ingênua e sincera do frade. A sepultura que Simão escolheu foi um convento. Respondeu ao pai que agradecia a filha do conselheiro, mas que daquele dia em diante pertencia ao serviço de Deus.

O pai ficou maravilhado. Nunca suspeitou que o filho pudesse vir a ter semelhante resolução. Escreveu às pressas para ver se o desviava da ideia; mas não pôde conseguir.

Quanto ao correspondente, para quem tudo se embrulhava cada vez mais, deixou o rapaz seguir para o claustro, disposto a não figurar em um negócio do qual nada realmente sabia.

IV

Frei Simão de Santa Águeda foi obrigado a ir à província natal em missão religiosa, tempos depois dos fatos que acabo de narrar.

Preparou-se e embarcou.

A missão não era na capital, mas no interior. Entrando na capital, pareceu-lhe dever ir visitar seus pais. Estavam mudados física e moralmente. Era com certeza a dor e o remorso de terem precipitado seu filho à resolução que tomou. Tinham vendido a casa comercial e viviam de suas rendas.

Receberam o filho com alvoroço e verdadeiro amor. Depois das lágrimas e das consolações, vieram ao fim da viagem de Simão.

— A que vens tu, meu filho?

— Venho cumprir uma missão do sacerdócio que abracei. Venho pregar, para que o rebanho do Senhor não se arrede nunca do bom caminho.

— Aqui na capital?

— Não, no interior. Começo pela vila de ***.

Os dois velhos estremeceram; mas Simão nada viu. No dia seguinte partiu Simão, não sem algumas instâncias de seus pais para que ficasse. Notaram eles que seu filho nem de leve tocara em Helena. Também eles não quiseram magoá-lo falando em tal assunto.

Daí a dias, na vila de que falara frei Simão, era um alvoroço para ouvir as prédicas do missionário.

A velha igreja do lugar estava atopetada de povo.

À hora anunciada, frei Simão subiu ao púlpito e começou o discurso religioso. Metade do povo saiu aborrecido no meio do sermão. A razão era simples. Avezado à pintura viva dos caldeirões de Pedro Botelho[4] e outros pedacinhos de ouro da maioria dos pregadores, o povo não podia ouvir com prazer a linguagem simples, branda, persuasiva, a que serviam de modelo as conferências do fundador da nossa religião.[5]

O pregador estava a terminar, quando entrou apressadamente na igreja um par, marido e mulher: ele, honrado lavrador, meio remediado com o sítio que possuía e a boa vontade de trabalhar; ela, senhora estimada por suas virtudes, mas de uma melancolia invencível.

Depois de tomarem água-benta, colocaram-se ambos em lugar donde pudessem ver facilmente o pregador.

Ouviu-se então um grito, e todos correram para a recém-chegada, que acabava de desmaiar. Frei Simão teve de parar o seu discurso, enquanto se punha termo ao incidente. Mas,

---

[4] Caldeirões de Pedro Botelho — expressão popular que designa o inferno.

[5] As conferências do fundador da nossa religião — provável referência aos sermões e parábolas de Jesus Cristo, fundador do Cristianismo.

por uma aberta que a turba deixava, pôde ele ver o rosto da desmaiada.

Era Helena.

No manuscrito do frade há uma série de reticências dispostas em oito linhas. Ele próprio não sabe o que se passou. Mas o que se passou foi que, mal conhecera Helena, continuou o frade o discurso. Era então outra coisa: era um discurso sem nexo, sem assunto, um verdadeiro delírio. A consternação foi geral. O delírio de frei Simão durou alguns dias. Graças aos cuidados, pôde melhorar, e pareceu a todos que estava bom, menos ao médico, que queria continuar a cura. Mas o frade disse positivamente que se retirava ao convento, e não houve forças humanas que o detivessem.

O leitor compreende naturalmente que o casamento de Helena fora obrigado pelos tios.

A pobre senhora não resistiu à comoção. Dois meses depois morreu, deixando inconsolável o marido, que a amava com veras. Frei Simão, recolhido ao convento, tornou-se mais solitário e taciturno. Restava-lhe ainda um pouco da alienação.

Já conhecemos o acontecimento de sua morte e a impressão que ela causara ao abade.

A cela de frei Simão de Santa Águeda esteve muito tempo religiosamente fechada. Só se abriu, algum tempo depois, para dar entrada a um velho secular, que por esmola alcançou do abade acabar os seus dias na convivência dos médicos da alma. Era o pai de Simão. A mãe tinha morrido.

Foi crença, nos últimos anos de vida deste velho, que ele não estava menos doido que frei Simão de Santa Águeda.

Aurora sem dia

NAQUELE TEMPO contava Luís Tinoco vinte e um anos. Era um rapaz de estatura meã, olhos vivos, cabelos em desordem, língua inesgotável e paixões impetuosas. Exercia um modesto emprego no foro, donde tirava o parco sustento, e morava com o padrinho cujos meios de subsistência consistiam no ordenado da sua aposentadoria. Tinoco estimava o velho Anastácio e este tinha ao afilhado igual afeição.

Luís Tinoco possuía a convicção de que estava fadado para grandes destinos, e foi esse durante muito tempo o maior obstáculo da sua existência. No tempo em que o Dr. Lemos o conheceu começava a arder-lhe a chama poética. Não se sabe como começou aquilo. Naturalmente os louros alheios entraram a tirar-lhe o sono. O certo é que um dia de manhã acordou Luís Tinoco escritor e poeta; a inspiração, flor abotoada ainda na véspera, amanheceu pomposa e viçosa. O rapaz atirou-se ao papel com ardor e perseverança, e entre as seis horas e as nove, quando o foram chamar para almoçar, tinha produzido um soneto, cujo principal defeito era ter cinco versos com sílabas de mais e outros cinco com sílabas de menos. Tinoco levou a produção ao *Correio Mercantil*, que a publicou entre *a-pedidos*.

Mal dormida, entremeada de sonhos interruptos, de sobressaltos e ânsias, foi a noite que precedeu a publicação. A aurora raiou enfim e Luís Tinoco, apesar de pouco madrugador, levantou-se com o sol e foi ler o soneto impresso. Nenhuma mãe contemplou o filho recém-nascido com mais amor do que o rapaz leu e releu a produção poética, aliás decorada desde a véspera. Afigurou-se-lhe que todos os leitores do *Correio Mercantil* estavam fazendo o mesmo; e que cada um admirava a recente revelação literária, indagando de quem seria esse nome até então desconhecido.

Não dormiu sobre os louros imaginários. Daí a dois dias, nova composição, e desta vez saiu uma longa ode sentimental em que o poeta se queixava à lua do desprezo em que o deixara a amada, e já entrevia no futuro a morte melancólica de Gilbert.[1] Não podendo fazer despesas, alcançou, por intermédio de um amigo, que a poesia fosse impressa de graça, motivo este que retardou a publicação por alguns dias. Luís Tinoco tragou a custo a demora, e não sei se chegou a suspeitar de inveja os redatores do *Correio Mercantil*. A poesia saiu enfim; e tal contentamento produziu no poeta que foi logo fazer ao padrinho a grande revelação.

— Leu hoje o *Correio Mercantil*, meu padrinho? — perguntou ele.

— Homem, tu sabes que eu só lia os jornais no tempo em que era empregado efetivo. Desde que me aposentei não li mais os periódicos...

— Pois é pena! — disse Tinoco com ar frio. — Queria que me dissesse o que pensa de uns versos que lá vem.

— E de mais a mais versos! Os jornais já não falam de política? No meu tempo não falavam de outra coisa.

— Falam de política e publicam versos, porque ambas as coisas têm entrada na imprensa. Quer ler os versos?

— Dá cá.

— Aqui estão.

O poeta puxou da algibeira o *Correio Mercantil*, e o velho Anastácio entrou a ler para si a obra do afilhado. Com os olhos pregados no padrinho, Luís Tinoco parecia querer adivinhar as impressões que produziam nele os seus elevados

---

[1] Nicolas Joseph Lauret Gilbert (1750–1780), poeta francês, autor de sátiras e de poemas elegíacos. Machado faz referência à lenda, popularizada por Alfred de Vigny, em seu romance *Stello*, e por Hégésippe Moreau, em *Un souvenir à l'hopital*, em que Gilbert teria morrido miserável, num hotel, depois de ter engolido uma chave, num acesso de delírio. Na verdade, o poeta francês morreu, subitamente, depois de um coice de cavalo.

conceitos, metrificados com todas as liberdades possíveis e impossíveis do consoante. Anastácio acabou de ler os versos e fez com a boca um gesto de enfado.

— Isto não tem graça — disse ele ao afilhado estupefato —; que diabo tem a lua com a indiferença dessa moça, e a que vem aqui a morte deste estrangeiro?

Luís Tinoco teve vontade de descompor o padrinho, mas limitou--se a atirar os cabelos para trás e a dizer com supremo desdém:

— São coisas de poesia que nem todos entendem; esses versos *sem graça* são meus.

— Teus? — perguntou Anastácio no cúmulo do espanto.

— Sim, senhor.

— Pois tu fazes versos?

— Assim dizem.

— Mas quem te ensinou a fazer versos?

— Isto não se aprende; traz-se do berço.

Anastácio leu outra vez os versos, e só então reparou na assinatura do afilhado. Não havia que duvidar: o rapaz dera em poeta. Para o velho aposentado era isto uma grande desgraça. Este, ligava à ideia de poeta a ideia da mendicidade. Tinham-lhe pintado Camões e Bocage, que eram os nomes literários que ele conhecia, como dois improvisadores de esquina, espeitorando sonetos em troca de algumas moedas, dormindo nos adros das igrejas e comendo nas cocheiras das casas grandes. Quando soube que o seu querido Luís estava atacado da terrível moléstia, Anastácio ficou triste, e foi nessa ocasião que se encontrou com o Dr. Lemos e lhe deu notícia da gravíssima situação do afilhado.

— Dou-lhe parte de que o Luís está poeta.

— Sim? — perguntou-lhe o Dr. Lemos. — E que tal lhe saiu o poeta?

— Não me importa se saiu mau ou bom. O que sei é que é a maior desgraça que lhe podia acontecer, porque isto de poesia não dá nada de si. Tenho medo que deixe o emprego, e fique aí pelas esquinas a falar à lua, cercado de moleques.

O Dr. Lemos tranquilizou o homem dizendo-lhe que os poetas não eram esses vadios que ele imaginava; mostrou-lhe que a poesia não era obstáculo para andar como os outros, para ser deputado, ministro ou diplomata.

— No entanto — disse o Dr. Lemos —, desejarei falar ao Luís; quero ver o que ele tem feito, porque como eu também fui outrora um pouco versejador, posso já saber se o rapaz dá de si.

Luís Tinoco foi ter com ele; levou-lhe o soneto e a ode impressos, e mais algumas produções não publicadas. Estas orçavam pela ode ou pelo soneto. Imagens safadas, expressões comuns, frouxo alento e nenhuma arte; apesar de tudo isso, havia de quando em quando algum lampejo que indicava da parte do neófito propensão para o mister; podia ser ao cabo de algum tempo um excelente trovador de salas.[2]

O Dr. Lemos disse-lhe com franqueza, que a poesia era uma arte difícil e que pedia longo estudo; mas que, a querer cultivá-la a todo o transe, devia ouvir alguns conselhos necessários.

— Sim — respondeu ele —, pode lembrar alguma coisa; eu não me nego a aceitar-lhe o que me parecer bom, tanto mais que eu fiz estes versos muito à pressa e não tive ocasião de os emendar.

— Não me parecem bons estes versos — disse o Dr. Lemos —; poderia rasgá-los e estudar antes algum tempo.

Não é possível descrever o gesto de soberbo desdém com que Luís Tinoco arrancou os versos ao doutor e lhe disse:

— Os seus conselhos valem tanto como a opinião de meu padrinho. Poesia não se aprende; traz-se do berço. Eu não dou atenção a invejosos. Se os versos não fossem bons, o *Mercantil* não os publicava.

E saiu.

Daí em diante foi impossível ter-lhe mão. Tinoco entrou a escrever como quem se despedia da vida. Os jornais andavam cheios de produções suas, umas tristes, outras alegres, não daquela tristeza nem daquela alegria que vem diretamente do

---

[2] Trovador de salas — expressão que significa poeta de salão, autor de poesia ligeira, circunstancial e panegírica.

coração, mas de uma tristeza que fazia sorrir, e de uma alegria que fazia bocejar. Luís Tinoco confessava singelamente ao mundo que fora invadido do ceticismo byroniano,[3] que tragara até às fezes a taça do infortúnio, e que para ele a vida tinha escrita na porta a inscrição dantesca. A inscrição era citada com as próprias palavras do poeta, sem que aliás Luís Tinoco o tivesse lido nunca. Ele respigava nas alheias produções uma coleção de alusões e nomes literários, com que fazia as despesas de sua erudição, e não lhe era preciso, por exemplo, ter lido Shakespeare para falar do *to be or not to be,*[4] do balcão de Julieta[5] e das torturas de Otelo.[6] Tinha a respeito de biografias ilustres noções extremamente singulares. Uma vez, agastando-se com a sua amada — pessoa que ainda não existia —, aconteceu-lhe dizer que o clima fluminense podia produzir monstros daquela espécie, do mesmo modo que o sol italiano dourara os cabelos da menina Aspásia. Lera casualmente alguns dos salmos do padre Caldas, e achou-os soporíferos; falava mais benevolamente da *Morte de Lindoia,*[7] nome que ele dava ao poema de J. Basílio da Gama, de que só conhecia quatro versos.

Ao cabo de cinco meses tinha Luís Tinoco produzido uma quantia razoável de versos, e podia, mediante muitos

---

[3] Inscrição dantesca — expressão que se refere à parte mais famosa de *A divina comédia*, o "Inferno", do poeta italiano Dante Alighieri (1265–1321), em que ele descreve diversas cenas de castigos horríveis. A inscrição dantesca expressa algo como: "Deixai toda a esperança, ó, vós, que entrais".

[4] *To be or not to be* — primeiro verso de uma fala de Hamlet, no Ato III, cena 2, da tragédia *Hamlet*, que significa "ser ou não ser".

[5] Famoso episódio da tragédia *Romeu e Julieta*, em que Julieta, num balcão, e Romeu, no jardim, declaram a reciprocidade de seu amor, no Ato II, cena 2.

[6] Referência às dúvidas e aos ciúmes de Otelo, da tragédia do mesmo nome, em relação ao amor de sua esposa, Desdêmona, por seu amigo, Cássio.

[7] Referência ao poema épico *O Uruguay*, de José Basílio da Gama (1741–1795), poeta brasileiro. Lindoia é a heroína do poema, que morre picada por uma serpente, no canto IV, versos 130–197.

claros e páginas em branco, dar um volume de cento e oitenta páginas.

A ideia de imprimir um livro sorriu-lhe; e daí a pouco era raro passar por uma loja sem ver no mostrador um prospecto assim concebido:

GOIVOS E CAMÉLIAS
por
Luís Tinoco

Um volume de 200 páginas .... 2$000 rs.[8]

O Dr. Lemos encontrou-o algumas vezes na rua. Andava com o ar inspirado de todos os poetas novéis que se supõem apóstolos e mártires. Cabeça alta, olhos vagos, cabelos grandes e caídos; algumas vezes abotoava o paletó e punha a mão ao peito por ter visto assim um retrato de Guizot;[9] outras vezes andava com as mãos para trás.

O Dr. Lemos falou-lhe a terceira vez que o viu assim, porque das duas primeiras o rapaz esquivou-se por modo que não pôde deter-lhe o passo. Fez-lhe alguns elogios às suas produções. Expandiu-se-lhe o rosto:

— Obrigado — disse ele —, esses elogios são o melhor prêmio das minhas fadigas. O povo não está preparado para a poesia: as pessoas inteligentes, como o doutor, podem julgar do merecimento dos outros. Leu a minha *Flor pálida*?

— Uns versos publicados no domingo?

— Sim.

— Li; são galantíssimos.

— E sentimentais. Fiz aquela poesia em meia hora, e não emendei nada. Acontece-me isso muita vez. Que lhe parecem aqueles esdrúxulos?

---

[8] Réis, plural de real, antiga unidade do sistema monetário de Portugal e do Brasil da época.

[9] François Guizot (1787–1874), político e historiador francês, autor de *História da Revolução da Inglaterra*.

— Acho-os esdrúxulos.

— São excelentes. Agora vou levar algumas estrofes que compus ontem. Intitulam-se *À beira de um túmulo.*

— Ah!

— Já assinou o meu livro?

— Ainda não.

— Nem assine. Quero dar-lhe um volume. Sai brevemente. Estou recolhendo as assinaturas. *Goivos e camélias*, que lhe parece o título?

— Magnífico.

— Achei-o de repente. Lembraram-me outros, mas eram comuns. *Goivos e camélias* parece que é um título distinto e original; é o mesmo que se dissesse: tristezas e alegrias.

— Justamente.

Durante esse tempo, ia o poeta tirando do bolso uma aluvião de papéis. Procurava as estrofes de que falara. O Dr. Lemos quis esquivar-se, mas o homem era implacável; segurou-lhe no braço. Ameaçado de ouvir ler os versos na rua, o doutor convidou o poeta a ir jantar com ele.

Foram a um hotel próximo.

— Ah! Meu amigo — dizia ele em caminho —, não imagina quantos invejosos andam a denegrir o meu nome. O meu talento tem sido o alvo de mil ataques; mas eu já estava disposto a isto. Não me espanto. A enxerga de Camões é um exemplo e uma consolação. Prometeu, atado ao Cáucaso,[10] é o emblema do gênio. A posteridade é a vingança dos que sofrem os desdéns do seu tempo.

No hotel procurou o Dr. Lemos um lugar mais afastado, onde não chamassem muito a atenção das outras pessoas.

— Aqui estão as estrofes — disse Luís Tinoco —, conseguindo arrancar de um maço de papéis a poesia anunciada.

---

[10] Referência ao episódio da mitologia grega, em que o titã Prometeu, por ter desobedecido ao deus dos deuses, Zeus (ele roubou dos céus o fogo da inteligência e o deu aos homens), foi acorrentado, por séculos, ao Monte Cáucaso, onde uma águia devorava seu fígado diariamente.

— Não lhe parece melhor lê-las à sobremesa?

— Como quiser, respondeu ele; tem razão, porque eu também estou com fome.

Luís Tinoco era todo prosa à mesa do jantar; comeu desencadernadamente.

— Não repare — dizia ele de quando em quando —, isto é o animal que se está alimentando. O espírito aqui não tem culpa nenhuma.

À sobremesa, estando na sala apenas uns cinco fregueses, desdobrou Luís Tinoco o fatal papel e leu as anunciadas estrofes, com uma melopéa afetada e perfeitamente ridícula. Os versos falavam de tudo, da morte e da vida, das flores e dos vermes, dos amores e dos ódios; havia mais de oito *ciprestes*, cerca de vinte *lágrimas*, e mais *túmulos* do que um verdadeiro cemitério.

Os cinco fregueses jantantes voltaram a cabeça, quando Luís Tinoco começou a recitar os versos; depois começaram a sorrir e a murmurar alguma coisa que os dois não puderam ouvir. Quando o poeta acabou, um dos circunstantes, assaz grosseiro, soltou uma gargalhada. Luís Tinoco voltou-se enfurecido, mas o Dr. Lemos conteve-o dizendo:

— Não é conosco.

— É, meu amigo — disse ele resignado —, mas que lhe havemos de fazer? Quem entende a poesia para a respeitar em toda a parte?

— Deixemos este lugar — disse o Dr. Lemos —, aqui não compreendem o que é um poeta.

— Vamos!

O Dr. Lemos pagou a conta e saiu atrás de Luís Tinoco, que deitou ao rideiro um olhar de desafio.

Luís Tinoco acompanhou-o até a casa. Recitou-lhe em caminho alguns versos que sabia de cor. Quando ele se entregava à poesia, não à alheia, que o não preocupava muito, mas a própria, podia-se dizer que tudo mais se lhe apagava da memória; bastava-lhe a contemplação de si mesmo. O Dr. Lemos ia ouvindo calado com a resignação de quem suporta a chuva, que não pode impedir.

Pouco tempo depois saíram a lume os *Goivos e camélias*, que todos os jornais prometeram analisar mais de espaço.

Dizia o poeta, no prólogo da obra, que era audácia da sua parte "vir assentar-se na mesa da comunhão da poesia, mas que todo aquele que sentia dentro de si o *j'ai quelque chose là,*[11] de André Chénier, devia dar à pátria aquilo que a natureza lhe deu". Em seguida pedia desculpa para os seus verdes anos, e afirmava ao público que não tinha sido "embalado em berços de seda". Concluía dando a bênção ao livro e chamando a atenção para a lista dos assinantes que vinha no fim.

Esta obra monumental passou despercebida no meio da indiferença geral. Apenas um folhetinista do tempo escreveu a respeito dela algumas linhas que fizeram rir a toda a gente, menos o autor, que foi agradecer ao folhetinista.

O Dr. Lemos perdeu de vista o seu poeta durante algum tempo. Digo mal; só perdeu de vista o homem, porque o poeta de quando em quando lhe aparecia metido em alguma produção literária, que o Dr. Lemos invariavelmente lia para se benzer da estéril pertinácia de Luís Tinoco. Não havia ocasião, enterro ou espetáculo solene, que escapasse à inspiração do fecundo escritor. Como o número de suas ideias fosse mui limitado, podia-se dizer que ele só havia escrito um necrológio, uma elegia, uma ode ou uma congratulação. Os diferentes exemplares de cada uma destas coisas eram a mesma coisa dita por outro modo. O modo porém constituía a originalidade do poeta, originalidade que ele não teve a princípio, mas que se desenvolveu muito com o tempo.

Infelizmente enquanto se entregava com ardor às lides literárias, esquecia-se o poeta das lides forenses, donde lhe vinha o pão. Anastácio queixou-se um dia desta desgraça ao Dr. Lemos, numa carta que acabava assim: "Não sei, meu amigo Sr. Lemos, aonde irá parar este rapaz. Não lhe vejo outra conclusão: hospício ou xadrez".

---

[11] André de Chénier (1762–1794), poeta francês. A expressão francesa, a ele atribuída, significa "tenho lá qualquer coisa".

O Dr. Lemos mandou chamar o poeta. Elogiou-lhe as suas obras com o fim de lhe dispor o espírito a ouvir o que ia dizer. O rapaz expandiu-se.

— Ainda bem que eu ouço de quando em quando alguma voz animadora — disse ele —, não sabe o que tem sido a inveja a meu respeito. Mas que importa? Tenho confiança no futuro; o que me vinga é a posteridade.

— Tem razão, a posteridade é que vinga das maroteiras contemporâneas.

— Li há dias num papelucho que eu era um alinhavador de ninharias. Percebi a intenção. Acusava-me de não meter ombros a obra de mais largo fôlego. Vou desmentir o papelucho: estou escrevendo um poema épico!

"Ai!", disse o Dr. Lemos consigo, adivinhando alguma leitura forçada de poema.

— Podia mostrar-lhe alguma coisa — continuou Luís Tinoco —, mas prefiro que leia a obra quando estiver mais adiantada.

— Muito bem.

— Tem dez cantos, cerca de 10.000 versos. Mas quer saber a minha desgraça?

— Qual é?

— Estou apaixonado...

— Realmente, é uma desgraça na sua posição.

— Que tem a minha posição?

— Creio que não é excelente. Dizem-me que se tem descuidado um pouco das suas obrigações do foro e que brevemente lhe vão tirar o emprego.

— Fui despedido ontem.

— Já?

— É verdade. Se ouvisse o discurso com que eu respondi ao escrivão, diante de toda a gente que enchia o cartório! Vinguei-me.

— Mas... de que viverá agora? Seu padrinho não pode, creio eu, com o peso da casa.

— Deus me ajudará. Não tenho eu uma pena na mão? Não recebi do berço um tal ou qual engenho, que já tem dado alguma coisa de si? Até agora nenhum lucro tentei tirar das minhas obras; mas era só amador. Daqui em diante o caso muda de figura; é necessário ganhar o pão, ganharei o pão.

A convicção com que Luís Tinoco dizia estas palavras entristeceu o amigo do padrinho. O Dr. Lemos contemplou durante alguns segundos — com inveja, talvez — aquele sonhador incorrigível, tão desapegado da realidade da vida, acreditando não só nos seus grandes destinos, mas também na verossimilhança de fazer da sua pena uma enxada.

— Oh! Deixe estar! — continuou Luís Tinoco. — Eu hei de provar-lhes, ao senhor e a meu padrinho, que não sou tão inútil como lhes pareço. Não me falta coragem, doutor; quando me faltasse, há uma estrela...

Luís Tinoco calou-se, retorceu o bigode, e olhou melancolicamente para o céu. O Dr. Lemos também olhou para o céu, mas sem melancolia, e perguntou rindo:

— Uma estrela? Ao meio-dia é raro...

— Oh! Não falo dessas — interrompeu Luís Tinoco —; lá é que ela devia estar, ali no espaço azul, entre as outras suas irmãs, mais velhas do que ela e menos formosas...

— Uma moça!

— Uma moça, é pouco; diga a mais gentil criatura que o sol ainda alumiou, uma sílfide, a minha Beatriz,[12] a minha Julieta, a minha Laura[13]...

— Escusa dizê-lo; deve ser muito formosa se fez apaixonar um poeta.

— Meu amigo, o senhor é um grande homem; Laura é um anjo, e eu adoro-a...

— E ela?

— Ela ignora talvez que eu me consumo.

— Isso é mau!

---

[12] Beatrice Portinari (1265–1290), mulher nascida em Florença, que inspirou os célebres versos de *A divina comédia* e de *Vida nova*, do poeta italiano Dante Alighieri.

[13] Provavelmente Laura de Noves (cerca de 1308–1348), dama provençal que inspirou os famosos poemas do *Cancioneiro*, do poeta italiano Francesco Petrarca (1304–1374).

— Que quer? — disse Luís Tinoco enxugando com o lenço uma lágrima imaginária. — É fado dos poetas arderem por coisas que não podem obter. É esse o pensamento de uns versos que escrevi há oito dias. Publiquei-os no *Caramanchão Literário*.

— Que diacho é isso?

— É a minha folha, que eu lhe mando de quinze em quinze dias... E diz que lê as minhas obras!

— As obras leio... Agora os títulos podem escapar. Vamos porém ao que importa. Ninguém lhe contesta talento nem inspiração fecunda; mas o senhor ilude-se pensando que pode viver dos versos e dos artigos literários... Note que os seus versos e os seus artigos são muito superiores ao entendimento popular, e por isso devem ter muito menos aceitação...

Este desenganar com as mãos cheias de rosas produziu salutar efeito no ânimo de Luís Tinoco; o poeta não pôde sofrear um sorriso de satisfação e bem-aventurança. O amigo do padrinho concluiu o seu discurso oferecendo-lhe um lugar de escrevente em casa de um advogado. Luís Tinoco olhou para ele algum tempo sem dizer palavra. Depois:

— Volto ao foro, não? — disse ele com a mais melancólica resignação deste mundo. — Minha inspiração deve descer outra vez a empoeirar-se nos libelos, a aturar os rábulas, a engrolar o vocabulário da chicana! E a troco de quê? A troco de uns magros mil-réis, que eu não tenho e me são necessários para viver. Isto é sociedade, doutor?

— Má sociedade, se lhe parece — respondeu o Dr. Lemos com doçura —, mas não há outra à mão, e a menos de não estar disposto a reformá-la, não tem outro recurso senão tolerá-la e viver.

O poeta deu alguns passos na sala; no fim de dois minutos estendeu a mão ao amigo.

— Obrigado — disse ele —, aceito; vejo que trata de meus interesses, sem desconhecer que me oferece um exílio.

— Um exílio e um ordenado — emendou o Dr. Lemos.

Daí a dias estava o poeta a copiar razões de embargos e de apelação, a lastimar-se, a maldizer da fortuna, sem adivinhar que daquele emprego devia nascer uma mudança nas suas aspirações. O Dr. Lemos não lhe falou durante cinco meses. Um dia encontraram-se na rua. Perguntou-lhe pelo poema.

— Está parado — respondeu Luís Tinoco.

— Deixa-o de mão?

— Concluí-lo-ei quando tiver tempo.

— E a folha?

— Deve saber que acabei com ela; não lha mando há muito tempo.

— É verdade, mas podia ser um esquecimento. Muito me conta! Então acabou o *Caramanchão Literário*?

— Deixei-o morrer no melhor período de vitalidade: tinha oitenta assinantes pagantes...

— Mas então abandona as letras?

— Não, mas... Adeus.

— Adeus.

Pareceu simples tudo aquilo; mas tendo-se ganho alguma coisa, que era empregá-lo, o Dr. Lemos deixou que o próprio poeta lhe fosse anunciar a causa do seu sono literário. Seria o namoro de Laura?

Esta Laura, preciso é que se diga, não era Laura, era simplesmente Inocência; o poeta chamava-lhe Laura nos seus versos, nome que lhe parecia mais doce, e efetivamente o era. Até que ponto existiu esse namoro, e em que proporções correspondeu a moça à chama do rapaz? A história não conservou muita informação a este respeito. O que se sabe com certeza é que um dia apareceu um rival no horizonte, tão poeta como o padrinho de Luís Tinoco, elemento muito mais conjugal do que o redator do *Caramanchão Literário*, e que de um só lance lhe derrubou todas as esperanças.

Não é preciso dizer ao leitor que este acontecimento enriqueceu a literatura com uma extensa e chorosa elegia, em que Luís Tinoco metrificou todas as queixas que pode ter de uma mulher um namorado traído. Esta obra tinha por epígrafe[14] o

---

[14] Frase ou trecho, de autor alheio, tomado como lema ou tema de um texto literário ou científico.

nessun maggior dolore do poeta florentino.[15] Quando ele a acabou e emendou, releu-a em voz alta, passeando na alcova, deu o último apuro a um ou outro verso, admirou a harmonia de muitos, e singelamente confessou de si para si que era a sua melhor produção. O *Caramanchão Literário* ainda existia; Luís Tinoco apressou-se a levar o escrito ao prelo, não sem o ler aos seus colaboradores, cuja opinião foi idêntica à dele. Apesar da dor que o devia consumir, o poeta leu as provas com o maior desvelo e escrúpulo, assistiu à impressão dos primeiros exemplares da folha, e durante muitos dias releu os versos até cansar. Do que ele menos se lembrava era da perfídia que os inspirou.

Esta porém não era a razão do sono literário de Luís Tinoco. A razão era puramente política. O advogado, cujo escrevente ele era, tinha sido deputado e colaborava numa gazeta política. O seu escritório era um centro, onde iam ter muitos homens públicos e se conversava largamente dos partidos e do governo. Luís Tinoco ouviu a princípio essas conversas com a indiferença de um deus envolvido no manto da sua imortalidade. Mas a pouco e pouco foi adquirindo gosto ao que ouvia. Já lia os discursos parlamentares e os artigos de polêmica. Da atenção passou rapidamente ao entusiasmo, porque naquele rapaz tudo era extremo, entusiasmo ou indiferença. Um dia levantou-se com a convicção de que os seus destinos eram políticos.

— A minha carreira literária está feita — disse ele ao Dr. Lemos quando falaram nisto —, agora outro campo me chama.

— A política? Parece-lhe que é essa a sua vocação?

— Parece-me que possa fazer alguma coisa.

— Vejo que é modesto, e não duvido que alguma voz interior o esteja convidando a queimar as suas asas de poeta.

---

[15] Expressão italiana que significa "nenhuma dor maior", atribuída a Dante Alighieri, poeta italiano, nascido em Florença, autor de *A divina comédia.*

Mas, cuidado! Há de ter lido Macbeth[16]... Cuidado com a voz das feiticeiras,[17] meu amigo. Há no senhor demasiado sentimento, muita suscetibilidade, e não me parece que...

— Estou disposto a acudir à voz do destino, interrompeu impetuosamente Luís Tinoco. A política chama-me ao seu campo; não posso, não devo, não quero cerrar-lhe os ouvidos. Não! As opressões do poder, as baionetas dos governos imorais e corrompidos, não podem desviar uma grande convicção do caminho que ela mesma escolheu. Sinto que sou chamado pela voz da verdade. Quem foge à voz da verdade? Os covardes e os ineptos. Não sou inepto nem covarde.

Tal foi a estreia oratória com que ele brindou o Dr. Lemos numa esquina onde felizmente não passava ninguém.

— Só lhe peço uma coisa — disse o ex-poeta.

— O que é?

— Recomende-me ao doutor. Quero acompanhá-lo, e ser seu protegido; é o meu desejo.

O Dr. Lemos cedeu ao desejo de Luís Tinoco. Foi ter com o advogado e recomendou-lhe o escrevente, não com muita solicitude, mas também sem excessiva frieza. Felizmente o advogado era uma espécie de São Francisco Xavier[18] do partido, desejoso como ninguém de aumentar o pessoal militante; recebeu a recomendação com a melhor cara do mundo, e logo no dia seguinte, disse algumas palavras benévolas ao escrevente, que as ouviu trêmulo de comoção.

— Escreva alguma coisa — disse o advogado — e traga-me para ver se lhe achamos propensão.

---

[16] Nome da personagem que dá título à tragédia de William Shakespeare. Nessa peça, Macbeth é um nobre ambicioso que deseja ser rei.

[17] Referência ao episódio do Ato I, cena 3, de *Macbeth*, que desencadeia a trama dessa tragédia: três feiticeiras profetizam que Macbeth será rei, o que faz com que ele assassine o rei da Escócia para ver realizada a profecia.

[18] Francisco de Jesus, dito São Francisco Xavier (1506–1552), jesuíta espanhol, um dos primeiros membros da Companhia de Jesus, conhecido por sua militância.

Não foi preciso dizer-lho duas vezes. Dois dias depois, levou o ex-poeta ao seu protetor um artigo extenso e difuso, mas cheio de entusiasmo e fé. O advogado achou defeitos no trabalho; apontou-lhe demasias e nebulosidades, frouxidão de argumentos, mais ornamentação que solidez; todavia prometeu publicá-lo. Ou fosse porque lhe fizesse estas observações com muito jeito e benevolência, ou porque Luís Tinoco houvesse perdido alguma coisa da antiga suscetibilidade, ou porque a promessa da publicação lhe adoçasse o amargo da censura, ou por todas estas razões juntas, o certo é que ele ouviu com exemplar modéstia e alegria as palavras do protetor.

— Há de perder os defeitos com o tempo — disse este mostrando o artigo aos amigos.

O artigo foi publicado e Luís Tinoco recebeu alguns apertos de mão. Aquela doce e indefinível alegria que ele sentira quando estampou no *Correio Mercantil* os seus primeiros versos, voltou a experimentá-la agora, mas alegria complicada de uma virtuosa resolução: Luís Tinoco desde aquele dia sinceramente acreditou que tinha uma missão, que a natureza e o destino o haviam mandado à terra para endireitar os tortos políticos.

Poucas pessoas se terão esquecido do período final da estreia política do ex-redator do *Caramanchão Literário*. Era assim: "Releve o poder" — hipócrita e sanhudo — "que eu lhe diga muito humildemente que não temo o desprezo nem o martírio. Moisés, conduzindo os hebreus à terra da promissão, não teve a fortuna de entrar nela:[19] é o símbolo do escritor que leva os homens à regeneração moral e política, sem lhe transpor as portas de ouro. Que poderia eu temer?

---

[19] Moisés, libertador e legislador de Israel, que liderou o êxodo dos hebreus do Egito e os conduziu à Canaã, a terra prometida por Deus. No capítulo XXXIV, de Deuteronômio, do Antigo Testamento, Deus mostra a Moisés a terra que prometera ao povo de Israel, dizendo-lhe, porém, que ele não entraria nela. Logo depois, Moisés morre.

Prometeu atado ao Cáucaso, Sócrates bebendo a cicuta,[20] Cristo expirando na cruz, Savonarola indo ao suplício,[21] John Brown esperneando na forca,[22] são os grandes apóstolos da luz, o exemplo e o conforto dos que amam a verdade, o remorso dos tiranos e o terremoto do despotismo".

Luís Tinoco não parou nestas primícias. Aquela mesma fecundidade da estação literária veio a reproduzir-se na estação política; o protetor, entretanto, disse-lhe que era conveniente escrever menos e mais assentado. O ex-poeta não repeliu a advertência, e até lucrou com ela, produzindo alguns artigos menos desgrenhados no estilo e no pensamento. A erudição política de Luís Tinoco era nenhuma; o protetor emprestou-lhe alguns livros, que o ex-poeta aceitou com infinito prazer. Os leitores compreendem facilmente que o autor dos *Goivos e camélias* não era homem que meditasse uma página de leitura; ele ia atrás das grandes frases — sobretudo das frases sonoras —, demorava-se nelas, repetia-as, ruminava-as com verdadeira delícia. O que era reflexão, observação, análise parecia-lhe árido, e ele corria depressa por elas.

Algum tempo depois houve uma eleição primária. O publicista sentiu que havia em si um eleitor, e foi dizê-lo afoitamente ao advogado. O desejo não foi mal aceito; trabalharam-se as coisas de modo que Luís Tinoco teve o gosto de ser incluído numa chapa e a surpresa de ficar batido. Batê-lo foi possível ao governo; abatê-lo, não. O ex-poeta, ainda quente do combate, traduziu em largos e floreados períodos o desprezo que lhe inspirava aquela vitória dos adversários.

---

[20] Sócrates filósofo grego (cerca de 470–399 a.C.). Acusado de introduzir novas divindades e de corromper a juventude, foi condenado a se envenenar com cicuta.

[21] Girolamo Savonarola (1452–1498), orador italiano dominicano. Acusado de heresia, foi excomungado pelo papa Alexandre VI e condenado à morte na fogueira.

[22] John Brown (1800–1859), abolicionista norte-americano. Foi condenado à forca por ter incitado os escravos à guerra de libertação.

A esse artigo responderam os amigos do governo com um, que terminava assim: "Até onde quererá ir, com semelhante descomedimento de linguagem, o pimpolho do ex-deputado Z?"

Luís Tinoco quase morreu de júbilo ao receber em cheio aquela descarga ministerial. A imprensa adversa não o havia tratado até então com a consideração que ele desejava. Uma ou outra vez, haviam discutido argumentos seus; mas faltava o melhor, faltava o ataque pessoal, que lhe parecia ser o batismo de fogo naquela espécie de campanha. O advogado, lendo o ataque, disse ao ex-poeta que a sua posição era idêntica à do primeiro Pitt quando o ministro Walpole[23] lhe respondeu chamando-lhe moço em plena câmara dos Comuns,[24] e que era necessário repelir no mesmo tom a ofensa ministerial. Luís Tinoco ignorava até aquela data a existência de Pitt e de Walpole; achou todavia muito engenhosa a comparação das duas situações, e com habilidade e cautela perguntou ao advogado se lhe podia emprestar o discurso do orador britânico "para refrescar a memória". O advogado não tinha o discurso, mas deu-lhe ideia dele, quanto bastou para que Luís Tinoco fosse escrever um longo artigo acerca do que era e não era pimpolho.

Entretanto, a luta eleitoral lhe descobrira um novo talento. Como fosse necessário arengar algumas vezes, fê-lo o pimpolho a grande aprazimento seu e no meio de palmas gerais. Luís Tinoco perguntou a si mesmo se lhe era lícito aspirar às honras da tribuna. A resposta foi afirmativa. Esta nova ambição era mais difícil de satisfazer; o ex-poeta o reconheceu, e armou-se de paciência para esperar.

---

[23] William Pitt, conde de Chatham (1708–1778), estadista inglês. Robert Walpole, 1º conde de Oxford (1676–1745), político inglês, um dos chefes do partido liberal (Whig).

[24] Órgão político representante do povo inglês, criado no século XV. Constitui-se de deputados provenientes dos condados e cidades, eleitos em sufrágio universal.

Aqui há uma lacuna na vida de Luís Tinoco. Razões que a história não conservou levaram o jovem publicista à província natal do seu amigo e protetor, dois anos depois dos acontecimentos eleitorais. Não percamos tempo em conjeturar as causas desta viagem, nem as que ali o demoraram mais do que queria. Vamos já encontrá-lo alguns meses depois, colaborando num jornal com o mesmo ardor juvenil, de que dera tanta prova na capital. Recomendado pelo advogado aos seus amigos políticos e parentes, depressa criou Luís Tinoco um círculo de companheiros, e não tardou que assentasse em ali ficar algum tempo. O padrinho já estava morto; Luís Tinoco achava-se absolutamente sem família.

A ambição do orador não estava apagada pela satisfação do publicista; pelo contrário, uma coisa avivava a outra. A ideia de possuir duas armas, brandi-las ao mesmo tempo, ameaçar e bater com ambas os adversários, tornou-se-lhe ideia crônica, presente, inextinguível. Não era a vaidade que o levava, quero dizer, uma vaidade pueril. Luís Tinoco acreditava piamente que ele era um artigo do programa da Providência, e isso o sustinha e contentava. A sinceridade que nunca teve quando versificava os seus infortúnios entre suas palestras de rapazes, teve-a quando se enterrou a mais e mais na política. É claro que, se alguém lhe pusesse em dúvida o mérito político, feri-lo-ia do mesmo modo que os que lhe contestavam excelências literárias; mas não era só a vaidade que lhe ofendiam, era também, e muito mais, a fé — fé profunda e intolerante — que ele tinha de que o seu talento fazia parte da harmonia universal.

Luís Tinoco mandava ao Dr. Lemos na corte[25] todos os seus escritos da província, e contava-lhe singelamente as suas novas esperanças. Um dia noticiou-lhe que a sua eleição para a assembleia provincial era objeto de negociações que se lhe afiguravam propícias. O correio seguinte trouxe notícia de que a candidatura de Luís Tinoco entrara na ordem dos fatos consumados.

---

[25] Sede do Império do Brasil, no Rio de Janeiro, onde residiam os imperadores D. Pedro I e D. Pedro II e sua família.

A eleição fez-se e não deu pouco trabalho ao candidato fluminense, que à força de muita luta e muito empenho pôde ter a honra de ser incluído na lista dos vencedores. Quando lhe deram notícia da vitória, entoou a alma de Luís Tinoco um verdadeiro e solene *Te Deum Laudamus.*[26] Um suspiro, o mais entranhado e desentranhado de quantos suspiros jamais soltaram homens, desafogou o coração do ex-poeta das dúvidas e incertezas de longas e cruéis semanas. Estava enfim eleito! Ia subir o primeiro degrau do capitólio.

A noite foi mal dormida, como a da véspera da publicação do primeiro soneto, e entremeada de sonhos análogos à situação.

Luís Tinoco via-se já troando na assembleia provincial, entre os aplausos de uns, as imprecações de outros, a inveja de quase todos, e lendo em toda a imprensa da província os mais calorosos aplausos à sua nova e original eloquência. Vinte exórdios fez o jovem deputado para o primeiro discurso, cujo assunto seria naturalmente digno de grandes rasgos e nervosos períodos. Ele já estudava mentalmente os gestos, a atitude, todo o exterior da figura que ia honrar a sala dos representantes da província.

Muitos grandes nomes da política haviam começado no parlamento provincial. Era verossímil, era indispensável até, para que ele cumprisse o mandato imperativo do destino, que saísse dali em pouco tempo para vir transpor a porta mais ampla da representação nacional. O ex-poeta ocupava já no espírito uma das cadeiras da Cadeia Velha, e remirava-se na própria pessoa e no brilhante papel que teria de desempenhar. Via já diante de si a oposição ou o ministério estatelado no chão, com quatro ou cinco daqueles golpes que ele supunha saber dar como ninguém, e as gazetas a falarem, e o povo a ocupar-se dele, e o seu nome a repercutir em todos os ângulos do Império, e uma pasta a cair-lhe nas mãos,[27] ao mesmo tempo que o bastão do comando ministerial.

---

[26] Expressão latina que significa "a Ti, Deus, louvamos."

[27] Referência ao cargo de ministro de Estado na época do Império, sob o regime parlamentarista.

Tudo isto, e muito mais imaginava o recente deputado, embrulhado nos lençóis, com a cabeça no travesseiro, e o espírito a vagar por esse mundo fora, que é a coisa pior que pode acontecer a um corpo mortificado como estava o dele naquela ocasião.

Não se demorou Luís Tinoco em escrever ao Dr. Lemos e contar-lhe as suas esperanças e o programa que tencionava observar, desde que a fortuna lhe abria mais ampla estrada na vida pública. A carta tratava longamente do efeito provável da sua primeira oração, e terminava assim:

"Qualquer que seja o posto a que eu suba; qualquer, entenda bem, ainda aquele que é o primeiro do país, abaixo do imperador (e creio que irei até lá), nunca me há de esquecer que ao senhor o devo, à animação que me dispensou, à recomendação que fez de mim. Parece-me que até hoje tenho correspondido à confiança dos meus amigos; espero continuar a merecê-la".

Inauguraram-se enfim os trabalhos. Tão ansioso estava Luís Tinoco de falar que, logo nas primeiras sessões, a propósito de um projeto sobre a colocação de um chafariz, fez um discurso de duas horas em que demonstrou por A + B que a água era necessária ao homem. Mas a grande batalha foi dada na discussão do orçamento provincial. Luís Tinoco fez um longo discurso em que combateu o governo geral, o presidente, os adversários, a polícia e o despotismo. Seus gestos eram até então desconhecidos na escala da gesticulação parlamentar; na província, pelo menos, ninguém tivera nunca a satisfação de contemplar aquele sacudir de cabeça, aquele arquear de braço, aquele apontar, alçar, cair e bater com a mão direita.

O estilo também não era vulgar. Nunca se falou de receita e despesa com maior luxo de imagens e figuras. A receita foi comparada ao orvalho que as flores recolhem durante a noite; a despesa à brisa da manhã que as sacode e lhes entorna um pouco de sereno vivificante. Um bom governo é apenas brisa; o presidente atual foi declarado siroco e pampeiro. Toda a maioria protestou solenemente contra essa qualificação injuriosa, ainda que poética. Um dos secretários confessou que nunca do Rio de Janeiro lhes fora uma aura mais refrigerante.

Infelizmente os adversários não dormiam. Um deles, apenas Luís Tinoco acabou o discurso entre alguns aplausos dos seus amigos, pediu a palavra e cravou longo tempo os olhos no orador estreante. Depois sacou do bolso um maço de jornais e um folheto, concertou a garganta e disse:

— Mandaram-nos do Rio de Janeiro o nobre deputado que me precedeu nesta tribuna. Diziam que era uma ilustração fluminense, destinada a arrasar os talentos da província. Imediatamente, Sr. presidente, tratei de obter as obras do nobre deputado. Aqui tenho eu, Sr. presidente, o *Caramanchão Literário*, folha redigida pelo meu adversário, e o volume dos *Goivos e camélias*. Tenho lá em casa mais outras obras. Abramos os *Goivos e camélias*.

O Sr. Luís Tinoco:

— O nobre deputado está fora da ordem! (*Apoiados*).

O orador:

— Continuo, Sr. presidente; aqui tenho os *Goivos e camélias*. Vejamos um *goivo:*

A Ela.

Quem és tu que me atormentas
Com teus prazenteiros sorrisos?
Quem és tu que me apontas
As portas dos paraísos?

Imagem do céu és tu?
És filha da divindade?
Ou vens prender em teus cabelos
A minha liberdade?

— Vê, V. Exa., Sr. presidente, que nesse tempo o nobre deputado era inimigo de todas as leis opressoras. A assembleia tem visto como ele trata as leis do metro.

Todo o resto do discurso foi assim. A minoria protestou, Luís Tinoco fez-se de todas as cores, e a sessão acabou em risada.

No dia seguinte os jornais amigos de Luís Tinoco agradeceram ao adversário deste o triunfo que lhe proporcionou mostrando à província "uma antiga e brilhante face do talento do ilustre deputado". Os que indecorosamente riram dos versos, foram condenados com estas poucas linhas: "Há dias um deputado governista disse que a situação era uma caravana de homens honestos e bons. É caravana, não há dúvida; vimos ontem os seus camelos".

Nem por isso Luís Tinoco ficou mais consolado. As cartas do deputado ao Dr. Lemos começaram a escassear, até que de todo cessaram de aparecer. Decorreram assim silenciosos uns três anos, ao cabo dos quais o Dr. Lemos foi nomeado não sei para que cargo na província onde se achava Luís Tinoco. Partiu. Apenas empossado do cargo, tratou de procurar o ex-poeta, e pouco tempo gastou, recebendo logo um convite dele para ir a um estabelecimento rural onde se achava.

— Há de me chamar ingrato, não? — disse Luís Tinoco, apenas viu assomar à porta de casa o Dr. Lemos. — Mas não sou; contava ir vê-lo daqui a um ano; e se lhe não escrevi... Mas que tem, doutor? está espantado?

O Dr. Lemos estava efetivamente pasmado a olhar para a figura de Luís Tinoco. Era aquele o poeta dos *Goivos e camélias*, o eloquente deputado, o fogoso publicista? O que ele tinha diante de si era um honrado e pacato lavrador, ar e maneiras rústicas, sem o menor vestígio das atitudes melancólicas do poeta, do gesto arrebatado do tribuno — uma transformação, uma criatura muito outra e muito melhor.

Riram-se ambos, um da mudança, outro do espanto, pedindo o Dr. Lemos a Luís Tinoco que lhe dissesse se era certo haver deixado a política, ou se aquilo eram apenas umas férias para renovar a alma.

— Tudo lhe explicarei, doutor, mas há de ser depois de ter examinado a minha casa e a minha roça, depois de lhe apresentar minha mulher e meus filhos...

— Casado?

— Há vinte meses.

— E não me disse nada!

— Ia este ano à corte e esperava surpreendê-lo... Que duas criancinhas as minhas... lindas como dois anjos. Saem à mãe, que é a flor da província. Oxalá se pareçam também com ela nas qualidades de dona de casa; que atividade! Que economia!...

Feita a apresentação, beijadas as crianças, examinado tudo, Luís Tinoco declarou ao Dr. Lemos que definitivamente deixara a política.

— De vez?

— De vez.

— Mas que motivo? Desgostos, naturalmente.

— Não; descobri que não era fadado para grandes destinos. Um dia leram-me na assembleia alguns versos meus. Reconheci então quanto eram pífios os tais versos; e podendo vir mais tarde a olhar com a mesma lástima e igual arrependimento para as minhas obras políticas, arrepiei carreira e deixei a vida pública. Uma noite de reflexão e nada mais.

— Pois teve ânimo?...

Tive, meu amigo, tive ânimo de pisar terreno sólido, em vez de patinhar nas ilusões dos primeiros dias. Eu era um ridículo poeta e talvez ainda mais ridículo orador. Minha vocação era esta. Com poucos anos mais estou rico. Ande agora beber o café que nos espera e feche a boca, que as moscas andam no ar.

O SEGREDO DO BONZO

CAPÍTULO INÉDITO DE FERNÃO MENDES PINTO

ATRÁS DEIXEI NARRADO O QUE SE PASSOU NESTA CIDADE FUCHEO,[1] capital do reino de Bungo com o padre-mestre Francisco, e de como el-rei se houve com o Fuçarandono e outros bonzos,[2] que houveram por acertado disputar ao padre as primazias da nossa santa religião. Agora direi de uma doutrina não menos curiosa que saudável ao espírito, e digna de ser divulgada a todas as repúblicas da cristandade.

Um dia, andando a passeio com Diogo Meirelles, nesta mesma cidade Fucheo, naquele ano de 1552, sucedeu deparar-se-nos um ajuntamento de povo, à esquina de uma rua, em torno a um homem da terra, que discorria com grande abundância de gestos e vozes. O povo, segundo o esmo mais baixo, seria passante de cem pessoas, varões somente, e todos embasbacados. Diogo Meirelles, que melhor conhecia a língua da terra, pois ali estivera muitos meses, quando andou com bandeira de veniaga[3] (agora ocupava-se no exercício da medicina, que estudara convenientemente, e em que era exímio), ia-me repetindo pelo nosso idioma o que ouvia ao orador, e que, em resumo, era o seguinte: Que ele não queria outra coisa mais do que afirmar a origem dos grilos, os quais procediam do ar e das folhas de coqueiro, na

---

[1] Cidade de Bungo, reino do Japão, no século XVI, mencionada pelo escritor português Fernão Mendes Pinto (1509/1511?–1583), em *Peregrinação*, capítulo CXXXIV, obra em que relata suas aventuras extraordinárias em viagens pela Índia, Arábia, Etiópia e outros lugares exóticos.

[2] Designação dada ao sacerdote budista, mencionado no capítulo CXXXIV, de *Peregrinação*.

[3] Bandeira que indica a intenção de comércio.

conjunção da lua nova; que este descobrimento, impossível a quem não fosse, como ele, matemático, físico e filósofo, era fruto de dilatados anos de aplicação, experiência e estudo, trabalhos e até perigos de vida; mas, enfim, estava feito, e todo redundava em glória do reino de Bungo, e especialmente da cidade Fucheo, cujo filho era; e, se por ter aventado tão sublime verdade, fosse necessário aceitar a morte, ele a aceitaria ali mesmo, tão certo era que a ciência valia mais do que a vida e seus deleites.

A multidão, tanto que ele acabou, levantou um tumulto de aclamações, que esteve a ponto de ensurdecer-nos, e alçou nos braços o homem, bradando: "Patimau, Patimau! Viva Patimau, que descobriu a origem dos grilos!" E todos se foram com ele ao alpendre de um mercador, onde lhe deram refrescos e lhe fizeram muitas saudações e reverências, à maneira deste gentio, que é em extremo obsequioso e cortesão.

Desandando o caminho, vínhamos nós, Diogo Meirelles e eu, falando do singular achado da origem dos grilos, quando, a pouca distância daquele alpendre, obra de seis credos, não mais, achamos outra multidão de gente, em outra esquina, escutando a outro homem. Ficamos espantados com a semelhança do caso, e Diogo Meirelles, visto que também este falava apressado, repetiu-me da mesma maneira o teor da oração. E dizia este outro, com grande admiração e aplauso da gente que o cercava, que enfim descobrira o princípio da vida futura, quando a terra houvesse de ser inteiramente destruída, e era nada menos que uma certa gota de sangue de vaca; daí provinha a excelência da vaca para habitação das almas humanas, e o ardor com que esse distinto animal era procurado por muitos homens à hora de morrer; descobrimento que ele podia afirmar com fé e verdade, por ser obra de experiências repetidas e profunda cogitação, não desejando nem pedindo outro galardão mais que dar glória ao reino de Bungo e receber dele a estimação que os bons filhos merecem. O povo, que escutara esta fala com muita veneração, fez o mesmo alarido e levou o homem ao dito alpendre, com a diferença que o trepou a uma charola; ali chegando, foi regalado com obséquios iguais aos que faziam a Patimau, não havendo nenhuma distinção entre eles, nem outra competência nos banqueteadores, que não fosse a de dar graças a ambos os banqueteados.

Ficamos sem saber nada daquilo, porque nem nos parecia casual a semelhança exata dos dois encontros, nem racional ou crível a origem dos grilos, dada por Patimau, ou o princípio da vida futura, descoberto por Languru, que assim se chamava o outro. Sucedeu, porém, costearmos a casa de um certo Titané, alparqueiro, o qual correu a falar a Diogo Meirelles, de quem era amigo. E, feitos os cumprimentos, em que o alparqueiro chamou as mais galantes coisas a Diogo Meirelles, tais como ouro da verdade e sol do pensamento, contou-lhe este o que víramos e ouvíramos pouco antes. Ao que Titané acudiu com grande alvoroço:

— Pode ser que eles andem cumprindo uma nova doutrina, dizem que inventada por um bonzo de muito saber, morador em umas casas pegadas ao monte Coral.

E porque ficássemos cobiçosos de ter alguma notícia da doutrina, consentiu Titané em ir conosco no dia seguinte às casas do bonzo, e acrescentou:

— Dizem que ele não a confia a nenhuma pessoa, se não às que de coração se quiserem filiar a ela; e, sendo assim, podemos simular que o queremos unicamente com o fim de a ouvir; e se for boa, chegaremos a praticá-la à nossa vontade.

No dia seguinte, ao modo concertado, fomos às casas do dito bonzo, por nome Pomada, um ancião de cento e oito anos, muito lido e sabido nas letras divinas e humanas, e grandemente aceito a toda aquela gentilidade, e por isso mesmo mal visto de outros bonzos, que se finavam de puro ciúme. E tendo ouvido o dito bonzo a Titané quem éramos e o que queríamos, iniciou-nos primeiro com várias cerimônias e bugiarias necessárias à recepção da doutrina, e só depois dela é que alçou a voz para confiá-la e explicá-la.

— Haveis de entender — começou ele — que a virtude e o saber têm duas existências paralelas, uma no sujeito que as possui, outra no espírito dos que o ouvem ou contemplam. Se puserdes as mais sublimes virtudes e os mais profundos conhecimentos em um sujeito solitário, remoto de todo contato com outros homens, é como se eles não existissem. Os frutos de uma laranjeira, se ninguém os gostar, valem tanto como as urzes e plantas bravias, e, se ninguém os vir, não valem nada; ou, por outras palavras mais enérgicas, não há espetáculo sem espectador. Um dia, estando a cuidar nestas coisas, considerei que, para o fim de alumiar um pouco o entendimento, tinha consumido os meus longos anos, e, aliás, nada chegaria a valer sem a existência de outros homens que me vissem e honrassem; então cogitei se não haveria um modo de obter o mesmo efeito, poupando tais trabalhos, e esse dia posso agora dizer que foi o da regeneração dos homens, pois me deu a doutrina salvadora.

Neste ponto, afiamos os ouvidos e ficamos pendurados da boca do bonzo, o qual, como lhe dissesse Diogo Meirelles que a língua da terra me não era familiar, ia falando com grande pausa, porque eu nada perdesse. E continuou dizendo:

— Mal podeis adivinhar o que me deu ideia da nova doutrina; foi nada menos que a pedra da lua, essa insigne pedra tão luminosa que, posta no cabeço de uma montanha ou no píncaro de uma torre, dá claridade a uma campina inteira, ainda a mais dilatada. Uma tal pedra, com tais quilates de luz, não existiu nunca, e ninguém jamais a viu; mas muita gente crê que existe e mais de um dirá que a viu com os seus olhos. Considerei o caso, e entendi que, se uma coisa pode existir na opinião, sem existir na realidade, e existir na realidade, sem existir na opinião, a conclusão é que das duas existências paralelas a única necessária é a da opinião, não a da realidade, que é apenas conveniente. Tão depressa fiz este achado especulativo, como dei graças a Deus do favor especial, e determinei-me a verificá-lo por experiências; o que alcancei, em mais de um caso, que não relato, por vos não tomar o tempo. Para compreender a eficácia do meu sistema, basta advertir que os grilos não podem nascer do ar e das folhas de coqueiro, na conjunção da lua nova, e por outro lado, o princípio da vida futura não está em uma certa gota de sangue de vaca; mas Patimau e Languru, varões astutos, com tal arte souberam meter estas duas ideias no ânimo da multidão, que hoje desfrutam a nomeada de grandes físicos e maiores filósofos, e têm consigo pessoas capazes de dar a vida por eles.

Não sabíamos em que maneira déssemos ao bonzo as mostras do nosso vivo contentamento e admiração. Ele interrogou-nos ainda compridamente, acerca da doutrina e dos fundamentos dela, e depois de reconhecer que a entendíamos, incitou-nos a praticá-la, a divulgá-la, cautelosamente, não porque houvesse nada contrário às leis divinas ou humanas, mas porque a má compreensão dela podia daná-la, e perdê-la em seus primeiros passos; enfim, despediu-se de nós com a certeza (são palavras suas) de que abalávamos dali com a verdadeira alma de pomadistas; denominação esta que, por se derivar do nome dele, lhe era em extremo agradável.

Com efeito, antes de cair a tarde, tínhamos os três combinado em pôr por obra uma ideia tão judiciosa quão lucrativa, pois não é só lucro o que se pode haver em moeda senão também o que traz consideração e louvor, que é outra e melhor espécie de moeda, conquanto não dê para comprar damascos ou chaparias de ouro. Combinamos, pois, à guisa de experiência, meter cada um de nós, no ânimo da cidade Fucheo, uma certa convicção, mediante a qual houvéssemos os mesmos benefícios que desfrutavam Patimau e Languru; mas, tão certo é o que o homem não olvida o seu interesse, entendeu Titané, que lhe cumpria lucrar de duas maneiras, cobrando da experiência ambas as moedas, isto é, vendendo também as suas alparcas: ao que nós não opusemos, por nos parecer que nada tinha isso com o essencial da doutrina.

Consistiu a experiência de Titané em coisa que não sei como diga para que a entendam. Usam neste reino de Bungo, e em outros destas remotas partes, um papel feito de casca de canela moída e goma, obra mui prima, que eles talham depois em pedaços de dois palmos de comprimento, e meio de largura, nos quais desenham com vivas e variadas cores, e pela língua do país, as notícias da semana, políticas, religiosas, mercantis e outras, as novas leis do reino, os nomes das fustas, lancharas, balões e toda casta de barcos que navegam estes mares, ou em guerra, que a há frequente, ou de veniaga. E digo as notícias da semana, porque as ditas folhas são feitas de oito em oito dias, em grande cópia, e distribuídas ao gentio da terra, a troco de uma espórtula, que cada um dá de bom grado para ter as notícias primeiro que os demais moradores. Ora, o nosso Titané não quis melhor esquina que este papel, chamado pela nossa língua Vida e claridade das coisas mundanas e celestes, título expressivo, ainda que um tanto derramado. E, pois, fez inserir no dito papel que acabavam de chegar notícias frescas de toda a costa de Malabar e da China, conforme às quais não havia outro cuidado que não fossem as famosas alparcas dele Titané; que estas alparcas eram chamadas as primeiras do mundo, por serem muito sólidas e graciosas; que nada menos de vinte e dois mandarins iam requerer ao imperador para que, em vista do esplendor das famosas alparcas de Titané, as primeiras do universo, fosse criado o título honorífico de "alparca do Estado", para recompensa dos que se distinguissem em qualquer disciplina do entendimento; que eram grossíssimas as encomendas feitas de todas as partes, às quais ele Titané ia acudir, menos por amor ao lucro do que pela glória que dali provinha à nação; não recuando, todavia, do propósito em que estava e ficava de dar de graça aos pobres do reino umas cinquenta corjas das ditas alparcas, conforme já fizera declarar a el-rei e o repetia agora; enfim, que apesar da primazia no fabrico das alparcas assim reconhecida em toda a terra, ele sabia os deveres da moderação, e nunca se julgaria mais do que um obreiro diligente e amigo da glória do reino de Bungo.

A leitura desta notícia comoveu naturalmente a toda a cidade Fucheo, não se falando em outra coisa durante toda aquela semana. As alparcas de Titané, apenas estimadas, começaram de ser buscadas com muita curiosidade e ardor, e ainda mais nas semanas seguintes, pois não deixou ele de entreter a cidade, durante algum tempo, com muitas e extraordinárias anedotas acerca da sua mercadoria. E dizia-nos com muita graça:

— Vede que obedeço ao principal da nossa doutrina, pois não estou persuadido da superioridade das tais alparcas, antes as tenho por obra vulgar, mas fi-lo crer ao povo, que as vem comprar agora, pelo preço que lhes taxo.

— Não me parece — atalhei — que tenhais cumprido a doutrina em seu rigor e substância, pois não nos cabe inculcar aos outros uma opinião que não temos, e sim a opinião de uma qualidade que não possuímos; este é, ao certo, o essencial dela.

Dito isto, assentaram os dois que era a minha vez de tentar a experiência, o que imediatamente fiz; mas deixo de a relatar em todas as suas partes, por não demorar a narração da experiência de Diogo Meirelles, que foi a mais decisiva das três, e a melhor prova desta deliciosa invenção do bonzo. Direi somente que, por algumas luzes que tinha de música e charamela, em que aliás era mediano, lembrou-me congregar os principais de Fucheo para que me ouvissem tanger o instrumento; os quais vieram, escutaram e foram-se repetindo que nunca antes tinham ouvido coisa tão extraordinária. E confesso que alcancei um tal resultado com o só recurso dos ademanes, da graça em arquear os braços para tocar a charamela, que me foi trazida em uma bandeja de prata, da rigidez do busto, da unção com que alcei os olhos ao ar, e do desdém e ufania com que os baixei à mesma assembleia, a qual neste ponto rompeu um tal concerto de vozes e exclamações de entusiasmo, que quase me persuadiu do meu merecimento.

Mas, como digo, a mais engenhosa de todas as nossas experiências foi a de Diogo Meirelles. Lavrava então na cidade uma singular doença que consistia em fazer inchar os narizes, tanto e tanto, que tomavam metade e mais da cara ao paciente, e não só a punham horrenda, senão que era molesto carregar tamanho peso. Conquanto os físicos da terra propusessem extrair os narizes inchados, para alívio e melhoria dos enfermos, nenhum destes consentia em prestar-se ao curativo, preferindo o excesso à lacuna, e tendo por mais aborrecível que nenhuma outra coisa a ausência daquele órgão. Neste apertado lance mais de um recorria à morte voluntária, como um remédio, e a tristeza era muita em toda a cidade Fucheo. Diogo Meirelles, que desde algum tempo praticava a medicina, segundo ficou dito atrás, estudou a moléstia e reconheceu que não havia perigo em desnarigar os doentes, antes era vantajoso por lhes levar o mal, sem trazer fealdade, pois tanto valia um nariz disforme e pesado como nenhum; não alcançou, todavia, persuadir os infelizes ao sacrifício. Então ocorreu-lhe uma graciosa invenção. Assim foi que, reunindo muitos físicos, filósofos, bonzos, autoridades e povo, comunicou-lhes que tinha um segredo para eliminar o órgão; e esse segredo era nada menos que substituir o nariz achacado por um nariz são, mas de pura natureza metafísica, isto é, inacessível aos sentidos humanos, e contudo tão verdadeiro ou ainda mais do que o cortado; cura esta praticada por ele em várias partes, e muito aceita aos físicos de Malabar. O assombro da assembleia foi imenso, e não menor a incredulidade de alguns, não digo de todos, sendo que a maioria não sabia que acreditasse, pois, se lhe repugnava a metafísica do nariz, cedia entretanto à energia das palavras de Diogo Meirelles, ao tom alto e convencido com que ele expôs e definiu o seu remédio. Foi então que alguns filósofos, ali presentes, um tanto envergonhados do saber de Diogo Meirelles, não quiseram ficar-lhe atrás e declararam que havia bons fundamentos para uma tal invenção, visto não ser o homem todo outra coisa mais do que um produto da idealidade transcendental; donde resultava que podia trazer, com toda a verossimilhança, um nariz metafísico, e juravam ao povo que o efeito era o mesmo.

A assembleia aclamou a Diogo Meirelles; e os doentes começaram de buscá-lo, em tanta cópia, que ele não tinha mãos a medir. Diogo Meirelles desnarigava-os com muitíssima arte; depois estendia delicadamente os dedos a uma caixa, onde fingia ter os narizes substitutos, colhia um e aplicava-os ao lugar vazio. Os enfermos, assim curados e supridos, olhavam uns para os outros, e não viam nada no lugar do órgão cortado; mas, certos e certíssimos de que ali estava o órgão substituto, e que este era inacessível aos sentidos humanos, não se davam por defraudados, e tornavam aos seus ofícios. Nenhuma outra prova quero da eficácia da doutrina e do fruto dessa experiência, senão o fato de que todos os desnarigados de Diogo Meirelles continuaram a prover-se dos mesmos lenços de assoar. O que tudo deixo relatado para glória do bonzo e benefício do mundo.

VERBA TESTAMENTÁRIA

"...ITEM, É MINHA ÚLTIMA VONTADE que o caixão em que o meu corpo houver de ser enterrado, seja fabricado em casa de Joaquim Soares à Rua da Alfândega. Desejo que ele tenha conhecimento desta disposição, que também será pública. Joaquim Soares não me conhece; mas é digno da distinção, por ser dos nossos melhores artistas, e um dos homens mais honrados da nossa terra..."

Cumpriu-se à risca esta verba testamentária. Joaquim Soares fez o caixão em que foi metido o corpo do pobre Nicolau B. de C.; fabricou-o ele mesmo *con amore*;[1] e, no fim, por um movimento cordial, pediu licença para não receber nenhuma remuneração. Estava pago; o favor do defunto era em si mesmo um prêmio insigne. Só desejava uma coisa: a cópia autêntica da verba. Deram-lha; ele mandou-a encaixilhar e pendurar de um prego, na loja. Os outros fabricantes de caixões, passado o assombro, clamaram que o testamento era um despropósito. Felizmente — e esta é uma das vantagens do estado social —, felizmente, todas as demais classes acharam que aquela mão, saindo do abismo para abençoar a obra de um operário modesto, praticara uma ação rara e magnânima. Era em 1855; a população estava mais conchegada; não se falou de outra coisa. O nome de Nicolau reboou por muitos dias na imprensa da corte, donde passou à das províncias. Mas a vida universal é tão variada, os sucessos acumulam-se em tanta multidão, e com tal presteza, e, finalmente, a memória dos homens é tão frágil, que um dia chegou em que a ação de Nicolau mergulhou de todo no olvido.

---

[1] Expressão italiana que significa "com amor".

Não venho restaurá-la. Esquecer é uma necessidade. A vida é uma lousa, em que o destino, para escrever um novo caso, precisa apagar o caso escrito. Obra de lápis e esponja. Não, não venho restaurá-la. Há milhares de ações tão bonitas, ou ainda mais bonitas do que a de Nicolau, e comidas do esquecimento. Venho dizer que a verba testamentária não é um efeito sem causa; venho mostrar uma das maiores curiosidades mórbidas deste século.

Sim, leitor amado, vamos entrar em plena patologia. Esse menino que aí vês, nos fins do século passado (em 1855 quando morreu tinha Nicolau sessenta e oito anos), esse menino não é um produto são, não é um organismo perfeito. Ao contrário, desde os mais tenros anos, manifestou por atos reiterados que há nele algum vício interior, alguma falha orgânica. Não se pode explicar de outro modo a obstinação com que ele corre a destruir os brinquedos dos outros meninos, não digo os que são iguais aos dele, ou ainda inferiores, mas os que são melhores ou mais ricos. Menos ainda se compreende que, nos casos em que o brinquedo é único, ou somente raro, o jovem Nicolau console a vítima com dois ou três pontapés; nunca menos de um. Tudo isso é obscuro. Culpa do pai não pode ser. O pai era um honrado negociante ou comissário (a maior parte das pessoas a que aqui se dá o nome de comerciantes, dizia o marquês de Lavradio,[2] nada mais são que simples comissários), que viveu com certo luzimento, no último quartel do século, homem ríspido, austero, que admoestava o filho, e, sendo necessário, castigava-o. Mas nem admoestações, nem castigos, valiam nada. O impulso interior de Nicolau era mais eficaz do que todos os bastões paternos; e, uma ou duas vezes por semana, o pequeno reincidia no mesmo delito. Os desgostos da família eram profundos. Deu-se mesmo um caso, que, por suas gravíssimas consequências, merece ser contado.

---

[2] Luís de Almeida Soares Portugal de Alarcão Eça e Melo, 2º marquês do Lavradio (1729–1790), vice-rei e capitão-general de mar e terra do Estado do Brasil, onde executou a política do marquês de Pombal.

O vice-rei, que era então o conde de Rezende,[3] andava preocupado com a necessidade de construir um cais na praia de Dom Manoel. Isto, que seria hoje um simples episódio municipal, era, naquele tempo, atentas as proporções escassas da cidade, uma empresa importante. Mas o vice-rei não tinha recursos; o cofre público mal podia acudir às urgências ordinárias. Homem de Estado, e provavelmente filósofo, engendrou um expediente não menos suave que profícuo: distribuir, a troco de donativos pecuniários, postos de capitão, tenente e alferes. Divulgada a resolução, entendeu o pai de Nicolau que era ocasião de figurar, sem perigo, na galeria militar do século, ao mesmo tempo que desmentia uma doutrina bramânica.[4] Com efeito, está nas leis de Manu,[5] que dos braços de Brama nasceram os guerreiros, e do ventre os agricultores e comerciantes; o pai de Nicolau, adquirindo o despacho de capitão, corrigia este ponto da anatomia gentílica. Outro comerciante, que com ele competia em tudo, embora familiares e amigos, apenas teve notícia do despacho, foi também levar a sua pedra ao cais. Desgraçadamente, o despeito de ter ficado atrás alguns dias, sugeriu-lhe um arbítrio de mau gosto, e, no nosso caso, funesto; foi assim que ele pediu ao vice-rei outro posto de oficial do cais (tal era o nome dado aos agraciados por aquele motivo) para um filho de sete anos. O vice-rei hesitou; mas o pretendente, além de duplicar o donativo, meteu grandes empenhos, e o menino

---

[3] José Luís de Castro, 2º conde de Rezende (1744–1819), vice-rei do Brasil. Enfrentou a Conjuração Mineira e foi responsável pela morte de Tiradentes.

[4] Bramanismo, religião antiga da Índia, a partir da qual se originou o Hinduísmo moderno. A doutrina bramânica se caracteriza pelo estabelecimento de um ser universal e eterno, Brama, e pela ideia de que todo sofrimento se origina da união do corpo e da alma, o que possibilita a purificação e o encontro com o Absoluto, desde que o homem se abstenha do mundo material.

[5] Livro da lei de Manu (que significa pensador) ou *Mânava Dharma-Çastra*, um dos livros sagrados da Índia, em que se encontra a doutrina do bramanismo.

saiu nomeado alferes. Tudo correu em segredo; o pai de Nicolau só teve notícia do caso no domingo próximo, na igreja do Carmo, ao ver os dois, pai e filho, vindo o menino com uma fardinha, que, por galanteria, lhe meteram no corpo. Nicolau, que também ali estava, fez-se lívido; depois, num ímpeto, atirou-se sobre o jovem alferes e rasgou-lhe a farda, antes que os pais pudessem acudir. Um escândalo. O rebuliço do povo, a indignação dos devotos, as queixas do agredido, interromperam por alguns instantes as cerimônias eclesiásticas. Os pais trocaram algumas palavras acerbas, fora, no adro, e ficaram brigados para todo o sempre.

— Este rapaz há de ser a nossa desgraça! — bradava o pai de Nicolau, em casa, depois do episódio.

Nicolau apanhou então muita pancada, curtiu muita dor, chorou, soluçou; mas de emenda coisa nenhuma. Os brinquedos dos outros meninos não ficaram menos expostos. O mesmo passou a acontecer às roupas. Os meninos mais ricos do bairro não saíam fora senão com as mais modestas vestimentas caseiras, único modo de escapar às unhas de Nicolau. Com o andar do tempo, estendeu ele a aversão às próprias caras, quando eram bonitas, ou tidas como tais. A rua em que ele residia, contava um sem-número de caras quebradas, arranhadas, conspurcadas. As coisas chegaram a tal ponto, que o pai resolveu trancá-lo em casa durante uns três ou quatro meses. Foi um paliativo, e, como tal, excelente. Enquanto durou a reclusão, Nicolau mostrou-se nada menos que angélico; fora daquele sestro mórbido, era meigo, dócil, obediente, amigo da família, pontual nas rezas. No fim dos quatro meses, o pai soltou-o; era tempo de o meter com um professor de leitura e gramática.

— Deixe-o comigo — disse o professor —, deixe-o comigo, e com esta (apontava para a palmatória)... Com esta, é duvidoso que ele tenha vontade de maltratar os companheiros.

Frívolo! Três vezes frívolo professor! Sim, não há dúvida, que ele conseguiu poupar os meninos bonitos e as roupas vistosas, castigando as primeiras investidas do pobre Nicolau; mas em que é que este sarou da moléstia? Ao contrário, obrigado a conter-se, a engolir o impulso, padecia dobrado, fazia-se mais lívido, com reflexos de verde bronze; em certos casos, era compelido a voltar os olhos ou fechá-los, para não arrebentar, dizia ele. Por outro lado, se deixou de perseguir os mais graciosos ou melhor adornados, não perdoou aos que se mostravam mais adiantados no estudo: espancava-os, tirava-lhes os livros, e lançava-os fora, nas praias ou no mangue. Rixas, sangue, ódios, tais eram os frutos da vida, para ele, além das dores cruéis que padecia, e que a família teimava em não entender. Se acrescentarmos que ele não pôde estudar nada seguidamente, mas a trancos, e mal, como os vagabundos comem, nada fixo, nada metódico, teremos visto algumas das dolorosas consequências do fato mórbido, oculto e desconhecido. O pai, que sonhava para o filho a Universidade, vendo-se obrigado a estrangular mais essa ilusão, esteve prestes a amaldiçoá-lo; foi a mãe que o salvou.

Saiu um século, entrou outro, sem desaparecer a lesão de Nicolau. Morreu-lhe o pai em 1807 e a mãe em 1809; a irmã casou com um médico holandês, treze meses depois. Nicolau passou a viver só. Tinha vinte e três anos, era um dos petimetres da cidade, mas um singular petimetre, que não podia encarar nenhum outro, ou fosse mais gentil de feições, ou portador de algum colete especial, sem padecer uma dor violenta, tão violenta, que o obrigava às vezes a trincar o beiço até deitar sangue. Tinha ocasiões de cambalear; outras de escorrer-lhe pelo canto da boca um fio quase imperceptível de espuma. E o resto não era menos cruel. Nicolau ficava então ríspido; em casa achava tudo mau, tudo incômodo, tudo nauseabundo; feria a cabeça aos escravos com os pratos, que iam partir-se também, e perseguia os cães, a pontapés; não sossegava dez minutos, não comia ou comia mal. Enfim dormia; e ainda bem que dormia. O sono reparava tudo. Acordava lhano e meigo, alma de patriarca, beijando os cães entre as orelhas, deixando-se lamber por eles, dando-lhes do melhor que tinha, chamando aos escravos as coisas mais familiares e ternas. E tudo, cães e escravos, esqueciam as pancadas da véspera, e acudiam às vozes dele, obedientes, namorados, como se este fosse o verdadeiro senhor, e não o outro.

Um dia, estando ele em casa da irmã, perguntou-lhe esta por que motivo não adotava uma carreira qualquer, alguma coisa em que se ocupasse, e ...

— Tens razão, vou ver — disse ele.

Interveio o cunhado e opinou por um emprego na diplomacia. O cunhado principiava a desconfiar de alguma doença e supunha que a mudança de clima bastava a restabelecê-lo. Nicolau arranjou uma carta de apresentação, e foi ter com o ministro de estrangeiros. Achou-o rodeado de alguns oficiais da secretaria, prestes a ir ao paço, levar a notícia da segunda queda de Napoleão,[6] notícia que chegara alguns minutos antes. A figura do ministro, as circunstâncias do momento, as reverências dos oficiais, tudo isso deu um tal rebate ao coração de Nicolau, que ele não pôde encarar o ministro. Teimou, seis ou oito vezes, em levantar os olhos, e da única em que o conseguiu, dizeram-se-lhe tão vesgos, que não via ninguém, ou só uma sombra, um vulto, que lhe doía nas pupilas, ao mesmo tempo que a face ia ficando verde. Nicolau recuou, estendeu a mão trêmula ao reposteiro é fugiu.

— Não quero ser nada! — disse ele à irmã, chegando à casa. Fico com vocês e os meus amigos.

Os amigos eram os rapazes mais antipáticos da cidade, vulgares é ínfimos. Nicolau escolhera-os de propósito. Viver segregado dos principais era para ele um grande sacrifício; mas, como teria de padecer muito mais vivendo com eles, tragava a situação. Isto prova que ele tinha um certo conhecimento empírico do mal e do paliativo. A verdade é que, com esses companheiros, desapareciam todas as perturbações fisiológicas de Nicolau. Ele fitava-os sem lividez, sem olhos vesgos, sem cambalear, sem nada. Além disso, não só eles lhe poupavam a natural irritabilidade, como porfiavam em tornar-lhe a vida, senão deliciosa, tranquila; e para isso, diziam-lhe as maiores finezas do mundo, em atitudes cativas,

---

[6] Referência à derrota final de Napoleão Bonaparte pelos ingleses e prussianos, em 1815, nas proximidades de Waterloo, cidade da Bélgica.

ou com uma certa familiaridade inferior. Nicolau amava em geral as naturezas subalternas, como os doentes amam a droga que lhes restitui a saúde; acariciava-as paternalmente, dava-lhes o louvor abundante e cordial, emprestava-lhes dinheiro, distribuía-lhes mimos, abria-lhes a alma... Veio o grito do Ipiranga; Nicolau meteu-se na política. Em 1823 vamos achá-lo na Constituinte.[7] Não há que dizer ao modo por que ele cumpriu os deveres do cargo. Íntegro, desinteressado, patriota, não exercia de graça essas virtudes públicas, mas à custa de muita tempestade moral. Pode-se dizer, metaforicamente, que a frequência da câmara custava-lhe sangue precioso. Não era só porque os debates lhe pareciam insuportáveis, mas também porque lhe era difícil encarar certos homens, especialmente em certos dias. Montezuma,[8] por exemplo, parecia-lhe balofo, Vergueiro,[9] massudo, os Andradas,[10] execráveis. Cada discurso, não só dos principais oradores, mas dos secundários, era para Nicolau verdadeiro suplício. E, não obstante, firme, pontual. Nunca a votação o achou ausente; nunca o nome dele soou sem eco pela augusta sala. Qualquer que fosse o seu desespero, sabia conter-se e pôr a ideia da pátria acima do alívio próprio. Talvez aplaudisse *in petto*[11] o decreto da dissolução. Não afirmo; mas há bons fundamentos para crer que Nicolau, apesar das mostras

---

[7] Primeira Constituinte, reunida no Rio de Janeiro, em maio de 1823, logo dissolvida por ordem de D. Pedro I.

[8] Francisco Jê Acaiaba de Montezuma, visconde de Jequitinhonha (1794–1870), jornalista, jurisconsulto, estadista e diplomata brasileiro. Foi um dos precursores do abolicionismo e um dos fundadores do Instituto da Ordem dos Advogados Brasileiros e do Instituto Histórico Brasileiro.

[9] Nicolau Pereira de Campos Vergueiro (1778–1859), político brasileiro. Foi preso após a dissolução da Constituinte de 1823, de que participava.

[10] Referência a José Bonifácio de Andrada e Silva (1765–1838), estadista, escritor, orador e homem de ciências brasileiro, que exerceu grande influência na preparação da Independência do Brasil, e a seus irmãos Antônio Carlos e Martim Francisco.

[11] Expressão latina que significa "intimamente".

exteriores, gostou de ver dissolvida a assembleia. E se essa conjetura é verdadeira, não menos o será esta outra: que a deportação de alguns dos chefes constituintes, declarados inimigos públicos, veio aguar-lhe aquele prazer. Nicolau, que padecera com os discursos deles, não menos padeceu com o exílio, posto lhes desse um certo relevo. Se ele também fosse exilado!

— Você podia casar, mano — disse-lhe a irmã.

— Não tenho noiva.

— Arranjo-lhe uma. Valeu?

Era um plano do marido. Na opinião deste, a moléstia do Nicolau estava descoberta: era um verme do baço, que se nutria da dor do paciente, isto é, de uma secreção especial, produzida pela vista de alguns fatos, situações ou pessoas. A questão era matar o verme; mas, não conhecendo nenhuma substância química própria a destruí-lo, restava o recurso de obstar a secreção, cuja ausência daria igual resultado. Portanto, urgia casar o Nicolau, com alguma moça bonita e prendada, separá-lo do povoado, metê-lo em alguma fazenda, para onde levaria a melhor baixela, os melhores trastes, os mais reles amigos etc.

— Todas as manhãs — continuou ele —, receberá Nicolau um jornal que vou mandar imprimir com o único fim de lhe dizer as coisas mais agradáveis do mundo, e dizê-las nominalmente, recordando os seus modestos mas profícuos trabalhos da Constituinte, e atribuindo-lhe muitas aventuras namoradas, agudezas de espírito, rasgos de coragem. Já falei ao almirante holandês para consentir que, de quando em quando, vá ter com o Nicolau algum dos nossos oficiais dizer-lhe que não podia voltar para Haia, sem a honra de contemplar um cidadão tão eminente e simpático, em quem se reúnem qualidades raras, e, de ordinário, dispersas. Você, se puder alcançar de alguma modista, a Gudin, por exemplo, que ponha o nome de Nicolau em um chapéu ou mantelete, ajudará muito na cura de seu mano.

Cartas amorosas anônimas, enviadas pelo correio, são um recurso eficaz ... Mas comecemos pelo princípio, que é casá-lo. Nunca um plano foi mais conscienciosamente executado.

A noiva escolhida era a mais esbelta, ou uma das mais esbeltas da capital. Casou-os o próprio bispo. Recolhido à fazenda, foram com ele somente alguns dos seus mais triviais amigos; fez-se o jornal, mandaram-se as cartas, peitaram-se as visitas. Durante três meses tudo caminhou às mil maravilhas. Mas a natureza, apostada em lograr o homem, mostrou ainda desta vez que ela possui segredos inopináveis. Um dos meios de agradar a Nicolau era elogiar a beleza, a elegância e as virtudes da mulher; mas a moléstia caminhara, e o que parecia remédio excelente foi simples agravação do mal. Nicolau, ao fim de certo tempo, achava ociosos e excessivos tantos elogios à mulher, e bastava isto a impacientá-lo, e a impaciência a produzir-lhe a fatal secreção. Parece mesmo que chegou ao ponto de não poder encará-la muito tempo, e a encará-la mal; vieram algumas rixas, que seriam o princípio de uma separação, se ela não morresse daí a pouco. A dor de Nicolau foi profunda e verdadeira; mas a cura interrompeu-se logo, porque ele desceu ao Rio de Janeiro, onde o vamos achar, tempos depois, entre os revolucionários de 1831.[12]

Conquanto pareça temerário dizer as causas que levaram Nicolau para o campo da Aclamação,[13] na noite de 6 para 7 de abril, penso que não estará longe da verdade quem supuser que foi o raciocínio de um ateniense célebre e anônimo. Tanto os que diziam bem, como os que diziam mal do imperador, tinham enchido as medidas a Nicolau. Esse homem, que inspirava entusiasmos e ódios, cujo nome era repetido onde quer que Nicolau estivesse, na rua, no teatro, nas casas alheias, tornou-se uma verdadeira perseguição mórbida, daí

---

[12] Referência à revolta que forçou a abdicação de D. Pedro I (aclamado rei de Portugal, devido à morte de seu pai, D. João VI) em favor de seu filho D. Pedro II, em 7 de abril de 1831, preservando, assim, a soberania do reino brasileiro.

[13] Local onde as tropas, sediadas na cidade do Rio de Janeiro, acompanhadas de grande multidão, solicitaram a reconstituição de um ministério simpático aos interesses do Brasil. Não atendendo ao pedido, D. Pedro I cria o impasse político que culminará em sua abdicação do trono brasileiro.

o fervor com que ele meteu a mão no movimento de 1831. A abdicação foi um alívio. Verdade é que a Regência o achou dentro de pouco tempo entre os seus adversários; e há quem afirme que ele se filiou ao partido caramuru ou restaurador,[14] posto não ficasse prova do ato. O que é certo é que a vida pública de Nicolau cessou com a maioridade.

A doença apoderara-se definitivamente do organismo. Nicolau ia, a pouco e pouco, recuando na solidão. Não podia fazer certas visitas, frequentar certas casas. O teatro mal chegava a distraí-lo. Era tão melindroso o estado dos seus órgãos auditivos, que o ruído dos aplausos causava-lhe dores atrozes. O entusiasmo da população fluminense para com a famosa Candiani[15] e Meréa, mas Candiani principalmente, cujo carro puxaram alguns braços humanos, obséquio tanto mais insigne quanto que o não fariam ao próprio Platão,[16] esse entusiasmo foi uma das maiores mortificações de Nicolau. Ele chegou ao ponto de não ir mais ao teatro, de achar Candiani insuportável, e preferir a norma dos realejos à da prima-dona. Não era por exageração de patriota que ele gostava de ouvir João Caetano,[17] nos primeiros tempos; mas afinal deixou-o também, e quase que inteiramente os teatros.

"Está perdido!", pensou o cunhado. "Se pudéssemos dar-lhe um baço novo ..."

Como pensar em semelhante absurdo? Estava naturalmente perdido. Já não bastavam os recreios domésticos. As tarefas

---

[14] Partido político conservador, liderado por José Bonifácio de Andrada e Silva, que era favorável à restauração de D. Pedro I, após a abdicação.

[15] Augusta Candiani, cantora italiana que estreou no Teatro São Pedro, do Rio de Janeiro, em 1844, com a ópera *Norma*, de Vicenzo Bellini (1801–1835).

[16] Platão (428/427?–348/347? a.C.) — famoso filósofo grego idealista, autor de *Fédon, O banquete e A república.*

[17] João Caetano dos Santos, dito João Caetano (1808–1863), ator e empresário teatral brasileiro. Foi um dos primeiros artistas a nacionalizar o teatro no Brasil, até então influenciado pelo teatro português.

literárias a que se deu, versos de família, glosas a prêmio e odes políticas, não duraram muito tempo, e pode ser até que lhe dobrassem o mal. De fato, um dia, pareceu-lhe que essa ocupação era a coisa mais ridícula do mundo, e os aplausos ao Gonçalves Dias,[18] por exemplo, deram-lhe ideia de um povo trivial e de mau gosto. Esse sentimento literário, fruto de uma lesão orgânica, reagiu sobre a mesma lesão, ao ponto de produzir graves crises, que o tiveram algum tempo na cama. O cunhado aproveitou o momento para desterrar-lhe da casa todos os livros de certo porte.

Explica-se menos o desalinho com que daí a meses começou a vestir-se. Educado com hábitos de elegância, era antigo freguês de um dos principais alfaiates da corte, o Plum, não passando um só dia em que não fosse pentear-se ao Desmarais e Gérard *coiffeurs de la cour*[19] a Rua do Ouvidor. Parece que achou enfatuada esta denominação de cabeleireiros do paço, e castigou-os indo pentear-se a um barbeiro ínfimo. Quanto ao motivo que o levou a trocar de traje, repito que é inteiramente obscuro, e a não haver sugestão da idade, é inexplicável.

A despedida do cozinheiro é outro enigma. Nicolau, por insinuação do cunhado, que o queria distrair, dava dois jantares por semana: e os convivas eram unânimes em achar que o cozinheiro dele primava sobre todos os da capital. Realmente os pratos eram bons, alguns ótimos, mas o elogio era um tanto enfático, excessivo, para o fim justamente de ser agradável a Nicolau, e assim aconteceu algum tempo. Como entender, porém, que um domingo, acabado o jantar, que fora magnífico, despedisse ele um varão tão insigne, causa indireta de alguns dos seus mais deleitosos momentos na terra? Mistério impenetrável.

— Era um ladrão! — foi a resposta que ele deu ao cunhado.

---

[18] Antônio Gonçalves Dias (1823-1864), poeta romântico brasileiro, autor de *Primeiros cantos, Segundos cantos e Últimos cantos*, além do drama *D. Leonor de Mendonça*. Em sua obra, a imagem romântica do índio brasileiro se consagrou.

[19] Expressão francesa que significa "cabeleireiros da corte".

Nem os esforços deste nem os da irmã e dos amigos, nem os bens, nada melhorou o nosso triste Nicolau. A secreção do baço tomou-se perene, e o verme reproduziu-se aos milhões, teoria que não sei se é verdadeira, mas enfim era a do cunhado. Os últimos anos foram crudelíssimos. Quase se pode jurar que ele viveu então continuamente verde, irritado, olhos vesgos, padecendo consigo ainda muito mais do que fazia padecer aos outros. A menor ou maior coisa triturava-lhe os nervos: um bom discurso, um artista hábil, uma sege, uma gravata, um soneto, um dito, um sonho interessante, tudo dava de si uma crise.

Quis ele deixar-se morrer! Assim se poderia supor ao ver a impassibilidade com que rejeitou os remédios dos principais médicos da corte; foi necessário recorrer à simulação, e dá-los, enfim, como receitados por um ignorantão do tempo. Mas era tarde. A morte levou-o ao cabo de duas semanas.

— Joaquim Soares? — bradou atônito o cunhado, ao saber da verba testamentária do defunto, ordenando que o caixão fosse fabricado por aquele industrial. — Mas os caixões desse sujeito não prestam para nada, e...

— Paciência! — interrompeu a mulher. — A vontade do mano há de cumprir-se.

Conto alexandrino[1]

I. No mar

– O QUÊ, MEU CARO STROIBUS! Não, impossível. Nunca jamais ninguém acreditará que o sangue de rato, dado a beber a um homem, possa fazer do homem um ratoneiro.

— Em primeiro lugar, Pítias, tu omites uma condição: é que o rato deve expirar debaixo do escalpelo, para que o sangue traga o seu princípio. Essa condição é essencial. Em segundo lugar, uma vez que me apontas o exemplo do rato, fica sabendo que já fiz com ele uma experiência, e cheguei a produzir um ladrão...

— Ladrão autêntico?

— Levou-me o manto, ao cabo de trinta dias, mas deixou-me a maior alegria do mundo: a realidade da minha doutrina. Que perdi eu? Um pouco de tecido grosso; e que lucrou o universo? A verdade imortal. Sim, meu caro Pítias; esta é a eterna verdade. Os elementos constitutivos do ratoneiro estão no sangue do rato, os do paciente no boi, os do arrojado na águia...

— Os do sábio na coruja — interrompeu Pítias sorrindo.

— Não; a coruja é apenas um emblema; mas a aranha, se pudéssemos transferi-la a um homem, daria a esse homem os rudimentos da geometria e o sentimento musical. Com

[1] Referente à Alexandria, cidade egípcia fundada por Alexandre (356–323 a.C.), rei da Macedônia. No tempo dos Ptolomeus (dinastia de reis egípcios entre o século IV e I a.C.), Alexandria foi o centro artístico e literário do Oriente e um dos maiores núcleos da civilização helenística.

um bando de cegonhas, andorinhas ou grous, faço-te de um caseiro um viajeiro. O princípio da fidelidade conjugal está no sangue da rola, o da enfatuação no dos pavões... Em suma, os deuses puseram nos bichos da terra, da água e do ar a essência de todos os sentimentos e capacidades humanas. Os animais são as letras soltas do alfabeto; o homem é a sintaxe. Esta é a minha filosofia recente; esta é a que vou divulgar na corte do grande Ptolomeu.[2]

Pítias sacudiu a cabeça e fixou os olhos no mar. O navio singrava, em direitura a Alexandria, com essa carga preciosa de dois filósofos, que iam levar àquele regaço do saber os frutos da razão esclarecida. Eram amigos, viúvos e quinquagenários. Cultivavam especialmente a metafísica, mas conheciam a física, a química, a medicina e a música; um deles, Stroibus, chegara a ser excelente anatomista, tendo lido muitas vezes os tratados do mestre Herófilo.[3] Chipre era a pátria de ambos; mas, tão certo é que ninguém é profeta em sua terra, Chipre não dava o merecido respeito aos dois filósofos. Ao contrário, desdenhava-os; os garotos tocavam ao extremo de rir deles. Não foi esse, entretanto, o motivo que os levou a deixar a pátria. Um dia, Pítias, voltando de uma viagem, propôs ao amigo irem para Alexandria, onde as artes e as ciências eram grandemente honradas. Stroibus aderiu, e embarcaram. Só agora, depois de embarcados, é que o inventor da nova doutrina expô-la ao amigo, com todas as suas recentes cogitações e experiências.

— Está feito — disse Pítias, levantando a cabeça —, não afirmo nem nego nada. Vou estudar a doutrina, e se a achar verdadeira, proponho-me a desenvolvê-la e divulgá-la.

— Viva Hélios — exclamou Stroibus. — Posso contar que és meu discípulo.

---

[2] Provavelmente Machado se refere a Ptolomeu I Sóter (360–283 a.C.), rei fundador da dinastia dos lágidas, sátrapa do Egito. Embelezou Alexandria, fundando a famosa Biblioteca e o Museu.

[3] Herófilo (nasceu em 335 a.C.) — médico grego, um dos criadores da anatomia.

II. Experiência

Os garotos alexandrinos não trataram os dois sábios com o escárnio dos garotos cipriotas. A terra era grave como a íbis pousada numa só pata, pensativa como a Esfinge, circunspecta como as múmias, dura como as pirâmides; não tinha tempo nem maneira de rir. Cidade e corte, que desde muito tinham notícia dos nossos dois amigos, fizeram-lhes um recebimento régio, mostraram conhecer os seus escritos, discutiram as suas ideias, mandaram-lhes muitos presentes, papiros, crocodilos, zebras, púrpuras. Eles, porém, recusaram tudo, com simplicidade, dizendo que a filosofia bastava ao filósofo, e que o supérfluo era um dissolvente. Tão nobre resposta encheu de admiração tanto aos sábios como aos principais e à mesma plebe. E aliás, diziam os mais sagazes, que outra coisa se podia esperar de dois homens tão sublimes, que em seus magníficos tratados...

— Temos coisa melhor do que esses tratados — interrompia Stroibus. — Trago uma doutrina, que, em pouco, vai dominar o universo; cuido nada menos que em reconstituir os homens e os Estados, distribuindo os talentos e as virtudes.

— Não é esse o ofício dos deuses? — objetava um.

— Eu violei o segredo dos deuses — acudia Stroibus. — O homem é a sintaxe da natureza, eu descobri as leis da gramática divina...

— Explica-te.

— Mais tarde; deixa-me experimentar primeiro. Quando a minha doutrina estiver completa, divulgá-la-ei como a maior riqueza que os homens jamais poderão receber de um homem.

Imaginem a expectação pública e a curiosidade dos outros filósofos, embora incrédulos de que a verdade recente viesse aposentar as que eles mesmos possuíam. Entretanto, esperavam todos. Os dois hóspedes eram apontados na rua até pelas crianças. Um filho meditava trocar a avareza do pai, um pai a prodigalidade do filho, uma dama a frieza de um varão, um varão os desvarios de uma dama, porque o Egito, desde os Faraós até os Lágides, era a terra de Putifar, da mulher de Putifar, da capa de José,[4] e do resto. Stroibus tornou-se a esperança da cidade e do mundo.

Pítias, tendo estudado a doutrina, foi ter com Stroibus, e disse-lhe:

— Metafisicamente, a tua doutrina é um despropósito; mas estou pronto a admitir uma experiência, contanto que seja decisiva. Para isto, meu caro Stroibus, há só um meio. Tu e eu, tanto pelo cultivo da razão como pela rigidez do caráter, somos o que há mais oposto ao vício do furto. Pois bem, se conseguires incutir-nos esse vício, não será preciso mais; se não conseguires nada (e podes crê-lo, porque é um absurdo) recuarás de semelhante doutrina, e tomarás às nossas velhas meditações. Stroibus aceitou a proposta.

— O meu sacrifício é o mais penoso — disse ele —, pois estou certo do resultado; mas que não merece a verdade? A verdade é imortal; o homem é um breve momento...

Os ratos egípcios, se pudessem saber de um tal acordo, teriam imitado os primitivos hebreus, aceitando a fuga para o deserto,[5] antes do que a nova filosofia. E podemos crer que seria um desastre. A ciência, como a guerra, tem necessidades imperiosas; e desde que a ignorância dos ratos, a sua fraqueza, a superioridade mental e física dos dois filósofos eram outras tantas vantagens na experiência que ia começar, cumpria não perder tão boa ocasião de saber se efetivamente o princípio das paixões e das virtudes humanas estava distribuído pelas várias espécies de animais, e se era possível transmiti-lo.

---

[4] Putifar era o egípcio oficial de Faraó e comandante da guarda. José era o filho preferido de Jacó e Raquel, personagem do livro "Gênesis", capítulo XXXVII e seguintes, do Antigo Testamento, cujos irmãos, por ciúmes, o negociaram com mercadores midianitas que o venderam a Putifar, no Egito. A mulher de Putifar, vendo que José era belo, tentou seduzi-lo, pegando-o por suas vestes. Como José a recusara, ela pegou as vestes deixadas por ele, ao fugir, e o acusou de sedução, sendo ele por isso encarcerado pelo oficial.

[5] Referência ao episódio do êxodo dos hebreus, cativos no Egito, que, liderados por Moisés, saíram em direção à Terra Prometida por Deus, como se narra no livro do Êxodo, capitulo XII e seguintes, do Antigo Testamento.

Stroibus engaiolava os ratos; depois, um a um, ia-os sujeitando ao ferro. Primeiro, atava uma tira de pano no focinho do paciente; em seguida, os pés, finalmente, cingia com um cordel as pernas e o pescoço do animal à tábua da operação. Isto feito, dava o primeiro talho no peito, com vagar, e com vagar ia enterrando o ferro até tocar o coração, porque era opinião dele que a morte instantânea corrompia o sangue e retirava-lhe o princípio. Hábil anatomista, operava com uma firmeza digna do propósito científico. Outro, menos destro, interromperia muita vez a tarefa, porque as contorções de dor e de agonia tornavam difícil o meneio do escalpelo; mas essa era justamente a superioridade de Stroibus: tinha o pulso magistral e prático.

Ao lado dele, Pítias aparava o sangue e ajudava a obra, já contendo os movimentos convulsivos do paciente, já espiando-lhe nos olhos o progresso da agonia. As observações que ambos faziam eram notadas em folhas de papiro; e assim ganhava a ciência de duas maneiras. Às vezes, por divergência de apreciação, eram obrigados a escalpelar maior número de ratos do que o necessário; mas não perdiam com isso, porque o sangue dos excedentes era conservado e ingerido depois. Um só desses casos mostrará a consciência com que eles procediam. Pítias observara que a retina do rato agonizante mudava de cor até chegar ao azul-claro, ao passo que a observação de Stroibus dava a cor de canela como o tom final da morte. Estavam na última operação do dia; mas o ponto valia a pena, e, não obstante o cansaço, fizeram sucessivamente dezenove experiências sem resultado definitivo; Pítias insistia pela cor azul, e Stroibus pela cor de canela. O vigésimo rato esteve prestes a pô-los de acordo, mas Stroibus advertiu, com muita sagacidade, que a sua posição era agora diferente, retificou-a e escalpelaram mais vinte e cinco. Destes, o primeiro ainda os deixou em dúvida; mas os outros vinte e quatro provaram-lhes que a cor final não era canela nem azul, mas um lírio roxo, tirando a claro.

A descrição exagerada das experimentações deu rebate à porção sentimental da cidade, e excitou a loquela de alguns sofistas; mas o grave Stroibus (com brandura, para não agravar uma disposição própria da alma humana) respondeu que a verdade valia todos os ratos do universo, e não só os ratos, como os pavões, as cabras, os cães, os rouxinóis, etc.; que, em relação aos ratos, além de ganhar a ciência, ganhava a cidade, vendo diminuída a praga de um animal tão daninho; e, se a mesma consideração não se dava com outros animais, como as rolas e os cães, que eles iam escalpelar daí a tempos, nem por isso os direitos da verdade eram menos imprescritíveis. A natureza não há de ser só a mesa de jantar, concluía em forma de aforismo, mas também a mesa da ciência.

E continuavam a extrair o sangue e a bebê-lo. Não o bebiam puro, mas diluído em um cozimento de cinamomo, suco de acácia e bálsamo, que lhe tirava todo o sabor primitivo. As doses eram diárias e diminutas; tinham, portanto, de aguardar um longo prazo antes de produzido o efeito. Pítias, impaciente e incrédulo, mofava do amigo.

— Então? Nada?

— Espera — dizia o outro —, espera. Não se incute um vício como se cose um par de sandálias.

III. Vitória

Enfim, venceu Stroibus! A experiência provou a doutrina. E Pítias foi o primeiro que deu mostras da realidade do efeito, atribuindo-se umas três ideias ouvidas ao próprio Stroibus; este, em compensação, furtou-lhe quatro comparações e uma teoria dos ventos. Nada mais científico do que essas estreias. As ideias alheias, por isso mesmo que não foram compradas na esquina, trazem um certo ar comum; e é muito natural começar por elas antes de passar aos livros emprestados, às galinhas, aos papéis falsos, às províncias etc. A própria denominação de plágio é um indício de que os homens compreendem a dificuldade de confundir esse embrião da ladroeira com a ladroeira formal.

Duro é dizê-lo; mas a verdade é que eles deitaram ao Nilo a bagagem metafísica, e dentro de pouco estavam larápios acabados. Concertavam-se de véspera, e iam aos mantos, aos bronzes, às ânforas de vinho, às mercadorias do porto, às boas dracmas. Como furtassem sem estrépito, ninguém dava por eles; mas, ainda mesmo que os suspeitassem, como fazê-lo crer aos outros? Já então Ptolomeu coligira na biblioteca muitas riquezas e raridades; e, porque conviesse ordená-las, designou para isso cinco gramáticos e cinco filósofos, entre estes os nossos dois amigos. Estes últimos trabalharam com singular ardor, sendo os primeiros que entravam e os últimos que saíam, e ficando ali muitas noites, ao clarão da lâmpada, decifrando, coligindo, classificando. Ptolomeu, entusiasmado, meditava para eles os mais altos destinos.

Ao cabo de algum tempo, começaram a notar-se faltas graves: um exemplar de Homero,[6] três rolos de manuscritos persas, dois de samaritanos, uma soberba coleção de cartas originais de Alexandre,[7] cópias de leis atenienses, o 2º e o 3º livros de *A república* de Platão[8] etc, etc. A autoridade pôs-se à espreita; mas a esperteza do rato, transferida a um organismo superior, era naturalmente maior, e os dois ilustres gatunos zombavam de espias e guardas. Chegaram ao ponto de estabelecer este preceito filosófico de não sair dali com as mãos vazias; traziam sempre alguma coisa, uma fábula, quando menos. Enfim, estando a sair um navio para Chipre, pediram licença a Ptolomeu, com promessa de voltar, coseram os livros dentro de couros de hipopótamo, puseram-lhes rótulos falsos, e trataram de fugir. Mas a inveja de outros filósofos não dormia; deu rebate às suspeitas dos magistrados, e descobriu-se o roubo. Stroibus e Pítias foram tidos por aventureiros, mascarados com os nomes daqueles dois varões ilustres; Ptolomeu entregou-os à justiça com

---

[6] Homero (cerca do século VIII a.C.) — poeta grego, autor de *Ilíada* e de *Odisseia*, célebres poemas narrativos.

[7] Alexandre, o Grande (356–323 a.C .), rei da Macedônia, famoso conquistador.

[8] Diálogo do filósofo grego Platão, em que se discute a sociedade ideal, o reino da justiça.

ordem de os passar logo ao carrasco. Foi então que interveio Herófilo, inventor da anatomia.

IV. *Plus ultra!*[9]

— Senhor — disse ele a Ptolomeu —, tenho-me limitado até agora a escalpelar cadáveres. Mas o cadáver dá-me a estrutura, não me dá a vida; dá-me os órgãos, não me dá as funções. Eu preciso das funções e da vida.

— Que me dizes? — redarguiu Ptolomeu. — Queres estripar os ratos de Stroibus?

— Não, senhor; não quero estripar os ratos.

— Os cães? Os gansos? As lebres?...

— Nada; peço alguns homens vivos.

— Vivos? Não é possível...

— Vou demonstrar que não só é possível, mas até legítimo e necessário. As prisões egípcias estão cheias de criminosos, e os criminosos ocupam, na escala humana, um grau muito inferior. Já não são cidadãos, nem mesmo se podem dizer homens, porque a razão e a virtude, que são os dois principais característicos humanos, eles as perderam, infringindo a lei e a moral. Além disso, uma vez que têm de expiar com a morte os seus crimes, não é justo que prestem algum serviço à verdade e à ciência? A verdade é imortal; ela vale não só todos os ratos, como todos os delinquentes do universo.

Ptolomeu achou o raciocínio exato, e ordenou que os criminosos fossem entregues a Herófilo e seus discípulos. O grande anatomista agradeceu tão insigne obséquio, e começou a escalpelar os réus. Grande foi o assombro do povo; mas, salvo alguns pedidos verbais, não houve nenhuma manifestação contra a medida. Herófilo repetia o que dissera a Ptolomeu, acrescentando que a sujeição dos réus à experiência anatômica era até um modo indireto de servir à moral, visto que o terror do escalpelo impediria a prática de muitos crimes.

---

[9] Expressão latina que significa "mais além".

Nenhum dos criminosos, ao deixar a prisão, suspeitava o destino científico que o esperava. Saíam um por um; às vezes dois a dois, ou três a três. Muitos deles, estendidos e atados à mesa da operação, não chegavam a desconfiar nada; imaginavam que era um novo gênero de execução sumária. Só quando os anatomistas definiam o objeto do estudo do dia, alçavam os ferros e davam os primeiros talhos, é que os desgraçados adquiriam a consciência da situação. Os que se lembravam de ter visto as experiências dos ratos, padeciam em dobro, porque a imaginação juntava à dor presente o espetáculo passado.

Para conciliar os interesses da ciência com os impulsos da piedade, os réus não eram escalpelados à vista uns dos outros, mas sucessivamente. Quando vinham aos dois ou aos três, ficavam em lugar donde os que esperavam pudessem ouvir os gritos do paciente, embora os gritos fossem muitas vezes abafados por meio de aparelhos; mas se eram abafados, não eram suprimidos, e em certos casos, o próprio objeto da experiência exigia que a emissão da voz fosse franca. Às vezes as operações eram simultâneas; mas então faziam-se em lugares distanciados.

Tinham sido escalpelados cerca de cinquenta réus, quando chegou a vez de Stroibus e Pítias. Vieram buscá-los; eles supuseram que era para a morte judiciária, e encomendaram-se aos deuses. De caminho, furtaram uns figos e explicaram o caso alegando que era um impulso da fome; adiante, porém, subtraíram uma flauta, e essa outra ação não a puderam explicar satisfatoriamente. Todavia, a astúcia do larápio é infinita, e Stroibus, para justificar a ação, tentou extrair algumas notas do instrumento, enchendo de compaixão as pessoas que os viam passar e não ignoravam a sorte que iam ter. A notícia desses dois novos delitos foi narrada por Herófilo, e abalou a todos os seus discípulos.

— Realmente — disse o mestre —, é um caso extraordinário, um caso lindíssimo. Antes do principal, examinemos aqui o outro ponto...

O ponto era saber se o nervo do latrocínio residia na palma da mão ou na extremidade dos dedos; problema esse sugerido por um dos discípulos. Stroibus foi o primeiro sujeito à operação. Compreendeu tudo, desde que entrou na sala; e, como a natureza humana tem uma parte ínfima, pediu-lhes humildemente que poupassem a vida a um filósofo. Mas Herófilo, com um grande poder de dialética, disse-lhe mais ou menos isto:

— Ou és um aventureiro ou o verdadeiro Stroibus; no primeiro caso, tens aqui o único meio para resgatar o crime de iludir a um príncipe esclarecido, presta-te ao escalpelo; no segundo caso, não deves ignorar que a obrigação do filósofo é servir à filosofia, e que o corpo é nada em comparação com o entendimento.

Dito isto, começaram pela experiência das mãos que produziu ótimos resultados, coligidos em livros, que se perderam com a queda dos Ptolomeus. Também as mãos de Pítias foram rasgadas e minuciosamente examinadas. Os infelizes berravam, choravam, suplicavam, mas Herófilo dizia-lhes pacificamente que a obrigação do filósofo era servir à filosofia e que, para os fins da ciência, eles valiam ainda mais que os ratos, pois era melhor concluir do homem para o homem, e não do rato para o homem. E continuou a rasgá-los fibra por fibra, durante oito dias. No terceiro dia arrancaram-lhes os olhos, para desmentir praticamente uma teoria sobre a conformação interior do órgão. Não falo da extração do estômago de ambos, por se tratar de problemas relativamente secundários, e em todo caso estudados e resolvidos em cinco ou seis indivíduos escalpelados antes deles.

Diziam os alexandrinos que os ratos celebraram esse caso aflitivo e doloroso com danças e festas, a que convidaram alguns cães, rolas, pavões e outros animais ameaçados de igual destino, e, outrossim, que nenhum dos convidados aceitou o convite, por sugestão de um cachorro, que lhes disse melancolicamente:

— Século virá em que a mesma coisa nos aconteça.

Ao que retorquiu um rato:

— Mas até lá, riamos!

Noite de almirante

Deolindo Venta-Grande (era uma alcunha de bordo) saiu do Arsenal de Marinha e enfiou pela Rua de Bragança. Batiam três horas da tarde. Era a fina flor dos marujos e, demais, levava um grande ar de felicidade nos olhos. A corveta dele voltou de uma longa viagem de instrução, e Deolindo veio à terra tão depressa alcançou a licença. Os companheiros disseram-lhe, rindo:

— Ah! Venta-Grande! Que noite de almirante vai você passar! Ceia, viola e os braços de Genoveva. Colozinho de Genoveva...

Deolindo sorriu. Era assim mesmo, uma noite de almirante, como eles dizem, uma dessas grandes noites de almirante que o esperava em terra. Começara a paixão três meses antes de sair a corveta. Chamava-se Genoveva, caboclinha de vinte anos, esperta, olho negro e atrevido. Encontraram-se em casa de terceiro e ficaram morrendo um pelo outro a tal ponto que estiveram prestes a dar uma cabeçada, ele deixaria o serviço e ela o acompanharia para a vila mais recôndita do interior.

A velha Inácia, que morava com ela, dissuadiu-os disso; Deolindo não teve remédio senão seguir em viagem de instrução. Eram oito ou dez meses de ausência. Como fiança recíproca, entenderam dever fazer um juramento de fidelidade.

— Juro por Deus que está no céu. E você?

— Eu também.

— Diz direito.

— Juro por Deus que está no céu; a luz que me falte na hora da morte.

Estava celebrado o contrato. Não havia descrer da sinceridade de ambos; ela chorava doidamente, ele mordia o beiço para dissimular. Afinal separaram-se, Genoveva foi ver sair a corveta e voltou para casa com um tal aperto no coração que parecia que "lhe ia dar uma coisa". Não lhe deu nada, felizmente; os dias foram passando, as semanas, os meses, dez meses, ao cabo dos quais a corveta tornou e Deolindo com ela.

Lá vai ele agora, pela Rua de Bragança, Prainha e Saúde, até ao princípio da Gamboa, onde mora Genoveva. A casa é uma rotulazinha escura, portal rachado do sol, passando o Cemitério dos Ingleses; lá deve estar Genoveva, debruçada à janela, esperando por ele. Deolindo prepara uma palavra que lhe diga. Já formulou esta: "Jurei e cumpri", mas procura outra melhor. Ao mesmo tempo lembra as mulheres que viu por esse mundo de Cristo, italianas, marselhesas ou turcas, muitas delas bonitas, ou que lhe pareciam tais. Concorda que nem todas seriam para os beijos dele, mas algumas eram, e nem por isso fez caso de nenhuma. Só pensava em Genoveva. A mesma casinha dela, tão pequenina, e a mobília de pé quebrado, tudo velho e pouco, isso mesmo lhe lembrava diante dos palácios de outras terras. Foi à custa de muita economia que comprou em Trieste um par de brincos, que leva agora no bolso com algumas bugigangas. E ela, que lhe guardaria? Pode ser que um lenço marcado com o nome dele e uma âncora na ponta, porque ela sabia marcar muito bem. Nisto chegou à Gamboa, passou o cemitério e deu com a casa fechada. Bateu, falou-lhe uma voz conhecida, a da velha Inácia, que veio abrir-lhe a porta com grandes exclamações de prazer. Deolindo, impaciente, perguntou por Genoveva.

— Não me fale nessa maluca — arremeteu a velha. — Estou bem satisfeita com o conselho que lhe dei. Olhe lá se fugisse. Estava agora como o lindo amor.

— Mas que foi? Que foi?

A velha disse-lhe que descansasse, que não era nada, uma dessas coisas que aparecem na vida; não valia a pena zangar-se. Genoveva andava com a cabeça virada...

— Mas virada por quê?

— Está com um mascate, José Diogo. Conheceu José Diogo, mascate de fazendas? Está com ele. Não imagina a paixão que eles têm um pelo outro. Ela então anda maluca.

Foi o motivo da nossa briga. José Diogo não me saía da porta; eram conversas e mais conversas, até que eu um dia disse que não queria a minha casa difamada. Ah! Meu pai do céu! Foi um dia de juízo. Genoveva investiu para mim com uns olhos deste tamanho, dizendo que nunca difamou ninguém e não precisava de esmolas. Que esmolas, Genoveva? O que digo é que não quero esses cochichos à porta, desde as ave-marias... Dois dias depois estava mudada e brigada comigo.

— Onde mora ela?

— Na Praia Formosa, antes de chegar à pedreira, uma rótula pintada de novo.

Deolindo não quis ouvir mais nada. A velha Inácia, um tanto arrependida, ainda lhe deu avisos de prudência, mas ele não os escutou e foi andando. Deixou de notar o que pensou em todo o caminho; não pensou nada. As ideias marinhavam-lhe no cérebro como em hora de temporal, no meio de uma confusão de ventos e apitos. Entre elas rutilou a faca de bordo, ensanguentada e vingadora. Tinha passado a Gamboa, o Saco do Alferes, entrara na Praia Formosa. Não sabia o número da casa, mas era perto da pedreira, pintada de novo, e com auxílio da vizinhança poderia achá-la. Não contou com o acaso que pegou de Genoveva e fê-la sentar à janela, cosendo, no momento em que Deolindo ia passando. Ele conheceu-a e parou; ela, vendo o vulto de um homem, levantou os olhos e deu com o marujo.

— Que é isso? — exclamou espantada. — Quando chegou? Entre, seu Deolindo.

E, levantando-se, abriu a rótula e fê-lo entrar. Qualquer outro homem ficaria alvoroçado de esperança, tão francas eram as maneiras da rapariga; podia ser que a velha se enganasse ou mentisse; podia ser mesmo que a cantiga do mascate estivesse acabada. Tudo isso lhe passou pela cabeça, sem a forma precisa do raciocínio ou da reflexão, mas em tumulto e rápido. Genoveva deixou a porta aberta, fê-lo sentar-se, pediu-lhe notícias da viagem e achou-o mais gordo; nenhuma comoção nem intimidade. Deolindo perdeu a última esperança. Em falta de faca, bastavam-lhe as mãos para estrangular Genoveva, que era um pedacinho de gente, e durante os primeiros minutos não pensou em outra coisa.

— Sei tudo — disse ele.

— Quem lhe contou?

Deolindo levantou os ombros.

— Fosse quem fosse — tornou ela —, disseram-lhe que eu gostava muito de um moço?

— Disseram.

— Disseram a verdade.

Deolindo chegou a ter um ímpeto; ela fê-lo parar só com a ação dos olhos. Em seguida, disse que, se lhe abrira a porta, é porque contava que era um homem de juízo. Contou-lhe então tudo, as saudades que curtira, as propostas do mascate, as suas recusas, até que um dia, sem saber como, amanhecera gostando dele.

— Pode crer que pensei muito e muito em você. Sinhá Inácia que lhe diga se não chorei muito... Mas o coração mudou... Mudou... Conto-lhe tudo isso como se estivesse diante do padre — concluiu sorrindo.

Não sorria de escárnio. A expressão das palavras é que era uma mescla de candura e cinismo, de insolência e simplicidade, que desisto de definir melhor. Creio até que insolência e cinismo são mal aplicados. Genoveva não se defendia de um erro ou de um perjúrio; não se defendia de nada; faltava-lhe o padrão moral das ações. O que dizia, em resumo, é que era melhor não ter mudado, dava-se bem com a afeição de Deolindo, a prova é que quis fugir com ele; mas, uma vez que o mascate venceu o marujo, a razão era do mascate, e cumpria declará-lo. Que vos parece? O pobre marujo citava o juramento de despedida, como uma obrigação eterna, diante da qual consentira em não fugir e embarcar: "Juro por Deus que está no céu; a luz me falte na hora da morte". Se embarcou, foi porque ela lhe jurou isso. Com essas palavras é que andou, viajou, esperou e tornou; foram elas que lhe deram a força de viver. "Juro por Deus que está no céu; a luz me falte na hora da morte..."

— Pois, sim, Deolindo, era verdade. Quando jurei, era verdade. Tanto era verdade que eu queria fugir com você para o sertão. Só Deus sabe se era verdade! Mas vieram outras coisas... Veio este moço e eu comecei a gostar dele...

— Mas a gente jura é para isso mesmo; e para não gostar de mais ninguém...

— Deixa disso, Deolindo. Então você só se lembrou de mim? Deixa de partes...

— A que horas volta José Diogo?

— Não volta hoje.

— Não?

— Não volta; está lá para os lados de Guaratiba com a caixa; deve voltar sexta-feira ou sábado... E por que é que você quer saber? Que mal lhe fez ele?

Pode ser que qualquer outra mulher tivesse igual palavra; poucas lhe dariam uma expressão tão cândida, não de propósito, mas involuntariamente. Vede que estamos aqui muito próximos da natureza. Que mal lhe fez ele? Que mal lhe fez esta pedra que caiu de cima? Qualquer mestre de física lhe explicaria a queda das pedras. Deolindo declarou, com um gesto de desespero, que queria matá-lo. Genoveva olhou para ele com desprezo, sorriu de leve e deu um muxoxo; e, como ele lhe falasse de ingratidão e perjúrio, não pôde disfarçar o pasmo. Que perjúrio? Que ingratidão? Já lhe tinha dito e repetia que quando jurou era verdade. Nossa Senhora, que ali estava, em cima da cômoda, sabia se era verdade ou não. Era assim que lhe pagava o que padeceu? E ele que tanto enchia a boca de fidelidade, tinha se lembrado dela por onde andou?

A resposta dele foi meter a mão no bolso e tirar o pacote que lhe trazia. Ela abriu-o, aventou as bugigangas, uma por uma, e por fim deu com os brincos. Não eram nem poderiam ser ricos; eram mesmo de mau gosto, mas faziam uma vista de todos os diabos. Genoveva pegou deles, contente, deslumbrada, mirou-os por um lado e outro, perto e longe dos olhos, e afinal enfiou-os nas orelhas; depois foi ao espelho de pataca, suspenso na parede, entre a janela e a rótula, para ver o efeito que lhe faziam. Recuou, aproximou-se, voltou a cabeça da direita para a esquerda e da esquerda para a direita.

— Sim, senhor, muito bonitos — disse ela, fazendo uma grande mesura de agradecimento. — Onde é que comprou?

Creio que ele não respondeu nada, nem teria tempo para isso, porque ela disparou mais duas ou três perguntas, uma atrás da outra, tão confusa estava de receber um mimo a troco de um esquecimento. Confusão de cinco ou quatro minutos; pode ser que dois. Não tardou que tirasse os brincos, e os contemplasse e pusesse na caixinha em cima da mesa redonda que estava no meio da sala. Ele pela sua parte começou a crer que, assim como a perdeu, estando ausente, assim o outro, ausente, podia também perdê-la; e, provavelmente, ela não lhe jurara nada.

— Brincando, brincando, é noite — disse Genoveva.

Com efeito, a noite ia caindo, rapidamente. Já não podiam ver o hospital dos Lázaros e mal distinguiam a ilha dos Melões; as mesmas lanchas e canoas, postas em seco, defronte da casa, confundiam-se com a terra e o lodo da praia. Genoveva acendeu uma vela. Depois foi sentar-se na soleira da porta e pediu-lhe que contasse alguma coisa das terras por onde andara. Deolindo recusou a princípio; disse que se ia embora, levantou-se e deu alguns passos na sala. Mas o demônio da esperança mordia e babujava o coração do pobre diabo, e ele voltou a sentar-se, para dizer duas ou três anedotas de bordo. Genoveva escutava com atenção. Interrompidos por uma mulher da vizinhança, que ali veio, Genoveva fê-la sentar-se também para ouvir "as bonitas histórias que o senhor Deolindo estava contando". Não houve outra apresentação. A grande dama, que prolonga a vigília para concluir a leitura de um livro ou de um capítulo, não vive mais intimamente a vida dos personagens do que a antiga amante do marujo vivia as cenas que lhe ia contando, tão livremente interessada e presa, como se entre ambos não houvesse mais que uma narração de episódios. Que importa à grande dama o autor do livro? Que importava a esta rapariga o contador dos episódios?

A esperança, entretanto, começava a desampará-lo e ele levantou-se definitivamente para sair. Genoveva não quis deixá-lo sair antes que a amiga visse os brincos, e foi mostrar-lhes com grandes encarecimentos. A outra ficou encantada, elogiou-os muito, perguntou se os comprara na França e pediu a Genoveva que os pusesse.

— Realmente, são muito bonitos.

Quero crer que o próprio marujo concordou com essa opinião. Gostou de os ver, achou que pareciam feitos para ela e, durante alguns segundos, saboreou o prazer exclusivo e superfino de haver dado um bom presente; mas foram só alguns segundos. Como ele se despedisse, Genoveva acompanhou-o até a porta para lhe agradecer ainda uma vez o mimo, e provavelmente dizer-lhe algumas coisas meigas e inúteis. A amiga, que deixara ficar na sala, apenas lhe ouviu esta palavra: "Deixa disso, Deolindo"; e esta outra do marinheiro: "Você verá". Não pôde ouvir o resto, que não passou de um sussurro.

Deolindo seguiu, praia afora, cabisbaixo e lento, não já o rapaz impetuoso da tarde, mas com um ar velho e triste, ou, para usar outra metáfora de marujo, como um homem "que vai do meio caminho para terra". Genoveva entrou logo depois, alegre e barulhenta. Contou à outra a anedota dos seus amores marítimos, gabou muito o gênio do Deolindo e seus bonitos modos; a amiga declarou achá-lo grandemente simpático.

— Muito bom rapaz — insistiu Genoveva. — Sabe o que ele me disse agora?

— Que foi?

— Que vai matar-se.

— Jesus!

— Qual o quê! Não se mata, não. Deolindo é assim mesmo, diz as coisas, mas não faz. Você verá que não se mata. Coitado, são ciúmes. Mas os brincos são muito engraçados.

— Eu aqui ainda não vi destes.

— Nem eu — concordou Genoveva, examinando-os à luz. Depois guardou-os e convidou a outra a coser. — Vamos coser um bocadinho, quero acabar o meu corpinho azul...

A verdade é que o marinheiro não se matou. No dia seguinte, alguns dos companheiros bateram-lhe no ombro, cumprimentando-o pela noite de almirante, e pediram-lhe notícias de Genoveva, se estava mais bonita, se chorara muito na ausência etc. Ele respondia a tudo com um sorriso satisfeito e discreto, um sorriso de pessoa que viveu uma grande noite. Parece que teve vergonha da realidade e preferiu mentir.

Ex cathedra[1]

— Padrinho, vossemecê[2] assim fica cego.

— O quê?

— Vossemecê fica cego; lê que é um desespero. Não, senhor, dê cá o livro.

Caetaninha tirou-lhe o livro das mãos. O padrinho deu uma volta, e foi meter-se no gabinete, onde lhe não faltavam livros; fechou-se por dentro e continuou a ler. Era o seu mal; lia com excesso, lia de manhã, de tarde e de noite, ao almoço e ao jantar, antes de dormir, depois do banho, lia andando, lia parado, lia em casa e na chácara, lia antes de ler e depois de ler, lia toda a casta de livros, mas especialmente direito (em que era graduado), matemáticas e filosofia; ultimamente dava-se também às ciências naturais.

Pior que cego, ficou aluado. Foi pelos fins de 1873, na Tijuca, que ele começou a dar sinais de transtorno cerebral; mas, como eram leves e poucos, só em março ou abril de 1874 é que a afilhada lhe percebeu a alteração. Um dia, almoçando, interrompeu ele a leitura para lhe perguntar:

— Como é que eu me chamo?

— Como é que padrinho se chama? — repetiu ela espantada. — Chama-se Fulgêncio.

— De hoje em diante, chamar-me-ás Fulgencius.

---

[1] Expressão latina que significa *de cadeira*, isto é, falar com autoridade sobre algum assunto.

[2] Contração de Vossa Mercê, tratamento dado a pessoas de condição mediana.

E, enterrando a cara no livro, prosseguiu na leitura. Caetaninha referiu o caso às mucamas, que lhe declararam desconfiar, desde algum tempo, que ele não andava bom. Imagine-se o medo da moça; mas o medo passou depressa para só deixar a piedade que lhe aumentou a afeição. Também a mania era restrita e mansa; não passava dos livros. Fulgêncio vivia do escrito, do impresso, do doutrinal, do abstrato, dos princípios e das fórmulas. Com o tempo chegou, não já à superstição, mas à alucinação da teoria. Uma de suas máximas era que a liberdade não morre onde restar uma folha de papel para decretá-la; e um dia, acordando com a ideia de melhorar a condição dos turcos,[3] redigiu uma constituição, que mandou de presente ao ministro inglês, em Petrópolis. De outra ocasião, meteu-se a estudar nos livros a anatomia dos olhos, para verificar se realmente eles podiam ver, e concluiu que sim.

Digam-me, se, em tais condições, a vida de Caetaninha podia ser alegre. Não lhe faltava nada, é verdade, porque o padrinho era rico. Foi ele mesmo que a educou, desde os sete anos, quando perdeu a mulher; ensinou-lhe a ler e escrever francês, um pouco de história e geografia, para não dizer quase nada, e incumbiu uma das mucamas de lhe ensinar crivo, renda e costura. Tudo isso é verdade. Mas Caetaninha fizera quatorze anos; e, se nos primeiros tempos bastavam os brinquedos e as escravas para diverti-la, era chegada a idade em que os brinquedos perdem de moda e as escravas de interesse, em que não há leituras nem escrituras que façam de uma casa solitária na Tijuca um paraíso. Descia algumas vezes, raras, e de corrida; não ia a teatros nem bailes; não fazia nem recebia visitas. Quando via passar na estrada uma cavalgada de homens e senhoras, punha a alma na garupa dos animais, deixava-a ir com eles, ficando-lhe o corpo, ao pé do padrinho, que continuava a ler.

---

[3] Cerca de 1870, ocorreram rebeliões dos países dos Bálcãs, que faziam parte do império turco ou otomano, contra a autoridade imperial máxima, o sultão. Esse fato dificultou a vida dos turcos e possibilitou a intervenção da Áustria, Rússia e Alemanha, o que desencadearia, mais tarde, o desmembramento daquele império e a formação de novos Estados independentes.

Um dia, estando na chácara, viu parar ao portão um rapaz, montado numa bestinha, e ouviu que lhe perguntava se era ali a casa do doutor Fulgêncio.

— Sim, senhor, é aqui mesmo.

— Podia falar-lhe?

Caetaninha respondeu que ia ver; entrou em casa, e foi ao gabinete, onde achou o padrinho remoendo, com a mais voluptuária e beata das expressões, um capítulo de Hegel.[4]

— Mocinho? Que mocinho? — Caetaninha disse-lhe que era um mocinho vestido de luto.

— De luto? — repetiu o velho doutor fechando precipitadamente o livro; há de ser ele.

Esquecia-me dizer (mas há tempo para tudo) que, três meses antes, falecera um irmão de Fulgêncio, no Norte, deixando um filho natural. Como o irmão, dias antes de morrer, lhe escrevera recomendando o órfão que ia deixar, Fulgêncio mandou que este viesse para o Rio de Janeiro. Ouvindo que estava ali um mocinho de luto, concluiu que era o sobrinho, e não concluiu mal. Era ele mesmo.

Parece que até aqui nada há que destoe de uma história ingenuamente romanesca: temos um velho lunático, uma mocinha solitária e suspirosa, e vemos despontar inopinadamente um sobrinho. Para não descer da região poética em que nos achamos, deixo de dizer que a mula em que o Raimundo veio montado foi reconduzida por um preto ao alugador; passo também por alto as circunstâncias da acomodação do rapaz, limitando-me a dizer que, como o tio, à força de viver lendo, esquecera inteiramente que o mandara buscar, nada havia em casa preparado para recebê-lo. Mas a casa era grande e abastada; uma hora depois, estava aposentado num lindo quarto, donde podia ver a chácara, a cisterna antiga, o lavadouro, basta folha verde e vasto céu azul.

---

[4] Friedrich Hegel (1770–1831), filósofo alemão, autor de *Fenomenologia do espírito*, *Grande lógica* e *Princípios da filosofia do direito*.

Creio que ainda não disse a idade do hóspede; tem quinze anos e um ameaço de buço; é quase uma criança. Logo, se a nossa Caetaninha ficou alvoroçada, e as mucamas andam de um lado para outro espiando e falando do "sobrinho de sinhô velho que chegou de fora", é porque a vida ali não tem outros episódios, não porque ele seja homem feito. Essa foi também a impressão do dono da casa; aqui vai a diferença. A afilhada não advertia que o ofício do buço é virar bigode, ou, se pensou nisso, fê-lo tão vagamente, que não vale a pena de o pôr aqui. Não assim o velho Fulgêncio. Compreendeu este que havia ali a massa de um marido, e resolveu casá-los; mas viu também que, a menos de lhes pegar nas mãos e mandar que se amassem, o acaso podia guiar as coisas por modo diferente.

Uma ideia traz outra. A ideia de os casar pegou por um lado com uma de suas opiniões recentes. Era esta que as calamidades ou os simples dissabores nas relações do coração provinham de que o amor era praticado de um modo empírico; faltava-lhe a base científica. Um homem e uma mulher, desde que conhecessem as razões físicas e metafísicas desse sentimento, estariam mais aptos a recebê-lo e nutri-lo com eficácia, do que outro homem e outra mulher que nada soubessem do fenônemo.

— Os meus pequenos estão verdes, dizia ele consigo: tenho três a quatro anos diante de mim, e posso começar desde já a prepará-los. Vamos com lógica; primeiro os alicerces, depois as paredes, depois o teto... em vez de começar pelo teto... Dia virá em que se aprenda a amar como se aprende a ler... Nesse dia...

Estava atordoado, deslumbrado, delirante. Foi às estantes, desceu alguns tomos, astronomia, geologia, fisiologia, anatomia, jurisprudência, política, linguística, abriu-os, folheou-os, comparou-os, extratou daqui e dali, até formular um programa de ensino. Compunha-se este de vinte capítulos, nos quais entravam as noções gerais do universo, uma definição da vida, demonstração da existência do homem e da mulher, organização das sociedades, definição e análise das paixões, definição e análise do amor, suas causas, necessidades e efeitos. Em verdade, as matérias eram crespas; ele entendeu torná-las dóceis, tratando-as em frase corriqueira e chã, dando-lhes um tom puramente familiar, como a astronomia de Fontenelle.[5] E dizia com ênfase que o essencial da fruta era o miolo, não a casca.

Tudo isso era engenhoso; mas aqui vai o mais engenhoso. Não os convidou a aprender. Uma noite, olhando para o céu, disse que as estrelas estavam brilhando muito; e o que eram as estrelas? Acaso sabiam eles o que eram as estrelas?

— Não, senhor.

Daqui a iniciar uma descrição do universo era um passo. Fulgêncio deu o passo, com tal presteza e naturalidade, que os deixou encantados e eles pediram a viagem toda.

— Não — disse o velho —; não esgotemos tudo hoje, nem isto se entende bem senão devagar; amanhã ou depois...

Foi assim, sorrateiramente, que ele começou a executar o plano. Os dois alunos, assombrados com o mundo astronômico, pediam-lhe todos os dias que continuasse, e, posto que no fim dessa primeira parte Caetaninha ficasse um tanto confusa, ainda assim quis ouvir as outras coisas que o padrinho lhe prometeu.

Não digo nada da familiaridade entre os dois alunos, por ser coisa óbvia. Entre quatorze e quinze anos a diferença é tão pequena, que os portadores das duas idades não tinham mais que dar a mão um ao outro. Foi o que aconteceu.

No fim de três semanas pareciam ter sido criados juntos. Só isto bastava a mudar a vida de Caetaninha; mas Raimundo trouxe-lhe mais. Não há dez minutos, vimo-la olhar com saudade as cavalgadas de homens e damas que passavam na estrada. Raimundo matou-lhe a saudade, ensinando-lhe a montaria, apesar da relutância do velho, que temia algum desastre; mas este cedeu e alugou dois cavalos. Caetaninha mandou fazer uma linda amazona, Raimundo veio à cidade comprar-lhe as luvas e um chicotinho, com o dinheiro do

---

[5] Bernard Le Bovier de Fontenelle (1657–1757), escritor francês. Celebrizou-se por seus tratados de vulgarização das ciências, dentre elas a astronomia.

tio — já se sabe — que também lhe deu as botas e o demais aparelho masculino. Daí a pouco era um gosto vê-los ambos, galhardos e intrépidos, abaixo e acima da montanha.

Em casa, brincavam à larga, jogavam damas e cartas, cuidavam de aves e plantas. Brigavam muita vez; mas, segundo as mucamas, eram brigas de mentira, só para fazerem as pazes depois. Era o pico do arrufo. Raimundo vinha às vezes à cidade, a mandado do tio. Caetaninha ia esperá-lo ao portão, espiando ansiosa. Quando ele chegava, brigavam, porque ela queria tirar-lhe os maiores embrulhos, a pretexto de que ele vinha cansado, e ele queria dar-lhe os mais leves, alegando que ela era fraquinha.

No fim de quatro meses, a vida era totalmente outra. Pode-se até dizer que só então é que Caetaninha começou a usar rosas no cabelo. Antes disso vinha muita vez despenteada para a mesa do almoço. Agora, não só se penteava logo cedo, mas até, como digo, trazia rosas, uma ou duas; estas eram, ou colhidas na véspera, por ela mesma, e guardadas em água, ou na própria manhã, por ele, que ia levar-lhas à janela. A janela era alta; mas Raimundo, pondo-se na ponta dos pés, e levantando o braço, conseguia dar-lhe as rosas em mão. Foi por esse tempo que ele adquiriu o sestro de mortificar o buço, puxando-o muito de um e outro lado. Caetaninha chegava a bater-lhe nos dedos, para lhe tirar tão mau costume.

Entretanto, as lições continuavam regularmente. Já tinham uma ideia geral do universo, e uma definição da vida, que nenhum deles entendeu. Assim chegaram ao quinto mês. No sexto, começou a demonstração da existência do homem. Caetaninha não pôde suster o riso, quando o padrinho, expondo a matéria, perguntou-lhes se eles sabiam que existiam e por quê; mas ficou logo séria, e respondeu que não.

— Nem você?

— Nem eu, não, senhor — concordou o sobrinho.

Fulgêncio iniciou uma demonstração em regra, profundamente cartesiana. A seguinte lição foi na chácara. Chovera muito nos dias anteriores; mas o sol agora alagava tudo de luz, e a chácara parecia uma linda viúva, que troca o véu do luto pelo do noivado. Raimundo, como se quisesse copiar o sol (copiam-se naturalmente os grandes) despedia das pupilas um olhar vasto e longo, que Caetaninha recebia, palpitando, como a chácara. Fusão, transfusão, difusão, confusão e profusão de seres e de coisas. Enquanto o velho falava, reto, lógico, vagaroso, curtido de fórmulas, com os olhos fixos em parte nenhuma, os dois alunos faziam trinta mil esforços para escutá-lo, mas vinham trinta mil incidentes distraí-los. Foi a princípio um casal de borboletas que brincavam no ar. Façam-me o favor de dizer o que é que pode haver extraordinário num casal de borboletas? Concordo que eram amarelas, mas esta circunstância não basta a explicar a distração. O fato de voarem uma atrás da outra, ora à direita, ora à esquerda, ora abaixo, ora acima, também não dá a razão do desvio, visto que nunca as borboletas voaram em linha reta, como simples militares.

— O entendimento — dizia o velho —, o entendimento, segundo eu já expliquei...

Raimundo olhou para Caetaninha, e achou-a olhando para ele. Um e outro pareciam confusos e acanhados. Ela foi a primeira que baixou os olhos ao regaço. Depois, levantou-os, a fim de os levar a outra parte, mais remota, o muro da chácara; na passagem, como os de Raimundo ali estivessem, ela encarou-os o mais rapidamente que pôde. Felizmente o muro apresentava um espetáculo que a encheu de admiração: um casal de andorinhas (era o dia dos casais) saltitava nele, com a graça peculiar às pessoas aladas. Saltitavam piando, dizendo coisas uma à outra, o que quer que fosse, talvez isto, que era bem bom não haver filosofia nos muros das chácaras. Senão quando, uma delas voou, provavelmente a dama, e a outra, naturalmente o garção, não se deixou ficar atrás: esticou as asas e seguiu o mesmo caminho. Caetaninha desceu os olhos à grama do chão.

Quando a lição acabou, daí a alguns minutos, ela pediu ao padrinho que continuasse, e, recusando este, tomou-lhe o braço e convidou-o a dar um giro na chácara.

— Está muito sol — contestou o velho.

— Vamos pela sombra.

— Faz muito calor.

Caetaninha propôs irem continuar na varanda; mas o padrinho disse-lhe misteriosamente que Roma não se fez num dia, e acabou declarando que só dois dias depois continuaria a lição. Caetaninha recolheu-se ao quarto, esteve ali três quartos de hora fechada, sentada, à janela, de um lado para outro, procurando as coisas que tinha na mão, e chegando ao cúmulo de ver-se a si mesma, cavalgando, estrada acima, ao lado de Raimundo. De uma vez aconteceu-lhe ver o rapaz no muro da chácara; mas atentou bem, reconheceu que era um par de besouros que zumbiam no ar. E dizia um deles ao outro:

— Tu és a flor da nossa raça, a flor do ar, a flor das flores, o sol e a lua da minha vida.

Ao que respondia o outro:

— Ninguém te vence na beleza e na graça; o teu zumbir é um eco das falas divinas; mas, deixa-me... deixa-me...

— Por que deixar-te, alma destes bosques?

— Já te disse, rei dos ares puros, deixa-me.

— Não me fales assim, feitiço e gala das matas. Tudo por cima e em volta de nós está dizendo que me deves falar de outra maneira. Conheces a cantiga dos mistérios azuis?

— Vamos ouvi-la nas folhas verdes da laranjeira.

— As da mangueira são mais bonitas.

— Tu és mais linda que umas e outras.

— E tu, sol da minha vida?

— Lua do meu ser, eu sou o que tu quiseres...

Era assim que os dois besouros falavam. Ela ouviu-os cismando. Como eles desaparecessem, ela entrou, viu as horas e saiu do quarto. Raimundo estava fora; ela foi esperá-lo ao portão, dez, vinte, trinta, quarenta, cinquenta minutos. Na volta disseram pouco; uniram-se e separaram-se duas ou três vezes. Da última vez foi ela que o trouxe à varanda, para mostrar-lhe um enfeite que julgava perdido e acabava de achar. Façam-lhe a justiça de crer que era pura mentira. Entretanto, Fulgêncio antecipou a lição; deu-a no dia seguinte, entre o almoço e o jantar. Nunca a palavra lhe saiu tão límpida e singela. E assim devia ser: tratava-se da existência do homem, capítulo profundamente metafísico, em que era preciso considerar tudo e por todos os lados.

— Estão entendendo? — perguntava ele.

— Perfeitamente.

E a lição seguiu até o fim. No fim, deu-se a mesma coisa da véspera; Caetaninha, como se tivesse medo de ficar só, pediu-lhe para continuar ou passear; ele recusou uma e outra coisa, bateu-lhe paternalmente na cara, e foi encerrar-se no gabinete. Para a semana pensava o velho doutor, dando volta à chave, para a semana entro na organização das sociedades; todo o mês que vem e o outro é para a definição e classificação das paixões; em maio, passaremos ao amor... já será tempo...

Enquanto ele dizia isto, e fechava a porta, alguma coisa ressoava do lado da varanda — um trovão de beijos, segundo disseram as lagartas da chácara; mas, para as lagartas qualquer pequeno rumor vale um trovão. Quanto aos autores do ruído nada positivo se sabe. Parece que um maribondo, vendo Caetaninha e Raimundo unidos nessa ocasião, concluiu da coincidência para a consequência e entendeu que eram eles; mas um velho gafanhoto demonstrou a inanidade do fundamento, alegando que ouvira muitos beijos, outrora, em lugares onde nem Raimundo nem Caetaninha pusera os pés. Convenhamos que este outro argumento não prestava para nada; mas, tal é o prestígio de um bom caráter, que o gafanhoto foi aclamado como tendo ainda uma vez defendido a verdade e a razão. E daí pode ser que fosse assim mesmo. Mas um trovão de beijos? Suponhamos dois; suponhamos três ou quatro.

O CASO DA VARA

DAMIÃO FUGIU DO SEMINÁRIO às onze horas da manhã de uma sexta-feira de agosto. Não sei bem o ano; foi antes de 1850. Passados alguns minutos parou, vexado; não contava com o efeito que produzia nos olhos da outra gente aquele seminarista que ia espantado, medroso, fugitivo. Desconhecia as ruas, andava e desandava; finalmente parou. Para onde iria? Para casa, não; lá estava o pai que o devolveria ao seminário, depois de um bom castigo. Não assentara no ponto de refúgio, porque a saída estava determinada para mais tarde; uma circunstância fortuita a apressou. Para onde iria? Lembrou-se do padrinho, João Carneiro, mas o padrinho era um moleirão sem vontade, que por si só não faria coisa útil. Foi ele que o levou ao seminário e o apresentou ao reitor:

— Trago-lhe o grande homem que há de ser — disse ele ao reitor.

— Venha — acudiu este —, venha o grande homem, contanto que seja também humilde e bom. A verdadeira grandeza é chã. Moço...

Tal foi a entrada. Pouco tempo depois fugiu o rapaz ao seminário. Aqui o vemos agora na rua, espantado, incerto, sem atinar com refúgio nem conselho; percorreu de memória as casas de parentes e amigos, sem se fixar em nenhuma. De repente, exclamou:

— Vou pegar-me com Sinhá Rita! Ela manda chamar meu padrinho, diz-lhe que quer que eu saia do seminário... Talvez assim...

Sinhá Rita era uma viúva, querida de João Carneiro; Damião tinha umas ideias vagas dessa situação e tratou de a aproveitar. Onde morava? Estava tão atordoado, que só daí a alguns minutos é que lhe acudiu a casa: era no Largo do Capim.

— Santo nome de Jesus! Que é isto? — bradou Sinhá Rita, sentando-se na marquesa, onde estava reclinada.

Damião acabava de entrar espavorido; no momento de chegar à casa, vira passar um padre, e deu um empurrão à porta, que por fortuna não estava fechada à chave nem ferrolho. Depois de entrar, espiou pela rótula, a ver o padre. Este não deu por ele e ia andando.

— Mas que é isto, Sr. Damião? — bradou novamente a dona da casa, que só agora o conhecera. — Que vem fazer aqui?

Damião, trêmulo, mal podendo falar, disse que não tivesse medo, não era nada; ia explicar tudo.

— Descanse e explique-se.

— Já lhe digo; não pratiquei nenhum crime, isso juro; mas espere.

Sinhá Rita olhava para ele espantada, e todas as crias, de casa e de fora, que estavam sentadas em volta da sala, diante de suas almofadas de renda, todas fizeram parar os bilros e as mãos. Sinhá Rita vivia principalmente de ensinar a fazer renda, crivo e bordado. Enquanto o rapaz tomava fôlego, ordenou às pequenas que trabalhassem, e esperou. Afinal, Damião contou tudo, o desgosto que lhe dava o seminário; estava certo de que não podia ser bom padre; falou com paixão, pediu-lhe que o salvasse.

— Como assim? Não posso nada.

— Pode, querendo.

— Não — replicou ela, abanando a cabeça. — Não me meto em negócios de sua família, que mal conheço; e então seu pai, que dizem que é zangado!

Damião viu-se perdido. Ajoelhou-se-lhe aos pés, beijou-lhe as mãos, desesperado.

— Pode muito, Sinhá Rita; peço-lhe pelo amor de Deus, pelo que a senhora tiver de mais sagrado, por alma de seu marido, salve-me da morte, porque eu mato-me, se voltar para aquela casa.

Sinhá Rita, lisonjeada com as súplicas do moço, tentou chamá-lo a outros sentimentos. A vida de padre era santa e bonita, disse-lhe ela; o tempo lhe mostraria que era melhor vencer as repugnâncias e um dia...

— Não, nada, nunca! — redarguía Damião, abanando a cabeça e beijando-lhe as mãos; e repetia que era a sua morte.

Sinhá Rita hesitou ainda muito tempo; afinal, perguntou-lhe por que não ia ter com o padrinho.

— Meu padrinho? Esse é ainda pior que papai; não me atende, duvido que atenda a ninguém...

— Não atende? — interrompeu Sinhá Rita, ferida em seus brios. — Ora, eu lhe mostro se atende ou não...

Chamou um moleque e bradou-lhe que fosse à casa do Sr. João Carneiro chamá-lo, já e já; e se não estivesse em casa, perguntasse onde podia ser encontrado, e corresse a dizer-lhe que precisava muito de lhe falar imediatamente.

— Anda, moleque.

Damião suspirou alto e triste. Ela, para mascarar a autoridade com que dera aquelas ordens, explicou ao moço que o Sr. João Carneiro fora amigo do marido e arranjara-lhe algumas crias para ensinar. Depois, como ele continuasse triste, encostado a um portal, puxou-lhe o nariz, rindo:

— Ande lá, seu padreco, descanse que tudo se há de arranjar.

Sinhá Rita tinha quarenta anos na certidão de batismo, e vinte e sete nos olhos. Era apessoada, viva, patusca, amiga de rir; mas, quando convinha, brava como o diabo. Quis alegrar o rapaz, e, apesar da situação, não lhe custou muito. Dentro de pouco, ambos eles riam, ela contava-lhe anedotas, e pedia-lhe outras, que ele referia com singular graça. Uma destas, estúrdia, obrigada a trejeitos, fez rir a uma das crias de Sinhá Rita, que esquecera o trabalho, para mirar e escutar o moço. Sinhá Rita pegou de uma vara que estava ao pé da marquesa e ameaçou-a:

— Lucrécia, olha a vara!

A pequena abaixou a cabeça, aparando o golpe, mas o golpe não veio. Era uma advertência; se à noitinha a tarefa não estivesse pronta, Lucrécia receberia o castigo de costume. Damião olhou para a pequena; era uma negrinha, magricela, um frangalho de nada, com uma cicatriz na testa e uma queimadura na mão esquerda. Contava onze anos. Damião reparou que tossia, mas para dentro, surdamente, a fim de não interromper a conversação. Teve pena da negrinha e resolveu apadrinhá-la, se não acabasse a tarefa. Sinhá Rita não lhe negaria o perdão... Demais, ela rira por achar-lhe graça; a culpa era sua, se há culpa em ter chiste.

Nisso, chegou João Carneiro. Empalideceu quando viu ali o afilhado, e olhou para Sinhá Rita, que não gastou tempo com preâmbulos. Disse-lhe que era preciso tirar o moço do seminário, que ele não tinha vocação para a vida eclesiástica, e antes um padre de menos que um padre ruim. Cá fora também se podia amar e servir a Nosso Senhor. João Carneiro, assombrado, não achou que replicar durante os primeiros minutos; afinal, abriu a boca e repreendeu o afilhado por ter vindo incomodar "pessoas estranhas", e em seguida afirmou que o castigaria.

— Qual castigar, qual nada! — interrompeu Sinhá Rita. — Castigar por quê? Vá, vá falar a seu compadre.

— Não afianço nada, não creio que seja possível...

— Há de ser possível, afianço eu. Se o senhor quiser — continuou ela com certo tom insinuativo —, tudo se há de arranjar. Peça-lhe muito, que ele cede. Ande, senhor João Carneiro, seu afilhado não volta para o seminário; digo-lhe que não volta...

— Mas, minha senhora...

— Vá, vá.

João Carneiro não se animava a sair, nem podia ficar. Estava entre um puxar de forças opostas. Não lhe importava, em suma, que o rapaz acabasse clérigo, advogado ou médico, ou outra qualquer coisa, vadio que fosse; mas o pior é que lhe cometiam uma luta ingente com os sentimentos mais íntimos do compadre, sem certeza do resultado; e, se este fosse negativo, outra luta com Sinhá Rita, cuja última palavra era ameaçadora: "Digo-lhe que ele não volta". Tinha de haver por força um escândalo. João Carneiro estava com a pupila desvairada, a pálpebra trêmula, o peito ofegante. Os olhares que deitava a Sinhá Rita eram de súplica, mesclados de um tênue raio de censura. Por que lhe não pedia outra coisa?

Por que lhe não ordenava que fosse, a pé, debaixo de chuva, à Tijuca, ou Jacarepaguá? Mas logo persuadir ao compadre que mudasse a carreira do filho... Conhecia o velho; era capaz de lhe quebrar uma jarra na cara. Ah! Se o rapaz caísse ali, de repente, apoplético, morto! Era uma solução — cruel, é certo, mas definitiva.

— Então? — insistiu Sinhá Rita.

Ele fez-lhe um gesto de mão que esperasse. Coçava a barba, procurando um recurso. Deus do céu! Um decreto do papa dissolvendo a Igreja, ou, pelo menos, extinguindo os seminários, faria acabar tudo em bem. João Carneiro voltaria para casa e ia jogar os três-setes.[1] Imaginai que o barbeiro de Napoleão era encarregado de comandar a batalha de Austerlitz[2]... Mas a Igreja continuava, os seminários continuavam, o afilhado continuava, cosido à parede, olhos baixos, esperando, sem solução apoplética.

— Vá, vá — disse Sinhá Rita —, dando-lhe o chapéu e a bengala.

Não teve remédio. O barbeiro meteu a navalha no estojo, travou da espada e saiu à campanha. Damião respirou; exteriormente deixou-se estar na mesma, olhos fincados no chão, acabrunhado. Sinhá Rita puxou-lhe desta vez o queixo.

— Ande jantar, deixe-se de melancolias.

— A senhora crê que ele alcance alguma coisa?

— Há de alcançar tudo — redarguiu Sinhá Rita, cheia de si. — Ande, que a sopa está esfriando.

Apesar do gênio galhofeiro de Sinhá Rita, e do seu próprio espírito leve, Damião esteve menos alegre ao jantar que na primeira parte do dia. Não fiava do caráter mole do padrinho. Contudo, jantou bem; e, para o fim, voltou às pilhérias da manhã.

---

[1] Jogo de fazer vazas (conjunto de cartas jogadas pelos parceiros em cada lance ou vez, e que são recolhidas pelo ganhador), em que a carta mais alta é o três de cada naipe.

[2] Uma das mais famosas batalhas vencidas por Napoleão, em Austerlitz, cidade da Tchecoslováquia, onde ele bateu os austríacos e os russos, em 2 de dezembro de 1805.

À sobremesa, ouviu um rumor de gente na sala e perguntou se o vinham prender.

— Hão de ser as moças.

Levantaram-se e passaram à sala. As moças eram cinco vizinhas que iam todas as tardes tomar café com Sinhá Rita, e ali ficavam até o cair da noite.

As discípulas, findo o jantar delas, tornaram às almofadas do trabalho. Sinhá Rita presidia a todo esse mulherio de casa e de fora. O sussurro dos bilros e o palavrear das moças eram ecos tão mundanos, tão alheios à teologia e ao latim, que o rapaz deixou-se ir por eles e esqueceu o resto. Durante os primeiros minutos, ainda houve da parte das vizinhas certo acanhamento; mas passou depressa. Uma delas cantou uma modinha, ao som da guitarra, tangida por Sinhá Rita, e a tarde foi passando depressa. Antes do fim, Sinhá Rita pediu a Damião que contasse certa anedota que lhe agradara muito. Era a tal que fizera rir Lucrécia.

— Ande, senhor Damião, não se faça de rogado, que as moças querem ir embora. Vocês vão gostar muito.

Damião não teve remédio senão obedecer. Malgrado o anúncio e a expectação que serviam a diminuir o chiste e o efeito, a anedota acabou entre risadas das moças. Damião, contente de si, não esqueceu Lucrécia e olhou para ela, a ver se rira também. Viu-a com a cabeça metida na almofada para acabar a tarefa. Não ria; ou teria rido para dentro, como tossia.

Saíram as vizinhas, e a tarde caiu de todo. A alma de Damião foi-se fazendo tenebrosa antes da noite. Que estaria acontecendo? De instante a instante, ia espiar pela rótula, e voltava cada vez mais desanimado. Nem sombra do padrinho. Com certeza, o pai fê-lo calar, mandou chamar dois negros, foi à polícia pedir um pedestre,[3] e aí vinha pegá-lo à força e levá-lo ao seminário. Damião perguntou a Sinhá Rita se a casa não teria saída pelos fundos; correu ao quintal, e calculou que podia saltar o muro. Quis ainda ver se haveria modo de fugir para a Rua da Vala, ou se era melhor falar a algum vizinho que

[3] Soldado da polícia do Rio de Janeiro antigo, encarregado de capturar negros fugidos, no tempo da escravatura.

fizesse o favor de o receber. O pior era a batina; se Sinhá Rita lhe pudesse arranjar um rodaque, uma sobrecasaca velha... Sinhá Rita dispunha justamente de um rodaque, lembrança ou esquecimento de João Carneiro.

— Tenho um rodaque do meu defunto marido — disse ela, rindo —; mas, para que está com esses sustos? Tudo se há de arranjar, descanse.

Afinal, à boca da noite, apareceu um escravo do padrinho, com uma carta para Sinhá Rita. O negócio ainda não estava composto; o pai ficou furioso e quis quebrar tudo; bradou que não senhor, que o peralta havia de ir para o seminário, ou então metia-o no Aljube ou na presiganga.[4] João Carneiro lutou muito para conseguir que o compadre não resolvesse logo, que dormisse a noite, e meditasse bem se era conveniente dar à religião um sujeito tão rebelde e vicioso. Explicava na carta que falou assim para melhor ganhar a causa. Não a tinha por ganha; mas no dia seguinte lá iria ver o homem, e teimar de novo. Concluía dizendo que o moço fosse para a casa dele.

Damião acabou de ler a carta e olhou para Sinhá Rita. "Não tenho outra tábua de salvação", pensou ele. Sinhá Rita mandou vir um tinteiro de chifre, e na meia folha da própria carta escreveu esta resposta: "Joãozinho, ou você salva o moço, ou nunca mais nos vemos". Fechou a carta com obreia, e deu-a ao escravo, para que a levasse depressa. Voltou a reanimar o seminarista, que estava outra vez no capuz da humildade e da consternação. Disse-lhe que sossegasse, que aquele negócio era agora dela.

— Hão de ver para quanto presto! Não, que eu não sou de brincadeiras!

Era a hora de recolher os trabalhos. Sinhá Rita examinou-os; todas as discípulas tinham concluído a tarefa. Só Lucrécia estava ainda à almofada, meneando os bilros, já sem ver; Sinhá Rita chegou-se a ela, viu que a tarefa não estava acabada, ficou furiosa, e agarrou-a por uma orelha.

---

[4] Dois tipos de cárcere. Aljube era a prisão onde ficavam os padres, à disposição do bispo local; presiganga era o navio que recolhia prisioneiros, mantendo-os em alto-mar.

— Ah! Malandra!

— Nhanhã, nhanhã! Pelo amor de Deus! Por Nossa Senhora que está no céu.

— Malandra! Nossa Senhora não protege vadias!

Lucrécia fez um esforço, soltou-se das mãos da senhora, e fugiu para dentro; a senhora foi atrás e agarrou-a.

— Anda cá!

— Minha senhora, me perdoe! — tossia a negrinha.

— Não perdoo, não. Onde está a vara?

E tornaram ambas à sala, uma presa pela orelha, debatendo-se, chorando e pedindo; a outra dizendo que não, que a havia de castigar.

— Onde está a vara?

A vara estava à cabeceira da marquesa, do outro lado da sala. Sinhá Rita, não querendo soltar a pequena, bradou ao seminarista:

— Sr. Damião, dê-me aquela vara, faz favor?

Damião ficou frio... Cruel instante! Uma nuvem passou-lhe pelos olhos. Sim, tinha jurado apadrinhar a pequena, que por causa dele, atrasara o trabalho...

— Dê-me a vara, Sr. Damião!

Damião chegou a caminhar na direção da marquesa. A negrinha pediu-lhe então por tudo o que houvesse mais sagrado, pela mãe, pelo pai, por Nosso Senhor...

— Me acuda, meu sinhô moço!

Sinhá Rita, com a vara em fogo e os olhos esbugalhados, instava pela vara, sem largar a negrinha, agora presa de um acesso de tosse. Damião sentiu-se compungido; mas ele precisava tanto sair do seminário! Chegou à marquesa, pegou na vara e entregou-a a Sinhá Rita.

Uma noite

I

— Você sabe que não tenho pai nem mãe — começou a dizer o tenente Isidoro ao alferes Martinho. — Já lhe disse também que estudei na Escola Central. O que não sabe é que não foi o simples patriotismo que me trouxe ao Paraguai;[1] também não foi ambição militar. Que sou patriota, e me baterei agora, ainda que a guerra dure dez anos, e verdade, é o que me aguenta e me aguentará até o fim. Lá postos de coronel nem general não são comigo. Mas, se não foi imediatamente nenhum desses motivos, foi outro; foi, foi outro, uma alucinação. Minha irmã quis dissuadir-me, meu cunhado também; o mais que alcançaram foi que não viesse soldado raso, pedi um posto de tenente, quiseram dar-me o de capitão, mas fiquei em tenente. Para consolar a família, disse que, se mostrasse jeito para a guerra, subiria a major ou coronel; se não, voltaria tenente, como dantes. Nunca tive ambições de qualquer espécie. Quiseram fazer-me deputado provincial no Rio de Janeiro, recusei a candidatura, dizendo que não tinha ideias políticas. Um sujeito, meio gracioso, quis persuadir-me que as ideias viriam com o diploma, ou então com os discursos que eu mesmo proferisse na assembleia legislativa. Respondi que, estando a assembleia em Niterói, e morando eu na corte, achava muito aborrecida a meia hora de viagem que teria de fazer na barca, todos os dias, durante dois meses, salvo as prorrogações.

Pilhéria contra pilhéria; deixaram-me sossegado...

---

[1] Referência à Guerra do Paraguai, conflito que se deu entre 1865 e 1870, tendo, de um lado, Argentina, Brasil e Uruguai, os aliados, e, do outro, o Paraguai.

II

Os dois oficiais estavam nas avançadas do acampamento de Tuiuti.[2] Eram ambos voluntários, tinham recebido o batismo de fogo na batalha de 24 de maio.[3] Corriam agora aqueles longos meses de inação, que só terminou em meados de 1867.[4] Isidoro e Martinho não se conheciam antes da guerra, um viera do Norte, outro do Rio de Janeiro. A convivência os fez amigos, o coração também, e afinal a idade, que era no tenente de vinte e oito anos, e no alferes de vinte e cinco. Fisicamente, não se pareciam nada. O alferes Martinho era antes baixo que alto, enxuto de carnes, o rosto moreno, maçãs salientes, boca fina, risonha, maneiras alegres. Isidoro não se podia dizer triste, mas estava longe de ser jovial. Sorria algumas vezes, conversava com interesse. Usava grandes bigodes. Era alto e elegante, peito grosso, quadris largos, cintura fina.

Semanas antes, tinham estado no teatro do acampamento. Este era agora uma espécie de vila improvisada, com espetáculos, bailes, bilhares, um periódico e muita casa de comércio. A comédia representada trouxe à memória do alferes uma aventura amorosa que lhe sucedera nas Alagoas, onde nascera. Se não a contou logo, foi por vergonha; agora, porém, como estivesse passeando com o tenente e lhe falasse nas caboclinhas do Norte, Martinho não pôde ter mão em si e referiu os primeiros amores. Podiam não valer muito;

---

[2] Região próxima à lagoa de Tuiuti, onde se travaram importantes batalhas, durante a Guerra do Paraguai.

[3] Primeira e mais importante batalha de Tuiuti, em 1866, em que os brasileiros, comandados pelo general Manuel Luís Osório (1808–1879), e os aliados venceram os paraguaios.

[4] Referência ao período entre a primeira batalha de Tuiuti e a segunda, em 3 de novembro de 1867, que foi conquistada também pelos aliados graças ao reforço militar do general Manuel Marques de Sousa, conde de Porto Alegre (1804–1875), que chegou quando os paraguaios venciam.

mas foram eles que o levaram para o Recife, onde alcançou um lugar na secretaria do governo; sobrevindo a guerra, alistou-se com o posto de alferes. Quando acabou a narração, viu que Isidoro tinha os olhos no chão, parecendo ler por letras invisíveis alguma história análoga. Perguntou-lhe o que era.

— A minha história é mais longa e mais trágica — respondeu Isidoro.

— Tenho as orelhas grandes, posso ouvir histórias compridas — replicou o alferes rindo. — Quanto a ser trágica, olhe que passar, como eu passei, metido no canavial, à espera de cinco ou dez tiros que me levassem, não é história de farsa. Vamos, conte; se é coisa triste, eu sou amigo para tristezas.

Isidoro começou a sentir o desejo de contar a alguém uma situação penosa e aborrecida, causa da alucinação que o levou à guerra. Batia-lhe o coração, a palavra forcejava por subir à boca, a memória ia acendendo todos os recantos do cérebro. Quis resistir, tirou dois charutos, ofereceu um ao alferes, e falou dos tiros das avançadas. Brasileiros e paraguaios tiroteavam naquela ocasião — o que era comum —, pontuando com balas de espingardas a conversação. Algumas delas coincidiam porventura com os pontos finais das frases, levando a morte a alguém; mas que essa pontuação fosse sempre exata ou não, era indiferente aos dois rapazes. O tempo acostumara-os à troca de balas; era como se ouvissem rodar carros pelas ruas de uma cidade em paz.

— Levará mais tempo que fumar este charuto?

— Pode levar menos, pode também levar uma caixa inteira — redarguiu Isidoro —, tudo depende de ser resumido ou completo. Em acampamento, há de ser reduzido. Olhe que nunca referi isto a ninguém; você é o primeiro e o último.

III

Isidoro principiou como vimos e continuou desta maneira:

— Morávamos em um arrabalde do Rio de Janeiro; minha irmã não estava ainda casada, mas já estava pedida; eu continuava os estudos. Vagando uma casa fronteira à nossa, meu futuro cunhado quis alugá-la, e foi ter com o dono, um negociante da Rua do Hospício.

— Está meio ajustada — disse este —; a pessoa ficou de mandar-me a carta de fiança amanhã de manhã. Se não vier, é sua.

— Mal dizia isto, entrou na loja uma senhora, moça, vestida de luto, com um menino pela mão; dirigiu-se ao comerciante e entregou-lhe um papel; era a carta de fiança. Meu cunhado viu que não podia fazer nada, cumprimentou e saiu. No dia seguinte, começaram a vir os trastes; dois dias depois estavam os novos moradores em casa. Eram três pessoas; a tal moça de luto, o pequeno que a acompanhou à Rua do Hospício, e a mãe dela, D. Leonor, senhora velha e doente. Com pouco, soubemos que a moça, D. Camila, tinha vinte e cinco anos de idade, era viúva de um ano, tendo perdido o marido ao fim de cinco meses de casamento. Não apareciam muito. Tinham duas escravas velhas. Iam à missa ao domingo. Uma vez, minha irmã e a viúva encontraram-se ao pé da pia, cumprimentaram-se com afabilidade. A moça levava a mãe pelo braço. Vestiam-se com decência, sem luxo.

Minha mãe adoeceu. As duas vizinhas fronteiras mandaram saber dela todas as manhãs e oferecer os seus serviços. Restabelecendo-se, minha mãe quis ir pessoalmente agradecer-lhes as atenções. Voltou cativa.

— Parece muito boa gente — disse-nos. — Trataram-me como se fôssemos amigos de muito tempo, cuidadosas, fechando uma janela, pedindo-me que mudasse de lugar por causa do vento. A filha, como é moça, desfazia-se mais em obséquios. Perguntou-me por que não levei Claudina, e elogiou-a muito; já sabe do casamento, e acha que o Dr. Lacerda dá um excelente marido.

— De mim não disse nada? — perguntei eu, rindo.

— Nada.

Três dias depois vieram elas agradecer o favor da visita pessoal de minha mãe. Não estando em casa, não pude vê-las. Quando me deram notícia, ao jantar, achei comigo que as vizinhas pareciam querer meter-se à cara da gente, e pensei também que tudo podia ser urdido pela moça, para aproximar-se de mim. Eu era fátuo. Supunha-me o mais belo homem do bairro, da cidade, o mais elegante, o mais fino, tinha algumas namoradas de passagem, e já contava com uma aventura secreta. Pode ser que ela me veja todos os dias, à saída e à volta, disse comigo, e acrescentei por chacota: a vizinha quer despir o luto e vestir a solidão. Em substância, sentia-me lisonjeado.

Antes de um mês, estavam as relações travadas, minha irmã e a vizinha eram amigas. Comecei a vê-la em nossa casa. Era bonita e graciosa, tinha os olhos garços e ria por eles. Posto conservasse o luto, temperado por alguns laços de fita roxa, o total da figura não era melancólico. A beleza vencia a tristeza. O gesto rápido, o andar ligeiro, não permitiam atitudes saudosas nem pensativas. Mas, quando permitissem, a índole de Camila era alegre, ruidosa, expansiva. Chegava a ser estouvada. Falava muito e ria muito, ria a cada passo, em desproporção com a causa, e, não raro, sem causa alguma. Pode dizer-se que saía fora da conta e da linha necessárias; mas, nem por isso enfadava, antes cativava. Também é certo que a presença de um estranho devolvia a moça ao gesto encolhido; a simples conversação grave bastava a fazê-la grave. Em suma, o freio da educação apenas moderava a natureza irrequieta e volúvel. Soubemos por ela mesma que a mãe era viúva de um capitão de fragata, de cujo meio soldo vivia, além das rendas de umas casinhas que lhe deixara o primeiro marido, seu pai. Ela, Camila, fazia coletes e roupas brancas. Minha irmã, ao contar-me isto; disse-me que tivera uma sensação de vexame e de pena, e mudou de conversa; tudo inútil, porque a vizinha ria sempre, e contava rindo que trabalhava de manhã, porque, à noite, o branco lhe fazia mal aos olhos. Não cantava desde que perdera o marido, mas a mãe dizia que "a voz era de um anjo". Ao piano era divina; passava a alma aos dedos, não aquela alma tumultuosa, mas outra mais quieta, mais doce, tão metida consigo que chegava a esquecer-se deste mundo. O aplauso fazia-a fugir, como pomba assustada, e a outra alma passava aos dedos para tocar uma peça jovial qualquer, uma polca, por exemplo — meu Deus! Às vezes um lundu.[5]

Você crê naturalmente que essa moça me enfeitiçou. Nem podia ser outra coisa. O diabo da viuvinha entrou-me pelo coração saltando ao som de um pandeiro. Era tentadora sem falar nem rir; falando e rindo era pior. O péssimo é que eu sentia nela não sei que correspondência dos meus sentimentos mal sopitados. Às vezes, esquecendo-me a olhar para ela, acordava repentinamente, e achava os dela fitos em mim. Já lhe disse que eram garços. Disse também que ria por eles. Naquelas ocasiões, porém, não tinham o riso do costume, nem sei se conservavam a mesma cor. A cor pode ser, não a via, não sentia mais que o peso grande de uma alma escondida dentro deles. Era talvez a mesma que lhe passava aos dedos quando tocava. Toda essa mulher devia ser feita de fogo e nervos. Antes de dois meses estava apaixonado, e quis fugir-lhe. Deixe-me dizer-lhe toda a minha corrupção — nem pensava em casar, nem podia ficar ao pé dela, sem arrebatá-la um dia e levá-la ao inferno. Comecei a não estar em casa, quando ela ia lá, e não acompanhava a família à casa dela. Camila não deu por isso na primeira semana — ou simulou que não. Passados mais dias, perguntou à minha irmã:

— O doutor Isidoro está zangado conosco?

— Não! Por quê?

— Já nos não visita. São estudos, não? Ou namoro, quem sabe? Há namoro no beco — concluiu rindo.

— Rindo? — perguntei à minha irmã, quando me repetiu as palavras de Camila.

A pergunta em si era uma confissão; o tom em que a fiz, outra, a seriedade que me ficou, outra e maior. Minha irmã quis explicar à amiga. Eu, de mim para mim, jurei que não a veria nunca mais. Dois dias depois, sabendo que ela vinha

---

[5] Dos meados do século XIX em diante, tipo de canção solista, influenciada pelo lirismo da modinha, geralmente de caráter cômico.

à nossa casa, deixei-me estar com o pretexto de me doer a cabeça, mas, em vez de me fechar no gabinete, fui vê-la rir ou fazê-la rir. A comoção que lhe vi nos primeiros instantes, reconciliou-nos. Reatamos o fio que íamos tecendo, sem saber bem onde pararia a obra. Já então ia só à casa delas; meu pai estava enfraquecendo muito, minha mãe fazia-lhe companhia; minha irmã ficava com o noivo, eu ia só. Não percamos tempo que os tiros se aproximam, e pode ser que nos chamem. Dentro de dias estávamos declarados. O amor de Camila devia ser forte; o meu era fortíssimo. Foi na sala de visitas, sozinhos, a mãe cochilava na sala de jantar. Camila, que falava tanto e sem parar, não achou palavra que dissesse. Eu agarrei-lhe a mão, quis puxá-la a mim; ela, ofegante, deixou-se cair numa cadeira. Inclinei-me, desatinado, para lhe dar um beijo; Camila desviou a cabeça, recuou a cadeira com força e quase caiu para trás.

— Adeus, adeus, até amanhã — murmurou ela.

No dia seguinte, como eu formulasse o pedido de casamento, respondeu-me que pensasse em outra coisa.

— Nós nos amamos — disse ela —, o senhor ama-me desde muito e quer casar comigo, apesar de ser uma triste viúva pobre...

— Quem lhe fala nisso? Deixa de ser viúva, nem pobre, nem triste.

— Sim, mas há um obstáculo. Mamãe está muito doente, não quero desampará-la.

— Desampará-la? Seremos dois ao pé dela, em vez de uma só pessoa. A razão não serve, Camila; há de haver outra.

— Não tenho outra. Fiz esta promessa a mim mesma que só me casaria depois que a mamãe se fosse deste mundo. Ela, por mais que saiba do amor que lhe tenho, e da proteção que o senhor lhe dará, ficará pensando que eu vou para meu marido, e que ela passará a ser uma agregada incômoda. Há de achar natural que eu pense mais no senhor que nela.

— Pode ser que a razão seja verdadeira; mas o sentimento, Camila, é esquisito, sem deixar de ser digno. Pois não é natural até que o seu casamento lhe dê a ela mais força e alegria, vendo que a não deixa sozinha no mundo?

Talvez que esta objeção a abalasse um pouco; refletiu, mas insistiu.

— Mamãe vive principalmente das minhas carícias, da minha alegria, dos meus cuidados, que são só para ela...

— Pois vamos consultá-la?

— Se a consultarmos quererá que nos casemos logo.

— Então não suporá que fica sendo agregada incômoda.

— Já, já, não; mas pensá-lo-á mais tarde; e quer que lhe diga tudo? Há de pensá-lo com razão. Eu, provavelmente, serei toda de meu marido; durante a lua de mel, pelo menos — continuou rindo e concluiu triste —, e a lua de mel pode levá-la. Não, não; se me ama deveras, esperemos; a minha velha morrerá ou sarará. Se não pode esperar, paciência.

Creio que lhe vi os olhos úmidos; o riso que ria por eles deixou-se velar um pouco daquela chuvazinha passageira. Concordei em esperar, com o plano secreto de comunicar à mãe de Camila os nossos desejos, a fim de que ela própria nos ligasse as mãos. Não disse nada a meus pais, certo de que ambos aceitariam a escolha; mas ainda contra a vontade deles, casaria. Minha irmã soube de tudo, e tomou a si guiar as negociações com a velha enferma. Entretanto, a paixão de Camila não lhe trocou a índole. Tagarela, mas graciosa, risonha sem banalidade, toda vida e movimento... Não me canso em repetir essas coisas. Tinha dias tristes ou calados; eram aqueles em que a moléstia da mãe parecia agravar-se. Eu padecia com a mudança, uma vez que a vida da mãe era empecilho à nossa ventura; sentimento mau, que me enchia de vergonha e de remorsos. Não quero cansá-lo com as palavras que trocávamos e foram infinitas, menos ainda com os versos que lhe fiz; é verdade, Martinho, cheguei ao extremo de fazer versos; lia os de outros para compor os meus, e daí fiquei com tal ou qual soma de imagens e de expressões poéticas...

Um dia, ao almoço, ouvimos rumor na escada, vozes confusas, choros; mandei ver o que era. Uma das escravas da casa fronteira vinha dar notícia... Cuidei que era a morte da velha, e tive uma sensação de prazer. Ai, meu amigo! A verdade era outra e terrível.

— Nhã Camila está doida!

Não sei o que fiz, nem por onde saí, mas instantes depois entrava pela casa delas. Nunca pude ter memória clara dos primeiros instantes. Vi a pobre velha, caída num sofá da sala; vinham de dentro os gritos de Camila. Se acudi ou não à velha, não sei; mas é provável que corresse logo para o interior, onde dei com a moça furiosa, torcendo-se para escapar às mãos de dois calceteiros que trabalhavam na rua e acudiram ao pedido de socorro de uma das escravas. Quis ajudá-los; pensei em influir nela com a minha pessoa; com a minha palavra; mas, ao que cuido, não via nem ouvia nada. Não afirmo também se lhe disse alguma coisa e o que foi. Os gritos da moça eram agudos, os movimentos raivosos, a força grande; tinha o vestido rasgado, os cabelos despenteados. Minha família chegou logo; o inspetor de quarteirão e um médico apareceram e deram as primeiras ordens. Eu, tonto, não sabia que fizesse, achava-me num estado que podia ser contágio do terrível acesso. Camila pareceu melhorar, não forcejava por desvencilhar-se dos homens que a retinham; estes, confiando na quietação dela, soltaram-lhe os braços. Veio outra crise, ela atirou-se para a escada, e teria chegado lá e rolado, se eu não a sustivesse pelos vestidos. Quis voltar-se para mim; mas os homens acudiram e novamente a retiveram.

Algumas horas correram, antes que as ordens todas da autoridade fossem expedidas e cumpridas. Minha irmã veio ter comigo para levar-me para a outra sala ou para casa; recusei. Uma vez ainda a exaltação e o furor de Camila cessaram, mas os homens não lhe deixaram os braços soltos. Quando se repetiu o fenômeno, o prazo foi mais longo, fizeram sentá-la, os homens afrouxaram os braços. Eu, cosido à parede, fiquei a olhar para ela, notando que as palavras eram já poucas, e, se ainda sem sentido, não eram aflitas, nem ela repetia os guinchos agudos. Os olhos vagavam sem ver; mas, fitando-me de passagem, tornaram a mim, e ficaram parados alguns segundos, rindo como era costume deles quando tinha saúde. Camila chamou-me, não pelo nome, disse-me que fosse ter com ela. Acudi prontamente, sem dizer nada.

— Chegue-se mais.

Obedeci; ela quis estender-me a mão, o homem que a segurava, reteve-a com força; eu disse-lhe que a deixasse, não fazia mal, era um instante. Camila deu-me a mão livre, eu dei-lhe a minha. A princípio, não tirou os olhos dos meus; mas já então não ria por eles, tinha-os quietos e apagados. De repente, levou a minha mão à boca, como se fosse beijá-la. Tendo libertado a outra (foi tudo rápido) segurou a minha com força e cravou-lhe furiosamente os dentes; soltei um grito. A boca ficou-lhe cheia de sangue. Veja; tenho ainda os sinais nestes dois dedos...

Não me quero demorar neste ponto da minha história. Digo-lhe sumariamente que os médicos entenderam necessário recolher Camila ao Hospício de Pedro II. A mãe morreu quinze dias depois. Eu fui concluir os meus estudos na Europa. Minha irmã casou, meu pai não durou muito, minha mãe acompanhou-o de perto. Pouco tempo depois, minha irmã e meu cunhado foram ter comigo. Já me acharam não esquecido, mas consolado. Quando tornamos ao Rio de Janeiro passavam quatro anos daqueles acontecimentos. Fomos morar juntos, mas em outro bairro. Nada soubemos de Camila, nem indagamos nada; ao menos eu.

Uma noite, porém, andando a passear, aborrecido, começou a chover, e entrei num teatro. Não sabia da peça nem do autor, nem do número de atos; o bilheteiro disse-me que ia começar o segundo. Na terceira ou quarta cena, vejo uma mulher, que me abalou todo; pareceu-me Camila. Fazia um papel de ingênua, creio; entrou lentamente e travou frouxamente um diálogo com o galã. Não tinha que ver; era a própria voz de Camila. Mas, se ela estava no Hospício, como podia achar-se no teatro? Se havia sarado, como se fizera atriz? Era natural que estivesse a costurar, e se alguma coisa lhe restava das casinhas da mãe... Perguntei a um vizinho da plateia como se chamava aquela dama.

— Plácida — respondeu-me.

Não é ela, pensei; mas refletindo que podia ter mudado de nome, quis saber se estava há muito tempo no teatro.

— Não sei; apareceu aqui há meses. Acho que é novata na cena, fala muito arrastado, tem talento.

Não podia ser Camila; mas tão depressa achava que não, um gesto de mulher, uma inflexão de voz, qualquer coisa me dizia que era ela mesma. No intervalo lembrou-me de ir à caixa do teatro.[6] Não conhecia ninguém, não sabia se era fácil entrar desconhecido; cheguei à porta de comunicação e bati. Ninguém abriu nem perguntou quem era. Daí a nada vi sair de dentro um homem, que empurrou simplesmente a porta e deixou-a cair. Puxei a porta e entrei. Fiquei aturdido no meio do movimento; criei ânimo e perguntei a um empregado se podia falar a D. Plácida. Respondeu-me que provavelmente estava mudando de traje, mas que fosse com ele. Chegando à porta de um camarim bateu.

— D. Plácida?

— Quem é?

— Está aqui um senhor que lhe deseja falar.

— Que espere!

A voz era dela. O sangue entrou a correr-me acelerado; afastei-me um pouco e esperei. Minutos depois, a porta do camarim abriu-se, saiu uma criada; enfim, a porta escancarou-se, e apareceu a figura da atriz. Aproximei-me, e fizemos teatro no teatro: reconhecemo-nos um ao outro. Entrei no camarim, apertamos as mãos, e durante algum tempo não pudemos dizer nada. Ela, por baixo do carmim, empalidecera; eu senti-me lívido. Ouvi apitar; era o contra-regra que mandava subir o pano.

— Vai subir o pano — disse-me ela com a voz lenta e abafada. — Entro na segunda cena. Espera-me?

— Espero.

— Venha cá para os bastidores.

Falei-lhe ainda duas vezes nos bastidores. Soube na conversação onde morava, e que morava só. Como a chuva aumentasse e caísse agora a jorros, ofereci-lhe o meu carro. Aceitou. Saí para alugar um carro de praça; no fim do espetáculo, mandei que a recebesse à porta do teatro, e acompanhei-a

---

[6] Conjunto que inclui o espaço da representação, os bastidores e os camarins.

dando-lhe o braço, no meio do espanto de atores e empregados. Depois que ela entrou, despedi-me.

— Não, não — disse ela. — Pois há de ir por baixo d'água? Entre também, venha deixar-me à porta.

Entrei e partimos. Durante os primeiros instantes, parecia-me delirar. Após quatro anos de separação e ausência, quando supunha aquela senhora em outra parte, eis-me dentro de uma carruagem com ela, duas horas depois de a tornar a ver. A chuva que caía forte, o tropel dos cavalos, o rodar da carruagem, e por fim a noite, complicavam a situação do meu espírito. Cria-me doido. Vencia a comoção falando, mas as palavras não teriam grande ligação entre si, nem seriam muitas. Não queria falar da mãe; menos perguntar-lhe pelos acontecimentos que a trouxeram à carreira de atriz. Camila é que me disse que estivera doente, que perdera a mãe fora da corte e que entrara para o teatro por ver um dia uma peça em cena; mas sentia que não tinha vocação. "Ganho a minha vida", concluiu. Ao ouvir esta palavra, apertei-lhe a mão cheio de pena; ela apertou a minha e não a soltou mais. Ambas ficaram sobre o joelho dela. Estremeci; não lhe perguntei quem a levara ao teatro, onde vira a peça que a fez fazer-se atriz. Deixei estar a mão no joelho. Camila falava lentamente, como em cena; mas a comoção aqui era natural. Perguntou-me pelos meus; disse-lhe o que havia. Quando falei do casamento de minha irmã, senti que me apertou os dedos; imaginei que era a recordação do malogro do nosso. Enfim, chegamos. Fi-la descer, ela entrou depressa no corredor, onde uma preta a esperava.

— Adeus — disse-lhe.

Está chovendo muito; por que não toma chá comigo? Não tinha a menor vontade de ir-me; ao contrário, queria ficar, a todo custo, tal era a ressurreição das sensações de outrora. Entretanto, não sei que força de respeito me detinha à soleira da porta. Disse que sim e que não.

— Suba, suba — replicou ela dando-me o braço.

A sala era trastejada com simplicidade, antes vizinha da pobreza que da mediania. Camila tirou a capa, e sentou-se no sofá, ao pé de mim. Vista agora, sem o caio[7] nem o carmim do teatro, era uma criatura pálida, representando os seus vinte e nove anos, um tanto fatigada, mas ainda bela, e acaso mais cheia de corpo. Abria e fechava um leque desnecessário. Às vezes apoiava nele o queixo e fitava os olhos no chão, ouvindo-me. Estava comovida, decerto; falava pouco e a medo. A fala e os gestos não eram os de outro tempo, não tinham a volubilidade e a agitação, que a caracterizavam; dir-se-ia que a língua acompanhava de longe o pensamento, ao invés de outrora, em que o pensamento mal emparelhava com a língua. Não era a minha Camila; era talvez a de outro; mas, que tinha que não fosse a mesma? Assim pensava eu, à medida da nossa conversação sem assunto. Falávamos de tudo o que não éramos, ou nada tinha com a nossa vida de quatro anos passados; mas isso mesmo era disperso, desalinhado, roto, uma palavra aqui, outra ali, sem interesse aparente ou real. De uma vez perguntei-lhe:

— Espera ficar no teatro muito tempo?

— Creio que sim, disse ela; ao menos, enquanto não acabar a educação de meu sobrinho.

— É verdade; deve estar um mocinho.

— Tem onze anos, vai fazer doze.

— Mora com a senhora? — perguntei depois de um minuto de pausa.

— Não; está no colégio. Já lhe disse que moro só. Minha companhia é este piano velho, concluiu levantando-se e indo a um canto, onde vi pela primeira vez um pequeno piano, ao pé da porta da alcova.

— Vamos ver se ele é seu amigo — disse-lhe.

Camila não hesitou em tocar. Tocou uma peça que acertou de ser a primeira que executara em nossa casa, quatro anos antes. Acaso ou propósito? Custava-me a crer que fosse propósito, e o acaso vinha cheio de mistérios. O destino ligava-nos outra vez, por qualquer vínculo, legítimo

---

[7] Revestimento branco, de caiação. Logo, deve ser o pó de arroz, que embranquecia ao exagero os artistas do palco.

ou espúrio? Tudo me parecia assim; o noivo antigo dava de si apenas um amante de arribação. Tive ímpeto de aproximar-me dela, derrear-lhe a cabeça e beijá-la muito. Não teria tempo; a preta veio dizer que o chá estava na mesa.

— Desculpe a pobreza da casa — disse ela entrando na sala de jantar. — Sabe que nunca fui rica.

Sentamo-nos defronte um do outro. A preta serviu o chá e saiu. Ao comer não havia diferença de outrora, comia devagar; mas isso, e o gesto encolhido, e a fala a modo que amarrada, davam um composto tão diverso do que era antigamente, que eu podia amá-la agora sem pecado. Não lhe estou dizendo o que sinto hoje; estou mostrando francamente a você a falta de delicadeza de minha alma. O respeito que me detivera um instante à soleira da porta, já me não detinha agora à porta da alcova.

— Em que é que pensa? — perguntou ela após certa pausa.

— Penso em dizer-lhe adeus — respondi estendendo-lhe a mão; é tarde.

— Que sinais são estes? — perguntou ela olhando-me para os dedos.

Certamente empalideci. Respondi que eram sinais de um golpe antigo. Mirou muito a mão; eu cuidei a princípio de que era um pretexto para não soltá-la logo; depois ocorreu-me se acaso alguma reminiscência vaga emergia dos velhos destroços do delírio.

— A sua mão treme — disse ela, querendo sorrir.

Uma ideia traz outra. Saberia ela que estivera louca? Outra depois, e mais terrível. Essa mulher que conheci tão esperta e ágil, e que agora me aparecia tão morta, era o fruto da tristeza da vida e de sucessos que eu ignorava, ou puro efeito do delírio, que lhe torcera e esgalhara o espírito? Ambas as hipóteses — a segunda principalmente — deram-me uma sensação complexa, que não sei definir — pena, repugnância, pavor. Levantei-me e fitei-a por alguns instantes.

— A chuva ainda não parou — disse ela —, voltemos para a sala.

Voltamos para a sala. Tornou ao sofá comigo. Quanto mais olhava para ela, mais sentia que era, uma aleijada do espírito, uma convalescente da loucura... A minha repugnância crescia, a pena também; ela, fitando-me os olhos que já não sabiam rir, segurou-me a mão com ambas as suas; eu levantei-me para sair...

Isidoro deu uma volta e caiu; uma bala paraguaia varou-lhe o coração, estava morto. Não se conheceu outro amigo do alferes. Por muitas semanas o pobre Martinho não disse uma só chalaça. Em compensação, continuou sempre bravo e disciplinado. No dia em que o marechal Caxias, dando novo impulso à guerra marchou para Tuyu-Cuê, ninguém foi mais resoluto que ele, ninguém mais certo de acabar capitão; acabou major.

Revista Brazileira, vol. IV (1895).

Maria Cora

I

Uma noite, voltando para casa, trazia tanto sono que não dei corda ao relógio. Pode ser também que a vista de uma senhora que encontrei em casa do comendador T... contribuísse para aquele esquecimento; mas estas duas razões destroem-se. Cogitação tira o sono e o sono impede a cogitação; só uma das causas devia ser verdadeira. Ponhamos que nenhuma, e fiquemos no principal, que é o relógio parado, de manhã, quando me levantei, ouvindo dez horas no relógio da casa.

Morava então (1893) em uma casa de pensão no Catete. Já por esse tempo este gênero de residência florescia no Rio de Janeiro. Aquela era pequena e tranquila. Os quatrocentos contos de réis permitiam-me casa exclusiva e própria; mas, em primeiro lugar, já eu ali residia quando os adquiri, por jogo de praça; em segundo lugar, era um solteirão de quarenta anos, tão afeito à vida de hospedaria que me seria impossível morar só. Casar não era menos impossível. Não é que me faltassem noivas. Desde os fins de 1891 mais de uma dama — e não das menos belas — olhou para mim com olhos brandos e amigos. Uma das filhas do comendador tratava-me com particular atenção. A nenhuma dei corda; o celibato era a minha alma, a minha vocação, o meu costume, a minha única ventura. Amaria de empreitada e por desfastio. Uma ou duas aventuras por ano bastavam a um coração meio inclinado ao ocaso e à noite.

Talvez por isso dei alguma atenção à senhora que vi em casa do comendador, na véspera. Era uma criatura morena, robusta, vinte e oito a trinta anos, vestida de escuro; entrou às dez horas, acompanhada de uma tia velha. A recepção que lhe fizeram foi mais cerimoniosa que as outras; era a primeira vez que ali ia. Eu era a terceira. Perguntei se era viúva.

— Não; é casada.

— Com quem?

— Com um estancieiro do Rio Grande.

— Chama-se?

— Ele? Fonseca, ela Maria Cora.

— O marido não veio com ela?

— Está no Rio Grande.

Não soube mais nada; mas a figura da dama interessou-me pelas graças físicas, que eram o oposto do que poderiam sonhar poetas românticos e artistas seráficos.[1] Conversei com ela alguns minutos, sobre coisas indiferentes, mas suficientes para escutar-lhe a voz, que era musical, e saber que tinha opiniões republicanas. Vexou-me confessar que não as professava de espécie alguma; declarei-me vagamente pelo futuro do país. Quando ela falava, tinha um modo de umedecer os beiços, não sei se casual, mas gracioso e picante. Creio que, vistas assim ao pé, as feições não eram tão corretas como pareciam a distância, mas eram mais suas, mais originais.

II

De manhã tinha o relógio parado. Chegando à cidade, desci a Rua do Ouvidor, até a da Quitanda, e indo a voltar à direita, para ir ao escritório do meu advogado, lembrou-me ver que horas eram. Não me acudiu que o relógio estava parado.

— Que maçada! — exclamei.

Felizmente, naquela mesma Rua da Quitanda, à esquerda, entre as do Ouvidor e Rosário, era a oficina onde eu comprara o relógio, e a cuja pêndula usava acertá-lo. Em vez de ir para um lado, fui para outro. Era apenas meia hora; dei corda ao relógio, acertei-o, troquei duas palavras com o oficial que estava ao balcão, e indo a sair, vi à porta de uma loja de

---

[1] Artistas que representam serafins; místicos.

novidades que ficava defronte, nem mais nem menos que a senhora de escuro que encontrara em casa do comendador. Cumprimentei-a, ela correspondeu depois de alguma hesitação, como se me não houvesse reconhecido logo, e depois seguiu pela Rua da Quitanda fora, ainda para o lado esquerdo.

Como tivesse algum tempo ante mim (pouco menos de trinta minutos), dei-me a andar atrás de Maria Cora. Não digo que uma força violenta me levasse já, mas não posso esconder que cedia a qualquer impulso de curiosidade e desejo; era também um resto da juventude passada. Na rua, andando, vestida de escuro, como na véspera, Maria Cora pareceu-me ainda melhor. Pisava forte, não apressada nem lenta, o bastante para deixar ver e admirar as belas formas, mui mais corretas que as linhas do rosto. Subiu a Rua do Hospício, até uma oficina de ocularista, onde entrou e ficou dez minutos ou mais. Deixei-me estar a distância, fitando a porta disfarçadamente. Depois saiu, arrepiou caminho, e dobrou a Rua dos Ourives, até a do Rosário, por onde subiu até ao Largo da Sé; daí passou ao de São Francisco de Paula. Todas essas reminiscências parecerão escusadas, senão aborrecíveis; a mim dão-me uma sensação intensa e particular, são os primeiros passos de uma carreira penosa e longa. Demais, vereis por aqui que ela evitava subir a Rua do Ouvidor, que todos e todas buscariam àquela ou a outra hora para ir ao Largo de São Francisco de Paula. Foi atravessando o largo, na direção da Escola Politécnica, mas a meio caminho veio ter com ela um carro que estava parado defronte da Escola; meteu-se nele, e o carro partiu.

A vida tem suas encruzilhadas, como outros caminhos da terra. Naquele momento achei-me diante de uma assaz complicada; mas não tive tempo de escolher direção — nem tempo nem liberdade. Ainda agora não sei como é que me vi dentro de um tílburi; é certo que me vi nele, dizendo ao cocheiro que fosse atrás do carro.

Maria Cora morava no Engenho Velho; era uma boa casa, sólida, posto que antiga, dentro de uma chácara. Vi que morava ali, porque a tia estava a uma das janelas. Demais, saindo do carro, Maria Cora disse ao cocheiro (o meu tílburi ia passando adiante) que naquela semana não sairia mais, e que aparecesse segunda-feira ao meio-dia. Em seguida, entrou pela chácara, como dona dela, e parou a falar ao feitor, que lhe explicava alguma coisa com o gesto.

Voltei depois que ela entrou em casa, e só muito abaixo é que me lembrou de ver as horas; era quase uma e meia. Vim a trote largo até a Rua da Quitanda, onde me apeei à porta do advogado.

— Pensei que não vinha — disse-me ele.

— Desculpe, doutor, encontrei um amigo que me deu uma maçada.

Não era a primeira vez que mentia na minha vida, nem seria a última.

III

Fiz-me encontradiço com Maria Cora, na casa do comendador, primeiro, e depois em outras. Maria Cora não vivia absolutamente reclusa, dava alguns passeios e fazia visitas. Também recebia, mas sem dia certo, uma ou outra vez, e apenas cinco a seis pessoas da intimidade. O sentimento geral é que era pessoa de fortes sentimentos e austeros costumes. Acrescentai a isto o espírito, um espírito agudo, brilhante e viril. Capaz de resistências e fadigas, não menos que de violências e combates, era feita, como dizia um poeta que lá ia à casa dela, "de um pedaço de pampa e outro de pampeiro". A imagem era em verso e com rima, mas a mim só me ficou a ideia e o principal das palavras. Maria Cora gostava de ouvir definir-se assim, posto não andasse mostrando aquelas forças a cada passo, nem contando as suas memórias da adolescência. A tia é que contava algumas, com amor, para concluir que lhe saía a ela, que também fora assim na mocidade. A justiça pede que se diga que, ainda agora, apesar de doente, a tia era pessoa de muita vida e robustez.

Com pouco, apaixonei-me pela sobrinha. Não me pesa confessá-lo, pois foi a ocasião da única página da minha vida que merece atenção particular. Vou narrá-la brevemente; não conto novela nem direi mentiras.

Gostei de Maria Cora. Não lhe confiei logo o que sentia, mas é provável que ela o percebesse ou adivinhasse, como todas as mulheres. Se a descoberta ou adivinhação foi anterior à minha ida à casa do Engenho Velho, nem assim deveis censurá-la por me haver convidado a ir ali uma noite. Podia ser-lhe então indiferente a minha disposição moral; podia também gostar de se sentir querida, sem a menor ideia de retribuição. A verdade é que fui essa noite e tornei outras; a tia gostava de mim e dos meus modos. O poeta que lá ia, tagarela e tonto, disse uma vez que estava afinando a lira para o casamento da tia comigo. A tia riu-se; eu, que queria as boas graças dela, não podia deixar de rir também, e o caso foi matéria de conversação por uma semana; mas já então o meu amor à outra tinha atingido ao cume.

Soube, pouco depois, que Maria Cora vivia separada do marido. Tinham casado oito anos antes, por verdadeira paixão. Viveram felizes cinco. Um dia, sobreveio uma aventura do marido que destruiu a paz do casal. João da Fonseca apaixonou-se por uma figura de circo, uma chilena que voava em cima do cavalo, Dolores, e deixou a estância para ir atrás dela. Voltou seis meses depois, curado do amor, mas curado à força, porque a aventureira se namorou do redator de um jornal, que não tinha vintém, e por ele abandonou Fonseca e a sua prataria. A esposa tinha jurado não aceitar mais o esposo, e tal foi a declaração que lhe fez quando ele apareceu na estância.

— Tudo está acabado entre nós; vamos desquitar-nos.

João da Fonseca teve um primeiro gesto de acordo; era um quadragenário orgulhoso, para quem tal proposta era de si mesma uma ofensa. Durante uma noite tratou dos preparativos para o desquite; mas, na seguinte manhã, a vista das graças da esposa novamente o comoveram. Então, sem tom implorativo, antes como quem lhe perdoava, entendeu dizer-lhe que deixasse passar uns seis meses. Se ao fim de seis meses, persistisse o sentimento atual que inspirava a proposta do desquite, este se faria. Maria Cora não queria aceitar a emenda, mas a tia, que residia em Porto Alegre e fora passar algumas semanas na estância, interveio com boas palavras. Antes de três meses estavam reconciliados.

— João — disse-lhe a mulher no dia seguinte ao da reconciliação —, você deve ver que o meu amor é maior que o meu ciúme, mas fica entendido que este caso da nossa vida é único. Nem você me fará outra, nem eu lhe perdoarei nada mais.

João da Fonseca achava-se então em um renascimento do delírio conjugal; respondeu à mulher jurando tudo e mais alguma coisa. Aos quarenta anos, concluiu ele, não se fazem duas aventuras daquelas, e a minha foi de doer. Você verá, agora é para sempre.

A vida recomeçou tão feliz, como dantes — ele dizia que mais. Com efeito, a paixão da esposa era violenta, e o marido tornou a amá-la como outrora. Viveram assim dois anos. Ao fim desse tempo, os ardores do marido haviam diminuído, alguns amores passageiros vieram meter-se entre ambos. Maria Cora, ao contrário do que lhe dissera, perdoou essas faltas, que aliás não tiveram a extensão nem o vulto da aventura Dolores. Os desgostos, entretanto, apareceram e grandes. Houve cenas violentas. Ela parece que chegou mais de uma vez a ameaçar que se mataria; mas, posto não lhe faltasse o preciso ânimo, não fez tentativa nenhuma, a tal ponto lhe doía deixar a própria causa do mal, que era o marido. João da Fonseca percebeu isto mesmo, e acaso explorou a fascinação que exercia na mulher. Uma circunstância política veio complicar esta situação moral. João da Fonseca era pelo lado da revolução, dava-se com vários dos seus chefes, e pessoalmente detestava alguns dos contrários. Maria Cora, por laços de família, era adversa aos federalistas. Esta oposição de sentimentos não seria bastante para separá-los, nem se pode dizer que, por si mesma, azedasse a vida dos dois. Embora a mulher, ardente em tudo, não o fosse menos em condenar a revolução, chamando nomes crus aos seus chefes e oficiais; embora o marido, também excessivo, replicasse com igual ódio, os seus arrufos políticos apenas aumentariam os domésticos, e provavelmente não passariam dessa troca de conceitos, se uma nova Dolores, desta vez Prazeres, e não chilena nem saltimbanca, não revivesse os dias amargos de outro tempo. Prazeres era ligada ao partido da revolução, não só pelos sentimentos, como pelas relações da vida com um federalista. Eu a conheci pouco depois, era bela e airosa; João da Fonseca era também um homem gentil e sedutor. Podiam amar-se fortemente, e assim foi. Vieram incidentes, mais ou menos graves, até que um decisivo determinou a separação do casal.

Já cuidavam disto desde algum tempo, mas a reconciliação não seria impossível, apesar da palavra de Maria Cora, graças à intervenção da tia; esta havia insinuado à sobrinha que residisse três ou quatro meses no Rio de Janeiro ou em São Paulo. Sucedeu, porém, uma coisa triste de dizer. O marido, em um momento de desvario, ameaçou a mulher com o rebenque. Outra versão diz que ele tentara esganá-la. Quero crer que a verídica é a primeira, e que a segunda foi inventada para tirar à violência de João da Fonseca o que pudesse haver deprimente e vulgar. Maria Cora não disse mais uma só palavra ao marido. A separação foi imediata; a mulher veio com a tia para o Rio de Janeiro, depois de arranjados amigavelmente os interesses pecuniários. Demais, a tia era rica.

João da Fonseca e Prazeres ficaram vivendo juntos uma vida de aventuras que não importa escrever aqui. Só uma coisa interessa diretamente à minha narração. Tempos depois da separação do casal, João da Fonseca estava alistado entre os revolucionários. A paixão política, posto que forte, não o levaria a pegar em armas, se não fosse uma espécie de desafio da parte de Prazeres; assim correu entre os amigos dele, mas ainda este ponto é obscuro. A versão é que ela, exasperada com o resultado de alguns combates, disse ao estancieiro que iria, disfarçada em homem, vestir farda de soldado e bater-se pela revolução. Era capaz disto; o amante disse-lhe que era uma loucura, ela acabou propondo-lhe que, nesse caso, fosse ele bater-se em vez dela; era uma grande prova de amor que lhe daria.

— Não te tenho dado tantas?

— Tem, sim; mas esta é a maior de todas, esta me fará cativa até a morte.

— Então agora ainda não é até a morte? — perguntou ele rindo.

— Não.

Pode ser que as coisas se passassem assim. Prazeres era, com efeito, uma mulher caprichosa e imperiosa, e sabia prender um homem por laços de ferro. O federalista, de quem se separou para acompanhar João da Fonseca, depois de fazer tudo para reavê-la, passou à campanha oriental,[2] onde dizem que vive pobremente, encanecido e envelhecido vinte anos, sem querer saber de mulheres nem de política. João da Fonseca acabou cedendo; ela pediu para acompanhá-lo, e até bater-se, se fosse preciso; ele negou-lho. A revolução triunfaria em breve, disse; vencidas as forças do governo, tornaria à estância, onde ela o esperaria.

— Na estância, não — respondeu Prazeres —; espero-te em Porto Alegre.

IV

Não importa dizer o tempo que despendi nos inícios da minha paixão, mas não foi grande. A paixão cresceu rápida e forte. Afinal senti-me tão tomado dela que não pude mais guardá-la comigo, e resolvi declarar-lha uma noite; mas a tia, que usava cochilar desde as nove horas (acordava às quatro), daquela vez não pregou olho, e, ainda que o fizesse, é provável que eu não alcançasse falar; tinha a voz presa e na rua senti uma vertigem igual à que me deu a primeira paixão da minha vida.

— Sr. Corrêa, não vá cair — disse a tia quando eu passei à varanda, despedindo-me.

---

[2] Referência ao período da terceira e última invasão dos federalistas, acampados na República Oriental do Uruguai, comandada por Luís Felipe de Saldanha da Gama (1846–1895), almirante brasileiro.

— Deixe estar, não caio.

Passei mal a noite; não pude dormir mais de duas horas, aos pedaços, e antes das cinco estava em pé.

— É preciso acabar com isto! — exclamei.

De fato, não parecia achar em Maria Cora mais que benevolência e perdão, mas era isso mesmo que a tornava apetecível. Todos os amores da minha vida tinham sido fáceis; em nenhuma encontrei resistência, a nenhuma deixei com dor; alguma pena, é possível, e um pouco de recordação. Desta vez, sentia-me tomado por ganchos de ferro. Maria Cora era toda vida; parece que, ao pé dela, as próprias cadeiras andavam e as figuras do tapete moviam os olhos. Põe nisso uma forte dose de meiguice e graça; finalmente, a ternura da tia fazia daquela criatura um anjo. É banal a comparação, mas não tenho outra.

Resolvi cortar o mal pela raiz, não tornando ao Engenho Velho, e assim fiz por alguns dias largos, duas ou três semanas. Busquei distrair-me e esquecê-la, mas foi em vão. Comecei a sentir a ausência como de um bem querido; apesar disso, resisti e não tornei logo. Mas, crescendo a ausência, cresceu o mal, e enfim resolvi tornar lá uma noite. Ainda assim pode ser que não fosse, a não achar Maria Cora na mesma oficina da Rua da Quitanda, aonde eu fora acertar o relógio parado.

— É freguês também? — perguntou-me ao entrar.

— Sou.

— Vim acertar o meu. Mas, por que não tem aparecido?

— É verdade, por que não voltou lá à casa? — completou a tia.

— Uns negócios — murmurei —, mas, hoje mesmo, contava ir lá.

— Hoje não; vá amanhã — disse a sobrinha. — Hoje vamos passar a noite fora.

Pareceu-me ler naquela palavra um convite a amá-la de vez, assim como a primeira trouxera um tom que presumi ser de saudade. Realmente, no dia seguinte, fui ao Engenho Velho. Maria Cora acolheu-me com a mesma boa vontade de antes. O poeta lá estava e contou-me em verso os suspiros que a tia dera por mim. Entrei a frequentá-las novamente e resolvi declarar tudo.

Já acima disse que ela provavelmente percebera ou adivinhara o que eu sentia, como todas as mulheres; referi-me aos primeiros dias. Desta vez com certeza percebeu, nem por isso me repeliu. Ao contrário, parecia gostar de se ver querida, muito e bem.

Pouco depois daquela noite escrevi-lhe uma carta e fui ao Engenho Velho. Achei-a um pouco retraída; a tia explicou-me que recebera notícias do Rio Grande que a afligiram. Não liguei isto ao casamento, e busquei alegrá-la; apenas consegui vê-la cortês. Antes de sair, perto da varanda, entreguei-lhe a carta; ia a dizer-lhe: "Peço-lhe que leia", mas a voz não saiu. Vi-a um pouco atrapalhada, e para evitar dizer o que melhor ia escrito, cumprimentei-a e enfiei pelo jardim. Pode imaginar-se a noite que passei, e o dia seguinte foi naturalmente igual, à medida que a outra noite vinha. Pois, ainda assim, não tornei à casa dela; resolvi esperar três ou quatro dias, não que ela me escrevesse logo, mas que pensasse nos termos da resposta. Que estes haviam de ser simpáticos, era certeza minha; as maneiras dela, nos últimos tempos, eram mais que afáveis, pareciam-me convidativas.

Não cheguei, porém, aos quatro dias; mal pude esperar três. Na noite do terceiro fui ao Engenho Velho. Se disser que entrei trêmulo da primeira comoção, não minto. Achei-a ao piano, tocando para o poeta ouvir; a tia, na poltrona, pensava em não sei quê, mas eu quase não a vi, tal a minha primeira alucinação.

— Entre, Sr. Corrêa — disse esta —; não caia em cima de mim.

— Perdão...

Maria Cora não interrompeu a música, ao ver-me chegar, disse:

— Desculpe, se lhe não dou a mão, estou aqui servindo de musa a este senhor.

Minutos depois, veio a mim, e estendeu-me a mão com tanta galhardia, que li nela a resposta, e estive quase a dar-lhe um agradecimento. Passaram-se alguns minutos, quinze ou vinte. Ao fim desse tempo, ela pretextou um livro, que estava em cima das músicas, e pediu-me para dizer se o conhecia; fomos ali ambos, e ela abriu-mo; entre as duas folhas estava um papel.

— Na outra noite, quando aqui esteve, deu-me esta carta; não podia dizer-me o que tem dentro?

— Não adivinha?

— Posso errar na adivinhação.

— É isso mesmo.

— Bem, mas eu sou uma senhora casada, e nem por estar separada do meu marido deixo de estar casada. O senhor ama-me, não é? Suponha, pelo melhor, que eu também o amo; nem por isso deixo de estar casada.

Dizendo isto, entregou-me a carta; não fora aberta. Se estivéssemos sós, é possível que eu lha lesse, mas a presença de estranhos impedia-me este recurso. Demais, era desnecessário; a resposta de Maria Cora era definitiva ou me pareceu tal. Peguei na carta, e antes de a guardar comigo:

— Não quer então ler?

— Não.

— Nem para ver os termos?

— Não.

— Imagine que lhe proponho ir combater contra seu marido, matá-lo e voltar, disse eu cada vez mais tonto.

— Propõe isto?

— Imagine.

— Não creio que ninguém me ame com tal força — concluiu sorrindo. — Olhe, que estão reparando em nós.

Dizendo isto, separou-se de mim, e foi ter com a tia e o poeta. Eu fiquei ainda alguns segundos com o livro na mão, como se deveras o examinasse, e afinal deixei-o. Vim sentar-me defronte dela. Os três conversavam de coisas do Rio Grande, de combates entre federalistas e legalistas, e da vária sorte deles. O que eu então senti não se escreve; pelo menos, não o escrevo eu, que não sou romancista. Foi uma espécie de vertigem, um delírio, uma cena pavorosa e lúcida, um combate e uma glória. Imaginei-me no campo, entre uns e outros, combatendo os federalistas, e afinal matando João da Fonseca, voltando e casando-me com a viúva. Maria Cora contribuía para esta visão sedutora; agora, que me recusara a carta, parecia-me mais bela que nunca, e a isto acrescia que se não mostrava zangada nem ofendida, tratava-me com igual carinho que antes, creio até que maior. Disto podia sair uma impressão dupla e contrária — uma de aquiescência tácita, outra de indiferença, mas eu só via a primeira, e saí de lá completamente louco.

O que então resolvi foi realmente de louco. As palavras de Maria Cora — "Não creio que ninguém me ame com tal força" — soavam-me aos ouvidos, como um desafio. Pensei nelas toda a noite, e no dia seguinte fui ao Engenho Velho; logo que tive ocasião de jurar-lhe a prova, fi-lo.

— Deixo tudo o que me interessa, a começar pela paz, com o único fim de lhe mostrar que a amo, e a quero só e santamente para mim. Vou combater a revolta.

Maria Cora fez um gesto de deslumbramento. Daquela vez percebi que realmente gostava de mim, verdadeira paixão, e se fosse viúva, não casava com outro. Jurei novamente que ia para o Sul. Ela comovida, estendeu-me a mão. Estávamos em pleno romantismo. Quando eu nasci, os meus não acreditavam em outras provas de amor, e minha mãe contava-me os romances em versos[3] de cavaleiros andantes[4] que iam à Terra Santa libertar o sepulcro de Cristo por amor da fé e da sua dama. Estávamos em pleno romantismo.

---

[3] Tipo de poema de feição narrativa, equivalente à balada popular medieval, cujo assunto gira em torno de um único episódio melancólico, histórico, fantástico ou sobrenatural.

[4] Personagens das canções de gesta medievais ou das novelas de cavalaria, conhecidos por sua coragem, destreza com as armas, e pelo amor de uma dama por quem lutavam contra rivais e inimigos. Viviam de reino em reino, atrás de aventuras que aumentassem sua honra e fama. Lancelot, Galaaz, Roland e Amadis de Gaula são alguns dos cavaleiros famosos.

V

Fui para o Sul. Os combates entre legalistas[5] e revolucionários eram contínuos e sangrentos, e a notícia deles contribuiu a animar-me. Entretanto, como nenhuma paixão política me animava a entrar na luta, força é confessar que por um instante me senti abatido e hesitei. Não era medo da morte, podia ser amor da vida, que é um sinônimo; mas, uma ou outra coisa, não foi tal nem tamanha que fizesse durar por muito tempo a hesitação. Na cidade do Rio Grande encontrei um amigo, a quem eu por carta do Rio de Janeiro dissera muito reservadamente que ia lá por motivos políticos. Quis saber quais.

— Naturalmente são reservados — respondi tentando sorrir.

— Bem; mas uma coisa creio que posso saber, uma só, porque não sei absolutamente o que pense a tal respeito, nada havendo antes que me instrua. De que lado estás, legalistas ou revoltosos?

— É boa! Se não fosse dos legalistas, não te mandaria dizer nada; viria às escondidas.

— Vens com alguma comissão secreta do marechal?

— Não.

Não me arrancou então mais nada, mas eu não pude deixar de lhe confiar os meus projetos, ainda que sem os seus motivos. Quando ele soube que aqueles eram alistar-me entre os voluntários que combatiam a revolução, não pôde crer em mim, e talvez desconfiasse que efetivamente eu levava algum plano secreto do presidente. Nunca da minha parte ouviu nada que pudesse explicar semelhante passo. Entretanto, não perdeu tempo em despersuadir-me; pessoalmente era legalista e falava dos adversários com ódio e furor. Passado o espanto, aceitou o meu ato, tanto mais nobre quanto não era inspirado por sentimento de partido. Sobre isto disse-me muita palavra

[5] Partidários do governo de Júlio de Castilhos e do marechal Floriano Peixoto.

bela e heroica, própria a levantar o ânimo de quem já tivesse tendência para a luta. Eu não tinha nenhuma, fora das razões particulares; estas, porém, eram agora maiores. Justamente acabava de receber uma carta da tia de Maria Cora, dando-me notícias delas, e recomendações da sobrinha, tudo com alguma generalidade e certa simpatia verdadeira.

Fui a Porto Alegre, alistei-me e marchei para a campanha. Não disse a meu respeito nada que pudesse despertar a curiosidade de ninguém, mas era difícil encobrir a minha condição, a minha origem, a minha viagem com o plano de ir combater a revolução. Fez-se logo uma lenda a meu respeito. Eu era um republicano antigo, riquíssimo, entusiasta, disposto a dar pela República mil vidas, se as tivesse, e resoluto a não poupar a única. Deixei dizer isto e o mais, e fui. Como eu indagasse das forças revolucionárias com que estaria João da Fonseca, alguém quis ver nisto uma razão de ódio pessoal; também não faltou quem me supusesse espião dos rebeldes, que ia pôr-me em comunicação secreta com aquele. Pessoas que sabiam das relações dele com a Prazeres, imaginavam que era um antigo amante desta que se queria vingar dos amores dele. Todas aquelas suposições morreram, para só ficar a do meu entusiasmo político; a da minha espionagem ia-me prejudicando; felizmente, não passou de duas cabeças e de uma noite.

Levava comigo um retrato de Maria Cora; alcançara-o dela mesma, uma noite, pouco antes do meu embarque, com uma pequena dedicatória cerimoniosa. Já disse que estava em pleno romantismo; dado o primeiro passo, os outros vieram de si mesmos. E agora juntai a isto o amor-próprio, e compreendereis que de simples cidadão indiferente da capital saísse um guerreiro áspero da campanha Rio-Grandense.

Nem por isso conto combates, nem escrevo para falar da revolução, que não teve nada comigo, por si mesma, senão pela ocasião que me dava, e por algum golpe que lhe desfechei na estreita área da minha ação. João da Fonseca era o meu rebelde. Depois de haver tomado parte no combate de Sarandi e Cochila Negra, ouvi que o marido de Maria Cora fora morto, não sei em que recontro; mais tarde deram-me a notícia de estar com as forças de Gumercindo,[6] e também que fora feito prisioneiro e seguira para Porto Alegre; mas ainda isto não era verdade. Disperso, com dois camaradas, encontrei um dia um regimento legal que ia em defesa da Encruzilhada, investida ultimamente por uma força dos federalistas; apresentei-me ao comandante e segui. Aí soube que João da Fonseca estava entre essa força; deram-me todos os sinais dele, contaram-me a história dos amores e a separação da mulher.

A ideia de matá-lo no turbilhão de um combate tinha algo fantástico; nem eu sabia se tais duelos eram possíveis em semelhantes ocasiões, quando a força de cada homem tem de somar com a de toda uma força única e obediente a uma só direção. Também me pareceu, mais de uma vez, que ia cometer um crime pessoal, e a sensação que isto me dava, podeis crer que não era leve nem doce; mas a figura de Maria Cora abraçava-me e absolvia com uma bênção de felicidades. Atirei-me de vez. Não conhecia João da Fonseca; além dos sinais que me haviam dado, tinha de memória um retrato dele que vira no Engenho Velho; se as feições não estivessem mudadas, era provável que eu o reconhecesse entre muitos. Mas, ainda uma vez, seria este encontro possível? Os combates em que eu entrara, já me faziam desconfiar que não era fácil, ao menos.

Não foi fácil nem breve. No combate da Encruzilhada creio que me houve com a necessária intrepidez e disciplina, e devo aqui notar que eu me ia acostumando à vida da guerra civil. Os ódios que ouvia, eram forças reais. De um lado e outro batiam-se com ardor, e a paixão que eu sentia nos meus ia-se pegando em mim. Já lera o meu nome em uma ordem do dia, e de viva voz recebera louvores, que comigo não pude deixar de achar justos, e ainda agora tais os declaro. Mas vamos ao principal, que é acabar com isto.

---

[6] Gumercindo Saraiva (1848–1894), caudilho brasileiro, participou da Revolução Federalista como um dos generais das forças rebeldes.

Naquele combate achei-me um tanto como o herói de Stendhal[7] na batalha de Waterloo; a diferença é que o espaço foi menor. Por isso, e também porque não me quero deter em coisas de recordação fácil, direi somente que tive ocasião de matar em pessoa a João da Fonseca. Verdade é que escapei de ser morto por ele. Ainda agora trago na testa a cicatriz que ele me deixou. O combate entre nós foi curto. Se não parecesse romanesco demais, eu diria que João da Fonseca adivinhara o motivo e previra o resultado da ação.

Poucos minutos depois da luta pessoal, a um canto da vila, João da Fonseca caiu prostrado. Quis ainda lutar, e certamente lutou um pouco; eu é que não consenti na desforra, que podia ser a minha derrota, se é que raciocinei; creio que não. Tudo o que fiz foi cego pelo sangue em que o deixara banhado, e surdo pelo clamor e tumulto de combate. Matava-se, gritava-se, vencia-se; em pouco ficamos senhores do campo.

Quando vi que João da Fonseca morrera deveras, voltei ao combate por instantes; a minha ebriedade cessara um pouco, e os motivos primários tornaram a dominar-me, como se fossem únicos. A figura de Maria Cora apareceu-me como um sorriso de aprovação e perdão; tudo foi rápido.

Haveis de ter lido que ali se apreenderam três ou quatro mulheres. Uma destas era a Prazeres. Quando, acabado tudo, a Prazeres viu o cadáver do amante, fez uma cena que me encheu de ódio e de inveja. Pegou em si e deitou-se a abraçá-lo; as lágrimas que verteu, as palavras que disse, fizeram rir a uns; a outros, se não enterneceram, deram algum sentimento de admiração. Eu, como digo, achei-me tomado de inveja e ódio, mas também esse duplo sentimento desapareceu para não ficar nem admiração; acabei rindo. Prazeres, depois de honrar com dor a morte do amante, ficou sendo a federalista que já era; não vestia farda, como dissera ao desafiar João da Fonseca, quis ser prisioneira com os rebeldes e seguir com eles.

---

[7] Referência a Fabrice del Dongo, personagem romântico do romance *A cartuxa de Parma*, do escritor francês Henry Beyle, dito Stendhal (1783–1842).

É claro que não deixei logo as forças, bati-me ainda algumas vezes, mas a razão principal dominou, e abri mão das armas. Durante o tempo em que estive alistado, só escrevi duas cartas a Maria Cora, uma pouco depois de encetar aquela vida nova, outra depois do combate da Encruzilhada; nesta não lhe contei nada do marido, nem da morte, nem sequer que o vira. Unicamente anunciei que era provável acabasse brevemente a guerra civil. Em nenhuma das duas fiz a menor alusão aos meus sentimentos nem ao motivo do meu ato; entretanto, para quem soubesse deles, a carta era significativa. Maria Cora só respondeu à primeira das cartas, com serenidade, mas não com isenção. Percebia-se — ou percebia-o eu — que, não prometendo nada, tudo agradecia, e, quando menos, admirava. Gratidão e admiração podiam encaminhá-la ao amor.

Ainda não disse — e não sei como diga este ponto — que na Encruzilhada, depois da morte de João da Fonseca, tentei degolá-lo; mas nem queria fazê-lo nem realmente o fiz. O meu objeto era ainda outro e romanesco. Perdoa-me tu, realista sincero, há nisto também um pouco de realidade, e foi o que pratiquei, de acordo com o estado da minha alma: o que fiz foi cortar-lhe um molho de cabelos. Era o recibo da morte que eu levaria à viúva.

VI

Quando voltei ao Rio de Janeiro, tinham já passado muitos meses do combate da Encruzilhada. O meu nome figurou não só em partes oficiais como em telegramas e correspondências, por mais que eu buscasse esquivar-me ao ruído e desaparecer na sombra. Recebi cartas de felicitações e de indagações. Não vim logo para o Rio de Janeiro, note-se; podia ter aqui alguma festa; preferi ficar em São Paulo. Um dia, sem ser esperado, meti-me na estrada de ferro e entrei na cidade. Fui para a casa de pensão do Catete.

Não procurei logo Maria Cora. Pareceu-me até mais acertado que a notícia da minha vinda lhe chegasse pelos jornais.

Não tinha pessoa que lhe falasse; vexava-me ir eu mesmo a alguma redação contar o meu regresso do Rio Grande; não era passageiro de mar, cujo nome viesse em lista nas folhas públicas. Passaram dois dias; no terceiro, abrindo uma destas, dei com o meu nome. Dizia-se ali que viera de São Paulo e estivera nas lutas do Rio Grande, citavam-se os combates, tudo com adjetivos de louvor; enfim, que voltava à mesma pensão do Catete. Como eu só contara alguma coisa ao dono da casa, podia ser ele o autor das notas; disse-me que não. Entrei a receber visitas pessoais. Todas queriam saber tudo; eu pouco mais disse que nada.

Entre os cartões, recebi dois de Maria Cora e da tia, com palavras de boas-vindas. Não era preciso mais; restava-me ir agradecer-lhes, e dispus-me a isso; mas, no próprio dia em que resolvi ir ao Engenho Velho, tive uma sensação de... De quê? Expliquem, se podem, o acanhamento que me deu a lembrança do marido de Maria Cora, morto às minhas mãos. A sensação que ia ter diante dela tolheu-me inteiramente. Sabendo-se qual foi o móvel principal da minha ação militar, mal se compreende aquela hesitação; mas, se considerardes que, por mais que me defendesse do marido e o matasse para não morrer, ele era sempre o marido, terás entendido o mal-estar que me fez adiar a visita. Afinal, peguei em mim e fui à casa dela.

Maria Cora estava de luto. Recebeu-me com bondade, e repetiu-me, como a tia, as felicitações escritas. Falamos da guerra civil, dos costumes do Rio Grande, um pouco de política, e mais nada. Não se disse de João da Fonseca. Ao sair de lá, perguntei a mim mesmo se Maria Cora estaria disposta a casar comigo.

"Não me parece que recuse, embora não lhe ache maneiras especiais. Creio até que está menos afável que dantes... Terá mudado?"

Pensei assim, vagamente. Atribuí a alteração ao estado moral da viuvez; era natural. E continuei a frequentá-la, disposto a deixar passar a primeira fase do luto para lhe pedir formalmente a mão. Não tinha que fazer declarações novas; ela sabia tudo. Continuou a receber-me bem. Nenhuma pergunta me fez sobre o marido, a tia também não, e da própria revolução não se falou mais. Pela minha parte, tornando à situação anterior, busquei não perder tempo, fiz-me pretendente com todas as maneiras do ofício. Um dia, perguntei-lhe se pensava em tornar ao Rio Grande.

— Por ora, não.

— Mas irá?

— É possível; não tenho plano nem prazo marcado; é possível.

Eu, depois de algum silêncio, durante o qual olhava interrogativamente para ela, acabei por inquirir se antes de ir, caso fosse, não alteraria nada em sua vida.

— A minha vida está tão alterada...

Não me entendera; foi o que supus. Tratei de me explicar melhor, e escrevi uma carta em que lhe lembrava a entrega e a recusa da primeira e lhe pedia francamente a mão. Entreguei a carta, dois dias depois, com estas palavras:

— Desta vez não recusará ler-me.

Não recusou, aceitou a carta. Foi à saída, à porta da sala. Creio até que lhe vi certa comoção de bom agouro. Não me respondeu por escrito, como esperei. Passados três dias, estava tão ansioso que resolvi ir ao Engenho Velho. Em caminho imaginei tudo: que me recusasse, que me aceitasse, que me adiasse, e já me contentava com a última hipótese, se não houvesse de ser a segunda. Não a achei em casa; tinha ido passar alguns dias na Tijuca. Saí de lá aborrecido. Pareceu-me que não queria absolutamente casar; mas então era mais simples dizê-lo ou escrevê-lo. Esta consideração trouxe-me esperanças novas.

Tinha ainda presentes as palavras que me dissera, quando me devolveu a primeira carta, e eu lhe falei da minha paixão: "Suponha que eu o amo; nem por isso deixo de ser uma senhora casada". Era claro que então gostava de mim, e agora mesmo não havia razão decisiva para crer o contrário, embora a aparência fosse um tanto fria. Ultimamente, entrei a crer que ainda gostava, um pouco por vaidade, um pouco por simpatia, e não sei se por gratidão também; tive alguns vestígios disso. Não obstante, não me deu resposta à segunda carta. Ao voltar da Tijuca, vinha menos expansiva, acaso mais triste. Tive eu mesmo de lhe falar na matéria; a resposta foi que, por ora, estava disposta a não casar.

— Mas um dia...? — perguntei depois de algum silêncio.

— Estarei velha.

— Mas então... será muito tarde?

— Meu marido pode não estar morto.

Espantou-me esta objeção.

— Mas a senhora está de luto.

— Tal foi a notícia que li e me deram; pode não ser exata. Tenho visto desmentir outras que se reputavam certas.

— Quer certeza absoluta? — perguntei. — Eu posso dá-la.

Maria Cora empalideceu. Certeza. Certeza de quê? Queria que lhe contasse tudo, mas tudo. A situação era tão penosa para mim que não hesitei mais, e, depois de lhe dizer que era intenção minha não lhe contar nada, como não contara a ninguém, ia fazê-lo, unicamente para obedecer à intimação. E referi o combate, as suas fases todas, os riscos, as palavras, finalmente a morte de João da Fonseca. A ânsia com que me ouviu foi grande, e não menor o abatimento final. Ainda assim, dominou-se, e perguntou-me:

— Jura que me não está enganando?

— Para que a enganar? O que tenho feito é bastante para provar que sou sincero. Amanhã, trago-lhe outra prova, se é preciso mais alguma.

Levei-lhe os cabelos que cortara ao cadáver. Contei-lhe — e confesso que o meu fim foi irritá-la contra a memória do defunto —, contei-lhe o desespero da Prazeres. Descrevi essa mulher e as suas lágrimas. Maria Cora ouviu-me com os olhos grandes e perdidos; estava ainda com ciúmes. Quando lhe mostrei os cabelos do marido, atirou-se a eles, recebeu-os, beijou-os, chorando, chorando, chorando... Entendi melhor sair, e sair para sempre. Dias depois recebi a resposta à minha carta; recusava casar.

Na resposta havia uma palavra que é a única razão de escrever esta narrativa: "Compreende que eu não podia aceitar a mão do homem que, embora lealmente, matou meu marido".

Comparei-a àquela outra que me dissera antes, quando eu me propunha sair a combate, matá-lo e voltar: "Não creio que ninguém me ame com tal força". E foi essa palavra que me levou à guerra. Maria Cora vive agora reclusa; de costume manda dizer uma missa por alma do marido, no aniversário do combate da Encruzilhada. Nunca mais a vi; e, coisa menos difícil, nunca mais esqueci dar corda ao relógio.

Um homem célebre

— Ah! O senhor é que é o Pestana? — perguntou Sinhazinha Mota, fazendo um largo gesto admirativo. E logo depois, corrigindo a familiaridade: — Desculpe meu modo, mas... é mesmo o senhor?

Vexado, aborrecido, Pestana respondeu que sim, que era ele. Vinha do piano, enxugando a testa com o lenço, e ia a chegar à janela, quando a moça o fez parar. Não era baile; apenas um sarau íntimo, pouca gente, vinte pessoas ao todo, que tinham ido jantar com a viúva Camargo, Rua do Areal, naquele dia dos anos dela, cinco de novembro de 1875... Boa e patusca viúva! Amava o riso e a folga, apesar dos sessenta anos em que entrava, e foi a última vez que folgou e riu, pois faleceu nos primeiros dias de 1876. Boa e patusca viúva! Com que alma e diligência arranjou ali umas danças, logo depois do jantar, pedindo ao Pestana que tocasse uma quadrilha! Nem foi preciso acabar o pedido; Pestana curvou-se gentilmente, e correu ao piano. Finda a quadrilha, mal teriam descansado uns dez minutos, a viúva correu novamente ao Pestana para um obséquio mui particular.

— Diga, minha senhora.

— É que nos toque agora aquela sua polca *Não bula comigo, nhonhô.*

Pestana fez uma careta, mas dissimulou depressa, inclinou-se calado, sem gentileza, e foi para o piano, sem entusiasmo. Ouvidos os primeiros compassos, derramou-se pela sala uma alegria nova, os cavalheiros correram às damas, e os pares entraram a saracotear a polca da moda. Da moda, tinha sido publicada vinte dias antes, e já não havia recanto da cidade, em que não fosse conhecida. Ia chegando à consagração do assobio e da cantarola noturna.

Sinhazinha Mota estava longe de supor que aquele Pestana que ela vira à mesa de jantar e depois ao piano, metido numa sobrecasaca cor de rapé, cabelo negro, longo e cacheado, olhos cuidosos, queixo rapado, era o mesmo Pestana compositor; foi uma amiga que lho disse quando o viu vir do piano, acabada a polca. Daí a pergunta admirativa. Vimos que ele respondeu aborrecido e vexado. Nem assim as duas moças lhe pouparam finezas, tais e tantas, que a mais modesta vaidade se contentaria de as ouvir; ele recebeu-as cada vez mais enfadado, até que alegando dor de cabeça, pediu licença para sair. Nem elas, nem a dona da casa, ninguém logrou retê-lo. Ofereceram-lhe remédios caseiros, algum repouso, não aceitou nada, teimou em sair e saiu.

Rua afora, caminhou depressa, com medo de que ainda o chamassem; só afrouxou, depois que dobrou a esquina da Rua Formosa. Mas aí mesmo esperava-o a sua grande polca festiva. De uma casa modesta, à direita, a poucos metros de distância, saíam as notas da composição do dia, sopradas em clarineta. Dançava-se. Pestana parou alguns instantes, pensou em arrepiar caminho, mas dispôs-se a andar, estugou o passo, atravessou a rua, e seguiu pelo lado oposto ao da casa do baile. As notas foram-se perdendo, ao longe, e o nosso homem entrou na Rua do Aterrado, onde morava. Já perto de casa viu vir dois homens; um deles, passando rentezinho com Pestana, começou a assobiar a mesma polca, rijamente, com brio, e o outro pegou a tempo na música, e aí foram os dois abaixo, ruidosos e alegres, enquanto o autor da peça desesperado, corria a meter-se em casa.

Em casa, respirou. Casa velha, escada velha, um preto velho que o servia, e que veio saber se ele queria cear.

— Não quero nada — bradou Pestana —; faça-me café e vá dormir.

Despiu-se, enfiou uma camisola, e foi para a sala dos fundos. Quando o preto acendeu o gás da sala, Pestana sorriu e, dentro d'alma, comprimentou uns dez retratos que pendiam da parede. Um só era a óleo, o de um padre, que o educara, que lhe ensinara latim e música, e que, segundo os ociosos, era o próprio pai de Pestana. Certo é que lhe deixou em herança aquela casa velha, e os velhos trastes, ainda do tempo de Pedro I. Compusera alguns motetes o padre, era doido por música, sacra ou profana, cujo gosto incutiu no moço, ou também lhe transmitiu no sangue, se é que tinham razão as bocas vadias, coisa de que se não ocupa a minha história, como ides ver.

Os demais retratos eram de compositores clássicos. Cimorosa, Mozart, Beethoven, Gluck, Bach, Schumann, e ainda uns três, alguns gravados, outros litografados, todos mal encaixilhados e de diferente tamanho, mas postos ali como santos de uma igreja. O piano era o altar; o evangelho da noite lá estava aberto: era uma sonata de Beethoven.

Veio o café; Pestana engoliu a primeira xícara e sentou-se ao piano. Olhou para o retrato de Beethoven, e começou a executar a sonata, sem saber de si, desvairado ou absorto, mas com grande perfeição. Repetiu a peça; depois parou alguns instantes, levantou-se e foi a uma das janelas. Tornou ao piano; era a vez de Mozart, pegou de um trecho, e executou-o do mesmo modo, com a alma alhures. Haydn levou-o à meia-noite e à segunda xícara de café.

Entre meia-noite e uma hora, Pestana pouco mais fez que estar à janela e olhar para as estrelas, entrar e olhar para os retratos. De quando em quando ia ao piano, e, de pé, dava uns golpes soltos no teclado, como se procurasse algum pensamento; mas o pensamento não aparecia e ele voltava a encostar-se à janela. As estrelas pareciam-lhe outras tantas notas musicais fixadas no céu à espera de alguém que as fosse descolar; tempo viria em que o céu tinha de ficar vazio, mas então a terra seria uma constelação de partituras. Nenhuma imagem, desvario ou reflexão trazia uma lembrança qualquer de Sinhazinha Mota, que entretanto, a essa mesma hora, adormecia pensando nele, famoso autor de tantas polcas amadas. Talvez a ideia conjugal tirou à moça alguns momentos de sono. Que tinha? Ela ia em vinte anos, ele em trinta, boa conta. A moça dormia ao som da polca, ouvida de cor, enquanto o autor desta não cuidava nem da polca nem da moça, mas das velhas obras clássicas, interrogando o céu e a noite, rogando aos anjos, em último caso ao diabo. Por que não faria ele uma só que fosse daquelas páginas imortais?

Às vezes, como que ia surgir das profundezas do inconsciente uma aurora de ideia; ele corria ao piano, para aventá-la inteira, traduzi-la, em sons, mas era em vão; a ideia esvaía-se. Outras vezes, sentado, ao piano, deixava os dedos correrem à ventura a ver se as fantasias brotavam deles, como dos de Mozart; mas nada, nada, a inspiração não vinha, a imaginação deixava-se estar dormindo. Se acaso uma ideia aparecia, definida e bela, era eco apenas de alguma peça alheia, que a memória repetia, e que ele supunha inventar. Então, irritado, erguia-se, jurava abandonar a arte, ir plantar café ou puxar carroça; mas daí a dez minutos, ei-lo outra vez, com os olhos em Mozart, a imitá-lo ao piano.

Duas, três, quatro horas. Depois das quatro foi dormir; estava cansado, desanimado, morto; tinha que dar lições no dia seguinte. Pouco dormiu; acordou às sete horas. Vestiu-se e almoçou.

— Meu senhor quer a bengala ou o chapéu de sol? — perguntou o preto, segundo as ordens que tinha, porque as distrações do senhor eram frequentes.

— A bengala.

— Mas parece que hoje chove.

— Chove — repetiu Pestana maquinalmente.

— Parece que sim, senhor, o céu está meio escuro.

Pestana olhava para o preto, vago, preocupado. De repente:

— Espera aí.

Correu à sala dos retratos, abriu o piano, sentou-se e espalmou as mãos no teclado. Começou a tocar alguma cousa própria, uma inspiração real e pronta, uma polca, uma polca, buliçosa como dizem os anúncios. Nenhuma repulsa da parte do compositor; os dedos iam arrancando as notas, ligando-as, meneiando-as; dir-se-ia que a musa compunha e bailava a um tempo. Pestana esquecera as discípulas, esquecera o preto, que o esperava com a bengala e o guarda-chuva, esquecera até os retratos que pendiam gravemente da parede. Compunha só, teclando ou escrevendo, sem os vãos esforços da véspera, sem exasperação, sem nada pedir ao céu, sem interrogar os olhos de Mozart. Nenhum tédio. Vida, graça, novidade, escorriam-lhe da alma como de uma fonte perene.

Em pouco tempo estava a polca feita. Corrigiu ainda alguns pontos, quando voltou para jantar: mas já a cantarolava, andando, na rua. Gostou dela; na composição recente e inédita circulava o sangue da paternidade e da vocação. Dois dias depois, foi levá-la ao editor das outras polcas suas, que andariam já por umas trinta. O editor achou-a linda.

— Vai fazer grande efeito.

Veio a questão do título. Pestana, quando compôs a primeira polca, em 1871, quis dar-lhe um título poético, escolheu este: *Pingos de sol*. O editor abanou a cabeça e disse-lhe que os títulos deviam ser, já de si, destinados à popularidade, ou por alusão a algum sucesso do dia, ou pela graça das palavras; indicou-lhe dois: *A lei de 28 de Setembro*, ou *Candongas não fazem festa*.

— Mas que quer dizer *Candongas não fazem festa*? — perguntou o autor.

— Não quer dizer nada, mas populariza-se logo.

Pestana, ainda donzel e inédito, recusou qualquer das denominações e guardou a polca; mas não tardou que compusesse outra, e a comichão da publicidade levou-o a imprimir as duas, com os títulos que ao editor parecessem mais atraentes ou apropriados. Assim se regulou pelo tempo adiante.

Agora, quando Pestana entregou a nova polca, e passaram ao título, o editor acudiu que trazia um, desde muitos dias, para a primeira obra que ele lhe apresentasse, título de espavento, longo e meneiado. Era este: *Senhora dona, guarde o seu balaio.*

— E para a vez seguinte — acrescentou —, já trago outro de cor.

Exposta à venda, esgotou-se logo a primeira edição. A fama do compositor bastava à procura: mas a obra em si mesma era adequada ao gênero original, convidava a dançá-la e decorava-se depressa. Em oito dias, estava célebre. Pestana, durante os primeiros, andou deveras namorado da composição, gostava de a cantarolar baixinho, detinha-se na rua, para ouvi-la tocar em alguma casa, e zangava-se quando não a tocavam bem. Desde logo, as orquestras de teatro a executaram, e ele lá foi a um deles. Não desgostou também de a ouvir assobiada, uma noite, por um vulto que descia a Rua do Aterrado.

Essa lua de mel durou apenas um quarto de lua. Como das outras vezes, e mais depressa ainda, os velhos mestres retratados o fizeram sangrar de remorsos. Vexado e enfastiado, Pestana arremeteu contra aquela que o viera consolar tantas vezes, musa de olhos marotos e gestos arredondados, fácil e graciosa. E aí voltaram as náuseas de si mesmo, o ódio a quem lhe pedia a nova polca da moda, e juntamente o esforço de compor alguma cousa ao sabor clássico, uma página que fosse, uma só, mas tal que pudesse ser encadernada entre Bach e Schumann. Vão estudo, inútil esforço. Mergulhava naquele Jordão sem sair batizado. Noites e noites, gastou-as assim, confiado e teimoso, certo de que a vontade era tudo, e que, uma vez que abrisse mão da música fácil...

— As polcas que vão para o inferno fazer dançar o diabo — disse ele um dia, de madrugada, ao deitar-se.

Mas as polcas não quiseram ir tão fundo. Vinham à casa de Pestana, à própria sala dos retratos, irrompiam tão prontas, que ele não tinha mais que o tempo de as compor, imprimi-las depois, gostá-las alguns dias, aborrecê-las, e tornar às velhas fontes, donde lhe não manava nada. Nessa alternativa viveu até casar, e depois de casar.

— Casar com quem? — perguntou Sinhazinha Mota ao tio escrivão que lhe deu aquela notícia.

— Vai casar com uma viúva.

— Velha?

— Vinte e sete anos.

— Bonita?

— Não, nem feia, assim, assim. Ouvi dizer que ele se enamorou dela, porque a ouviu cantar na última festa de São Francisco de Paula. Mas ouvi também que ela possui outra prenda, que não é rara, mas vale menos: está tísica.

Os escrivães não deviam ter espírito — mau espírito, quero dizer. A sobrinha deste sentiu no fim um pingo de bálsamo, que lhe curou a dentadinha da inveja. Era tudo verdade.

Pestana casou daí a dias com uma viúva de vinte e sete anos, boa cantora e tísica. Recebeu-a como a esposa espiritual do seu gênio. O celibato era, sem dúvida, a causa da esterilidade e do transvio, dizia ele consigo; artisticamente considerava-se um arruador de horas mortas; tinha as polcas por aventuras de petimetres. Agora, sim, é que ia engendrar uma família de obras sérias, profundas, inspiradas e trabalhadas.

Essa esperança abotoou desde as primeiras horas do amor, e desabrochou à primeira aurora do casamento. Maria, balbuciou a alma dele, dá-me o que não achei na solidão das noites, nem no tumulto dos dias.

Desde logo, para comemorar o consórcio, teve ideia de compor um noturno. Chamar-lhe-ia *Ave, Maria.* A felicidade como que lhe trouxe um princípio de inspiração; não querendo dizer nada à mulher, antes de pronto, trabalhava às escondidas; coisa difícil, porque Maria, que amava igualmente a arte, vinha tocar com ele, ou ouvi-lo somente, horas e horas, na sala dos retratos. Chegaram a fazer alguns concertos semanais, com três artistas, amigos de Pestana. Um domingo porém, não se pode ter o marido, e chamou a mulher para tocar um trecho do noturno; não lhe disse o que era nem de quem era. De repente, parando, interrogou-a com os olhos.

— Acaba — disse Maria —, não é Chopin?

Pestana empalideceu, fitou os olhos no ar, repetiu um ou dois trechos e ergueu-se. Maria assentou-se ao piano, e depois de algum esforço de memória, executou a peça de Chopin. A ideia, o motivo eram os mesmos; Pestana achara-os em algum daqueles becos escuros da memória, velha cidade de traições. Triste, desesperado, saiu de casa, e dirigiu-se para o lado da ponte, caminho de São Cristóvão.

— Para que lutar? — dizia ele. — Vou com as polcas... Viva a polca!

Homens que passavam por ele, e ouviam isto, ficavam olhando, como para um doido. E ele ia andando, alucinado, mortificado, eterna peteca entre a ambição e a vocação... Passou o velho matadouro; ao chegar à porteira da estrada de ferro, teve ideia de ir pelo trilho acima e esperar o primeiro trem que viesse e o esmagasse. O guarda fê-lo recuar. Voltou a si e tornou a casa.

Poucos dias depois — uma clara e fresca manhã de maio de 1876 —, eram seis horas, Pestana sentiu nos dedos um frêmito particular e conhecido. Ergueu-se devagarinho, para não acordar Maria, que tossira toda a noite, e agora dormia profundamente. Foi para a sala dos retratos, abriu o piano, e, o mais surdamente que pode, extraiu uma polca. Fê-la publicar com um pseudônimo; nos dois meses seguintes compôs e publicou mais duas. Maria não soube nada; ia tossindo e morrendo, até que expirou, uma noite, nos braços do marido, apavorado e desesperado.

Era noite de Natal. A dor de Pestana teve um acréscimo, porque na vizinhança havia um baile, em que se tocaram várias de suas melhores polcas. Já o baile era duro de sofrer; as suas composições davam-lhe um ar de ironia e perversidade. Ele sentia a cadência dos passos, adivinhava os movimentos, porventura lúbricos, a que obrigava alguma daquelas composições; tudo isso ao pé do cadáver pálido, um molho de ossos, estendido na cama... Todas as horas da noite passaram assim, vagarosas ou rápidas, úmidas de lágrimas e de suor, de águas da Colônia e de Labarraque, saltando sem parar, como ao som da polca de um grande Pestana invisível.

Enterrada a mulher, o viúvo teve uma única preocupação: deixar a música, depois de compor um *Réquiem*, que faria executar no primeiro aniversário da morte de Maria. Escolheria outro emprego, escrevente, carteiro, mascate, qualquer coisa que lhe fizesse esquecer a arte assassina e surda.

Começou a obra; empregou tudo, arrojo, paciência, meditação, e até os caprichos do acaso, como fizera outrora, imitando Mozart. Releu e estudou o *Réquiem* deste autor. Passaram-se semanas e meses. A obra, célere a princípio, afrouxou o andar. Pestana tinha altos e baixos. Ora achava-a incompleta, não lhe sentia a alma sacra, nem ideia, nem inspiração, nem método; ora elevava-se-lhe o coração e trabalhava com vigor. Oito meses, nove, dez, onze, e o *Réquiem* não estava concluído. Redobrou de esforços; esqueceu lições e amizades. Tinha refeito muitas vezes a obra; mas agora queria concluí-la, fosse como fosse. Quinze dias, oito, cinco... A aurora do aniversário veio achá-lo trabalhando.

Contentou-se da missa rezada e simples para ele só. Não se pode dizer se todas as lágrimas que lhe vieram sorrateiramente aos olhos foram do marido, ou se algumas eram do compositor. Certo é que nunca mais tornou ao *Réquiem*.

— Para quê? — dizia ele a si mesmo.

Correu ainda um ano. No princípio de 1878, apareceu-lhe o editor.

— Lá vão dois anos — disse este —, que nos não dá um ar da sua graça. Toda a gente pergunta se o senhor perdeu o talento. Que tem feito?

— Nada.

— Bem sei o golpe que o feriu; mas lá vão dois anos. Venho propor-lhe um contrato; vinte polcas durante doze meses; o preço antigo, e uma porcentagem maior na venda. Depois, acabado o ano, podemos renovar.

Pestana assentiu com um gesto. Poucas lições tinha, vendera a casa para saldar dívidas, e as necessidades iam comendo o resto, que era assaz escasso. Aceitou o contrato.

— Mas a primeira polca há de ser já — explicou o editor. — É urgente. Viu a carta do Imperador ao Caxias? Os liberais foram chamados ao poder; vão fazer a reforma eleitoral. A polca há de chamar-se: *Bravos à eleição direta*! Não é política; é um bom título de ocasião.

Pestana compôs a primeira obra do contrato. Apesar do longo tempo de silêncio não perdera a originalidade nem a inspiração. Trazia a mesma nota genial. As outras polcas vieram vindo, regularmente. Conservara os retratos e os repertórios; mas fugia de gastar todas as noites ao piano, para não cair em novas tentativas. Já agora pedia uma entrada de graça, sempre que havia alguma boa ópera ou concerto de artista, ia, metia-se a um canto, gozando aquela porção de coisas que nunca lhe haviam de brotar do cérebro. Uma ou outra vez, ao tornar para casa, cheio de música, despertava nele o maestro inédito; então, sentava-se ao piano, e, sem ideia, tirava algumas notas, até que ia dormir, vinte ou trinta minutos depois.

Assim foram passando os anos, até 1885. A fama de Pestana dera-lhe definitivamente o primeiro lugar entre os compositores de polcas; mas o primeiro lugar da aldeia não contentava a este César, que continuava a proferir-lhe, não o segundo, mas o centésimo em Roma. Tinha ainda as alternativas de outro tempo, acerca de suas composições; a diferença é que eram menos violentas. Nem entusiasmo nas primeiras horas, nem horror depois da primeira semana, algum prazer e certo fastio.

Naquele ano, apanhou uma febre de nada, que em poucos dias cresceu, até virar perniciosa. Já estava em perigo, quando lhe apareceu o editor, que não sabia da doença, e ia dar-lhe notícia da subida dos conservadores, e pedir-lhe uma polca de ocasião. O enfermeiro, pobre clarineta de teatro, referiu-lhe o estado de Pestana, de modo que o editor entendeu calar-se. O doente é que instou para que lhe dissesse o que era; o editor obedeceu.

— Mas há de ser quando estiver bom de todo — concluiu.

— Logo que a febre decline um pouco — disse Pestana.

Seguiu-se uma pausa de alguns segundos. O clarineta foi pé ante pé preparar o remédio; o editor levantou-se e despediu-se.

— Adeus.

— Olhe — disse Pestana —, como é provável que eu morra por estes dias, faço-lhe logo duas polcas; a outra servirá para quando subirem os liberais.

Foi a única pilhéria que disse em toda a vida, e era tempo, porque expirou na madrugada seguinte, às quatro horas e cinco minutos, bem com os homens e mal consigo mesmo.

Miss Dollar

I

Era conveniente ao romance que o leitor ficasse muito tempo sem saber quem era Miss Dollar. Mas, por outro lado, sem a apresentação de Miss Dollar, seria o autor obrigado a longas digressões, que encheriam o papel sem adiantar a ação. Não há hesitação possível: vou apresentar-lhes Miss Dollar.

Se o leitor é rapaz e dado ao gênio melancólico, imagina que Miss Dollar é uma inglesa pálida e delgada, escassa de carnes e de sangue, abrindo à flor do rosto dois grandes olhos azuis e sacudindo ao vento umas longas tranças louras. A moça em questão deve ser vaporosa e ideal como uma criação de Shakespeare; deve ser o contraste do *roast-beef* britânico, com que se alimenta a liberdade do Reino Unido. Uma tal Miss Dollar deve ter o poeta Tennyson de cor e ler Lamartine no original; se souber o português deve deliciar-se com a leitura dos sonetos de Camões ou os *Cantos* de Gonçalves Dias. O chá e o leite devem ser a alimentação de semelhante criatura, adicionando-se-lhe alguns confeitos e biscoitos para acudir às urgências do estômago. A sua fala deve ser um murmúrio de harpa eólia; o seu amor um desmaio, a sua vida uma contemplação, a sua morte um suspiro.

A figura é poética, mas não é a da heroína do romance.

Suponhamos que o leitor não é dado a estes devaneios e melancolias; nesse caso imagina uma Miss Dollar totalmente diferente da outra. Desta vez será uma robusta americana, vertendo sangue pelas faces, formas arredondadas, olhos vivos e ardentes, mulher feita, refeita e perfeita. Amiga da boa mesa e do bom copo, esta Miss Dollar preferirá um quarto de carneiro a uma página de Longfellow, coisa naturalíssima quando o estômago reclama, e nunca chegará a compreender a poesia do pôr do Sol. Será uma boa mãe de família segundo a doutrina de alguns padres-mestres da civilização, isto é, fecunda e ignorante.

Já não será do mesmo sentir o leitor que tiver passado a segunda mocidade e vir diante de si uma velhice sem recurso. Para esse, a Miss Dollar verdadeiramente digna de ser contada em algumas páginas, seria uma boa inglesa de cinquenta anos, dotada com algumas mil libras esterlinas, e que, aportando ao Brasil em procura de assunto para escrever um romance, realizasse um romance verdadeiro, casando com o leitor aludido. Uma tal Miss Dollar seria incompleta se não tivesse óculos verdes e um grande cacho de cabelo grisalho em cada fonte. Luvas de renda branca e chapéu de linho em forma de cuia, seriam a última demão deste magnífico tipo de ultramar.

Mais esperto que os outros, acode um leitor dizendo que a heroína do romance não é nem foi inglesa, mas brasileira dos quatro costados, e que o nome de Miss Dollar quer dizer simplesmente que a rapariga é rica.

A descoberta seria excelente, se fosse exata; infelizmente nem esta nem as outras são exatas. A Miss Dollar do romance não é a menina romântica, nem a mulher robusta, nem a velha literata, nem a brasileira rica. Falha desta vez a proverbial perspicácia dos leitores; Miss Dollar é uma cadelinha galga.

Para algumas pessoas a qualidade da heroína fará perder o interesse do romance. Erro manifesto. Miss Dollar, apesar de não ser mais que uma cadelinha galga, teve as honras de ver o seu nome nos papéis públicos, antes de entrar para este livro. O *Jornal do Comércio* e o *Correio Mercantil* publicaram nas colunas dos anúncios as seguintes linhas reverberantes de promessa:

> "Desencaminhou-se uma cadelinha galga, na noite de ontem, 30. Acode ao nome de Miss Dollar. Quem a achou e quiser levar à Rua de Matacavalos nº ..., receberá duzentos mil-réis de recompensa. Miss Dollar tem uma coleira ao pescoço, fechada por um cadeado em que se leem as seguintes palavras: *De tout mon coeur*".[1]

---

[1] Expressão francesa que significa "de todo o meu coração".

Todas as pessoas que sentiam necessidade urgente de duzentos mil-réis, e tiveram a felicidade de ler aquele anúncio, andaram nesse dia com extremo cuidado nas ruas do Rio de Janeiro, a ver se davam com a fugitiva Miss Dollar. Galgo que aparecesse ao longe era perseguido com tenacidade até verificar-se que não era o animal procurado. Mas toda esta caçada dos duzentos mil-réis era completamente inútil, visto que, no dia em que apareceu o anúncio, já Miss Dollar estava aboletada na casa de um sujeito morador nos Cajueiros que fazia coleção de cães.

II

Quais as razões que induziram o Dr. Mendonça a fazer coleção de cães, é coisa que ninguém podia dizer; uns queriam que fosse simplesmente paixão por esse símbolo da fidelidade ou do servilismo; outros pensavam antes que, cheio de profundo desgosto pelos homens, Mendonça achou que era de boa guerra adorar os cães.

Fossem quais fossem as razões, o certo é que ninguém possuía mais bonita e variada coleção do que ele. Tinha-os de todas as raças, tamanhos e cores. Cuidava deles como se fossem seus filhos; se algum lhe morria ficava melancólico. Quase se pode dizer que, no espírito de Mendonça, o cão pesava tanto como o amor, segundo uma expressão célebre: tirai do mundo o cão, e o mundo será um ermo.

O leitor superficial conclui daqui que o nosso Mendonça era um homem excêntrico. Não era. Mendonça era um homem como os outros; gostava de cães como outros gostam de flores. Os cães eram as suas rosas e violetas; cultivava-os com o mesmíssimo esmero. De flores gostava também; mas gostava delas nas plantas em que nasciam: cortar um jasmim ou prender um canário parecia-lhe idêntico atentado.

Era o Dr. Mendonça homem de seus trinta e quatro anos, bem apessoado, maneiras francas e distintas. Tinha-se formado em medicina e tratou algum tempo de doentes; a clínica estava já adiantada quando sobreveio uma epidemia na capital; o Dr. Mendonça inventou um elixir contra a doença; e tão excelente era o elixir, que o autor ganhou um bom par de contos de réis. Agora exercia a medicina como amador. Tinha quanto bastava para si e a família. A família compunha-se dos animais citados acima.

Na memorável noite em que se desencaminhou Miss Dollar, voltava Mendonça para casa quando teve a ventura de encontrar a fugitiva no Rocio. A cadelinha entrou a acompanhá-lo, e ele, notando que era animal sem dono visível, levou-a consigo para os Cajueiros.

Apenas entrou em casa examinou cuidadosamente a cadelinha. Miss Dollar era realmente um mimo; tinha as formas delgadas e graciosas da sua fidalga raça; os olhos castanhos e aveludados pareciam exprimir a mais completa felicidade deste mundo, tão alegres e serenos eram. Mendonça contemplou-a e examinou minuciosamente. Leu o dístico do cadeado que fechava a coleira, e convenceu-se finalmente de que a cadelinha era animal de grande estimação da parte de quem quer que fosse dono dela.

— Se não aparecer o dono, fica comigo — disse ele entregando Miss Dollar ao moleque encarregado dos cães.

Tratou o moleque de dar comida a Miss Dollar, enquanto Mendonça planeava um bom futuro à nova hóspede, cuja família devia perpetuar-se na casa.

O plano de Mendonça durou o que duram os sonhos: o espaço de uma noite. No dia seguinte, lendo os jornais, viu o anúncio transcrito acima, prometendo duzentos mil-réis a quem entregasse a cadelinha fugitiva. A sua paixão pelos cães deu-lhe a medida da dor que devia sofrer o dono ou dona de Miss Dollar, visto que chegava a oferecer duzentos mil-réis de gratificação a quem apresentasse a galga. Consequentemente resolveu restituí-la, com bastante mágoa do coração. Chegou a hesitar por alguns instantes; mas afinal venceram os sentimentos de probidade e compaixão, que eram o apanágio daquela alma. E, como se lhe custasse despedir-se do animal, ainda recente na casa, dispôs-se a levá-lo ele mesmo, e para esse fim preparou-se. Almoçou, e depois de averiguar bem se Miss Dollar havia feito a mesma operação, saíram ambos de casa com direção a Matacavalos.

Naquele tempo ainda o Barão do Amazonas não tinha salvo a independência das repúblicas platinas mediante a vitória de Riachuelo, nome com que depois a câmara municipal crismou a Rua de Matacavalos. Vigorava, portanto, o nome tradicional da rua, que não queria dizer coisa nenhuma de jeito.

A casa que tinha o número indicado no anúncio era de bonita aparência e indicava certa abastança nos haveres de quem lá morasse. Antes mesmo que Mendonça batesse palmas no corredor, já Miss Dollar, reconhecendo os pátrios lares, começava a pular de contente e a soltar uns sons alegres e guturais que, se houvesse entre os cães literatura, deviam ser um hino de ação de graças.

Veio um moleque saber quem estava; Mendonça disse que vinha restituir a galga fugitiva. Expansão do rosto do moleque, que correu a anunciar a boa nova. Miss Dollar, aproveitando uma fresta, precipitou-se pelas escadas acima. Dispunha-se Mendonça a descer, pois estava cumprida a sua tarefa, quando o moleque voltou dizendo-lhe que subisse e entrasse para a sala.

Na sala não havia ninguém. Algumas pessoas, que têm salas elegantemente dispostas, costumam deixar tempo de serem estas admiradas pelas visitas, antes de as virem cumprimentar. É possível que esse fosse o costume dos donos daquela casa, mas desta vez não se cuidou em semelhante coisa, porque mal o médico entrou pela porta do corredor surgiu de outro interior uma velha com Miss Dollar nos braços e a alegria no rosto.

— Queira ter a bondade de sentar-se — disse ela, designando uma cadeira a Mendonça.

— A minha demora é pequena — disse o médico, sentando-se. Vim trazer-lhe a cadelinha que está comigo desde ontem...

— Não imagina que desassossego causou cá em casa a ausência de Miss Dollar...

— Imagino, minha senhora; eu também sou apreciador de cães, e se me faltasse um sentiria profundamente. A sua Miss Dollar...

— Perdão! — interrompeu a velha. — Minha não; Miss Dollar não é minha, é de minha sobrinha.

— Ah!...

— Ela aí vem.

Mendonça levantou-se justamente quando entrava na sala a sobrinha em questão. Era uma moça que representava vinte e oito anos, no pleno desenvolvimento da sua beleza, uma dessas mulheres que anunciam velhice tardia e imponente. O vestido de seda escura dava singular realce à cor imensamente branca da sua pele. Era roçagante o vestido, o que lhe aumentava a majestade do porte e da estatura. O corpinho do vestido cobria-lhe todo o colo; mas adivinhava-se por baixo da seda um belo tronco de mármore modelado por escultor divino. Os cabelos castanhos e naturalmente ondeados estavam penteados com essa simplicidade caseira, que é a melhor de todas as modas conhecidas; ornavam-lhe graciosamente a fronte como uma coroa doada pela natureza. A extrema brancura da pele não tinha o menor tom cor-de-rosa que lhe fizesse harmonia e contraste. A boca era pequena, e tinha uma certa expressão imperiosa. Mas a grande distinção daquele rosto, aquilo que mais prendia os olhos, eram os olhos; imaginem duas esmeraldas nadando em leite.

Mendonça nunca vira olhos verdes em toda a sua vida; disseram-lhe que existiam olhos verdes, e ele sabia de cor uns versos célebres de Gonçalves Dias;[2] mas até então os olhos verdes eram para ele a mesma coisa que a fênix dos antigos.[3] Um dia, conversando com uns amigos a propósito disto, afirmava que se alguma vez encontrasse um par de olhos verdes fugiria deles com terror.

---

[2] Machado de Assis se refere nesta passagem ao poema *Olhos Verdes*. (cf. *Poesias diversas*, de Gonçalves Dias).

[3] Segundo a mitologia greco-latina, Fênix era uma ave que durava muitos séculos, e que, sendo queimada, sempre renascia das próprias cinzas.

— Por quê? — perguntou-lhe um dos circunstantes admirado.

— A cor verde é a cor do mar — respondeu Mendonça —; evito as tempestades de um; evitarei as tempestades dos outros.

Eu deixo ao critério do leitor esta singularidade de Mendonça, que de mais a mais é preciosa, no sentido de Molière.

III

Mendonça cumprimentou respeitosamente a recém-chegada, e esta, com um gesto, convidou-o a sentar-se outra vez.

— Agradeço-lhe infinitamente o ter-me restituído este pobre animal, que me merece grande estima — disse Margarida sentando-se.

— E eu dou graças a Deus por tê-lo achado; podia ter caído em mãos que o não restituíssem.

Margarida fez um gesto a Miss Dollar, e a cadelinha, saltando do regaço da velha, foi ter com Margarida; levantou as patas dianteiras e pôs-lhas sobre os joelhos; Margarida e Miss Dollar trocaram um longo olhar de afeto. Durante esse tempo uma das mãos da moça brincava com uma das orelhas da galga, e dava assim lugar a que Mendonça admirasse os seus belíssimos dedos armados com unhas agudíssimas.

Mas, conquanto Mendonça tivesse sumo prazer em estar ali, reparou que era esquisita e humilhante a sua demora. Pareceria estar esperando a gratificação. Para escapar a essa interpretação desairosa, sacrificou o prazer da conversa e a contemplação da moça; levantou-se dizendo:

— A minha missão está cumprida...

— Mas... — interrompeu a velha.

Mendonça compreendeu a ameaça da interrupção da velha.

— A alegria — disse ele — que restituí a esta casa é a maior recompensa que eu podia ambicionar. Agora peço-lhes licença...

As duas senhoras compreenderam a intenção de Mendonça; a moça pagou-lhe a cortesia com um sorriso; e a velha, reunindo no pulso quantas forças ainda lhe restavam pelo corpo todo, apertou com amizade a mão do rapaz.

Mendonça saiu impressionado pela interessante Margarida. Notava-lhe principalmente, além da beleza, que era de primeira água, certa severidade triste no olhar e nos modos. Se aquilo era caráter da moça, dava-se bem com a índole do médico; se era resultado de algum episódio da vida, era uma página do romance que devia ser decifrada por olhos hábeis. A falar verdade, o único defeito que Mendonça lhe achou foi a cor dos olhos, não porque a cor fosse feia, mas porque ele tinha prevenção contra os olhos verdes. A prevenção, cumpre dizê-lo, era mais literária que outra coisa; Mendonça apegava-se à frase que uma vez proferira, e foi acima citada, e a frase é que lhe produziu a prevenção. Não mo acusem de chofre; Mendonça era homem inteligente, instruído e dotado de bom senso; tinha, além disso, grande tendência para as afeições românticas; mas apesar disso lá tinha calcanhar o nosso Aquiles.[4] Era homem como os outros, outros Aquiles andam por aí que são da cabeça aos pés um imenso calcanhar. O ponto vulnerável de Mendonça era esse; o amor de uma frase era capaz de violentar-lhe afetos; sacrificava uma situação a um período arredondado.

Referindo a um amigo o episódio da galga e a entrevista com Margarida, Mendonça disse que poderia vir a gostar dela se não tivesse olhos verdes. O amigo riu com um certo ar de sarcasmo.

— Mas, doutor — disse-lhe ele —, não compreendo essa prevenção; eu ouço até dizer que os olhos verdes são de ordinário núncios de boa alma. Além de que, a cor dos olhos não vale nada, a questão é a expressão deles. Podem ser azuis como o céu e pérfidos como o mar.

---

[4] Filho de Tétis e de Peleu, o mais famoso dos heróis gregos da *Ilíada*, de Homero (IX séc. a.C.). Seu único ponto vulnerável era o calcanhar. Páris atingiu-o mortalmente neste ponto com uma flecha envenenada.

A observação deste amigo anônimo tinha a vantagem de ser tão poética como a de Mendonça. Por isso abalou profundamente o ânimo do médico. Não ficou este como o asno de Buridan entre a selha d'água e a quarta de cevada; o asno hesitaria, Mendonça não hesitou. Acudiu-lhe de pronto a lição do casuísta Sanchez, e das duas opiniões tomou a que lhe pareceu provável.

Algum leitor grave achará pueril esta circunstância dos olhos verdes e esta controvérsia sobre a qualidade provável deles. Provará com isso que tem pouca prática do mundo. Os almanaques pitorescos citam até à saciedade mil excentricidades e senões dos grandes varões que a humanidade admira, já por instruídos nas letras, já por valentes nas armas; e nem por isso deixamos de admirar esses mesmos varões. Não queira o leitor abrir uma exceção só para encaixar nela o nosso doutor. Aceitemo-lo com os seus ridículos; quem os não tem? O ridículo é uma espécie de lastro da alma quando ela entra no mar da vida; algumas fazem toda a navegação sem outra espécie de carregamento.

Para compensar essas fraquezas, já disse que Mendonça tinha qualidades não vulgares. Adotando a opinião que lhe pareceu mais provável, que foi a do amigo, Mendonça disse consigo que nas mãos de Margarida estava talvez a chave do seu futuro. Ideou nesse sentido um plano de felicidade; uma casa num ermo, olhando para o mar do lado do ocidente, a fim de poder assistir ao espetáculo do pôr do sol. Margarida e ele, unidos pelo amor e pela Igreja, beberiam ali, gota a gota, a taça inteira da celeste felicidade. O sonho de Mendonça continha outras particularidades que seria ocioso mencionar aqui. Mendonça pensou nisto alguns dias; chegou a passar algumas vezes por Matacavalos; mas tão infeliz que nunca viu Margarida nem a tia; afinal desistiu da empresa e voltou aos cães.

A coleção de cães era uma verdadeira galeria de homens ilustres. O mais estimado deles chamava-se Diógenes;[5] havia

---

[5] Diógenes, o Cínico (413–323 a. C.) — filósofo grego que, desdenhando todas as convenções sociais, passava seus dias no interior de um barril, e vestia-se com farrapos.

um galgo que acudia ao nome de César;[6] um cão d'água que se chamava Nelson;[7] Cornélia[8] chamava-se uma cadelinha rateira, e Calígula[9] um enorme cão de fila, vera efígie do grande monstro que a sociedade romana produziu. Quando se achava entre toda essa gente, ilustre por diferentes títulos, dizia Mendonça que entrava na história; era assim que se esquecia do resto do mundo.

IV

Achava-se Mendonça uma vez à porta do Carceler,[10] onde acabava de tomar sorvete em companhia de um indivíduo, amigo dele, quando viu passar um carro, e dentro do carro duas senhoras que lhe pareceram as senhoras de Matacavalos. Mendonça fez um movimento de espanto que não escapou ao amigo.

— Que foi? — perguntou-lhe este.

— Nada; pareceu-me conhecer aquelas senhoras. Viste-as, Andrade?

— Não.

---

[6] Caio Júlio César (101–44 a.C.) — ditador romano e um dos mais importantes generais da Antiguidade. Morreu assassinado por Brutus, que alguns julgavam fosse seu filho.

[7] Horácio Nelson (1758–1805) — almirante inglês, celebrizado pela Batalha de Trafalgar, em que venceu a esquadra hispano-francesa, o que marcou o fim do poderio naval espanhol. A batalha deu-se em 21 de outubro de 1805, e nela Nelson perdeu a vida.

[8] Cornélia — filha de Cipião, o Africano, e mãe dos Gracos. Tendo enviuvado, de seus doze filhos apenas manteve consigo uma filha e dois filhos, Tibério e Caio Graco, famosos por seus temperamentos e seus destinos trágicos (morreram assassinados). Cornélia, educando-os com o máximo de cuidado e no amor às coisas do povo, tornou-se uma espécie de símbolo da mãe romana.

[9] Calígula — imperador romano (12–41 d.C.), que reinou de 37 a 41 d.C. Dono de incrível crueldade, desejava que o povo romano tivesse uma só cabeça para que pudesse cortá-la de um único golpe.

[10] Carceler — célebre restaurante e confeitaria carioca dos anos seguintes a 1870, frequentado pela melhor sociedade do tempo.

O carro entrara na Rua do Ouvidor; os dois subiram pela mesma rua. Logo acima da Rua da Quitanda, parara o carro à porta de uma loja, e as senhoras apearam-se e entraram. Mendonça não as viu sair; mas viu o carro e suspeitou que fosse o mesmo. Apressou o passo sem dizer nada a Andrade, que fez o mesmo, movido por essa natural curiosidade que sente um homem quando percebe algum segredo oculto.

Poucos instantes depois estavam à porta da loja; Mendonça verificou que eram as duas senhoras de Matacavalos. Entrou afoito, com ar de quem ia comprar alguma coisa, e aproximou-se das senhoras. A primeira que o conheceu foi a tia. Mendonça cumprimentou-as respeitosamente. Elas receberam o cumprimento com afabilidade. Ao pé de Margarida estava Miss Dollar, que, por esse admirável faro que a natureza concedeu aos cães e aos cortesãos da fortuna, deu dois saltos de alegria apenas viu Mendonça, chegando a tocar-lhe o estômago com as patas dianteiras.

— Parece que Miss Dollar ficou com boas recordações suas — disse D. Antônia (assim se chamava a tia de Margarida).

— Creio que sim — respondeu Mendonça, brincando com a galga e olhando para Margarida.

Justamente nesse momento entrou Andrade.

— Só agora as reconheci — disse ele dirigindo-se às senhoras.

Andrade apertou a mão das duas senhoras, ou antes apertou a mão de Antônia e os dedos de Margarida.

Mendonça não contava com este incidente, e alegrou-se com ele por ter à mão o meio de tornar íntimas as relações superficiais que tinha com a família.

— Seria bom — disse ele a Andrade — que me apresentasses a estas senhoras.

— Pois não as conheces? — perguntou Andrade estupefato.

— Conhece-nos sem nos conhecer — respondeu sorrindo a velha tia —; por ora quem o apresentou foi Miss Dollar.

Antônia referiu a Andrade a perda e o achado da cadelinha.

— Pois, nesse caso — respondeu Andrade —, apresento-o já.

Feita a apresentação oficial, o caixeiro trouxe a Margarida os objetos que ela havia comprado, e as duas senhoras despediram-se dos rapazes pedindo-lhes que as fossem ver.

Não citei nenhuma palavra de Margarida no diálogo acima transcrito, porque, a falar verdade, a moça só proferiu duas palavras a cada um dos rapazes.

— Passe bem — disse-lhes ela dando as pontas dos dedos e saindo para entrar no carro.

Ficando sós, saíram também os dois rapazes e seguiram pela Rua do Ouvidor acima, ambos calados. Mendonça pensava em Margarida; Andrade pensava nos meios de entrar na confidência de Mendonça. A vaidade tem mil formas de manifestar-se como o fabuloso Proteu. A vaidade de Andrade era ser confidente dos outros; parecia-lhe assim obter da confiança aquilo que só alcançava da indiscrição. Não lhe foi difícil apanhar o segredo de Mendonça; antes de chegar à esquina da Rua dos Ourives já Andrade sabia de tudo.

— Compreendes agora — disse Mendonça — que eu preciso ir à casa dela; tenho necessidade de vê-la; quero ver se consigo...

Mendonça estacou.

— Acaba! — disse Andrade —; se consegues ser amado. Por que não? Mas desde já te digo que não será fácil.

— Por quê?

— Margarida tem rejeitado cinco casamentos.

— Naturalmente não amava os pretendentes — disse Mendonça com o ar de um geômetra que acha uma solução.

— Amava apaixonadamente o primeiro — respondeu Andrade — e não era indiferente ao último.

— Houve naturalmente intriga.

— Também não. Admiras-te? É o que me acontece. É uma rapariga esquisita. Se te achas com força de ser o Colombo daquele mundo, lança-te ao mar com a armada; mas toma cuidado com a revolta das paixões, que são os ferozes marujos destas navegações de descoberta.

Entusiasmado com esta alusão, histórica debaixo da forma de alegoria, Andrade olhou para Mendonça, que, desta vez entregue ao pensamento da moça, não atendeu à frase do amigo.

Andrade contentou-se com o seu próprio sufrágio, e sorriu com o mesmo ar de satisfação que deve ter um poeta quando escreve o último verso de um poema.

V

Dias depois, Andrade e Mendonça foram à casa de Margarida, e lá passaram meia hora em conversa cerimoniosa. As visitas repetiram-se; eram porém mais frequentes da parte de Mendonça que de Andrade. D. Antônia mostrou-se mais familiar que Margarida; só depois de algum tempo Margarida desceu do Olimpo do silêncio em que habitualmente se encerrara.

Era difícil deixar de o fazer. Mendonça, conquanto não fosse dado à convivência das salas, era um cavalheiro próprio para entreter duas senhoras que pareciam mortalmente aborrecidas. O médico sabia piano e tocava agradavelmente; a sua conversa era animada; sabia esses mil nadas que entretêm geralmente as senhoras quando elas não gostam ou não podem entrar no terreno elevado da arte, da história e da filosofia. Não foi difícil ao rapaz estabelecer intimidade com a família.

Posteriormente às primeiras visitas, soube Mendonça, por via de Andrade, que Margarida era viúva. Mendonça não reprimiu um gesto de espanto.

— Mas tu falaste de um modo que parecias tratar de uma solteira — disse ele ao amigo.

— É verdade que não me expliquei bem; os casamentos recusados foram todos propostos depois da viuvez.

— Há que tempo está viúva?

— Há três anos.

— Tudo se explica — disse Mendonça depois de algum silêncio —, quer ficar fiel à sepultura; é uma Artemisa[11] do século.

---

[11] Artemisa II, rainha de Halicarnasso de Cária (Ásia Menor), que ergueu a seu esposo Mausolo um túmulo de rara beleza. Foi transformado numa das sete maravilhas do mundo (353 a.C.). Daí o nome *mausoléu* dado aos ricos monumentos funerários.

Andrade era céptico a respeito de Artemisas; sorriu à observação do amigo, e, como este insistisse, replicou:

— Mas se eu já te disse que ela amava apaixonadamente o primeiro pretendente e não era indiferente ao último.

— Então, não compreendo.

— Nem eu.

Mendonça desde esse momento tratou de cortejar assiduamente a viúva; Margarida recebeu os primeiros olhares de Mendonça com um ar de tão supremo desdém, que o rapaz esteve quase a abandonar a empresa; mas, a viúva, ao mesmo tempo que parecia recusar amor, não lhe recusava estima, e tratava-o com a maior meiguice deste mundo sempre que ele a olhava como toda a gente.

Amor repelido é amor multiplicado. Cada repulsa de Margarida aumentava a paixão de Mendonça. Nem já lhe mereciam atenção o feroz Calígula, nem o elegante Júlio César. Os dois escravos de Mendonça começaram a notar a profunda diferença que havia entre os hábitos de hoje e os de outro tempo. Supuseram logo que alguma coisa o preocupava. Convenceram-se disso quando Mendonça, entrando uma vez em casa, deu com a ponta do botim no focinho de Cornélia, na ocasião em que esta interessante cadelinha, mãe de dois Gracos rateiros, festejava a chegada do doutor.

Andrade não foi insensível aos sofrimentos do amigo e procurou consolá-lo. Toda a consolação nestes casos é tão desejada quanto inútil; Mendonça ouvia as palavras de Andrade e confiava-lhe todas as suas penas. Andrade lembrou a Mendonça um excelente meio de fazer cessar a paixão: era ausentar-se da casa. A isto respondeu Mendonça citando La Rochefoucauld:[12]

"A ausência diminui as paixões medíocres e aumenta as grandes, como o vento apaga as velas e atiça as fogueiras".

---

[12] François La Rochefoucauld (1613–1680) — moralista francês, autor das *Máximas*. A elas pertence o trecho referido (cf. *Máximas*, nº 276).

A citação teve o mérito de tapar a boca de Andrade, que acreditava tanto na constância como nas Artemisas, mas que não queria contrariar a autoridade do moralista, nem a resolução de Mendonça.

VI

Correram assim três meses. A corte de Mendonça não adiantava um passo; mas a viúva nunca deixou de ser amável com ele. Era isto o que principalmente retinha o médico aos pés da insensível viúva; não o abandonava a esperança de vencê-la.

Algum leitor conspícuo desejaria antes que Mendonça não fosse tão assíduo na casa de uma senhora exposta às calúnias do mundo. Pensou nisso o médico e consolou a consciência com a presença de um indivíduo, até aqui não nomeado por motivo de sua nulidade, e que era nada menos que o filho da Sra. D. Antônia e a menina dos seus olhos. Chamava-se Jorge esse rapaz, que gastava duzentos mil-réis por mês, sem os ganhar, graças à longanimidade da mãe. Frequentava as casas dos cabeleireiros, onde gastava mais tempo que uma romana da decadência às mãos das suas servas latinas. Não perdia representação de importância no Alcazar; montava bons cavalos, e enriquecia com despesas extraordinárias as algibeiras de algumas damas célebres e de vários parasitas obscuros. Calçava luvas da letra E e botas nº 36, duas qualidades que lançava à cara de todos os seus amigos que não desciam do nº 40 e da letra H. A presença deste gentil pimpolho, achava Mendonça que salvava a situação. Mendonça queria dar esta satisfação ao mundo, isto é, à opinião dos ociosos da cidade. Mas bastaria isso para tapar a boca aos ociosos?

Margarida parecia indiferente às interpretações do mundo como à assiduidade do rapaz. Seria ela tão indiferente a tudo mais neste mundo? Não; amava a mãe, tinha um capricho por Miss Dollar, gostava de boa música, e lia romances. Vestia-se bem, sem ser rigorista em matéria de moda; não valsava; quando muito dançava alguma quadrilha nos saraus a que era convidada. Não falava muito, mas exprimia-se bem. Tinha o gesto gracioso e animado, mas sem pretensão nem faceirice.

Quando Mendonça aparecia lá, Margarida recebia-o com visível contentamento. O médico iludia-se sempre, apesar de já acostumado a essas manifestações. Com efeito, Margarida gostava imensamente da presença do rapaz, mas não parecia dar-lhe uma importância que lisonjeasse o coração dele. Gostava de o ver como se gosta de ver um dia bonito, sem morrer de amores pelo sol.

Não era possível sofrer por muito tempo a posição em que se achava o médico. Uma noite, por um esforço de que antes disso se não julgaria capaz, Mendonça dirigiu a Margarida esta pergunta indiscreta:

— Foi feliz com seu marido?

Margarida franziu a testa com espanto e cravou os olhos nos do médico, que pareciam continuar mudamente a pergunta.

— Fui — disse ela no fim de alguns instantes.

Mendonça não disse palavra; não contava com aquela resposta. Confiava demais na intimidade que reinava entre ambos; e queria descobrir por algum modo a causa da insensibilidade da viúva. Falhou o cálculo; Margarida tornou-se séria durante algum tempo; a chegada de D. Antônia salvou uma situação esquerda para Mendonça. Pouco depois Margarida voltava às boas, e a conversa tornou-se animada e íntima como sempre. A chegada de Jorge levou a animação da conversa a proporções maiores; D. Antônia, com olhos e ouvidos de mãe, achava que o filho era o rapaz mais engraçado deste mundo; mas a verdade é que não havia em toda a cristandade espírito mais frívolo. A mãe ria-se de tudo quanto o filho dizia; o filho enchia, só ele, a conversa, referindo anedotas e reproduzindo ditos e sestros do Alcazar. Mendonça via todas essas feições do rapaz, e aturava-o com resignação evangélica.

A entrada de Jorge, animando a conversa, acelerou as horas; às dez retirou-se o médico, acompanhado pelo filho de D. Antônia, que ia cear. Mendonça recusou o convite que

Jorge lhe fez, e despediu-se dele na Rua do Conde, esquina da do Lavradio.

Nessa mesma noite resolveu Mendonça dar um golpe decisivo; resolveu escrever uma carta a Margarida. Era temerário para quem conhecesse o caráter da viúva; mas, com os precedentes já mencionados, era loucura. Entretanto, não hesitou o médico em empregar a carta, confiando que no papel diria as coisas de muito melhor maneira que de boca. A carta foi escrita com febril impaciência; no dia seguinte, logo depois de almoçar, Mendonça meteu a carta dentro de um volume de George Sand,[13] mandou-o pelo moleque a Margarida.

A viúva rompeu a capa de papel que embrulhava o volume, e pôs o livro sobre a mesa da sala; meia hora depois voltou e pegou no livro para ler. Apenas o abriu, caiu-lhe a carta aos pés. Abriu-a e leu o seguinte:

> "Qualquer que seja a causa da sua esquivança, respeito-a, não me insurjo contra ela. Mas, se não me é dado insurgir-me, não me será lícito queixar-me? Há de ter compreendido o meu amor, do mesmo modo que tenho compreendido a sua indiferença; mas, por maior que seja essa indiferença está longe de ombrear com o amor profundo e imperioso que se apossou de meu coração quando eu mais longe me cuidava destas paixões dos primeiros anos. Não lhe contarei as insônias e as lágrimas, as esperanças e os desencantos, páginas tristes deste livro que o destino põe nas mãos do homem para que duas almas o leiam. É-lhe indiferente isso.
>
> Não ouso interrogá-la sobre a esquivança que tem mostrado em relação a mim; mas por que motivo se estende essa esquivança a tantos mais? Na idade das paixões férvidas, ornada pelo céu com uma beleza rara, por que motivo quer esconder-se ao mundo e defraudar a natureza e o coração

[13] Pseudônimo de Amandine-Aurore-Lucie Dupin (1803–1876), romancista francesa de muita importância dentro do Romantismo, por sua imaginação e pela finura de seus retratos psicológicos.

de seus incontestáveis direitos? Perdoe-me a audácia da pergunta; acho-me diante de um enigma que o meu coração desejaria decifrar. Penso às vezes que alguma grande dor a atormenta, e quisera ser o médico do seu coração; ambicionava, confesso, restaurar-lhe alguma ilusão perdida. Parece que não há ofensa nesta ambição.

Se, porém, essa esquivança denota simplesmente um sentimento de orgulho legítimo, perdoe-me se ousei escrever-lhe quando seus olhos expressamente mo proibiram. Rasgue a carta que não pode valer-lhe uma recordação, nem representar uma arma".

A carta era toda de reflexão; a frase fria e medida não exprimia o fogo do sentimento. Não terá, porém, escapado ao leitor a sinceridade e a simplicidade com que Mendonça pedia uma explicação que Margarida provavelmente não podia dar.

Quando Mendonça disse a Andrade haver escrito a Margarida, o amigo do médico entrou a rir despregadamente.

— Fiz mal? — perguntou Mendonça.

— Estragaste tudo. Os outros pretendentes começaram também por carta; foi justamente a certidão de óbito do amor.

— Paciência, se acontecer o mesmo — disse Mendonça levantando os ombros com aparente indiferença —; mas eu desejava que não estivesses sempre a falar nos pretendentes; eu não sou pretendente no sentido desses.

— Não querias casar com ela?

— Sem dúvida, se fosse possível — respondeu Mendonça.

— Pois era justamente o que os outros queriam; casar-te-ias e entrarias na mansa posse dos bens que lhe couberam em partilha e que sobem a muito mais de cem contos. Meu rico, se falo em pretendentes não é por te ofender, porque um dos quatro pretendentes despedidos fui eu.

— Tu?

— É verdade; mas descansa, não fui o primeiro, nem ao menos o último.

— Escreveste?

— Como os outros; como eles, não obtive resposta; isto é, obtive uma: devolveu-me a carta. Portanto, já que lhe escreveste, espera o resto; verás se o que te digo é ou não exato. Estás perdido, Mendonça; fizeste muito mal.

Andrade tinha esta feição característica de não omitir nenhuma das cores sombrias de uma situação, com o pretexto de que aos amigos se deve a verdade. Desenhado o quadro, despediu-se de Mendonça, e foi adiante.

Mendonça foi para casa, onde passou a noite em claro.

VII

Enganara-se Andrade; a viúva respondeu à carta do médico. A carta dela limitou-se a isto:

> "Perdoo-lhe tudo; não lhe perdoarei se me escrever outra vez. A minha esquivança não tem nenhuma causa; é questão de temperamento".

O sentido da carta era ainda mais lacônico do que a expressão. Mendonça leu-a muitas vezes, a ver se a completava; mas foi trabalho perdido. Uma coisa concluiu ele logo; era que havia coisa oculta que arredava Margarida do casamento; depois concluiu outra, era que Margarida ainda lhe perdoaria segunda carta se lha escrevesse.

A primeira vez que Mendonça foi a Matacavalos achou-se embaraçado sobre a maneira por que falaria a Margarida; a viúva tirou-o do embaraço, tratando-o como se nada houvesse entre ambos. Mendonça não teve ocasião de aludir às cartas por causa da presença de D. Antônia, mas estimou isso mesmo, porque não sabia o que lhe diria caso viessem a ficar só os dois.

Dias depois, Mendonça escreveu segunda carta à viúva e mandou-lha pelo mesmo canal da outra. A carta foi-lhe devolvida sem resposta. Mendonça arrependeu-se de ter abusado da ordem da moça e resolveu, uma vez por todas, não voltar à casa de Matacavalos. Nem tinha ânimo de lá aparecer, nem julgava conveniente estar junto de uma pessoa a quem amava sem esperança.

Ao cabo de um mês não tinha perdido uma partícula sequer do sentimento que nutria pela viúva. Amava-a com o mesmíssimo ardor. A ausência, como ele pensara, aumentou-lhe o amor, como o vento ateia um incêndio. Debalde lia ou buscava distrair-se na vida agitada do Rio de Janeiro; entrou a escrever um estudo sobre a teoria do ouvido, mas a pena escapava-se-lhe para o coração, e saiu o escrito com uma mistura de nervos e sentimentos. Estava então na sua maior nomeada o romance de Pelletan sobre a vida de Jesus; Mendonça encheu o gabinete com todos os folhetos publicados de parte a parte, e entrou a estudar profundamente o misterioso drama da Judeia. Fez quanto pôde para absorver o espírito e esquecer a esquiva Margarida; era-lhe impossível.

Um dia de manhã apareceu-lhe em casa o filho de D. Antônia; traziam-no dois motivos: perguntar-lhe por que não ia a Matacavalos e mostrar-lhe umas calças novas. Mendonça aprovou as calças e desculpou como pôde a ausência, dizendo que andava atarefado. Jorge não era alma que compreendesse a verdade escondida por baixo de uma palavra indiferente; vendo Mendonça mergulhado no meio de uma chusma de livros e folhetos, perguntou-lhe se estava estudando para ser deputado. Jorge cuidava que se estudava para ser deputado!

— Não — respondeu Mendonça.

— É verdade que a prima também lá anda com livros, e não creio que pretenda ir à câmara.

— Ah! Sua prima?

— Não imagina; não faz outra coisa. Fecha-se no quarto, e passa os dias inteiros a ler.

Informado por Jorge, Mendonça supôs que Margarida era nada menos que uma mulher de letras, alguma modesta poetisa, que esquecia o amor dos homens nos braços das musas. A suposição era gratuita e filha mesmo de um espírito cego pelo amor como o de Mendonça. Há várias razões para ler muito sem ter comércio com as musas.

— Note que a prima nunca leu tanto; agora é que lhe deu para isso — disse Jorge tirando da charuteira um magnífico havana do valor de três tostões, e oferecendo outro a Mendonça. — Fume isto — continuou ele —, fume e diga-me se há ninguém como o Bernardo para ter charutos bons.

Gastos os charutos, Jorge despediu-se do médico, levando a promessa de que este iria à casa de D. Antônia o mais cedo que pudesse.

No fim de quinze dias Mendonça voltou a Matacavalos. Encontrou na sala Andrade e D. Antônia, que o receberam com aleluias. Mendonça parecia com efeito ressurgir de um túmulo; tinha emagrecido e empalidecido. A melancolia dava-lhe ao rosto maior expressão de abatimento. Alegou trabalhos extraordinários, e entrou a conversar alegremente como antes. Mas essa alegria, como se compreende, era toda forçada. No fim de um quarto de hora a tristeza apossou-se-lhe outra vez do rosto. Durante esse tempo, Margarida não apareceu na sala; Mendonça, que até então não perguntara por ela, não sei por que razão, vendo que ela não aparecia, perguntou se estava doente. D. Antônia respondeu-lhe que Margarida estava um pouco incomodada.

O incômodo de Margarida durou uns três dias; era uma simples dor de cabeça, que o primo atribuiu à aturada leitura.

No fim de alguns dias mais, D. Antônia foi surpreendida com uma lembrança de Margarida; a viúva queria ir viver na roça algum tempo.

— Aborrece-te a cidade? — perguntou a boa velha.

— Alguma coisa — respondeu Margarida —; queria ir viver uns dois meses na roça.

D. Antônia não podia recusar nada à sobrinha; concordou em ir para a roça; e começaram os preparativos. Mendonça soube da mudança no Rocio, andando a passear de noite; disse-lho Jorge na ocasião de ir para o Alcazar. Para o rapaz era uma fortuna aquela mudança, porque suprimia-lhe a única obrigação que ainda tinha neste mundo, que era a de ir jantar com a mãe.

Não achou Mendonça nada que admirar na resolução; as resoluções de Margarida começavam a parecer-lhe simplicidades.

Quando voltou para casa encontrou um bilhete de D. Antônia concebido nestes termos:

"Temos de ir para fora alguns meses; espero que não nos deixe sem despedir-se de nós. A partida é sábado; e eu quero incumbi-lo de uma coisa".

Mendonça tomou chá, e dispôs-se a dormir. Não pôde. Quis ler; estava incapaz disso. Era cedo; saiu. Insensivelmente dirigiu os passos para Matacavalos. A casa de D. Antônia estava fechada e silenciosa; evidentemente estavam já dormindo. Mendonça passou adiante, e parou junto da grade do jardim adjacente à casa. De fora podia ver a janela do quarto de Margarida, pouco elevada, e dando para o jardim. Havia luz dentro; naturalmente Margarida estava acordada. Mendonça deu mais alguns passos; a porta do jardim estava aberta. Mendonça sentiu pulsar-lhe o coração com força desconhecida. Surgiu-lhe no espírito uma suspeita. Não há coração confiante que não tenha desfalecimentos destes; além de que, seria errada a suspeita? Mendonça, entretanto, não tinha nenhum direito à viúva; fora repelido categoricamente. Se havia algum dever da parte dele era a retirada e o silêncio.

Mendonça quis conservar-se no limite que lhe estava marcado; a porta aberta do jardim podia ser esquecimento da parte dos fâmulos. O médico refletiu bem que aquilo tudo era fortuito, e fazendo um esforço afastou-se do lugar. Adiante parou e refletiu; havia um demônio que o impelia por aquela porta dentro. Mendonça voltou, e entrou com precaução.

Apenas dera alguns passos surgiu-lhe em frente Miss Dollar latindo; parece que a galga saíra de casa sem ser pressentida; Mendonça amimou-a, e a cadelinha parece que reconheceu o médico, porque trocou os latidos em festas. Na parede do quarto de Margarida desenhou-se uma sombra de mulher; era a viúva que chegava à janela para ver a causa do ruído. Mendonça coseu-se como pôde com uns arbustos que ficavam junto da grade; não vendo ninguém, Margarida voltou para dentro.

Passados alguns minutos, Mendonça saiu do lugar em que se achava e dirigiu-se para o lado da janela da viúva. Acompanhava-o Miss Dollar. Do jardim não podia olhar, ainda que fosse mais alto, para o aposento da moça. A cadelinha apenas chegou àquele ponto, subiu ligeira uma escada de pedra que comunicava o jardim com a casa; a porta do quarto de Margarida ficava justamente no corredor que se seguia à escada; a porta estava aberta. O rapaz imitou a cadelinha; subiu os seis degraus de pedra vagarosamente; quando pôs o pé no último ouviu Miss Dollar pulando no quarto e vindo latir à porta, como que avisando a Margarida de que se aproximava um estranho.

Mendonça deu mais um passo. Mas nesse momento atravessou o jardim um escravo que acudia ao latido da cadelinha; o escravo examinou o jardim, e não vendo ninguém retirou-se. Margarida foi à janela e perguntou o que era; o escravo explicou-lho e tranquilizou-a dizendo que não havia ninguém.

Justamente quando ela saía da janela aparecia à porta a figura de Mendonça. Margarida estremeceu por um abalo nervoso; ficou mais pálida do que era; depois concentrando nos olhos toda a soma de indignação que pode conter um coração, perguntou-lhe com voz trêmula:

— Que quer aqui?

Foi nesse momento, e só então, que Mendonça reconheceu toda a baixeza do seu procedimento, ou para falar mais acertadamente, toda a alucinação do seu espírito. Pareceu-lhe ver em Margarida a figura da sua consciência, a exprobrar-lhe tamanha indignidade. O pobre rapaz não procurou desculpar-se; a sua resposta foi singela e verdadeira.

— Sei que cometi um ato infame — disse ele —; não tinha razão para isso; estava louco; agora conheço a extensão do mal. Não lhe peço que me desculpe, D. Margarida; não mereço perdão; mereço desprezo; adeus.

— Compreendo, senhor — disse Margarida —; quer obrigar-me pela força do descrédito quando me não pode obrigar pelo coração. Não é de cavalheiro.

— Oh! Isso... juro-lhe que não foi tal o meu pensamento...

Margarida caiu numa cadeira parecendo chorar. Mendonça deu um passo para entrar, visto que até então não saíra da porta; Margarida levantou os olhos cobertos de lágrimas, e com um gesto imperioso mostrou-lhe que saísse.

Mendonça obedeceu; nem um nem outro dormiram nessa noite. Ambos curvavam-se ao peso da vergonha: mas, por honra de Mendonça, a dele era maior que a dela; e a dor de uma não ombreava com o remorso de outro.

VIII

No dia seguinte estava Mendonça em casa fumando charutos sobre charutos, recurso das grandes ocasiões, quando parou à porta dele um carro, apeando-se pouco depois a mãe de Jorge. A visita pareceu de mau agouro ao médico. Mas apenas a velha entrou, dissipou-lhe o receio.

— Creio — disse D. Antônia — que a minha idade permite visitar um homem solteiro.

Mendonça procurou sorrir ouvindo este gracejo; mas não pôde. Convidou a boa senhora a sentar-se, e sentou-se ele também esperando que ela lhe explicasse a causa da visita.

— Escrevi-lhe ontem, disse ela, para que fosse ver-me hoje; preferi vir cá, receando que por qualquer motivo não fosse a Matacavalos.

— Queria então incumbir-me?

— De coisa nenhuma — respondeu a velha sorrindo —; incumbir disse-lhe eu como diria qualquer outra coisa indiferente; quero informá-lo.

— Ah! De quê?

— Sabe quem ficou hoje de cama?

— D. Margarida?

— É verdade; amanheceu um pouco doente; diz que passou a noite mal. Eu creio que sei a razão — acrescentou D. Antônia rindo maliciosamente para Mendonça.

— Qual será então a razão? — perguntou o médico.

— Pois não percebe?

— Não.

— Margarida ama-o.

Mendonça levantou-se da cadeira como por uma mola. A declaração da tia da viúva era tão inesperada que o rapaz cuidou estar sonhando.

— Ama-o — repetiu D. Antônia.

— Não creio — respondeu Mendonça depois de algum silêncio —; há de ser engano seu.

— Engano! — disse a velha.

D. Antônia contou a Mendonça que, curiosa por saber a causa das vigílias de Margarida, descobrira no quarto dela um *diário de impressões*, escrito por ela, à imitação de não sei quantas heroínas de romances; aí lera a verdade que lhe acabava de dizer.

— Mas se me ama — observou Mendonça sentindo entrar-lhe n'alma um mundo de esperanças —, se me ama, por que recusa o meu coração?

— O *diário* explica isso mesmo; eu lhe digo. Margarida foi infeliz no casamento; o marido teve unicamente em vista gozar da riqueza dela; Margarida adquiriu a certeza de que nunca será amada por si, mas pelos cabedais que possui; atribui o seu amor à cobiça. Está convencido?

Mendonça começou a protestar.

— É inútil — disse D. Antônia —, eu creio na sinceridade do seu afeto; já de há muito percebi isso mesmo; mas como convencer um coração desconfiado?

— Não sei.

— Nem eu — disse a velha —; mas para isso é que eu vim cá; peço-lhe que veja se pode fazer com que a minha Margarida torne a ser feliz se lhe influi a crença no amor que lhe tem.

— Acho que é impossível.

Mendonça lembrou-se de contar a D. Antônia a cena da véspera; mas arrependeu-se a tempo.

D. Antônia saiu pouco depois.

A situação de Mendonça, ao passo que se tornara mais clara, estava mais difícil que antes. Era possível tentar alguma coisa antes da cena do quarto; mas depois, achava Mendonça impossível conseguir nada.

A doença de Margarida durou dois dias, no fim dos quais levantou-se a viúva um pouco abatida, e a primeira coisa que fez foi escrever a Mendonça pedindo-lhe que fosse lá à casa.

Mendonça admirou-se bastante do convite, e obedeceu de pronto.

— Depois do que se deu há três dias — disse-lhe Margarida —, compreende o senhor que eu não posso ficar debaixo da ação da maledicência... Diz que me ama; pois bem, o nosso casamento é inevitável.

"Inevitável!", amargou esta palavra ao médico, que aliás não podia recusar uma reparação. Lembrava-se ao mesmo tempo que era amado; e conquanto a ideia lhe sorrisse ao espírito, outra vinha dissipar esse instantâneo prazer, e era a suspeita que Margarida nutria a seu respeito.

— Estou às suas ordens — respondeu ele.

Admirou-se D. Antônia da presteza do casamento quando Margarida lho anunciou nesse mesmo dia. Supôs que fosse milagre do rapaz. Pelo tempo adiante reparou que os noivos tinham cara mais de enterro que de casamento. Interrogou a sobrinha a esse respeito; obteve uma resposta evasiva.

Foi modesta e reservada a cerimônia do casamento. Andrade serviu de padrinho, D. Antônia de madrinha; Jorge falou no Alcazar a um padre, seu amigo, para celebrar o ato.

D. Antônia quis que os noivos ficassem residindo em casa com ela. Quando Mendonça se achou a sós com Margarida, disse-lhe:

— Casei-me para salvar-lhe a reputação; não quero obrigar pela fatalidade das coisas um coração que me não pertence. Ter-me-á por seu amigo; até amanhã.

Saiu Mendonça depois deste *speech*, deixando Margarida suspensa entre o conceito que fazia dele e a impressão das suas palavras agora.

Não havia posição mais singular do que a destes noivos separados por uma quimera. O mais belo dia da vida tornava-se para eles um dia de desgraça e de solidão; a formalidade do casamento foi simplesmente o prelúdio do mais completo divórcio. Menos cepticismo da parte de Margarida, mais cavalheirismo da parte do rapaz, teriam poupado o desenlace sombrio da comédia do coração. Vale mais imaginar que descrever as torturas daquela primeira noite de noivado.

Mas aquilo que o espírito do homem não vence, há de vencê-lo o tempo, a quem cabe final razão. O tempo convenceu Margarida de que a sua suspeita era gratuita; e, coincidindo com ele o coração, veio a tornar-se efetivo o casamento apenas celebrado.

Andrade ignorou estas coisas; cada vez que encontrava Mendonça chamava-lhe Colombo do amor; tinha Andrade a mania de todo o sujeito a quem as ideias ocorrem trimestralmente; apenas pilhada alguma de jeito repetia-a até a saciedade.

Os dois esposos são ainda noivos e prometem sê-lo até a morte. Andrade meteu-se na diplomacia e promete ser um dos luzeiros da nossa representação internacional. Jorge continua a ser um bom pândego; D. Antônia prepara-se para despedir-se do mundo.

Quanto a Miss Dollar, causa indireta de todos estes acontecimentos, saindo um dia à rua foi pisada por um carro; faleceu pouco depois. Margarida não pôde reter algumas lágrimas pela nobre cadelinha; foi o corpo enterrado na chácara, à sombra de uma laranjeira; cobre a sepultura uma lápide com esta simples inscrição:

A Miss Dollar.

Marcha fúnebre

O Deputado Cordovil não podia pregar olho uma noite de agosto de 186... Viera cedo do Cassino Fluminense, depois da retirada do Imperador, e durante o baile não tivera o mínimo incômodo moral nem físico. Ao contrário, a noite foi excelente; tão excelente que um inimigo seu, que padecia do coração, faleceu antes das dez horas, e a notícia chegou ao Cassino pouco depois das onze.

Naturalmente concluis que ele ficou alegre com a morte do homem, espécie de vingança que os corações adversos e fracos tomam em falta de outra. Digo-te que concluis mal; não foi alegria, foi desabafo. A morte vinha de meses, era daquelas que não acabam mais, moem, mordem, comem, trituram a pobre criatura humana. Cordovil sabia dos padecimentos do adversário. Alguns amigos, para o consolar de antigas injúrias, iam contar-lhe o que viam ou sabiam do enfermo, pregado a uma cadeira de braços, vivendo as noites horrivelmente, sem que as auroras lhe trouxessem esperanças, nem as tardes desenganos. Cordovil pagava-lhes com alguma palavra de compaixão, que o alvissareiro adotava, e repetia, e era mais sincera naquele que neste. Enfim acabara de padecer; daí o desabafo.

Este sentimento pegava com a piedade humana. Cordovil, salvo em política, não gostava do mal alheio. Quando rezava, ao levantar da cama: "Padre Nosso, que estás no céu, santificado seja o teu nome, venha a nós o teu reino, seja feita a tua vontade, assim na terra como no céu; o pão nosso de cada dia nos dá hoje; perdoa as nossas dívidas, como nós perdoamos aos nossos devedores"... não imitava um de seus amigos que rezava a mesma prece, sem todavia perdoar aos devedores, como dizia de língua; esse chegava a cobrar além do que eles lhe deviam, isto é, se ouvia maldizer de alguém, decorava tudo e mais alguma coisa, e ia repeti-lo a outra parte. No dia seguinte, porém, a bela oração de Jesus tornava a sair dos lábios da véspera com a mesma caridade de ofício.

Cordovil não ia nas águas desse amigo; perdoava deveras. Que entrasse no perdão um tantinho de preguiça, é possível, sem aliás ser evidente. Preguiça amamenta muita virtude. Sempre é alguma coisa minguar força à ação do mal. Não esqueças que o deputado só gostava do mal alheio em política, e o inimigo morto era inimigo pessoal. Quanto à causa da inimizade, não a sei eu, e o nome do homem acabou com a vida.

— Coitado! Descansou — disse Cordovil.

Conversaram da longa doença do finado. Também falaram das várias mortes deste mundo, dizendo Cordovil que a todas preferia a de César, não por motivo do ferro, mas por inesperada e rápida.

— *Tu quoque?*[1] — perguntou-lhe um colega rindo.

Ao que ele, apanhando a alusão, replicou:

— Eu, se tivesse um filho, quisera morrer às mãos dele. O parricídio, estando fora do comum, faria a tragédia mais trágica.

Tudo foi assim alegre. Cordovil saiu do baile com sono, e foi cochilando no carro, apesar do mal calçado das ruas. Perto de casa, sentiu parar o carro e ouviu rumor de vozes. Era o caso de um defunto, que duas praças de polícia estavam levantando do chão.

— Assassinado? — perguntou ele ao lacaio, que descera da almofada para saber o que era.

Não sei, não, senhor.

Pergunta o que é.

Este moço sabe como foi — disse o lacaio, indicando um desconhecido, que falava a outros.

---

[1] São as primeiras palavras que César teria dito ao ser assassinado por Brutus, que diziam que seria seu filho. O dito de César, por inteiro, é o seguinte: *Tu quoque, fili! (Tu também, meu filho!).*

O moço aproximou-se da portinhola, antes que o deputado recusasse ouvi-lo. Referiu-lhe então em poucas palavras o acidente a que assistira.

— Vínhamos andando, ele adiante, eu atrás. Parece que assobiava uma polca. Indo a atravessar a rua para o lado do Mangue, vi que estacou o passo, a modo que torceu o corpo, não sei bem, e caiu sem sentidos. Um doutor, que chegou logo, descendo de um sobradinho, examinou o homem e disse que "morreu de repente". Foi-se juntando gente, a patrulha levou muito tempo a chegar. Agora pegou dele. Quer ver o defunto?

— Não, obrigado. Já se pode passar?

— Pode.

— Obrigado. Vamos, Domingos.

Domingos trepou à almofada, o cocheiro tocou os animais, e o carro seguiu até à Rua de São Cristóvão, onde morava Cordovil.

Antes de chegar à casa, Cordovil foi pensando na morte do desconhecido. Em si mesma, era boa; comparada à do inimigo pessoal, excelente. Ia a assobiar, cuidando sabe Deus em que delícia passada ou em que esperança futura; revivia o que vivera, ou antevia o que podia viver, senão quando, a morte pegou da delícia ou da esperança, e lá se foi o homem ao eterno repouso. Morreu sem dor, ou, se alguma teve, foi acaso brevíssima, como um relâmpago que deixa a escuridão mais escura.

Então pôs o caso em si. Se lhe tem acontecido no Cassino a morte do Aterrado? Não seria dançando; os seus quarenta anos não dançavam. Podia até dizer que ele só dançou até aos vinte. Não era dado a moças, tivera uma afeição única na vida — aos vinte e cinco anos, casou e enviuvou ao cabo de cinco semanas para não casar mais. Não é que lhe faltassem noivas, mormente depois de perder o avô, que lhe deixou duas fazendas. Vendeu-as ambas e passou a viver consigo, fez duas viagens à Europa, continuou a política e a sociedade. Ultimamente parecia enojado de uma e de outra, mas não tendo em que matar o tempo, não abriu mão delas. Chegou a ser ministro uma vez, creio que da Marinha, não passou de sete meses. Nem a pasta lhe deu glória, nem a demissão desgosto. Não era ambicioso, e mais puxava para a quietação que para o movimento.

Mas se lhe tivesse sucedido morrer de repente no Cassino, ante uma valsa ou quadrilha, entre duas portas? Podia ser muito bem. Cordovil compôs de imaginação a cena, ele caído de bruços ou de costas, o prazer turbado, a dança interrompida... e dali podia ser que não; um pouco de espanto apenas, outro de susto, os homens animando as damas, a orquestra continuando por instantes a oposição do compasso e da confusão. Não faltariam braços que o levassem para um gabinete, já morto, totalmente morto.

"Tal qual a morte de César", ia dizendo consigo.

E logo emendou.

"Não, melhor que ela; sem ameaça, nem armas, nem sangue, uma simples queda e o fim. Não sentiria nada."

Cordovil deu consigo a rir ou a sorrir, alguma coisa que afastava o terror e deixava a sensação da liberdade. Em verdade, antes a morte assim que após longos dias ou longos meses e anos, como o adversário que perdera algumas horas antes. Nem era morrer; era um gesto de chapéu, que se perdia no ar com a própria mão e a alma que lhe dera movimento. Um cochilo e o sono eterno. Achava-lhe um só defeito — o aparato. Essa morte no meio de um baile, defronte do Imperador, ao som de Strauss,[2] contada, pintada, enfeitada nas folhas públicas, essa morte pareceria de encomenda. Paciência, uma vez que fosse repentina.

Também pensou que podia ser na Câmara, no dia seguinte, ao começar o debate do orçamento. Tinha a palavra; já andava cheio de algarismos e citações. Não quis imaginar o caso, não valia a pena; mas o caso teimou e apareceu de si mesmo. O salão da Câmara, em vez do Cassino, sem damas ou com poucas, nas tribunas. Vasto silêncio. Cordovil, em pé, começaria o discurso, depois de circular os olhos pela casa,

---

[2] Johann Strauss (1825–1899) — compositor austríaco, célebre por suas valsas.

fitar o ministro e fitar o presidente. "Releve-me a Câmara que lhe tome algum tempo, serei breve, buscarei ser justo..." Aqui uma nuvem lhe taparia os olhos, a língua pararia, o coração também, e ele cairia de golpe no chão. Câmara, galerias, tribunas ficariam assombradas. Muitos deputados correriam a erguê-lo; um, que era médico, verificaria a morte; não diria que fora de repente, como o do sobradinho do Aterrado, mas por outro estilo mais técnico. Os trabalhos seriam suspensos, depois de algumas palavras do presidente e escolha da comissão que acompanharia o finado ao cemitério...

Cordovil quis rir da circunstância de imaginar além da morte, o movimento e o saimento, as próprias notícias dos jornais, que ele leu de cor e depressa. Quis rir, mas preferia cochilar; os olhos é que, estando já perto de casa e da cama, não quiseram desperdiçar o sono, e ficaram arregalados.

Então a morte, que ele imaginara pudesse ter sido no baile, antes de sair, ou no dia seguinte em plena sessão da Câmara, apareceu ali mesmo no carro. Supôs ele que, ao abrirem-lhe a portinhola, dessem com o seu cadáver. Sairia assim de uma noite ruidosa para outra pacífica, sem conversas, nem danças, nem encontros, sem espécie alguma de luta ou resistência. O estremeção que teve fez-lhe ver que não era verdade. Efetivamente, o carro entrou na chácara, estacou, e Domingos saltou da almofada para vir abrir-lhe a portinhola. Cordovil desceu com as pernas e a alma vivas, e entrou pela porta lateral, onde o aguardava com um castiçal e vela acesa o escravo Florindo. Subiu a escada, e os pés sentiam que os degraus eram deste mundo; se fossem do outro, desceriam naturalmente. Em cima, ao entrar no quarto, olhou para a cama; era a mesma dos sonos quietos e demorados.

— Veio alguém?

— Não, senhor — respondeu o escravo distraído, mas corrigiu logo: — Veio, sim, senhor; veio aquele doutor que almoçou com meu senhor domingo passado.

— Queria alguma coisa?

— Disse que vinha dar a meu senhor uma boa notícia, e deixou este bilhete, que eu botei ao pé da cama.

O bilhete referia a morte do inimigo; era de um dos amigos que usavam contar-lhe a marcha da moléstia. Quis ser o primeiro a anunciar o desenlace, um alegrão, com um abraço apertado. Enfim, morrera o patife. Não disse a coisa assim por esses termos claros, mas os que empregou vinham a dar neles, acrescendo que não atribuiu esse único objeto à visita. Vinha passar a noite; só ali soube que Cordovil fora ao Cassino. Ia a sair, quando lhe lembrou a morte e pediu ao Florindo que lhe deixasse escrever duas linhas. Cordovil entendeu o significado, e ainda uma vez lhe doeu a agonia do outro. Fez um gesto de melancolia e exclamou a meia voz:

— Coitado! Vivam as mortes súbitas!

Florindo, se referisse o gesto e a frase ao doutor do bilhete, talvez o fizesse arrepender da canseira. Nem pensou nisso; ajudou o senhor a preparar-se para dormir, ouviu as últimas ordens e despediu-se. Cordovil deitou-se.

— Ah! — suspirou ele estirando o corpo cansado.

Teve então uma ideia, a de amanhecer morto. Esta hipótese, a melhor de todas, porque o apanharia meio morto, trouxe consigo mil fantasias que lhe arredaram o sono dos olhos. Em parte, era a repetição das outras, a participação à Câmara, as palavras do presidente, comissão para o saimento, e o resto. Ouviu lástimas de amigos e de fâmulos, viu notícias impressas, todas lisonjeiras ou justas. Chegou a desconfiar que era já sonho. Não era. Chamou-se ao quarto, à cama, a si mesmo: estava acordado.

A lamparina deu melhor corpo à realidade. Cordovil espancou as ideias fúnebres e esperou que as alegres tomassem conta dele e dançassem até cansá-lo. Tentou vencer uma visão com outra. Fez até uma coisa engenhosa, convocou os cinco sentidos, porque a memória de todos eles era aguda e fresca; foi assim evocando lances e rasgos longamente extintos. Gestos, cenas de sociedade e de família, panoramas, repassou muita coisa vista, com o aspecto do tempo diverso e remoto. Deixara de comer acepipes que outra vez lhe sabiam, como se estivesse agora a mastigá-los. Os ouvidos escutavam passos leves e pesados, cantos joviais e tristes, e palavras de todos os feitios. O tato, o olfato, todos fizeram o seu ofício, durante um prazo que ele não calculou.

Cuidou de dormir e cerrou bem os olhos. Não pôde, nem do lado direito, nem do esquerdo, de costas nem de bruços. Ergueu-se e foi ao relógio; eram três horas. Insensivelmente levou-o à orelha a ver se estava parado; estava andando, dera-lhe corda. Sim, tinha tempo de dormir um bom sono; deitou-se, cobriu a cabeça para não ver a luz.

Ah! Foi então que o sono tentou entrar, calado e surdo, todo cautelas, como seria a morte, se quisesse levá-lo de repente, para nunca mais. Cordovil cerrou os olhos com força, e fez mal, porque a força acentuou a vontade que tinha de dormir; cuidou de os afrouxar, e fez bem. O sono, que ia a recuar, tornou atrás, e veio estirar-se ao lado dele, passando-lhe aqueles braços leves e pesados, a um tempo, que tiram à pessoa todo movimento. Cordovil os sentia, e com os seus quis conchegá-los ainda mais... A imagem não é boa, mas não tenho outra à mão nem tempo de ir buscá-la. Digo só o resultado do gesto, que foi arredar o sono de si, tão aborrecido ficou este reformador de cansados.

— Que terá ele hoje contra mim? — perguntaria o sono, se falasse.

Tu sabes que ele é mudo por essência. Quando parece que fala é o sonho que abre a boca à pessoa; ele não, ele é a pedra, e ainda a pedra fala, se lhe batem, como estão fazendo agora os calceteiros da minha rua. Cada pancada acorda na pedra um som, e a regularidade do gesto torna aquele som tão pontual que parece a alma de um relógio. Vozes de conversa ou de pregão, rodas de carro, passos de gente, uma janela batida pelo vento, nada dessas coisas que ora ouço, animava então a rua e a noite de Cordovil. Tudo era propício ao sono.

Cordovil ia finalmente dormir, quando a ideia de amanhecer morto apareceu outra vez. O sono recuou e fugiu. Esta alternativa durou muito tempo. Sempre que o sono ia a grudar-lhe os olhos, a lembrança da morte os abria, até que ele sacudiu o lençol e saiu da cama. Abriu uma janela e encostou-se ao peitoril. O céu queria clarear, alguns vultos iam passando na rua, trabalhadores e mercadores que desciam para o centro da cidade. Cordovil sentiu um arrepio; não sabendo se era frio ou medo, foi vestir um camisão de chita, e voltou para a janela. Parece que era frio, porque não sentia mais nada.

A gente continuava a passar, o céu a clarear, e um assobio da estrada de ferro deu sinal de trem que ia partir. Homens e coisas vinham do descanso; o céu fazia economia de estrelas, apagando-as, à medida que o sol ia chegando para o seu ofício. Tudo dava ideia de vida. Naturalmente a ideia da morte foi recuando e desapareceu de todo, enquanto o nosso homem, que suspirou por ela no Cassino, que a desejou para o dia seguinte na Câmara dos Deputados, que a encarou no carro, voltou-lhe as costas quando a viu entrar com o sono, seu irmão mais velho, ou mais moço, não sei.

Quando veio a falecer, muitos anos depois, pediu e teve a morte, não súbita, mas vagarosa, a morte de um vinho filtrado, que sai impuro de uma garrafa para entrar purificado em outra; a borra iria para o cemitério. Agora é que lhe via a filosofia; em ambas as garrafas era sempre o vinho que ia ficando, até passar inteiro e pingado para a segunda. Morte súbita não acabava de entender o que era.

Pai contra mãe

A escravidão levou consigo ofícios e aparelhos, como terá sucedido a outras instituições sociais. Não cito alguns aparelhos senão por se ligarem a certo ofício. Um deles era o ferro ao pescoço, outro o ferro ao pé; havia também a máscara de folha de flandres. A máscara fazia perder o vício da embriaguez aos escravos, por lhes tapar a boca. Tinha só três buracos, dois para ver, um para respirar, e era fechada atrás da cabeça por um cadeado. Com o vício de beber, perdiam a tentação de furtar, porque geralmente era dos vinténs do senhor que eles tiravam com que matar a sede, e aí ficavam dois pecados extintos, e a sobriedade e a honestidade certas. Era grotesca tal máscara, mas a ordem social e humana nem sempre se alcança sem o grotesco, e alguma vez o cruel. Os funileiros as tinham penduradas, à venda, na porta das lojas. Mas não cuidemos de máscaras.

O ferro ao pescoço era aplicado aos escravos fujões. Imaginai uma coleira grossa, com a haste grossa também, à direita ou à esquerda, até ao alto da cabeça e fechada atrás com chave. Pesava, naturalmente, mas era menos castigo que sinal. Escravo que fugia assim, onde quer que andasse, mostrava um reincidente, e com pouco era pegado.

Há meio século, os escravos fugiam com frequência. Eram muitos, e nem todos gostavam da escravidão. Sucedia ocasionalmente apanharem pancada, e nem todos gostavam de apanhar pancada. Grande parte era apenas repreendida; havia alguém de casa que servia de padrinho, e o mesmo dono não era mau; além disso, o sentimento da propriedade moderava a ação, porque dinheiro também dói. A fuga repetia-se, entretanto. Casos houve, ainda que raros, em que o escravo de contrabando, apenas comprado no Valongo, deitava a correr, sem conhecer as ruas da cidade. Dos que seguiam para casa, não raro, apenas ladinos, pediam ao senhor que lhes marcasse aluguel, e iam ganhá-lo fora, quitandando.

Quem perdia um escravo por fuga dava algum dinheiro a quem lho levasse. Punha anúncios nas folhas públicas, com os sinais do fugido, o nome, a roupa, o defeito físico, se o tinha, o bairro por onde andava e a quantia de gratificação. Quando não vinha a quantia, vinha promessa: "gratificar-se-á generosamente", ou "receberá uma boa gratificação". Muita vez o anúncio trazia em cima ou ao lado uma vinheta, figura de preto, descalço, correndo, vara ao ombro, e na ponta uma trouxa. Protestava-se com todo o rigor da lei contra quem o acoitasse.

Ora, pegar escravos fugidos era um ofício do tempo. Não seria nobre, mas por ser instrumento da força com que se mantêm a lei e a propriedade, trazia esta outra nobreza implícita das ações reivindicadoras. Ninguém se metia em tal ofício por desfastio ou estudo; a pobreza, a necessidade de uma achega, a inaptidão para outros trabalhos, o acaso, e alguma vez o gosto de servir também, ainda que por outra via, davam o impulso ao homem que se sentia bastante rijo para pôr ordem à desordem.

Cândido Neves — em família, Candinho —, é a pessoa a quem se liga a história de uma fuga, cedeu à pobreza, quando adquiriu o ofício de pegar escravos fugidos. Tinha um defeito grave esse homem, não aguentava emprego nem ofício, carecia de estabilidade; é o que ele chamava caiporismo. Começou por querer aprender tipografia, mas viu cedo que era preciso algum tempo para compor bem, e ainda assim talvez não ganhasse o bastante; foi o que ele disse a si mesmo. O comércio chamou-lhe a atenção, era carreira boa. Com algum esforço entrou de caixeiro para um armarinho. A obrigação, porém, de atender e servir a todos feria-o na corda do orgulho, e ao cabo de cinco ou seis semanas estava na rua por sua vontade. Fiel de cartório, contínuo de uma repartição anexa ao ministério do Império, carteiro e outros empregos foram deixados pouco depois de obtidos.

Quando veio a paixão da moça Clara, não tinha ele mais que dívidas, ainda que poucas, porque morava com um primo, entalhador de ofício. Depois de várias tentativas para obter emprego, resolveu adotar o ofício do primo, de que aliás já tomara algumas lições. Não lhe custou apanhar outras, mas, querendo aprender depressa, aprendeu mal. Não fazia obras finas nem complicadas, apenas garras para sofás e relevos comuns para cadeiras. Queria ter em que trabalhar quando casasse, e o casamento não se demorou muito.

Contava trinta anos. Clara vinte e dois. Ela era órfã, morava com uma tia, Mônica, e cosia com ela. Não cosia tanto que não namorasse o seu pouco, mas os namorados apenas queriam matar o tempo; não tinham outro empenho. Passavam às tardes, olhavam muito para ela, ela para eles, até que a noite a fazia recolher para a costura. O que ela notava é que nenhum deles lhe deixava saudades nem lhe acendia desejos. Talvez nem soubesse o nome de muitos. Queria casar, naturalmente. Era, como lhe dizia a tia, um pescar de caniço, a ver se o peixe pegava, mas o peixe passava de longe; algum que parasse, era só para andar à roda da isca, mirá-la, cheirá-la, deixá-la e ir a outras.

O amor traz sobrescritos. Quando a moça viu Cândido Neves, sentiu que era este o possível marido, o marido verdadeiro e único. O encontro deu-se em um baile; tal foi — para lembrar o primeiro ofício do namorado —, tal foi a página inicial daquele livro, que tinha de sair mal composto e pior brochado. O casamento fez-se onze meses depois, e foi a mais bela festa das relações dos noivos. Amigas de Clara, menos por amizade que por inveja, tentaram arredá-la do passo que ia dar. Não negavam a gentileza do noivo, nem o amor que lhe tinha, nem ainda algumas virtudes; diziam que era dado em demasia a patuscadas.

— Pois ainda bem — replicava a noiva —; ao menos, não caso com defunto.

— Não, defunto não; mas é que...

Não diziam o que era. Tia Mônica, depois do casamento, na casa pobre onde eles se foram abrigar, falou-lhes uma vez nos filhos possíveis. Eles queriam um, um só, embora viesse agravar a necessidade.

— Vocês, se tiverem um filho, morrem de fome — disse a tia à sobrinha.

— Nossa Senhora nos dará de comer — acudiu Clara.

Tia Mônica devia ter-lhes feito a advertência, ou ameaça, quando ele lhe foi pedir a mão da moça; mas também ela era amiga de patuscadas, e o casamento seria uma festa, como foi.

A alegria era comum aos três. O casal ria a propósito de tudo. Os mesmos nomes eram objeto de trocados, Clara, Neves, Cândido; não davam que comer, mas davam que rir, e o riso digeria-se sem esforço. Ela cosia agora mais, ele saía a empreitadas de uma coisa e outra; não tinha emprego certo.

Nem por isso abriam mão do filho. O filho é que, não sabendo daquele desejo específico, deixava-se estar escondido na eternidade. Um dia, porém, deu sinal de si a criança; varão ou fêmea, era o fruto abençoado que viria trazer ao casal a suspirada ventura. Tia Mônica ficou desorientada, Cândido e Clara riram dos seus sustos.

— Deus nos há de ajudar, titia — insistia a futura mãe.

A notícia correu de vizinha a vizinha. Não houve mais que espreitar a aurora do dia grande. A esposa trabalhava agora com mais vontade, e assim era preciso, uma vez que, além das costuras pagas, tinha de ir fazendo com retalhos o enxoval da criança. À força de pensar nela, vivia já com ela, media-lhe fraldas, cosia-lhe camisas. A porção era escassa, os intervalos longos. Tia Mônica ajudava, é certo, ainda que de má vontade.

— Vocês verão a triste vida — suspirava ela.

— Mas as outras crianças não nascem também? — perguntou Clara.

— Nascem, e acham sempre alguma coisa certa que comer, ainda que pouco...

— Certa como?

— Certa, um emprego, um ofício, uma ocupação, mas em que é que o pai dessa infeliz criatura que aí vem gasta o tempo?

Cândido Neves, logo que soube daquela advertência, foi ter com a tia, não áspero, mas muito menos manso que de costume, e lhe perguntou se já algum dia deixara de comer.

— A senhora ainda não jejuou senão pela Semana Santa, e isso mesmo quando não quer jantar comigo. Nunca deixamos de ter o nosso bacalhau...

— Bem sei, mas somos três.

— Seremos quatro.

— Não é a mesma coisa.

— Que quer então que eu faça, além do que faço?

— Alguma coisa mais certa. Veja o marceneiro da esquina, o homem do armarinho, o tipógrafo que casou sábado, todos têm um emprego certo... Não fique zangado; não digo que você seja vadio, mas a ocupação que escolheu é vaga. Você passa semanas sem vintém.

— Sim, mas lá vem uma noite que compensa tudo, até de sobra. Deus não me abandona, e preto fugido sabe que comigo não brinca; quase nenhum resiste, muitos entregam-se logo.

Tinha glória nisto, falava da esperança como de capital seguro. Daí a pouco ria, e fazia rir à tia, que era naturalmente alegre, e previa uma patuscada no batizado.

Cândido Neves perdera já o ofício de entalhador, como abrira mão de outros muitos, melhores ou piores. Pegar escravos fugidos trouxe-lhe um encanto novo. Não obrigava a estar longas horas sentado. Só exigia força, olho vivo, paciência, coragem e um pedaço de corda. Cândido Neves lia os anúncios, copiava-os, metia-os no bolso e saía às pesquisas. Tinha boa memória. Fixados os sinais e os costumes de um escravo fugido, gastava pouco tempo em achá-lo, segurá-lo, amarrá-lo e levá-lo. A força era muita, a agilidade também. Mais de uma vez, a uma esquina, conversando de coisas remotas, via passar um escravo como os outros, e descobria logo que ia fugido, quem era, o nome, o dono, a casa deste e a gratificação; interrompia a conversa e ia atrás do vicioso. Não o apanhava logo, espreitava lugar azado, e de um salto tinha a gratificação nas mãos. Nem sempre saía sem sangue, as unhas e os dentes do outro trabalhavam, mas geralmente ele os vencia sem o menor arranhão.

Um dia os lucros entraram a escassear. Os escravos fugidos não vinham já, como dantes, meter-se nas mãos de Cândido Neves. Havia mãos novas e hábeis. Como o negócio crescesse, mais de um desempregado pegou em si e numa corda, foi aos jornais, copiou anúncios e deitou-se à caçada. No próprio bairro havia mais de um competidor. Quer dizer que as dívidas de Cândido Neves começaram de subir, sem aqueles pagamentos prontos ou quase prontos dos primeiros tempos. A vida fez-se difícil e dura. Comia-se fiado e mal; comia-se tarde. O senhorio mandava pelo aluguéis.

Clara não tinha sequer tempo de remendar a roupa ao marido, tanta era a necessidade de coser para fora. Tia Mônica ajudava a sobrinha, naturalmente. Quando ele chegava à tarde, via-se-lhe pela cara que não trazia vintém. Jantava e saía outra vez, à cata de algum fugido. Já lhe sucedia, ainda que raro, enganar-se de pessoa, e pegar em escravo fiel que ia a serviço de seu senhor; tal era a cegueira da necessidade. Certa vez capturou um preto livre; desfez-se em desculpas, mas recebeu grande soma de murros que lhe deram os parentes do homem.

— É o que lhe faltava! — exclamou a tia Mônica, ao vê-lo entrar, e depois de ouvir narrar o equívoco e suas consequências. — Deixe-se disso, Candinho; procure outra vida, outro emprego.

Cândido quisera efetivamente fazer outra coisa, não pela razão do conselho, mas por simples gosto de trocar de ofício; seria um modo de mudar de pele ou de pessoa. O pior é que não achava à mão negócio que aprendesse depressa.

A natureza ia andando, o feto crescia, até fazer-se pesado à mãe, antes de nascer. Chegou o oitavo mês, mês de angústias e necessidades, menos ainda que o nono, cuja narração dispenso também. Melhor é dizer somente os seus efeitos. Não podiam ser mais amargos.

— Não, tia Mônica! — bradou Candinho, recusando um conselho que me custa escrever, quanto mais ao pai ouvi-lo. — Isso nunca!

Foi na última semana do derradeiro mês que a tia Mônica deu ao casal o conselho de levar a criança que nascesse à Roda dos enjeitados. Em verdade, não podia haver palavra mais dura de tolerar a dois jovens pais que espreitavam a criança, para beijá-la, guardá-la, vê-la rir, crescer, engordar, pular... Enjeitar quê? enjeitar como? Candinho arregalou os olhos para a tia, e acabou dando um murro na mesa de jantar. A mesa, que era velha e desconjuntada, esteve quase a se desfazer inteiramente. Clara interveio:

— Titia não fala por mal, Candinho.

— Por mal? — replicou tia Mônica. — Por mal ou por bem, seja o que for, digo que é o melhor que vocês podem fazer. Vocês devem tudo; a carne e o feijão vão faltando. Se não aparecer algum dinheiro, como é que a família há de aumentar? E depois, há tempo; mais tarde, quando o senhor tiver a vida mais segura, os filhos que vierem serão recebidos com o mesmo cuidado que este ou maior. Este será bem criado, sem lhe faltar nada. Pois então a Roda é alguma praia ou monturo? Lá não se mata ninguém, ninguém morre à toa, enquanto que aqui é certo morrer, se viver à míngua. Enfim...

Tia Mônica terminou a frase com um gesto de ombros, deu as costas e foi meter-se na alcova. Tinha já insinuado aquela solução, mas era a primeira vez que o fazia com tal franqueza e calor — crueldade, se preferes. Clara estendeu a mão ao marido, como a amparar-lhe o ânimo; Cândido Neves fez uma careta, e chamou smaluca à tia, em voz baixa. A ternura dos dois foi interrompida por alguém que batia à porta da rua.

— Quem é? — perguntou o marido.

— Sou eu.

Era o dono da casa, credor de três meses de aluguel, que vinha em pessoa ameaçar o inquilino. Este quis que ele entrasse.

— Não é preciso...

— Faça favor.

O credor entrou e recusou sentar-se, deitou os olhos à mobília para ver se daria algo à penhora; achou que pouco. Vinha receber os aluguéis vencidos, não podia esperar mais; se dentro de cinco dias não fosse pago, pô-lo-ia na rua. Não havia trabalhado para regalo dos outros. Ao vê-lo, ninguém diria que era proprietário; mas a palavra supria o que faltava ao gesto, e o pobre Cândido Neves preferiu calar a retorquir. Fez uma inclinação de promessa e súplica ao mesmo tempo. O dono da casa não cedeu mais.

— Cinco dias ou rua! — repetiu, metendo a mão no ferrolho da porta e saindo.

Candinho saiu por outro lado. Nesses lances não chegava nunca ao desespero, contava com algum empréstimo, não sabia como nem onde, mas contava. Demais, recorreu aos anúncios. Achou vários, alguns já velhos, mas em vão os buscava desde muito. Gastou algumas horas sem proveito, e tornou para casa. Ao fim de quatro dias, não achou recursos; lançou mão de empenhos, foi a pessoas amigas do proprietário, não alcançando mais que a ordem de mudança.

A situação era aguda. Não achavam casa, nem contavam com pessoa que lhes emprestasse alguma; era ir para a rua. Não contavam com a tia. Tia Mônica teve arte de alcançar aposento para os três em casa de uma senhora velha e rica, que lhe prometeu emprestar os quartos baixos da casa, ao fundo da cocheira, para os lados de um pátio. Teve ainda a arte maior de não dizer nada aos dois, para que Cândido Neves, no desespero da crise, começasse por enjeitar o filho e acabasse alcançando algum meio seguro e regular de obter dinheiro; emendar a vida, em suma. Ouvia as queixas de Clara, sem as repetir, é certo, mas sem as consolar. No dia em que fossem obrigados a deixar a casa, fá-los-ia espantar com a notícia do obséquio e iriam dormir melhor do que cuidassem.

Assim sucedeu. Postos fora da casa, passaram ao aposento de favor, e dois dias depois nasceu a criança. A alegria do pai foi enorme, e a tristeza também. Tia Mônica insistiu em dar a criança à Roda. "Se você não a quer levar, deixe isso comigo; eu vou à Rua dos Barbonos." Cândido Neves pediu que não, que esperasse, que ele mesmo a levaria. Notai que era um menino, e que ambos os pais desejavam justamente este sexo. Mal lhe deram algum leite; mas, como chovesse à noite, assentou o pai levá-lo à Roda na noite seguinte.

Naquela reviu todas as suas notas de escravos fugidos. As gratificações pela maior parte eram promessas; algumas traziam a soma escrita e escassa. Uma, porém, subia a cem mil-réis. Tratava-se de uma mulata; vinham indicações de gesto e de vestido. Cândido Neves andara a pesquisá-la sem melhor fortuna, e abrira mão do negócio; imaginou que algum amante da escrava a houvesse recolhido. Agora, porém, a vista nova da quantia e a necessidade dela animaram Cândido Neves a fazer um grande esforço derradeiro. Saiu de manhã a ver e indagar pela Rua e Largo da Carioca, Rua do Parto e da Ajuda, onde ela parecia andar, segundo o anúncio. Não a achou; apenas um farmacêutico da Rua da Ajuda se lembrava de ter vendido uma onça de qualquer droga, três dias antes, à pessoa que tinha os sinais indicados. Cândido Neves parecia falar como dono da escrava, e agradeceu cortesmente a notícia. Não foi mais feliz com outros fugidos de gratificação incerta ou barata.

Voltou para a triste casa que lhe haviam emprestado. Tia Mônica arranjara de si mesma a dieta para a recente mãe, e tinha já o menino para ser levado à Roda. O pai, não obstante o acordo feito, mal pôde esconder a dor do espetáculo. Não quis comer o que tia Mônica lhe guardara; não tinha fome, disse, e era verdade. Cogitou mil modos de ficar com o filho; nenhum prestava. Não podia esquecer o próprio albergue em que vivia. Consultou a mulher, que se mostrou resignada. Tia Mônica pintara-lhe a criação do menino; seria maior miséria, podendo suceder que o filho achasse a morte sem recurso. Cândido Neves foi obrigado a cumprir a promessa; pediu à mulher que desse ao filho o resto do leite que ele beberia da mãe. Assim se fez; o pequeno adormeceu, o pai pegou dele, e saiu na direção da Rua dos Barbonos.

Que pensasse mais de uma vez em voltar para casa com ele, é certo; não menos certo é que o agasalhava muito, que o beijava, que cobria o rosto para preservá-lo do sereno. Ao entrar na Rua da Guarda Velha, Cândido Neves começou a afrouxar o passo.

— Hei de entregá-lo o mais tarde que puder — murmurou ele.

Mas não sendo a rua infinita ou sequer longa, viria a acabá-la; foi então que lhe ocorreu entrar por um dos becos que ligavam aquela à Rua da Ajuda. Chegou ao fim do beco e, indo a dobrar à direita, na direção do Largo da Ajuda, viu do lado oposto um vulto de mulher; era a mulata fugida. Não dou aqui a comoção de Cândido Neves por não podê-lo fazer com a intensidade real. Um adjetivo basta; digamos enorme. Descendo a mulher, desceu ele também; a poucos passos estava a farmácia onde obtivera a informação, que referi acima. Entrou, achou o farmacêutico, pediu-lhe a fineza de guardar a criança por um instante; viria buscá-la sem falta.

— Mas...

Cândido Neves não lhe deu tempo de dizer nada; saiu rápido, atravessou a rua, até ao ponto em que pudesse pegar a mulher sem dar alarma. No extremo da rua, quando ela ia a descer a de São José, Cândido Neves aproximou-se dela. Era a mesma, era a mulata fujona.

— Arminda! — bradou, conforme a nomeava o anúncio.

Arminda voltou-se sem cuidar malícia. Foi só quando ele, tendo tirado o pedaço de corda da algibeira, pegou dos braços da escrava, que ela compreendeu e quis fugir. Era já impossível. Cândido Neves, com as mãos robustas, atava-lhe os pulsos e dizia que andasse. A escrava quis gritar, parece que chegou a soltar alguma voz mais alta que de costume, mas entendeu logo que ninguém viria libertá-la, ao contrário. Pediu então que a soltasse pelo amor de Deus.

— Estou grávida, meu senhor! — exclamou. — Se Vossa Senhoria tem algum filho, peço-lhe por amor dele que me solte; eu serei sua escrava, vou servi-lo pelo tempo que quiser. Me solte, meu senhor moço!

— Siga! — repetiu Cândido Neves.

— Me solte!

— Não quero demoras; siga!

Houve aqui luta, porque a escrava, gemendo, arrastava-se a si e ao filho. Quem passava ou estava à porta de uma loja, compreendia o que era e naturalmente não acudia. Arminda ia alegando que o senhor era muito mau, e provavelmente a castigaria com açoites — coisa que, no estado em que ela estava, seria pior de sentir. Com certeza, ele lhe mandaria dar açoites.

— Você é que tem culpa. Quem lhe manda fazer filhos e fugir depois? — perguntou Cândido Neves.

Não estava em maré de riso, por causa do filho que lá ficara na farmácia, à espera dele. Também é certo que não costumava dizer grandes coisas. Foi arrastando a escrava pela

Rua dos Ourives, em direção à da Alfândega, onde residia o senhor. Na esquina desta a luta cresceu; a escrava pôs os pés à parede, recuou com grande esforço, inutilmente. O que alcançou foi, apesar de ser a casa próxima, gastar mais tempo em lá chegar do que devera. Chegou, enfim, arrastada, desesperada, arquejando. Ainda ali ajoelhou-se, mas em vão. O senhor estava em casa, acudiu ao chamado e ao rumor.

— Aqui está a fujona — disse Cândido Neves.

— É ela mesma.

— Meu senhor!

— Anda, entra...

Arminda caiu no corredor. Ali mesmo o senhor da escrava abriu a carteira e tirou os cem mil-réis de gratificação. Cândido Neves guardou as duas notas de cinquenta mil-réis, enquanto o senhor novamente dizia à escrava que entrasse. No chão, onde jazia, levada do medo e da dor, e após algum tempo de luta, a escrava abortou.

O fruto de algum tempo entrou sem vida neste mundo, entre os gemidos da mãe e os gestos de desespero do dono. Cândido Neves viu todo esse espetáculo. Não sabia que horas eram. Quaisquer que fossem, urgia correr à Rua da Ajuda, e foi o que ele fez sem querer conhecer as consequências do desastre.

Quando lá chegou, viu o farmacêutico sozinho, sem o filho que lhe entregara. Quis esganá-lo. Felizmente, o farmacêutico explicou tudo a tempo; o menino estava lá dentro com a família, e ambos entraram. O pai recebeu o filho com a mesma fúria com que pegara a escrava fujona de há pouco, fúria diversa, naturalmente, fúria de amor. Agradeceu depressa e mal, e saiu às carreiras, não para a Roda dos enjeitados, mas para a casa de empréstimo, com o filho e os cem mil-réis de gratificação. Tia Mônica, ouvida a explicação, perdoou a volta do pequeno, uma vez que trazia os cem mil-réis. Disse, é verdade, algumas palavras duras contra a escrava, por causa do aborto, além da fuga. Cândido Neves, beijando o filho, entre lágrimas verdadeiras, abençoava a fuga e não se lhe dava do aborto.

— Nem todas as crianças vingam — bateu-lhe o coração.

Capítulo dos chapéus

Géronte
Dans quel chapitre, s'il vous plaît?
Sganarelle
Dans le chapitre des chapeaux.[1]

Molière.

Musa, canta o despeito de Mariana, esposa do bacharel Conrado Seabra, naquela manhã de abril de 1879. Qual a causa de tamanho alvoroço? Um simples chapéu, leve, não deselegante, um chapéu baixo. Conrado, advogado, com escritório na Rua da Quitanda, trazia-o todos os dias à cidade, ia com ele às audiências; só não o levava às recepções, teatro lírico, enterros e visitas de cerimônia. No mais era constante, e isto desde cinco ou seis anos, que tantos eram os do casamento. Ora, naquela singular manhã de abril, acabado o almoço, Conrado começou a enrolar um cigarro, e Mariana anunciou sorrindo que ia pedir-lhe uma coisa.

— Que é, meu anjo?

— Você é capaz de fazer-me um sacrifício?

— Dez, vinte...

— Pois então não vá mais à cidade com aquele chapéu.

— Por quê? É feio?

— Não digo que seja feio; mas é cá para fora, para andar na vizinhança, à tarde ou à noite, mas na cidade, um advogado, não me parece que...

---

[1] Géronte
Em que capítulo, por favor?
Sganarelle
No capítulo dos chapéus.

— Que tolice, iaiá!

— Pois sim, mas faz-me este favor, faz?

Conrado riscou um fósforo, acendeu o cigarro, e fez-lhe um gesto de gracejo, para desconversar; mas a mulher teimou. A teima, a princípio frouxa e súplice, tornou-se logo imperiosa e áspera. Conrado ficou espantado. Conhecia a mulher; era, de ordinário, uma criatura passiva, meiga, de uma plasticidade de encomenda, capaz de usar com a mesma divina indiferença tanto um diadema régio como uma touca. A prova é que, tendo tido uma vida de andarilha nos últimos dois anos de solteira, tão depressa casou como se afez aos hábitos quietos. Saía às vezes, e a maior parte delas por instâncias do próprio consorte; mas só estava comodamente em casa. Móveis, cortinas, ornatos supriam-lhe os filhos; tinha-lhes um amor de mãe; e tal era a concordância da pessoa com o meio, que ela saboreava os trastes na posição ocupada, as cortinas com as dobras do costume, e assim o resto. Uma das três janelas, por exemplo, que davam para a rua vivia sempre meia aberta; nunca era outra. Nem o gabinete do marido escapava às exigências monótonas da mulher, que mantinha sem alteração a desordem dos livros, e até chegava a restaurá-la. Os hábitos mentais seguiam a mesma uniformidade. Mariana dispunha de mui poucas noções, e nunca lera senão os mesmo livros: *A moreninha* de Macedo, sete vezes; *Ivanhoe* e *O pirata* de Walter Scott, dez vezes; o *Mot de l'énigme*, de Madame Craven, onze vezes.

Isto posto, como explicar o caso do chapéu? Na véspera, à noite, enquanto o marido fora a uma sessão do Instituto da Ordem dos Advogados, o pai de Mariana veio à casa deles. Era um bom velho, magro, pausado, ex-funcionário público, ralado de saudades do tempo em que os empregados iam de casaca para as suas repartições. Casaca era o que ele, ainda agora, levava aos enterros, não pela razão que o leitor suspeita, a solenidade da morte ou a gravidade da despedida última, mas por esta menos filosófica, por ser um costume antigo. Não dava outra, nem da casaca nos enterros, nem do jantar às duas horas, nem de vinte usos mais. E tão aferrado aos hábitos, que no aniversário do casamento da filha, ia para lá às seis horas da tarde, jantado e digerido, via comer, e no fim aceitava um pouco de doce, um cálix de vinho e café. Tal era o sogro de Conrado; como supor que ele aprovasse o chapéu baixo do genro? Suportava-o calado, em atenção às qualidades da pessoa; nada mais. Acontecera-lhe, porém, naquele dia, vê-lo de relance na rua, de palestra com outros chapéus altos de homens públicos, e nunca lhe pareceu tão torpe. De noite, encontrando a filha sozinha, abriu-lhe o coração; pintou-lhe o chapéu baixo como a abominação das abominações, e instou com ela para que o fizesse desterrar.

Conrado ignorava essa circunstância, origem do pedido. Conhecendo a docilidade da mulher, não entendeu a resistência; e, porque era autoritário, e voluntarioso, a teima veio irritá-lo profundamente. Conteve-se ainda assim; preferiu mofar do caso; falou-lhe com tal ironia e desdém, que a pobre dama sentiu-se humilhada. Mariana quis levantar-se duas vezes; ele obrigou-a a ficar, a primeira pegando-lhe levemente no pulso, a segunda subjugando-a com o olhar. E dizia sorrindo:

— Olhe, iaiá, tenho uma razão filosófica para não fazer o que você me pede. Nunca lhe disse isto; mas já agora confio-lhe tudo.

Mariana mordia o lábio, sem dizer mais nada; pegou de uma faca, e entrou a bater com ela devagarinho para fazer alguma coisa; mas nem isso mesmo consentiu o marido, que lhe tirou a faca delicadamente, e continuou:

— A escolha do chapéu não é uma ação indiferente, como você pode supor; é regida por um princípio metafísico. Não cuide que quem compra um chapéu exerce uma ação voluntária e livre; a verdade é que obedece a um determinismo obscuro. A ilusão da liberdade existe arraigada nos compradores, e é mantida pelos chapeleiros que, ao verem um freguês ensaiar trinta ou quarenta chapéus, e sair sem comprar nenhum, imaginam que ele está procurando livremente uma combinação elegante. O princípio metafísico é este: o chapéu é a integração do homem, um prolongamento da cabeça, um complemento decretado *ab eterno*; ninguém o pode trocar sem mutilação. É uma questão profunda que ainda não ocorreu a ninguém. Os sábios têm estudado tudo desde o astro até o verme, ou, para exemplificar bibliograficamente, desde Laplace... Você nunca leu Laplace? Desde Laplace e a *Mecânica Celeste* até Darwin e o seu curioso livro das *Minhocas*, e, entretanto, não se lembraram ainda de parar diante do chapéu e estudá-lo por todos os lados. Ninguém advertiu que há uma metafísica do chapéu. Talvez eu escreva uma memória a este respeito. São nove horas e três quartos; não tenho tempo de dizer mais nada; mas você reflita consigo, e verá... Quem sabe? Pode ser até que nem mesmo o chapéu seja complemento do homem, mas o homem do chapéu...

Mariana venceu-se afinal, e deixou a mesa. Não entendera nada daquela nomenclatura áspera nem da singular teoria; mas sentiu que era um sarcasmo, e, dentro de si, chorava de vergonha. O marido subiu para vestir-se; desceu daí a alguns minutos, e parou diante dela com o famoso chapéu na cabeça. Mariana achou-lho, na verdade, torpe, ordinário, vulgar, nada sério. Conrado despediu-se cerimoniosamente e saiu.

A irritação da dama tinha afrouxado muito; mas o sentimento de humilhação subsistia. Mariana não chorou, não clamou, como supunha que ia fazer; mas, consigo mesma, recordou a simplicidade do pedido, os sarcasmos de Conrado, e, posto reconhecesse que fora um pouco exigente, não achava justificação para tais excessos. Ia de um lado para outro, sem poder parar; foi à sala de visitas, chegou à janela meia aberta, viu ainda o marido, na rua, à espera do bonde, de costas para casa, com o eterno e torpíssimo chapéu na cabeça. Mariana sentiu-se tomada de ódio contra essa peça ridícula; não compreendia como pudera suportá-la por tantos anos. E relembrava os anos, pensava na docilidade dos seus modos, na aquiescência a todas as vontades e caprichos do marido, e perguntava a si mesma se não seria essa justamente a causa do excesso daquela manhã. Chamava-se tola, moleirona; se tivesse feito como tantas outras, a Clara e a Sofia, por exemplo, que tratavam os maridos como eles deviam ser tratados, não lhe aconteceria nem metade nem uma sombra do que lhe aconteceu. De reflexão em reflexão, chegou à ideia de sair. Vestiu-se, e foi à casa da Sofia, uma antiga companheira de colégio, com o fim de espairecer, não de lhe contar nada.

Sofia tinha trinta anos, mais dois que Mariana. Era alta, forte, muito senhora de si. Recebeu a amiga com as festas do costume; e, posto que esta lhe não dissesse nada, adivinhou que trazia um desgosto e grande. Adeus, planos de Mariana! Daí a vinte minutos contava-lhe tudo. Sofia riu dela, sacudiu os ombros; disse-lhe que a culpa não era do marido.

— Bem sei, é minha — concordava Mariana.

— Não seja tola, iaiá! Você tem sido muito mole com ele. Mas seja forte uma vez; não faça caso; não lhe fale tão cedo; e se ele vier fazer as pazes, diga-lhe que mude primeiro de chapéu.

— Veja você, uma coisa de nada...

— No fim de contas, ele tem muita razão; tanta como outros. Olhe a pamonha da Beatriz; não foi agora para a roça, só porque o marido implicou com um inglês que costumava passar a cavalo de tarde? Coitado do inglês! Naturalmente nem deu pela falta. A gente pode viver bem com seu marido, respeitando-se, não indo contra os desejos um do outro, sem pirraças, nem despotismo. Olhe; eu cá vivo muito bem com o meu Ricardo; temos muita harmonia. Não lhe peço uma coisa que ele me não faça logo; mesmo quando não tem vontade nenhuma, basta que eu feche a cara, obedece logo. Não era ele que teimaria assim por causa de um chapéu! Tinha que ver! Pois não! Onde iria ele parar! Mudava de chapéu, quer quisesse, quer não.

Mariana ouvia com inveja essa bela definição do sossego conjugal. A rebelião de Eva embocava nela os seus clarins; e o contato da amiga dava-lhe um prurido de independência e vontade. Para completar a situação, esta Sofia não era só muito senhora de si, mas também dos outros; tinha olhos para todos os ingleses, a cavalo ou a pé. Honesta, mas namoradeira; o termo é cru, e não há tempo de compor outro mais brando. Namorava a torto e a direito, por uma necessidade natural, um costume de solteira. Era o troco miúdo do amor, que ela distribuía a todos os pobres que lhe batiam à porta: um níquel a um, outro a outro; nunca uma nota de cinco mil-réis, menos ainda uma apólice. Ora este sentimento caritativo induziu-a a propor à amiga que fossem passear, ver as lojas, contemplar a vista de outros chapéus bonitos e graves. Mariana aceitou; um certo demônio soprava nela as fúrias da vingança. Demais, a amiga tinha o dom de fascinar, virtude de Bonaparte, e não lhe deu tempo de refletir. Pois sim, iria, estava cansada de viver cativa. Também queria gozar um pouco, etc., etc.

Enquanto Sofia foi vestir-se, Mariana deixou-se estar na sala, irrequieta e contente consigo mesma. Planeou a vida de toda aquela semana, marcando os dias e horas de cada coisa, como numa viagem oficial. Levantava-se, sentava-se, ia à janela, à espera da amiga.

— Sofia parece que morreu — dizia de quando em quando.

De uma das vezes que foi à janela, viu passar um rapaz a cavalo. Não era inglês, mas lembrou-lhe a outra, que o marido levou para a roça, desconfiado de um inglês, e sentiu crescer-lhe o ódio contra a raça masculina — com exceção, talvez, dos rapazes a cavalo. Na verdade, aquele era afetado demais; esticava a perna no estribo com evidente vaidade das botas, dobrava a mão na cintura, com um ar de figurino. Mariana notou-lhe esses dois defeitos; mas achou que o chapéu resgatava-os; não que fosse um chapéu alto; era baixo, mas próprio do aparelho equestre. Não cobria a cabeça de um advogado indo gravemente para o escritório, mas a de um homem que espairecia ou matava o tempo.

Os tacões de Sofia desceram a escada, compassadamente. "Pronta!", disse ela daí a pouco, ao entrar na sala. Realmente, estava bonita. Já sabemos que era alta. O chapéu aumentava-lhe o ar senhoril; e um diabo de vestido de seda preta, arredondando-lhe as formas do busto, fazia-a ainda mais vistosa. Ao pé dela, a figura de Mariana desaparecia um pouco. Era preciso atentar primeiro nesta para ver que possuía feições mui graciosas, uns olhos lindos, muita e natural elegância. O pior é que a outra dominava desde logo; e onde houvesse pouco tempo de as ver, tomava-o Sofia para si. Este reparo seria incompleto, se eu não acrescentasse que Sofia tinha consciência da superioridade, e que apreciava por isso mesmo as belezas do gênero Mariana, menos derramadas e aparentes. Se é um defeito, não me compete emendá-lo.

— Onde vamos nós? — perguntou Mariana.

— Que tolice! Vamos passear à cidade... Agora me lembro, vou tirar o retrato; depois vou ao dentista. Não; primeiro vamos ao dentista. Você não precisa de ir ao dentista?

— Não.

— Nem tirar o retrato?

— Já tenho muitos. E para quê? Para dá-lo "àquele senhor"?

Sofia compreendeu que o ressentimento da amiga persistia, e, durante o caminho, tratou de lhe pôr um ou dois bagos mais de pimenta. Disse-lhe que, embora fosse difícil, ainda era tempo de libertar-se. E ensinava-lhe um método para subtrair-se à tirania. Não convinha ir logo de um salto, mas devagar, com segurança, de maneira que ele desse por si quando ela lhe pusesse o pé no pescoço. Obra de algumas semanas, três a quatro, não mais. Ela, Sofia, estava pronta a ajudá-la. E repetia-lhe que não fosse mole, que não era escrava de ninguém, etc. Mariana ia cantando dentro do coração a *marselhesa* do matrimônio.

Chegaram à Rua do Ouvidor. Era pouco mais do meio-dia. Muita gente, andando ou parada, o movimento do costume. Mariana sentiu-se um pouco atordoada, como sempre lhe acontecia. A uniformidade e a placidez, que eram o fundo do seu caráter e de sua vida, receberam daquela agitação os repelões do costume. Ela mal podia andar por entre os grupos, menos ainda sabia onde fixasse os olhos, tal era a confusão das gentes, tal era a variedade das lojas. Conchegava-se muito à amiga, e, sem reparar que tinham passado a casa do dentista, ia ansiosa de lá entrar. Era um repouso; era alguma coisa melhor do que o tumulto.

— Esta Rua do Ouvidor! — ia dizendo.

— Sim? — respondia Sofia, voltando a cabeça para ela e os olhos para um rapaz que estava na outra calçada.

Sofia, prática daqueles mares, transpunha, rasgava ou contornava as gentes com muita perícia e tranquilidade. A figura impunha; os que a conheciam gostavam de vê-la outra vez; os que não a conheciam paravam ou voltavam-se para admirar-lhe o garbo. E a boa senhora, cheia de caridade, derramava os olhos à direita e à esquerda, sem grande escândalo, porque Mariana servia a coonestar os movimentos. Nada dizia seguidamente; parece até que mal ouvia as respostas da outra; mas falava de tudo, de outras damas que iam ou vinham, de uma loja, de um chapéu... Justamente os chapéus — de senhora ou de homem — abundavam naquela primeira hora da Rua do Ouvidor.

— Olha este — dizia-lhe Sofia.

E Mariana acudia a vê-los, femininos ou masculinos, sem saber onde ficar, porque os demônios dos chapéus sucediam-se como num caleidoscópio. "Onde era o dentista?", perguntava ela à amiga. Sofia só à segunda vez lhe respondeu que tinham passado a casa; mas já agora iriam até ao fim da rua; voltariam depois. Voltaram finalmente.

— Uf! — respirou Mariana entrando no corredor.

— Que é, meu Deus? Ora você! Parece da roça...

A sala do dentista tinha já algumas freguesas. Mariana não achou entre elas uma só cara conhecida, e para fugir ao exame das pessoas estranhas, foi para a janela. Da janela podia gozar a rua, sem atropelo. Recostou-se; Sofia veio ter com ela. Alguns chapéus masculinos, parados, começaram a fitá-las; outros, passando, faziam a mesma coisa. Mariana aborreceu-se da insistência; mas, notando que fitavam principalmente a amiga, dissolveu-se-lhe o tédio numa espécie de inveja. Sofia, entretanto, contava-lhe a história de alguns chapéus — ou, mais corretamente, as aventuras. Um deles merecia os pensamentos de fulana; outro andava derretido por sicrana, e ela por ele, tanto que eram certos na Rua do Ouvidor às quartas e sábados, entre duas e três horas. Mariana ouvia aturdida. Na verdade, o chapéu era bonito, trazia uma linda gravata, e possuía um ar entre elegante e pelintra, mas...

— Não juro, ouviu? — replicava a outra — mas é o que se diz.

Mariana fitou pensativa o chapéu denunciado. Havia agora mais três, de igual porte e graça, e provavelmente os quatro falavam delas, e falavam bem. Mariana enrubesceu muito, voltou a cabeça para o outro lado, tornou logo à primeira atitude, e afinal entrou. Entrando, viu na sala duas senhoras recém-chegadas, e com elas um rapaz que se levantou prontamente e veio cumprimentá-la com muita cerimônia. Era o seu primeiro namorado.

Este primeiro namorado devia ter agora trinta e três anos. Andara por fora, na roça, na Europa, e afinal na presidência de uma província do sul. Era mediano de estatura, pálido, barba inteira e rara, e muito apertado na roupa. Tinha na mão um chapéu novo, alto, preto, grave, presidencial, administrativo, um chapéu adequado à pessoa e às ambições. Mariana, entretanto, mal pôde vê-lo. Tão confusa ficou, tão desorientada com a presença de um homem que conhecera em especiais circunstâncias, e a quem não vira desde 1877, que não pôde reparar em nada. Estendeu-lhe os dedos, parece mesmo que murmurou uma resposta qualquer, e ia tornar à janela, quando a amiga saiu dali.

Sofia conhecia também o recém-chegado. Trocaram algumas palavras. Mariana, impaciente, perguntou-lhe ao ouvido se não era melhor adiar os dentes para outro dia; mas a amiga disse-lhe que não; negócio de meia hora a três quartos. Mariana sentia-se opressa: a presença de um tal homem atava-lhe os sentidos, lançava-a na luta e na confusão. Tudo culpa do marido. Se ele não teimasse e não caçoasse com ela, ainda em cima, não aconteceria nada. E Mariana, pensando assim, jurava tirar uma desforra. De memória contemplava a casa, tão sossegada, tão bonitinha, onde podia estar agora, como de costume, sem os safanões da rua, sem a dependência da amiga...

— Mariana — disse-lhe esta —, o Dr. Viçoso teima que está muito magro. Você não acha que está mais gordo do que no ano passado?... Não se lembra dele no ano passado?

Dr. Viçoso era o próprio namorado antigo, que palestrava com Sofia, olhando muitas vezes para Mariana. Esta respondeu negativamente. Ele aproveitou a fresta, para puxá-la à conversação; disse que, na verdade, não a vira desde alguns anos. E sublinhava o dito com um certo olhar triste e profundo. Depois abriu o estojo dos assuntos, sacou para fora o teatro lírico. Que tal achavam a companhia? Na opinião dele era excelente, menos o barítono; o barítono parecia-lhe cansado.

Sofia protestou contra o cansaço do barítono, mas ele insistiu, acrescentando que, em Londres, onde o ouvira pela primeira vez, já lhe parecera a mesma coisa. As damas, sim, senhora; tanto a soprano como a contralto eram de primeira ordem. E falou das óperas, citava os trechos, elogiou a orquestra, principalmente nos *Huguenotes*... Tinha visto Mariana na última noite, no quarto ou quinto camarote da esquerda, não era verdade?

— Fomos — murmurou ela, acentuando bem o plural.

— No Cassino é que a não tenho visto — continuou ele.

— Está ficando um bicho do mato — acudiu Sofia rindo.

Viçoso gostara muito do último baile, e desfiou as suas recordações; Sofia fez o mesmo às dela. As melhores *toilettes* foram descritas por ambos com muita particularidade; depois vieram as pessoas, os caracteres, dois ou três picos de malícia; mas tão anódina, que não fez mal a ninguém. Mariana ouvia-os sem interesse; duas ou três vezes chegou a levantar-se e ir à janela; mas os chapéus eram tantos e tão curiosos, que ela voltava a sentar-se. Interiormente, disse alguns nomes feios à amiga; não os ponho aqui por não serem necessários, e, aliás, seria de mau gosto desvendar o que esta moça pôde pensar da outra durante alguns minutos de irritação.

— E as corridas do Jockey Club? — perguntou o ex--presidente.

Mariana continuava a abanar a cabeça. Não tinha ido às corridas naquele ano. Pois perdera muito, a penúltima, principalmente; esteve animadíssima, e os cavalos eram de primeira ordem. As de Epsom, que ele vira, quando esteve em Inglaterra, não eram melhores do que a penúltima do Prado Fluminense. E Sofia dizia que sim, que realmente a penúltima corrida honrava o Jockey Club. Confessou que gostava muito; dava emoções fortes. A conversação descambou em dois concertos daquela semana; depois tomou a barca, subiu a serra e foi a Petrópolis, onde dois diplomatas lhe fizeram as despesas da estada. Como falassem da esposa de um ministro, Sofia lembrou-se de ser agradável ao ex-presidente, declarando-lhe que era preciso casar também porque em breve estaria no ministério. Viçoso teve um estremeção de prazer, e sorriu, e protestou que não; depois, com os olhos em Mariana, disse que provavelmente não casaria nunca... Mariana enrubesceu muito e levantou-se.

— Você está com muita pressa — disse-lhe Sofia. — Quantas são? — continuou voltando-se para Viçoso.

—Perto de três! — exclamou ele.

Era tarde; tinha de ir à Câmara dos Deputados. Foi falar às duas senhoras, que acompanhara, e que eram primas suas, e despediu-se; vinha despedir-se das outras, mas Sofia declarou que sairia também. Já agora não esperava mais. A verdade é que a ideia de ir à Câmara dos Deputados começara a faiscar-lhe na cabeça.

— Vamos à Câmara? — propôs ela à outra.

— Não, não — disse Mariana —; não posso, estou muito cansada.

—Vamos, um bocadinho só; eu também estou muito cansada...

Mariana teimou ainda um pouco; mas teimar contra Sofia — a pomba discutindo com o gavião — era realmente insensatez. Não teve remédio, foi. A rua estava agora mais agitada, as gentes iam e vinham por ambas as calçadas, e complicavam-se no cruzamento das ruas. De mais a mais, o obsequioso ex-presidente flanqueava as duas damas, tendo-se oferecido para arranjar-lhes uma tribuna.

A alma de Mariana sentia-se cada vez mais dilacerada de toda essa confusão de coisas. Perdera o interesse da primeira hora; e o despeito, que lhe dera forças para um voo audaz e fugidio, começava a afrouxar as asas, ou afrouxara-as inteiramente. E outra vez recordava a casa, tão quieta, com todas as coisas nos seus lugares, metódicas, respeitosas umas com as outras, fazendo-se tudo sem atropelo, e, principalmente, sem mudança imprevista. E a alma batia o pé, raivosa... Não ouvia nada do que o Viçoso ia dizendo, conquanto ele falasse alto, e muitas coisas fossem ditas para ela. Não ouvia, não queria ouvir nada. Só pedia a Deus que as horas andassem depressa. Chegaram à Câmara e foram para uma tribuna. O rumor das saias chamou a atenção de uns vinte deputados, que restavam, escutando um discurso de orçamento. Tão depressa o Viçoso pediu licença e saiu, Mariana disse rapidamente à amiga que não lhe fizesse outra.

— Que outra? — perguntou Sofia.

— Não me pregue outra peça como esta de andar de um lugar para outro feito maluca. Que tenho eu com a Câmara? Que me importam discursos que não entendo?

Sofia sorriu, agitou o leque e recebeu em cheio o olhar de um dos secretários. Muitos eram os olhos que a fitavam quando ela ia à Câmara, mas os do tal secretário tinham uma expressão mais especial, cálida e súplice. Entende-se, pois, que ela não o recebeu de supetão; pode mesmo entender-se que o procurou curiosa. Enquanto acolhia esse olhar legislativo ia respondendo à amiga, com brandura, que a culpa era dela, e que a sua intenção era boa, era restituir-lhe a posse de si mesma.

— Mas se você acha que a aborreço não venha mais comigo — concluiu Sofia.

E, inclinando-se um pouco:

— Olhe o ministro da Justiça.

Mariana não teve remédio senão ver o ministro da Justiça. Este aguentava o discurso do orador, um governista, que provava a conveniência dos tribunais correcionais, e, incidentemente, compendiava a antiga legislação colonial. Nenhum aparte; um silêncio resignado, polido, discreto e cauteloso. Mariana passeava os olhos de um lado para outro, sem interesse; Sofia dizia-lhe muitas coisas, para dar saída a uma porção de gestos graciosos. No fim de quinze minutos agitou-se a Câmara, graças a uma expressão do orador e uma réplica da oposição. Trocaram-se apartes, os segundos mais bravos que os primeiros, e seguiu-se um tumulto, que durou perto de um quarto de hora.

Essa diversão não o foi para Mariana, cujo espírito plácido e uniforme ficou atarantado no meio de tanta e tão inesperada agitação. Ela chegou a levantar-se para sair; mas sentou-se outra vez. Já agora estava disposta a ir ao fim, arrependida e resoluta a chorar só consigo as suas mágoas conjugais. A dúvida começou mesmo a entrar nela. Tinha razão no pedido ao marido; mas era caso de doer-se tanto? Era razoável o espalhafato? Certamente que as ironias dele foram cruéis; mas, em suma, era a primeira vez que ela lhe batera o pé, e, naturalmente, a novidade irritou-o. De qualquer modo, porém, fora um erro ir revelar tudo à amiga. Sofia iria talvez contá-lo a outras... Esta ideia trouxe um calafrio a Mariana; a indiscrição da amiga era certa; tinha-lhe ouvido uma porção de histórias de chapéus masculinos e femininos, coisa mais grave do que uma simples briga de casados. Mariana sentiu necessidade de lisonjeá-la, e cobriu a sua impaciência e zanga com uma máscara de docilidade hipócrita. Começou a sorrir também, a fazer algumas observações, a respeito de um ou outro deputado, e assim chegaram ao fim do discurso e da sessão.

Eram quatro horas dadas. "Toca a recolher", disse Sofia; e Mariana concordou que sim, mas sem impaciência, e ambas tornaram a subir a Rua do Ouvidor. A rua, a entrada no bonde completaram a fadiga do espírito de Mariana, que afinal respirou quando viu que ia caminho de casa. Pouco antes de apear-se a outra, pediu-lhe que guardasse segredo sobre o que lhe contara; Sofia prometeu que sim.

Mariana respirou. A rola estava livre do gavião. Levava a alma doente dos encontrões, vertiginosa da diversidade de coisas e pessoas. Tinha necessidade de equilíbrio e saúde. A casa estava perto; à medida que ia vendo as outras casas e chácaras próximas, Mariana sentia-se restituída a si mesma. Chegou finalmente; entrou no jardim, respirou. Era aquele o seu mundo; menos um vaso, que o jardineiro trocara de lugar.

— João, bota este vaso onde estava antes — disse ela.

Tudo o mais estava em ordem, a sala de entrada, a de visitas, a de jantar, os seus quartos, tudo. Mariana sentou-se primeiro, em diferentes lugares, olhando bem para todas as coisas, tão quietas e ordenadas. Depois de uma manhã inteira de perturbação e variedade, a monotonia trazia-lhe um grande bem, e nunca lhe pareceu tão deliciosa. Na verdade, fizera mal... Quis recapitular os sucessos e não pôde; a alma espreguiçava-se toda naquela uniformidade caseira. Quando muito, pensou na figura do Viçoso, que achava agora ridícula, e era injustiça. Despiu-se lentamente, com amor, indo certeira a cada objeto. Uma vez despida, pensou outra vez na briga com o marido. Achou que, bem pesadas as coisas, a principal culpa era dela. Que diabo de teima por causa de um chapéu, que o marido usara há tantos anos? Também o pai era exigente demais...

"Vou ver a cara com que ele vem", pensou ela.

Eram cinco e meia; não tardaria muito. Mariana foi à sala da frente, espiou pela vidraça, prestou o ouvido ao bonde, e nada. Sentou--se ali mesmo com o *Ivanhoe* nas palmas, querendo ler e não lendo nada. Os olhos iam até o fim da página, e tornavam ao princípio, em primeiro lugar, porque não apanhavam o sentido, em segundo lugar, porque uma ou outra vez desviavam-se para saborear a correção das cortinas ou qualquer outra feição particular da sala. Santa monotonia, tu a acalentavas no teu regaço eterno.

Enfim, parou um bonde; apeou-se o marido; rangeu a porta de ferro do jardim. Mariana foi à vidraça, e espiou. Conrado entrava lentamente, olhando para a direita e a esquerda, com o chapéu na cabeça, não o famoso chapéu do costume, porém outro, o que a mulher lhe tinha pedido de manhã. O espírito de Mariana recebeu um choque violento, igual ao que lhe dera o vaso do jardim trocado, ou ao que lhe daria uma lauda de Voltaire entre as folhas da *Moreninha* ou de *Ivanhoe*... Era a nota desigual no meio da harmoniosa sonata da vida. Não, não podia ser esse chapéu. Realmente, que mania a dela exigir que ele deixasse o outro que lhe ficava tão bem? E que não fosse o mais próprio, era o de longos anos; era o que quadrava à fisionomia do marido... Conrado entrou por uma porta lateral. Mariana recebeu-o nos braços.

— Então, passou? — perguntou ele, enfim, cingindo-lhe a cintura.

— Escuta uma coisa — respondeu ela com uma carícia divina — bota fora esse; antes o outro.

Uma senhora

Nunca encontro esta senhora que me não lembre a profecia de uma lagartixa ao poeta Heine, subindo os Apeninos: "Dia virá em que as pedras serão plantas, as plantas animais, os animais homens e os homens deuses". E dá-me vontade de dizer-lhe: A senhora, D. Camila, amou tanto a mocidade e a beleza, que atrasou o seu relógio, a fim de ver se podia fixar esses dois minutos de cristal. Não se desconsole, D. Camila. No dia da lagartixa, a senhora será Hebe, deusa da juventude; a senhora nos dará a beber o néctar da perenidade com as suas mãos eternamente moças.

A primeira vez que a vi, tinha ela trinta e seis anos, posto só parecesse trinta e dois, e não passasse da casa dos vinte e nove. Casa é um modo de dizer. Não há castelo mais vasto do que a vivenda destes bons amigos, nem tratamento mais obsequioso do que o que eles sabem dar às suas hóspedes. Cada vez que D. Camila queria ir-se embora, eles pediam-lhe muito que ficasse, e ela ficava. Vinham então novos folguedos, cavalhadas, música, dança, uma sucessão de coisas belas, inventadas com o único fim de impedir que esta senhora seguisse o seu caminho.

— Mamãe, mamãe — dizia-lhe a filha crescendo —, vamos embora, não podemos ficar aqui toda a vida.

D. Camila olhava para ela mortificada, depois sorria, dava-lhe um beijo e mandava-a brincar com as outras crianças. Que outras crianças? Ernestina estava então entre catorze e quinze anos, era muito espigada, muito quieta, com uns modos naturais de senhora.

Provavelmente não se divertiria com as meninas de oito e nove anos; não importa, uma vez que deixasse a mãe tranquila, podia alegrar-se ou enfadar-se. Mas, ai triste! Há um limite para tudo, mesmo para os vinte e nove anos. D. Camila resolveu, enfim, despedir-se desses dignos anfitriões, e fê-lo ralada de saudades. Eles ainda instaram por uns cinco ou seis meses de quebra; a bela dama respondeu-lhes que era impossível e, trepando no alazão do tempo, foi alojar-se na casa dos trinta.

Ela era, porém, daquela casta de mulheres que riem do sol e dos almanaques. Cor de leite, fresca, inalterável, deixava às outras o trabalho de envelhecer. Só queria o de existir. Cabelo negro, olhos castanhos e cálidos. Tinha as espáduas e o colo feitos de encomenda para os vestidos decotados, e assim também os braços, que eu não digo que eram os da Vênus de Milo, para evitar uma vulgaridade, mas provavelmente não eram outros. D. Camila sabia disto; sabia que era bonita, não só porque lho dizia o olhar sorrateiro das outras damas, como por um certo instinto que a beleza possui, como o talento e o gênio. Resta dizer que era casada, que o marido era ruivo, e que os dois amavam-se como noivos; finalmente, que era honesta. Não o era, note-se bem, por temperamento, mas por princípio, por amor ao marido, e creio que um pouco por orgulho.

Nenhum defeito, pois, exceto o de retardar os anos; mas é isso um defeito? Há, não me lembra em que página da Escritura, naturalmente nos Profetas, uma comparação dos dias com as águas de um rio que não voltam mais. D. Camila queria fazer uma represa para seu uso. No tumulto desta marcha contínua entre o nascimento e a morte, ela apegava-se à ilusão da estabilidade. Só se lhe podia exigir que não fosse ridícula, e não o era. Dir-me-á o leitor que a beleza vive de si mesma, e que a preocupação do calendário mostra que esta senhora vivia principalmente com os olhos na opinião. É verdade; mas como quer que vivam as mulheres do nosso tempo?

D. Camila entrou na casa dos trinta e não lhe custou passar adiante. Evidentemente o terror era uma superstição. Duas ou três amigas íntimas, nutridas de aritmética, continuavam a dizer que ela perdera a conta dos anos. Não advertiam que a natureza era cúmplice no erro, e que aos quarenta anos (verdadeiros), D. Camila trazia um ar de trinta e poucos. Restava um recurso: espiar-lhe o primeiro cabelo branco, um fiozinho de nada, mas branco. Em vão espiavam; o demônio do cabelo parecia cada vez mais negro.

Nisto enganavam-se. O fio branco estava ali; era a filha de D. Camila que entrava nos dezenove anos, e, por mal de pecados, bonita. D. Camila prolongou, quanto pôde, os vestidos adolescentes da filha, conservou-a no colégio até tarde, fez tudo para proclamá-la criança. A natureza, porém, que não é só imoral, mas também ilógica, enquanto sofreava os anos de uma, afrouxava a rédea aos da outra, e, Ernestina, moça feita, entrou radiante no primeiro baile. Foi uma revelação. D. Camila adorava a filha; saboreou-lhe a glória a tragos demorados. No fundo do copo achou a gota amarga e fez uma careta. Chegou a pensar na abdicação; mas um grande pródigo de frases feitas disse-lhe que ela parecia a irmã mais velha da filha, e o projeto desfez-se. Foi dessa noite em diante que D. Camila entrou a dizer a todos que casara muito criança.

Um dia, poucos meses depois, apontou no horizonte o primeiro namorado. D. Camila pensara vagamente nessa calamidade, sem encará-la, sem aparelhar-se para a defesa. Quando menos esperava, achou um pretendente à porta. Interrogou a filha; descobriu-lhe um alvoroço indefinível, a inclinação dos vinte anos, e ficou prostrada. Casá-la era o menos; mas, se os seres são como as águas da Escritura, que não voltam mais, é porque atrás deles vêm outros, como atrás das águas outras águas; e, para definir essas ondas sucessivas é que os homens inventaram este nome de netos. D. Camila viu iminente o primeiro neto, e determinou adiá-lo. Está claro que não formulou a resolução, como não formulara a ideia do perigo. A alma entende-se a si mesma; uma sensação vale um raciocínio. As que ela teve foram rápidas, obscuras, no mais íntimo do seu ser, donde não as extraiu para não ser obrigada a encará-las.

— Mas que é que você acha de mau no Ribeiro? — perguntou-lhe o marido, uma noite, à janela.

D. Camila levantou os ombros.

— Acho-lhe o nariz torto — disse.

— Mau! Você está nervosa; falemos de outra coisa — respondeu o marido. E, depois de olhar uns dois minutos para a rua, cantarolando na garganta, tornou ao Ribeiro, que achava um genro aceitável, e se lhe pedisse Ernestina, entendia que deviam ceder-lha. Era inteligente e educado. Era também o herdeiro provável de uma tia de Cantagalo. E depois tinha um coração de ouro. Contavam-se dele coisas muito bonitas. Na academia, por exemplo... D. Camila ouviu o resto, batendo com a ponta do pé no chão e rufando com os dedos a sonata da impaciência; mas, quando o marido lhe disse que o Ribeiro esperava um despacho do ministro de estrangeiros, um lugar para os Estados Unidos, não pôde ter-se e cortou-lhe a palavra:

— O quê? Separar-me de minha filha? Não, senhor.

Em que dose entrara neste grito o amor materno e o sentimento pessoal, é um problema difícil de resolver, principalmente agora, longe dos acontecimentos e das pessoas. Suponhamos que em partes iguais. A verdade é que o marido não soube que inventar para defender o ministro de estrangeiros, as necessidades diplomáticas, a fatalidade do matrimônio, e, não achando que inventar, foi dormir. Dois dias depois veio a nomeação. No terceiro dia, a moça declarou ao namorado que não a pedisse ao pai, porque não queria separar-se da família. Era o mesmo que dizer: prefiro a família ao senhor. É verdade que tinha a voz trêmula e sumida, e um ar de profunda consternação; mas o Ribeiro viu tão somente a rejeição, e embarcou. Assim acabou a primeira aventura.

D. Camila padeceu com o desgosto da filha; mas consolou-se depressa. Não faltam noivos, refletiu ela. Para consolar a filha, levou-a a passear a toda parte. Eram ambas bonitas, e Ernestina tinha a frescura dos anos; mas a beleza da mãe era mais perfeita, e apesar dos anos, superava a da filha. Não vamos ao ponto de crer que o sentimento da superioridade é que animava D. Camila a prolongar e repetir os passeios. Não: o amor materno, só por si, explica tudo. Mas concedamos que animasse um pouco. Que mal há nisso? Que mal há em que um bravo coronel defenda nobremente a pátria, e as suas dragonas? Nem por isso acaba o amor da pátria e o amor das mães.

Meses depois despontou a orelha de um segundo namorado. Desta vez era um viúvo, advogado, vinte e sete anos. Ernestina não sentiu por ele a mesma emoção que o outro lhe dera; limitou-se a aceitá-lo. D. Camila farejou depressa a nova candidatura. Não podia alegar nada contra ele; tinha o nariz reto como a consciência, e profunda aversão à vida diplomática. Mas haveria outros defeitos, devia haver outros. D. Camila buscou-os com alma; indagou de suas relações, hábitos, passado. Conseguiu achar umas coisinhas miúdas, tão somente a unha da imperfeição humana, alternativas de humor, ausência de graças intelectuais, e, finalmente um grande excesso de amor-próprio. Foi neste ponto que a bela dama o apanhou. Começou a levantar vagarosamente a muralha do silêncio; lançou primeiro a camada das pausas, mais ou menos longas, depois as frases curtas, depois os monossílabos, as distrações, as absorções, os olhares complacentes, os ouvidos resignados, os bocejos fingidos por trás da ventarola. Ele não entendeu logo; mas, quando reparou que os enfados da mãe coincidiam com as ausências da filha, achou que era ali demais e retirou-se. Se fosse homem de luta, tinha saltado a muralha; mas era orgulhoso e fraco. D. Camila deu graças aos deuses.

Houve um trimestre de respiro. Depois apareceram alguns namoricos de uma noite, insetos efêmeros, que não deixaram história. D. Camila compreendeu que eles tinham de multiplicar-se, até vir algum decisivo que a obrigasse a ceder; mas ao menos, dizia ela a si mesma, queria um genro que trouxesse à filha a mesma felicidade que o marido lhe deu. E, uma vez, ou para robustecer este decreto da vontade, ou por outro motivo, repetiu o conceito em voz alta, embora só ela pudesse ouvi-lo. Tu, psicólogo sutil, podes imaginar que ela queria convencer-se a si mesma; eu prefiro contar o que lhe aconteceu em 186...

Era de manhã. D. Camila estava ao espelho, a janela aberta, a chácara verde e sonora de cigarras e passarinhos. Ela sentia em si a harmonia que a ligava às coisas externas. Só a beleza intelectual é independente e superior. A beleza física é irmã da paisagem. D. Camila saboreava essa fraternidade íntima, secreta, um sentimento de identidade, uma recordação da vida anterior no mesmo útero divino. Nenhuma lembrança desagradável, nenhuma ocorrência vinha turvar essa expansão misteriosa. Ao contrário, tudo parecia embebê-la de eternidade, e os quarenta e dois anos em que ia não lhe pesavam mais do que outras tantas folhas de rosa. Olhava para fora, olhava para o espelho. De repente, como se lhe surdisse uma cobra, recuou aterrada. Tinha visto, sobre a fonte esquerda, um cabelinho branco. Ainda cuidou que fosse do marido; mas reconheceu depressa que não, que era dela mesma, um telegrama da velhice, que aí vinha a marchas forçadas. O primeiro sentimento foi de prostração. D. Camila sentiu faltar-lhe tudo, tudo, viu-se encanecida e acabada no fim de uma semana.

— Mamãe, mamãe — bradou Ernestina entrando na saleta. — Está aqui o camarote que papai mandou.

D. Camila teve um sobressalto de pudor, e instintivamente voltou para a filha o lado que não tinha o fio branco. Nunca a achou tão graciosa e lépida. Fitou-a com saudade. Fitou-a também com inveja, e, para abafar este sentimento mau, pegou no bilhete do camarote. Era para aquela mesma noite. Uma ideia expele outra; D. Camila anteviu-se no meio das luzes e das gentes, e depressa levantou o coração. Ficando só, tornou a olhar para o espelho, e corajosamente arrancou o cabelinho branco, e deitou-o à chácara. *Out, damned spot! Out!* Mais feliz do que a outra *lady* Macbeth, viu assim desaparecer a nódoa no ar, porque no ânimo dela, a velhice era um remorso, e a fealdade um crime. Sai, maldita mancha! Sai!

Mas, se os remorsos voltam, por que não hão de voltar os cabelos brancos? Um mês depois, D. Camila descobriu outro, insinuado na bela e farta madeixa negra, e amputou-o sem piedade. Cinco ou seis semanas depois, outro. Este terceiro coincidiu com um terceiro candidato à mão da filha, e ambos acharam D. Camila numa hora de prostração. A beleza, que lhe suprira a mocidade, parecia-lhe prestes a ir também, como uma pomba sai em busca da outra. Os dias precipitavam-se. Crianças que ela vira ao colo, ou de carrinho empuxado pelas amas, dançavam agora nos bailes. Os que eram homens fumavam; as mulheres cantavam ao piano. Algumas destas apresentavam-lhe os seus *babies*, gorduchos, uma segunda geração que mamava, à espera de ir bailar também, cantar ou fumar, apresentar outros *babies* a outras pessoas, e assim por diante.

D. Camila apenas tergiversou um pouco, acabou cedendo. Que remédio, senão aceitar um genro? Mas, como um velho costume não se perde de um dia para outro, D. Camila viu paralelamente, naquela festa do coração, um cenário e grande cenário. Preparou-se galhardamente, e o efeito correspondeu ao esforço. Na igreja, no meio de outras damas; na sala, sentada no sofá (o estofo que forrava este móvel, assim como o papel da parede foram sempre escuros para fazer sobressair a tez de D. Camila), vestida a capricho, sem o requinte da extrema juventude, mas também sem a rigidez matronal, um meio-termo apenas, destinado a pôr em relevo as suas graças outoniças, risonha, e feliz, enfim, a recente sogra colheu os melhores sufrágios. Era certo que ainda lhe pendia dos ombros um retalho de púrpura.

Púrpura supõe dinastia. Dinastia exige netos. Restava que o Senhor abençoasse a união, e ele abençoou-a, no ano seguinte. D. Camila acostumara-se à ideia; mas era tão penoso abdicar, que ela aguardava o neto com amor e repugnância. Esse importuno embrião, curioso da vida e pretensioso, era necessário na terra? Evidentemente, não; mas apareceu um dia, com as flores de setembro. Durante a crise, D. Camila só teve de pensar na filha; depois da crise, pensou na filha e no neto. Só dias depois é que pôde pensar em si mesma. Enfim, avó. Não havia que duvidar; era avó. Nem as feições que eram ainda concertadas, nem os cabelos, que eram pretos (salvo meia dúzia de fios escondidos), podiam por si sós denunciar a realidade; mas a realidade existia; ela era, enfim, avó.

Quis recolher-se; e para ter o neto mais perto de si, chamou a filha para casa. Mas a casa não era um mosteiro, e as ruas e os jornais com os seus mil rumores acordavam nela os ecos de outro tempo. D. Camila rasgou o ato de abdicação e tornou ao tumulto.

Um dia, encontrei-a ao lado de uma preta, que levava ao colo uma criança de cinco a seis meses. D. Camila segurava na mão o chapelinho de sol aberto para cobrir a criança. Encontrei-a oito dias depois, com a mesma criança, a mesma preta e o mesmo chapéu de sol. Vinte dias depois, e trinta dias mais tarde, tornei a vê-la, entrando para o *bond* com a preta e a criança. — Você já deu de mamar? — dizia ela à preta. Olhe o sol. Não vá cair. Não aperte muito o menino. Acordou? Não mexa com ele. Cubra a carinha, etc., etc.

Era o neto. Ela, porém, ia tão apertadinha, tão cuidadosa da criança, tão a miúdo, tão sem outra senhora, que antes parecia mãe do que avó; e muita gente pensava que era mãe. Que tal fosse a intenção de D. Camila não o juro eu. ("Não jurarás", Mateus, V, 34). Tão somente digo que nenhuma outra mãe seria mais desvelada do que D. Camila com o neto; atribuírem-lhe um simples filho era a coisa mais verossímil do mundo.

Dona Paula

Não era possível chegar mais a ponto. D. Paula entrou na sala, exatamente quando a sobrinha enxugava os olhos cansados de chorar. Compreende-se o assombro da tia. Entender-se-á também o da sobrinha, em se sabendo que D. Paula vive no alto da Tijuca, donde raras vezes desce; a última foi pelo Natal passado, e estamos em maio de 1882. Desceu ontem, à tarde, e foi para casa da irmã, Rua do Lavradio. Hoje, tão depressa almoçou, vestiu-se e correu a visitar a sobrinha. A primeira escrava que a viu, quis ir avisar a senhora, mas D. Paula ordenou-lhe que não, e foi pé ante pé, muito devagar, para impedir o rumor das saias, abriu a porta da sala de visitas, e entrou.

— Que é isto? — exclamou.

Venancinha atirou-se-lhe aos braços, as lágrimas vieram-lhe de novo. A tia beijou-a muito, abraçou-a, disse-lhe palavras de conforto, e pediu, e quis que lhe contasse o que era, se alguma doença, ou...

— Antes fosse uma doença! Antes fosse a morte! — interrompeu a moça.

— Não digas tolices; mas que foi? Anda, que foi?

Venancinha enxugou os olhos e começou a falar. Não pôde ir além de cinco ou seis palavras; as lágrimas tornaram tão abundantes e impetuosas que D. Paula achou de bom aviso deixá-las correr primeiro. Entretanto, foi tirando a capa de rendas pretas que a envolvia, e descalçando as luvas. Era uma bonita velha, elegante, dona de um par de olhos grandes, que deviam ter sido infinitos. Enquanto a sobrinha chorava, ela foi cerrar cautelosamente a porta da sala, e voltou ao canapé. No fim de alguns minutos, Venancinha cessou de chorar, e confiou à tia o que era.

Era nada menos que uma briga com o marido, tão violenta, que chegaram a falar de separação. A causa eram ciúmes. Desde muito que o marido embirrava com um sujeito; mas na véspera à noite, em casa do C..., vendo-a dançar com ele duas vezes e conversar alguns minutos, concluiu que eram namorados. Voltou amuado para casa; de manhã, acabado o almoço, a cólera estourou, e ele disse-lhe coisas duras e amargas, que ela repeliu com outras.

— Onde está teu marido? — perguntou a tia.

— Saiu; parece que foi para o escritório.

D. Paula perguntou-lhe se o escritório era ainda o mesmo, e disse--lhe que descansasse, que não era nada; dali a duas horas tudo estaria acabado. Calçava as luvas rapidamente.

— Titia vai lá?

— Vou... Pois então? Vou. Teu marido é bom; são arrufos. 104? Vou lá; espera por mim, que as escravas não te vejam.

Tudo isso era dito com volubilidade, confiança e doçura. Calçadas as luvas, pôs o mantelete, e a sobrinha ajudou-a, falando também, jurando que, apesar de tudo, adorava o Conrado. Conrado era o marido, advogado desde 1874. D. Paula saiu, levando muitos beijos da moça. Na verdade, não podia chegar mais a ponto. De caminho, parece que ela encarou o incidente, não digo desconfiada, mas curiosa, um pouco inquieta da realidade positiva; em todo caso ia resoluta a reconstruir a paz doméstica.

Chegou, não achou o sobrinho no escritório, mas ele veio logo, e, passado o primeiro espanto, não foi preciso que D. Paula lhe dissesse o objeto da visita; Conrado adivinhou tudo. Confessou que fora excessivo em algumas coisas, e, por outro lado, não atribuía à mulher nenhuma índole perversa ou viciosa. Só isso; no mais, era uma cabeça de vento, muito amiga de cortesias, de olhos ternos, de palavrinhas doces, e a leviandade também é uma das portas do vício. Em relação à pessoa de quem se tratava, não tinha dúvida de que eram namorados. Venancinha contara só o fato da véspera; não referiu outros, quatro ou cinco, o penúltimo no teatro, onde chegou a haver tal ou qual escândalo. Não estava disposto a cobrir com a sua responsabilidade os desazos da mulher. Que namorasse, mas por conta própria.

D. Paula ouviu tudo, calada; depois falou também. Concordava que a sobrinha fosse leviana; era próprio da idade. Moça bonita não sai à rua sem atrair os olhos, e é natural que a admiração dos outros a lisonjeie. Também é natural que o que ela fizer de lisonjeada pareça aos outros e ao marido um princípio de namoro: a fatuidade de uns e o ciúme do outro explicam tudo. Pela parte dela, acabava de ver a moça chorar lágrimas sinceras; deixou-a consternada, falando de morrer, abatida com o que ele lhe dissera. E se ele próprio só lhe atribuía leviandade, por que não proceder com cautela e doçura, por meio de conselho e de observação, poupando-lhe as ocasiões, apontando-lhe o mal que fazem à reputação de uma senhora as aparências de acordo, de simpatia, de boa vontade para os homens?

Não gastou menos de vinte minutos a boa senhora em dizer essas coisas mansas, com tão boa sombra, que o sobrinho sentiu apaziguar-se-lhe o coração. Resistia, é verdade; duas ou três vezes, para não resvalar na indulgência, declarou à tia que entre eles tudo estava acabado. E, para animar-se, evocava mentalmente as razões que tinha contra a mulher. A tia, porém, abaixava a cabeça para deixar passar a onda, e surgia outra vez com os seus grandes olhos sagazes e teimosos. Conrado ia cedendo aos poucos e mal. Foi então que D. Paula propôs um meio-termo.

— Você perdoa-lhe, fazem as pazes, e ela vai estar comigo, na Tijuca, um ou dois meses; uma espécie de desterro. Eu, durante este tempo, encarrego-me de lhe pôr ordem no espírito. Valeu?

Conrado aceitou. D. Paula, tão depressa obteve a palavra, despediu-se para levar a boa nova à outra; Conrado acompanhou-a até à escada. Apertaram as mãos; D. Paula não soltou a dele sem lhe repetir os conselhos de brandura e prudência; depois, fez esta reflexão natural:

— E vão ver que o homem de quem se trata nem merece um minuto dos nossos cuidados...

— É um tal Vasco Maria Portela...

D. Paula empalideceu. Que Vasco Maria Portela? Um velho, antigo diplomata, que... Não, esse estava na Europa desde alguns anos, aposentado, e acabava de receber um título de barão. Era um filho dele, chegado de pouco, um pelintra... D. Paula apertou-lhe a mão, e desceu rapidamente. No corredor, sem ter necessidade de ajustar a capa, fê-lo durante alguns minutos, com a mão trêmula e um pouco de alvoroço na fisionomia. Chegou mesmo a olhar para o chão, refletindo. Saiu; foi ter com a sobrinha, levando a reconciliação e a cláusula. Venancinha aceitou tudo.

Dois dias depois foram para a Tijuca. Venancinha ia menos alegre do que prometera; provavelmente era o exílio, ou pode ser também que algumas saudades. Em todo caso, o nome de Vasco subiu a Tijuca, se não em ambas as cabeças, ao menos na da tia, onde era uma espécie de eco, um som remoto e brando, alguma coisa que parecia vir do tempo da Stoltz e do ministério Paraná. Cantora e ministério, coisas frágeis, não o eram menos que a ventura de ser moça, e onde iam essas três eternidades? Jaziam nas ruínas de trinta anos. Era tudo o que D. Paula tinha em si e diante de si.

Já se entende que o outro Vasco, o antigo, também foi moço e amou. Amaram-se, fartaram-se um do outro, à sombra do casamento, durante alguns anos, e, como o vento que passa não guarda a palestra dos homens, não há meio de escrever aqui o que então se disse da aventura. A aventura acabou; foi uma sucessão de horas doces e amargas, de delícias, de lágrimas, de cóleras, de arroubos, drogas várias com que encheram a esta senhora a taça das paixões. D. Paula esgotou-a inteira e emborcou-a depois para não mais beber. A saciedade trouxe-lhe a abstinência, e com o tempo foi esta última fase que fez a opinião. Morreu-lhe o marido e foram vindo os anos. D. Paula era agora uma pessoa austera e pia, cheia de prestígio e consideração.

A sobrinha é que lhe levou o pensamento ao passado. Foi a presença de uma situação análoga, de mistura com o nome e o sangue do mesmo homem, que lhe acordou algumas velhas lembranças. Não esqueçam que elas estavam na Tijuca, que iam viver juntas algumas semanas, e que uma obedecia à outra; era tentar e desafiar a memória.

— Mas nós deveras não voltamos à cidade tão cedo? — perguntou Venancinha rindo, no outro dia de manhã.

— Já estás aborrecida?

— Não, não, isso nunca, mas pergunto...

D. Paula, rindo também, fez com o dedo um gesto negativo; depois, perguntou-lhe se tinha saudades cá de baixo. Venancinha respondeu que nenhumas; e para dar mais força à resposta, acompanhou-a de um descair dos cantos da boca, a modo de indiferença e desdém. Era pôr demais na carta, D. Paula tinha o bom costume de não ler às carreiras, como quem vai salvar o pai da forca, mas devagar, enfiando os olhos entre as sílabas e entre as letras, para ver tudo, e achou que o gesto da sobrinha era excessivo.

"Eles amam-se!" pensou ela.

A descoberta avivou o espírito do passado. D. Paula forcejou por sacudir fora essas memórias importunas; elas, porém, voltavam, ou de manso ou de assalto, como raparigas que eram, cantando, rindo, fazendo o diabo. D. Paula tornou aos seus bailes de outro tempo, às suas eternas valsas que faziam pasmar a toda a gente, às mazurcas, que ela metia à cara da sobrinha como sendo a mais graciosa coisa do mundo, e aos teatros, e às cartas, e, vagamente, aos beijos; mas tudo isso — e esta é a situação — tudo isso era como as frias crônicas, esqueleto da história, sem a alma da história. Passava-se tudo na cabeça. D. Paula tentava emparelhar o coração com o cérebro, a ver se sentia alguma coisa além da pura repetição mental, mas, por mais que evocasse as comoções extintas, não lhe voltava nenhuma. Coisas truncadas!

Se ela conseguisse espiar para dentro do coração da sobrinha, pode ser que achasse ali a sua imagem, e então... Desde que esta ideia penetrou no espírito de D. Paula, complicou-lhe um pouco a obra de reparação e cura. Era sincera, tratava da alma da outra, queria vê-la restituída ao marido. Na constância do pecado é que se pode desejar que outros pequem também, para descer de companhia ao purgatório; mas aqui o pecado já não existia. D. Paula mostrava à sobrinha a superioridade do marido, as suas virtudes e assim também as paixões, que podiam dar um mau desfecho ao casamento, pior que trágico, o repúdio.

Conrado, na primeira visita que lhes fez, nove dias depois, confirmou a advertência da tia; entrou frio e saiu frio. Venancinha ficou aterrada. Esperava que os nove dias de separação tivessem abrandado o marido, e, em verdade, assim era; mas ele mascarou-se à entrada e conteve-se para não capitular. E isto foi mais salutar que tudo o mais. O terror de perder o marido foi o principal elemento de restauração. O próprio desterro não pôde tanto.

Vai senão quando, dois dias depois daquela visita, estando ambas ao portão da chácara, prestes a sair para o passeio do costume, viram vir um cavaleiro. Venancinha fixou a vista, deu um pequeno grito, e correu a esconder-se atrás do muro. D. Paula compreendeu e ficou. Quis ver o cavaleiro de mais perto; viu-o dali a dois ou três minutos, um galhardo rapaz, elegante, com as suas finas botas lustrosas, muito bem-posto no selim; tinha a mesma cara do outro Vasco, era o filho; o mesmo jeito da cabeça, um pouco à direita, os mesmos ombros largos, os mesmos olhos redondos e profundos.

Nessa mesma noite, Venancinha contou-lhe tudo, depois da primeira palavra que ela lhe arrancou. Tinham-se visto nas corridas, uma vez, logo que ele chegou da Europa. Quinze dias depois, foi--lhe apresentado em um baile, e pareceu-lhe tão bem, com um ar tão parisiense, que ela falou dele, na manhã seguinte, ao marido. Conrado franziu o sobrolho, e foi este gesto que lhe deu uma ideia que até então não tinha. Começou a vê-lo com prazer; daí a pouco com certa ansiedade. Ele falava-lhe respeitosamente, dizia-lhe coisas amigas, que ela era a mais bonita moça do Rio, e a mais elegante, que já em Paris ouvira elogiá-la muito, por algumas senhoras da família Alvarenga. Tinha graça em criticar os outros, e sabia dizer também umas palavras sentidas, como ninguém. Não falava de amor, mas perseguia-a com os olhos, e ela, por mais que afastasse os seus, não podia afastá-los de todo. Começou a pensar nele, amiudadamente, com interesse, e quando se encontravam, batia-lhe muito o coração; pode ser que ele lhe visse então, no rosto, a impressão que fazia.

D. Paula, inclinada para ela, ouvia essa narração, que aí fica apenas resumida e coordenada. Tinha toda a vida nos olhos; a boca, meio aberta, parecia beber as palavras da sobrinha, ansiosamente, como um cordial. E pedia-lhe mais, que lhe contasse tudo, tudo. Venancinha criou confiança. O ar da tia era tão jovem, a exortação tão meiga e cheia de um perdão antecipado, que ela achou ali uma confidente e amiga, não obstante algumas frases severas que lhe ouviu, mescladas às outras, por um motivo de inconsciente hipocrisia. Não digo cálculo; D. Paula enganava-se a si mesma. Podemos compará-la a um general inválido, que forceja por achar um pouco do antigo ardor na audiência de outras campanhas.

— Já vês que teu marido tinha razão — dizia ela —, foste imprudente, muito imprudente...

Venancinha achou que sim, mas jurou que estava tudo acabado.

— Receio que não. Chegaste a amá-lo deveras?

— Titia...

— Tu ainda gostas dele!

— Juro que não. Não gosto; mas confesso... sim... confesso que gostei... Perdoe-me tudo; não diga nada a Conrado; estou arrependida... Repito que a princípio um pouco fascinada... Mas que quer a senhora?

— Ele declarou-te alguma coisa?

— Declarou; foi no teatro, uma noite, no Teatro Lírico, à saída. Tinha costume de ir buscar-me ao camarote e conduzir-me até o carro; e foi à saída... duas palavras...

D. Paula não perguntou, por pudor, as próprias palavras do namorado, mas imaginou as circunstâncias, o corredor, os pares que saíam, as luzes, a multidão, o rumor das vozes, e teve o poder de representar, com o quadro, um pouco das sensações dela; e pediu-lhas com interesse, astutamente.

— Não sei o que senti — acudiu a moça cuja comoção crescente ia desatando a língua —, não me lembro dos primeiros cinco minutos. Creio que fiquei séria; em todo o caso, não lhe disse nada. Pareceu-me que toda gente olhava para nós, que teriam ouvido, e quando alguém me cumprimentava sorrindo, dava-me ideia de estar caçoando. Desci as escadas não sei como, entrei no carro sem saber o que fazia; ao apertar-lhe a mão, afrouxei bem os dedos. Juro-lhe que não queria ter ouvido nada. Conrado disse-me que tinha sono, e encostou-se ao fundo do carro; foi melhor assim, porque eu não sei que diria, se tivéssemos de ir conversando. Encostei-me também, mas por pouco tempo; não podia estar na mesma posição. Olhava para fora através dos vidros, e via só o clarão dos lampiões, de quando em quando, e afinal nem isso mesmo; via os corredores do teatro, as escadas, as pessoas todas, e ele ao pé de mim, cochichando as palavras, duas palavras só, e não posso dizer o que pensei em todo esse tempo; tinha as ideias baralhadas, confusas, uma revolução em mim...

— Mas, em casa?

— Em casa, despindo-me, é que pude refletir um pouco, mas muito pouco. Dormi tarde, e mal. De manhã, tinha a cabeça aturdida. Não posso dizer que estava alegre nem triste; lembro-me que pensava muito nele, e para arredá-lo prometi a mim mesma revelar tudo ao Conrado; mas o pensamento voltava outra vez. De quando em quando, parecia-me escutar a voz dele, e estremecia. Cheguei a lembrar-me que, à despedida, lhe dera os dedos frouxos, e sentia, não sei como diga, uma espécie de arrependimento, um medo de o ter ofendido... e depois vinha o desejo de o ver outra vez... Perdoe-me, titia; a senhora é que quer que lhe conte tudo.

A resposta de D. Paula foi apertar-lhe muito a mão e fazer um gesto de cabeça. Afinal achava alguma coisa de outro tempo, ao contato daquelas sensações ingenuamente narradas. Tinha os olhos, ora meio cerrados, na sonolência da recordação, ora aguçados de curiosidade e calor, e ouvia tudo, dia por dia, encontro por encontro, a própria cena do teatro, que a sobrinha a princípio lhe ocultara. E vinha tudo o mais, horas de ânsia, de saudade, de medo, de esperança, desalentos, dissimulações, ímpetos, toda a agitação de uma criatura em tais circunstâncias, nada dispensava a curiosidade insaciável da tia. Não era um livro, não era sequer um capítulo de adultério, mas um prólogo — interessante e violento.

Venancinha acabou. A tia não lhe disse nada, deixou-se estar metida em si mesma; depois acordou, pegou-lhe na mão e puxou-a. Não lhe falou logo; fitou primeiro, e de perto, toda essa mocidade, inquieta e palpitante, a boca fresca, os olhos ainda infinitos, e só voltou a si quando a sobrinha lhe pediu outra vez perdão. D. Paula disse-lhe tudo o que a ternura e a austeridade da mãe lhe poderiam dizer, falou-lhe de castidade, de amor ao marido, de respeito público; foi tão eloquente que Venancinha não pôde conter-se, e chorou.

Veio o chá, mas não há chá possível depois de certas confidências. Venancinha recolheu-se logo, e, como a luz era agora maior, saiu da sala com os olhos baixos, para que o criado lhe não visse a comoção. D. Paula ficou diante da mesa e do criado. Gastou vinte minutos, ou pouco menos, em beber uma xícara de chá e roer um biscoito, e apenas ficou só, foi encostar-se à janela, que dava para a chácara.

Ventava um pouco, as folhas moviam-se sussurrando, e, conquanto não fossem as mesmas do outro tempo, ainda assim perguntavam-lhe: "Paula, você lembra-se do outro tempo?" Que esta é a particularidade das folhas, as gerações que passam contam às que chegam as coisas que viram, e é assim que todas sabem tudo e perguntam por tudo. Você lembra-se do outro tempo?

Lembrar, lembrava; mas aquela sensação de há pouco, reflexo apenas, tinha agora cessado. Em vão repetia as palavras da sobrinha, farejando o ar agreste da noite: era só na cabeça que achava algum vestígio, reminiscências, coisas truncadas. O coração empacara de novo; o sangue ia outra vez com a andadura do costume. Faltava-lhe o contato moral da outra. E continuava, apesar de tudo, diante da noite, que era igual às outras noites de então, e nada tinha que se parecesse com as do tempo da Stoltz e do marquês de Paraná; mas continuava, e lá dentro as pretas espalhavam o sono contando anedotas, e diziam, uma ou outra vez, impacientes:

— Sinhá velha hoje deita tarde como diabo!

A igreja do Diabo

I
De uma ideia mirífica

Conta um velho manuscrito beneditino que o Diabo, em certo dia, teve a ideia de fundar uma igreja. Embora os seus lucros fossem contínuos e grandes, sentia-se humilhado com o papel avulso que exercia desde séculos, sem organização, sem regras, sem cânones, sem ritual, sem nada. Vivia, por assim dizer, dos remanescentes divinos, dos descuidos e obséquios humanos. Nada fixo, nada regular. Por que não teria ele a sua igreja? Uma igreja do Diabo era o meio eficaz de combater as outras religiões, e destruí-las de uma vez.

— Vá, pois, uma igreja, concluiu ele. Escritura contra Escritura, breviário contra breviário. Terei a minha missa, com vinho e pão à farta, as minhas prédicas, bulas, novenas e todo o demais aparelho eclesiástico. O meu credo será o núcleo universal dos espíritos, a minha igreja uma tenda de Abraão. E depois, enquanto as outras religiões se combatem e se dividem, a minha igreja será única; não acharei diante de mim, nem Maomé, nem Lutero. Há muitos modos de afirmar; há só um de negar tudo.

Dizendo isto, o Diabo sacudiu a cabeça e estendeu os braços, com um gesto magnífico e varonil. Em seguida, lembrou-se de ir ter com Deus para comunicar-lhe a ideia, e desafiá-lo; levantou os olhos, acesos de ódio, ásperos de vingança, e disse consigo: — Vamos, é tempo. E rápido, batendo as asas, com tal estrondo que abalou todas as províncias do abismo, arrancou da sombra para o infinito azul.

II
Entre Deus e o Diabo

Deus recolhia um ancião, quando o Diabo chegou ao céu. Os serafins que engrinaldavam o recém-chegado detiveram-no logo, e o Diabo deixou-se estar à entrada com os olhos no Senhor.

— Que me queres tu? Perguntou esse.

— Não venho pelo vosso servo Fausto, respondeu o Diabo rindo, mas por todos os Faustos do século e dos séculos.

— Explica-te.

— Senhor, a explicação é fácil; mas permiti que vos diga: recolhei primeiro esse bom velho; dai-lhe o melhor lugar, mandai que as mais afinadas cítaras e alaúdes o recebam com os mais divinos coros...

— Sabes o que ele fez? perguntou o Senhor, com os olhos cheios de doçura.

— Não, mas provavelmente é dos últimos que virão ter convosco. Não tarda muito que o céu fique semelhante a uma casa vazia, por causa do preço, que é alto. Vou edificar uma hospedaria barata; em duas palavras, vou fundar uma igreja. Estou cansado da minha desorganização, do meu reinado casual e adventício. É tempo de obter a vitória final e completa. E então vim dizer-vos isto, com lealdade, para que me não acuseis de dissimulação... Boa ideia, não vos parece?

— Vieste dizê-la, não legitimá-la, advertiu o Senhor.

— Tendes razão, acudiu o Diabo; mas o amor-próprio gosta de ouvir o aplauso dos mestres. Verdade é que neste caso seria o aplauso de um mestre vencido, e uma tal exigência... Senhor, desço a terra; vou lançar a minha pedra fundamental.

— Vai

— Quereis que venha anunciar-vos o remate da obra?

— Não é preciso; basta que me digas desde já por que motivo, cansado há tanto da tua desorganização, só agora pensaste em fundar uma igreja?

O Diabo sorriu com certo ar de escárnio e triunfo. Tinha alguma ideia cruel no espírito, algum reparo picante no alforje da memória, qualquer coisa que, nesse breve instante da eternidade, o fazia crer superior ao próprio Deus. Mas recolheu o riso, e disse:

— Só agora concluí uma observação, começada desde alguns séculos, e é que as virtudes, filhas do céu, são em grande número comparáveis a rainhas, cujo manto de veludo rematasse em franjas de algodão. Ora, eu proponho-me a puxá-las por essa franja, e trazê-las todas para minha igreja; atrás delas virão as de seda pura...

— Velho retórico! murmurou o Senhor.

— Olhai bem. Muitos corpos que ajoelham aos vossos pés, nos templos do mundo, trazem as anquinhas da sala e da rua, os rostos tingem-se do mesmo pó, os lenços cheiram aos mesmos cheiros, as pupilas centelham de curiosidade e devoção entre o livro santo e o bigode do pecado. Vede o ardor, — a indiferença, ao menos, — com que esse cavalheiro põe em letras públicas os benefícios que liberalmente espalha, — ou seja, roupas ou botas, ou moedas, ou quaisquer dessas matérias necessárias à vida... Mas não quero parecer que me detenho em coisas miúdas; não falo, por exemplo, da placidez com que este juiz de irmandade, nas procissões, carrega piedosamente ao peito o vosso amor e uma comenda... Vou a negócios mais altos...

Nisto os serafins agitaram as asas pesadas de fastio e sono. Miguel e Gabriel fitaram no Senhor um olhar de súplica, Deus interrompeu o Diabo.

— Tu és vulgar, que é o pior que pode acontecer a um espírito da tua espécie, replicou-lhe o Senhor. Tudo o que dizes ou digas está dito e redito pelos moralistas do mundo. É assunto gasto; e se não tens força, nem originalidade para renovar um assunto gasto, melhor é que te cales e te retires. Olha; todas as minhas legiões mostram no rosto os sinais vivos do tédio que lhes dás. Esse mesmo ancião parece enjoado; e sabes tu o que ele fez?

— Já vos disse que não.

— Depois de uma vida honesta, teve uma morte sublime. Colhido em um naufrágio, ia salvar-se numa tábua; mas viu um casal de noivos, na flor da vida, que se debatiam já com a morte; deu-lhes a tábua de salvação e mergulhou na eternidade. Nenhum público: a água e o céu por cima. Onde achas aí a franja de algodão?

— Senhor, eu sou, como sabeis, o espírito que nega.

— Negas esta morte?

— Nego tudo. A misantropia pode tomar aspecto de caridade; deixar a vida aos outros, para um misantropo, é realmente aborrecê-los...

— Retórico e sutil! exclamou o Senhor. Vai; vai, funda a tua igreja; chama todas as virtudes, recolhe todas as franjas, convoca todos os homens... Mas, vai! vai!

Debalde o Diabo tentou proferir alguma coisa mais. Deus impusera-lhe silêncio; os serafins, a um sinal divino, encheram o céu com as harmonias de seus cânticos. O Diabo sentiu, de repente, que se achava no ar; dobrou as asas, e, como um raio, caiu na terra.

III

A boa nova aos homens

Uma vez na terra, o Diabo não perdeu um minuto. Deu-se pressa em enfiar a cogula beneditina, como hábito de boa fama, e entrou a espalhar uma doutrina nova e extraordinária, com uma voz que reboava nas entranhas do século. Ele prometia aos seus discípulos e fiéis as delícias da terra, todas as glórias, os deleites mais íntimos. Confessava que era o Diabo; mas confessava-o para retificar a noção que os homens tinham dele e desmentir as histórias que a seu respeito contavam as velhas beatas.

— Sim, sou o Diabo, repetia ele; não o Diabo das noites sulfúreas, dos contos soníferos, terror das crianças, mas o Diabo verdadeiro e único, o próprio gênio da natureza, a que se deu aquele nome para arredá-lo do coração dos homens. Vede-me gentil a airoso. Sou o vosso verdadeiro pai. Vamos lá: tomai daquele nome, inventado para meu desdouro, fazei dele um troféu e um lábaro, e eu vos darei tudo, tudo, tudo, tudo, tudo, tudo...

Era assim que falava, a princípio, para excitar o entusiasmo, espertar os indiferentes, congregar, em suma, as multidões ao pé de si. E elas vieram; e logo que vieram, o Diabo passou a definir a doutrina. A doutrina era a que podia ser na boca de um espírito de negação. Isso quanto à substância, porque, acerca da forma, era umas vezes sutil, outras cínica e deslavada.

Clamava ele que as virtudes aceitas deviam ser substituídas por outras, que eram as naturais e legítimas. A soberba, a luxúria, a preguiça foram reabilitadas, e assim também a avareza, que declarou não ser mais do que a mãe da economia, com a diferença que a mãe era robusta, e a filha uma esgalgada. A ira tinha a melhor defesa na existência de Homero; sem o furor de Aquiles, não haveria a Ilíada: «Musa, canta a cólera de Aquiles, filho de Peleu»... O mesmo disse da gula, que produziu as melhores páginas de Rabelais, e muitos bons versos do Hissope; virtude tão superior, que ninguém se lembra das batalhas de Luculo, mas das suas ceias; foi a gula que realmente o fez imortal. Mas, ainda pondo de lado essas razões de ordem literária ou histórica, para só mostrar o valor intrínseco daquela virtude, quem negaria que era muito melhor sentir na boca e no ventre os bons manjares, em grande cópia, do que os maus bocados, ou a saliva do jejum? Pela sua parte o Diabo prometia substituir a vinha do Senhor, expressão metafórica, pela vinha do Diabo, locução direta e verdadeira, pois não faltaria nunca aos seus com o fruto das mais belas cepas do mundo. Quanto à inveja, pregou friamente que era a virtude principal, origem de prosperidades infinitas; virtude preciosa, que chegava a suprir todas as outras, e ao próprio talento.

As turbas corriam atrás dele entusiasmadas. O Diabo incutia-lhes, a grandes golpes de eloquência, toda a nova ordem de coisas, trocando a noção delas, fazendo amar as perversas e detestar as sãs.

Nada mais curioso, por exemplo, do que a definição que ele dava da fraude. Chamava-lhe o braço esquerdo do homem; o braço direito era a força; e concluía: muitos homens são canhotos, eis tudo. Ora, ele não exigia que todos fossem canhotos; não era exclusivista. Que uns fossem canhotos, outros destros; aceitava a todos, menos os que não fossem nada. A demonstração, porém, mais rigorosa e profunda, foi a da venalidade. Um casuísta do tempo chegou a confessar que era um monumento de lógica. A venalidade, disse o Diabo, era o exercício de um direito superior a todos os direitos. Se tu podes vender a tua casa, o teu boi, o teu sapato, o teu chapéu, coisas que são tuas por uma razão jurídica e legal, mas que, em todo caso, estão fora de ti, como é que não podes vender a tua opinião, o teu voto, a tua palavra, a tua fé, coisas que são mais do que tuas, porque são a tua própria consciência, isto é, tu mesmo? Negá-lo é cair no obscuro e no contraditório. Pois não há mulheres que vendem os cabelos? Não pode um homem vender uma parte do seu sangue para transfundi-lo a outro homem anêmico? E o sangue e os cabelos, partes físicas, terão um privilégio que se nega ao caráter, à porção moral do homem? Demonstrando assim o princípio, o Diabo não se demorou em expor as vantagens de ordem temporal ou pecuniária; depois, mostrou ainda que, à vista do preconceito social, conviria dissimular o exercício de um direito tão legítimo, o que era exercer ao mesmo tempo a venalidade e a hipocrisia, isto é, merecer duplicadamente. E descia, e subia, examinava tudo, retificava tudo. Está claro que combateu o perdão das injúrias e outras máximas de brandura e cordialidade. Não proibiu formalmente a calúnia gratuita, mas induziu a exercê-la mediante retribuição, ou pecuniária, ou de outra espécie; nos casos, porém, em que ela fosse uma expansão imperiosa da força imaginativa, e nada mais, proibia receber nenhum salário, pois equivalia a fazer pagar a transpiração. Todas as formas de respeito foram condenadas por ele, como elementos possíveis de um certo decoro social e pessoal; salva, todavia, a única exceção do interesse. Mas essa mesma exceção foi logo eliminada, pela consideração de que o interesse, convertendo o respeito em simples adulação, era este o sentimento aplicado e não aquele.

Para rematar a obra, entendeu o Diabo que lhe cumpria cortar por toda a solidariedade humana. Com efeito, o amor do próximo era um obstáculo grave à nova instituição. Ele mostrou que essa regra era uma simples invenção de parasitas e negociantes insolváveis; não se devia dar ao próximo senão indiferença; em alguns casos, ódio ou desprezo. Chegou mesmo à demonstração de que a noção de próximo era errada, e citava esta frase de um padre de Nápoles, aquele fino e letrado Galiani, que escrevia a uma das marquesas do antigo regímen: "Leve a breca o próximo! Não há próximo!" A única hipótese em que ele permitia amar ao próximo era quando se tratasse de amar as damas alheias, porque essa espécie de amor tinha a particularidade de não ser outra coisa mais do que o amor do indivíduo a si mesmo. E como alguns discípulos achassem que uma tal explicação, por metafísica, escapava à compreensão das turbas, o Diabo recorreu a um apólogo: — Cem pessoas tomam ações de um banco, para as operações comuns; mas cada acionista não cuida realmente senão nos seus dividendos: é o que acontece aos adúlteros. Este apólogo foi incluído no livro da sabedoria.

IV
Franjas e Franjas

A previsão do Diabo verificou-se. Todas as virtudes cuja capa de veludo acabava em franja de algodão, uma vez puxadas pela franja, deitavam a capa às urtigas e vinham alistar-se na igreja nova. Atrás foram chegando as outras, e o tempo abençoou a instituição. A igreja fundara-se; a doutrina propagava-se; não havia uma região do globo que não a conhecesse, uma língua que não a traduzisse, uma raça que não a amasse. O Diabo alçou brados de triunfo.

Um dia, porém, longos anos depois, notou o Diabo que muitos dos seus fiéis, às escondidas, praticavam as antigas virtudes. Não as praticavam todas, nem integralmente, mas algumas, por partes, e, como digo, às ocultas. Certos glutões recolhiam-se a comer frugalmente três ou quatro vezes por ano, justamente em dias de preceito católico; muitos avaros davam esmolas à noite, ou nas ruas mal povoadas; vários dilapidadores do erário restituíam-lhe pequenas quantias; os fraudulentos falavam, uma ou outra vez, com o coração nas mãos, mas com o mesmo rosto dissimulado, para fazer crer que estavam embaçando os outros.

A descoberta assombrou o Diabo. Meteu-se a conhecer mais diretamente o mal, e viu que lavrava muito. Alguns casos eram até incompreensíveis, como o de um droguista do Levante, que envenenara longamente uma geração inteira, e, com o produto das drogas socorria os filhos das vítimas. No Cairo achou um perfeito ladrão de camelos, que tapava a cara para ir às mesquitas. O Diabo deu com ele à entrada de uma, lançou-lhe em rosto o procedimento; ele negou, dizendo que ia ali roubar o camelo de um drogomano; roubou-o, com efeito, à vista do Diabo e foi dá-lo de presente a um muezim, que rezou por ele a Alá. O manuscrito beneditino cita muitas outras descobertas extraordinárias, entre elas esta, que desorientou completamente o Diabo. Um dos seus melhores apóstolos era um calabrês, varão de cinquenta anos, insigne falsificador de documentos, que possuía uma bela casa na campanha romana, telas, estátuas, biblioteca etc. Era a fraude em pessoa; chegava a meter-se na cama para não confessar que estava são. Pois esse homem, não só não furtava ao jogo, como ainda dava gratificações aos criados. Tendo angariado a amizade de um cônego, ia todas as semanas confessar-se com ele, numa capela solitária; e, conquanto não lhe desvendasse nenhuma das suas ações secretas, benzia-se duas vezes, ao ajoelhar-se, e ao levantar-se. O Diabo mal pôde crer tamanha aleivosia. Mas não havia duvidar; o caso era verdadeiro.

Não se deteve um instante. O pasmo não lhe deu tempo de refletir, comparar e concluir do espetáculo presente alguma coisa análoga ao passado. Voou de novo ao céu, trêmulo de raiva, ansioso de conhecer a causa secreta de tão singular fenômeno. Deus ouviu-o com infinita complacência; não o interrompeu, não o repreendeu, não triunfou, sequer, daquela agonia satânica. Pôs os olhos nele, e disse:

— Que queres tu, meu pobre Diabo? As capas de algodão têm agora franjas de seda, como as de veludo tiveram franjas de algodão. Que queres tu? É a eterna contradição humana.

Apêndice

GLOSSÁRIO

Alferes – no exército do Brasil colonial e imperial, posto militar correspondente, hoje, a segundo-tenente.
Amazona – saia longa própria para a mulher cavalgar.
Bilros – peça de metal ou madeira, semelhante ao fuso, para fazer rendas e artefatos de cabelo.
Bolos – nome dado aos castigos com palmatória.
Botica – mesmo que farmácia.
Brama – deus supremo dos antigos hindus.
Brigue – tipo de navio a vela.
Calceteiro – operário que faz empedramento de estradas, ruas e praças.
Charamela – antigo instrumento musical pastoril, soprado como buzina.
Chipre – ilha do Mediterrâneo, colonizada pelos gregos, fenícios, egípcios e persas. Foi brilhante centro da civilização grega e helenística.
Comborça – concubina de homem casado.
Corveta – antigo navio de guerra de três mastros, menor do que a fragata.
Cravo – instrumento musical de teclas e torças que se toca com pequenos martelos ou penas.
Credo – oração cristã iniciada, em latim, pela palavra *credo*, que significa "creio". Nessa oração, se encerram os artigos fundamentais da fé católica.
Dracma – antiga moeda dos gregos.
Elegia – tipo de poema lírico caracterizado, geralmente, pelo tom lamentoso, ainda que de exaltação.
Enfiar – mesmo que empalidecer.
Epígrafe – frase ou trecho, de autor alheio, tomado como lema ou tema de um texto literário ou científico.
Esbirro – empregado menor nos tribunais.

Esfinge – na mitologia grega, monstro fabuloso com corpo de leão e cabeça humana, de olhar enigmático.
Exórdio – primeira parte do discurso oratório.
Farsa – peça teatral de poucos atores, apresentada por meio de um simples diálogo, com ação trivial e cômica.
Gamão – jogo de azar, jogado entre dois parceiros, cada um com quinze tabelas, sobre um tabuleiro dividido dos dois lados em dois compartimentos, com seis subdivisões ou casas cada um.
Gentleman – palavra inglesa que significa homem gentil, educado.
Gôndola – tipo de barco veneziano, longo e chato, movido por um único remo.
Haia – cidade dos Países Baixos, próxima à costa do Mar do Norte, residência da corte, do corpo diplomático e dos poderes públicos.
Hélios – na mitologia grega, deus do Sol.
Marquesa – espécie de sofá antigo, largo, com assentos de palha.
Mucama – escrava negra e jovem, escolhida para os serviços caseiros ou para companhia de pessoas da família de seu dono.
Necrológio – elogio, falado ou escrito, feito a pessoas falecidas.
Nhã – designação que os escravos davam a sua senhora.
Nilo – principal rio da África, que banha o Egito, fertilizando-o com suas famosas cheias.
Novela – tipo de narrativa com diversos episódios justapostos, cuja realidade criada geralmente extrapola a realidade empírica, predominando as situações humanas excepcionais, patéticas ou grotescas.
Obreia – folha de massa que, umedecida, se usa para pegar papéis ou fechar envelopes gomados.
Ocularista – técnico opticista ou optometrista que examina a visão, prescreve e executa as lentes apropriadas.
Ode – tipo de poema lírico caracterizado pelo tom alegre e entusiástico.
Palmatória – pequena peça circular de madeira, com um cabo, normalmente com cinco orifícios, dispostos em cruz,

usado para castigar as crianças, batendo-lhes na palma da mão.

Pampeiro – vento forte que sopra das regiões meridionais da Argentina e pode alcançar o Rio Grande do Sul.

Paquete – navio veloz e luxuoso, geralmente a vapor, para transporte regular de passageiros entre certos portos.

Párvulo – mesmo que criança.

Petimetre – pessoa que se veste com apuro excessivo.

Proteu – deus marinho que recebeu de Netuno, seu pai, o dom da profecia.

Providência – em Teologia, a suprema sabedoria com que Deus governa todas as coisas.

Regência – período entre a abdicação de D. Pedro I, em 1831, e o golpe conservador que proclamou a maioridade de D. Pedro II.

Rodaque – espécie de casaco para homens, hoje em desuso.

Sege – carruagem de duas rodas, com um único assento, puxada por dois cavalos.

Sílfide – gênio feminino do ar, na mitologia celta.

Siroco – vento quente que se origina no norte do continente africano e atinge o mar Mediterrâneo.

Soneto – tipo de poema de forma fixa, composto por dois quartetos e dois tercetos (soneto italiano) ou por três quartetos e um dístico (soneto inglês).

Sueto – descanso, pausa, ócio.

Vapor – tipo de navio movido por máquina a vapor.

Voltarete – jogo de cartas muito complicado que se joga entre três parceiros com o baralho de quarenta cartas.

Whist – tipo de jogo de cartas inglês, jogado entre quatro parceiros.

Contextualização da Obra

O estilo literário de Machado de Assis

Cristina Garófalo Porini*

Em janeiro de 1892, José Veríssimo, grande estudioso da literatura brasileira, escreveu uma resenha sobre o romance *Quincas Borba*; nela, afirma que "o Sr. Machado de Assis não é nem um romântico, nem um naturalista, nem um nacionalista, nem um realista, nem entra em qualquer dessas classificações em *ismo* ou *ista*"[1]. Mais de um século depois, a afirmação ainda é a melhor resposta encontrada por muitos leitores diante da extensa obra machadiana, didaticamente dividida em primeira e segunda fase.

Durante o Romantismo brasileiro (com início em 1836, quando Gonçalves de Magalhães publicou *Suspiros poéticos e saudades*, e término em 1881, justamente quando Machado de Assis publicou *Memórias póstumas de Brás Cubas* em livro), tanto a produção como a presença do autor no cenário cultural foram intensas. Em 1854, ainda um jovem de 15 anos, começou a trabalhar em uma tipografia e conseguiu sua primeira publicação, um poema dedicado a "Ilma. Sra. D.P.J.A."; com o passar do tempo, foi colaborador dos mais

---

* Graduada em Letras pela Universidade de São Paulo e em Relações Públicas pela Faculdade de Comunicação Social Cásper Líbero, professora de Língua Portuguesa, Literatura e Redação para o ensino médio na rede particular de ensino e em cursos pré-vestibulares, redatora e revisora de textos.

[1] GUIMARÃES, H. de S. Romero, Araripe, Veríssimo e a recepção do romance machadiano. In: *Estudos Avançados*, vol.18, n. 51. Disponível em www.scielo.br.

variados periódicos, consagrando-se como um verdadeiro polígrafo, uma vez que escreveu poesias, traduções, peças teatrais, contos, crônicas, romances e críticas literárias.

É interessante notar que o Brasil passava, então, por um momento de incremento nos meios culturais. Considerando o estabelecimento do Segundo Reinado, em 1840, o país vivenciou um novo contexto social, principalmente no Rio de Janeiro: a classe mais alta, formada por comerciantes e pessoas relacionadas ao próprio governo, estava ávida por novidades, e passou a frequentar confeitarias, saraus, teatros. O público leitor também se transformou, especialmente em razão dos estudantes e das mulheres recém-alfabetizadas, verdadeiras consumidoras dos folhetins.

Nesse contexto de incentivo à publicação de jornais e revistas, Machado de Assis aproximava-se de figuras como Manuel Antonio de Almeida (autor de *Memórias de um sargento de milícias*), e José de Alencar (autor, entre outros, de *O Guarani*, *Iracema* e *Lucíola*). Ambos autores influenciaram sua composição literária: o primeiro foi um grande observador de tipos sociais, e o segundo iniciou a abordagem de teor psicológico em suas personagens românticas — contribuições essenciais à obra machadiana.

A primeira fase de sua obra cronologicamente se estendeu entre os anos de 1854, com a publicação de um poema, até 1880, com o lançamento em folhetim de *Memórias póstumas de Brás Cubas*. Na época, a poesia era um gênero bastante agradável aos leitores, e assim foram lançados *Crisálidas* (1864), *Falenas* (1870) e *Americanas* (1875). Tratava-se de poemas influenciados pelo estilo literário de autores como Casimiro de Abreu e Gonçalves Dias, porém desde esse momento é perceptível que a obra machadiana não pode simplesmente ser classificada como romântica: o amor e o indianismo se faziam presentes, no entanto eram apresentados com contenção emocional — e mesmo assim faziam sucesso junto ao público.

Simultaneamente, Machado dedicou-se ao teatro, uma das grandes diversões cariocas do século XIX, escrevendo peças e críticas a respeito daquilo que era encenado na capital. Ao lançar a primeira peça de autoria própria, mandou uma carta para o jornalista e político Quintino Bocaiúva, solicitando apreciação crítica; este lhe respondeu com sinceridade, apontando faltas relacionadas à obra de um jovem dramaturgo. Machado não desistiu: escreveu oito peças na década de 1860, sempre comédias de poucas cenas, retratando a elite carioca, o que agradava ao público. A partir do estudo dessas obras, verificam-se duas características bastante presentes na obra do autor: diálogos vivos e humor. Outras três peças ainda chegariam aos palcos até o final de sua vida, sendo *Tu só, tu, puro amor* (1899) uma homenagem aos 300 anos de nascimento de Luís Vaz de Camões, maior nome do Classicismo português. Por mais que tais peças não sejam muito comentadas atualmente, vale ressaltar que a crítica especializada destaca *Lição de Botânica* (1906) como o ponto alto da dramaturgia machadiana.

O crítico teatral também estendeu seus domínios para as Letras: a produção literária, brasileira ou internacional, tanto em poesia como em prosa, foi alvo do agudo olhar de Machado de Assis. Há informações bastante curiosas nas críticas redigidas por ele, como a observação a respeito de *O primo Basílio*, obra do realista lusitano Eça de Queirós, em que o brasileiro julga desnecessário o caráter explícito dos instintos sexuais da personagem Luísa; já José de Alencar foi elogiado em *Iracema*, romance estudado como "prosa poética"[2] — nas próprias palavras do crítico — até os dias atuais.

Durante as décadas de 1850 e 1860, Machado foi reconhecido como um respeitável crítico literário brasileiro; a partir dos anos 1870, porém, mudou o foco de seu trabalho, passando a redigir crônicas e contos — estes chegaram a 200. A leitura de tais narrativas ainda hoje conduz o leitor ao Rio de Janeiro do Segundo Império e do início da República, nas mais diversas situações, fornecendo um rico panorama da vida brasileira de então. Dessa maneira, *Contos Fluminenses*

---

[2] ASSIS, Machado de. *Obra Completa de Machado de Assis*. Rio de Janeiro: Nova Aguilar, vol. III, 1994.

(1870) e *Histórias da meia-noite* (1873) foram publicados e, assim como as peças teatrais, já traziam traços estilísticos de Machado que permaneceriam ao longo de sua obra; é interessante verificar que já estavam presentes também as temáticas que seriam desenvolvidas durante sua fase madura, assim como algumas figuras recorrentes — como a considerável galeria de "parasitas sociais" que o escritor criou, pessoas sem ocupação formal, as quais sobrevivem ao se aproveitarem de outras que lhes sejam interessantes. Essas questões podem ser reconhecidas inclusive em obras da maturidade, como *Papéis avulsos* (1882), *Histórias sem data* (1884), *Várias histórias* (1896), *Páginas recolhidas* (1899) e *Relíquias da casa velha* (1906).

Semelhante afirmação é estendida aos romances *Ressurreição* (1872), *A mão e a luva* (1874), *Helena* (1876) e a *Iaiá Garcia* (1878). De maneira geral, o narrador estabelecia contato com a leitora, muitas vezes informando o próprio processo de elaboração da obra (processo que, vale ressaltar, reitera-se durante sua fase madura); advertia que não pretendia fornecer detalhes sobre as personagens femininas — muitas delas de comportamento ambíguo, mostrando-se calculistas principalmente em relação à possibilidade de ascensão social — o que distanciava a narrativa do modelo consagrado pelo Romantismo. Percebe-se nitidamente que Machado já iniciava a abordagem psicológica que o consagrou, mesmo contemplando suas heroínas (e suas leitoras) com o esperado "final feliz".

De fato, a obra do autor não atendia aos parâmetros românticos — e a mesma afirmação é estendida aos parâmetros realistas. As constantes leituras de Arthur Schopenhauer (1788–1860; filósofo alemão, cuja obra é marcada pelo pessimismo), Laurence Sterne (1713–1768; escritor irlandês, consagrado por sua ironia e romances cuja conclusão não encerra o enredo), Jonathan Swift (1667–1745; outro escritor irlandês, cujos textos satíricos buscavam desnudar a sociedade), Michel de Montaigne (1533–1592; ensaísta francês e observador da sociedade e seus costumes), entre tantos outros intelectuais, foram decisivas para o lançamento de *Memórias póstumas de Brás Cubas*, primeiramente em folhetim (1880) e, em seguida, em romance (1881). Vale a pena observar que a obra inaugural do Realismo brasileiro — sem dúvida, por romper completamente com os preceitos românticos — também não contemplava efetivamente os parâmetros realistas. Para tanto, basta lembrar que Brás Cubas é um "defunto narrador", afastando-se completamente de correntes cientificistas tão prezadas na época, como o Positivismo (teoria de Auguste Comte, baseada no pensamento de que só pode ser considerado verdadeiro o que for comprovado cientificamente por meio de experiências).

A fase madura de Machado de Assis contou com toda sorte de gêneros literários. Ele continuou a escrever contos, crônicas, peças de teatro, romances e poesias; foi o caso de *Ocidentais* (1901), em cujos versos abordou questões relacionadas à humanidade, como o famoso "Suave Mari Magno", além de remeterem ao formalismo defendido pelo Parnasianismo, estilo literário conhecido por privilegiar a forma. Ainda no campo da composição poética, é imprescindível citar o soneto "A Carolina"; escrito em 1906, em homenagem à esposa falecida dois anos antes, confirma-se como um momento raro na obra machadiana, por transparecer seu valor profundamente sentimental.

As obras mais famosas são, sem dúvida, os romances da maturidade de Machado. Em *Memórias póstumas de Brás Cubas* (1881), o leitor depara-se com a inusitada "Dedicatória a um verme"; como se não fosse o bastante, ainda lê o capítulo LXXI, "O Senão do Livro", no qual o ocioso e fútil Brás Cubas afirma que "o maior defeito deste livro és tu, leitor", já contra-argumentando em defesa da digressão — expediente literário em que o narrador interrompe o enredo a fim de tecer algum tipo de reflexão. Ao seguir o exemplo de Sterne, Xavier de Maistre (1763–1852, escritor francês) e Almeida Garrett (1799–1854, escritor do Romantismo português), Machado de Assis apontava para a necessidade de um leitor mais condescendente com seu estilo desapegado dos padrões em voga.

Em seguida, lançou *Quincas Borba* (1891), *Dom Casmurro* (1899), *Esaú e Jacó* (1904) *e Memorial de Aires* (1908). Esse foi um momento em que Machado deu continuidade ao projeto de observar seus contemporâneos, e, consequentemente, traçou uma fina abordagem psicológica daquela sociedade, a ponto de escrever histórias que alcançaram o patamar de serem consideradas "clássicas": gerações e gerações de alunos, por exemplo, ainda hoje debatem calorosamente nas salas de aula se Capitu traiu ou não Bentinho.

Este é um dos grandes méritos de Machado de Assis: sutilmente provocou o Brasil a conhecer a si mesmo, assim como outras nações — em maio de 2011, o consagrado cineasta norte-americano Woody Allen foi convidado pelo periódico inglês *The Guardian* a listar os livros mais influentes para sua vida e, dentre eles, lá está *Memórias póstumas de Brás Cubas*, sobre o qual afirma: "Eu fiquei chocado o quão charmoso e incrível era. Eu não pude acreditar que ele viveu há tampo tempo. Você poderia pensar que ele escreveu ontem. É tão moderno. É uma obra muito original".[3]

Se José Veríssimo, em 1892, não sabia como classificar o livro, cerca de 120 anos depois o cineasta conseguiu defini-lo com uma palavra: original — a mesma que, tranquilamente, caracteriza toda a obra machadiana.

Sobre Machado de Assis

Jean Pierre Chauvin

Joaquim Maria Machado de Assis (1839–1908) nasceu e morreu no Rio de Janeiro, então capital do país, de onde nunca saiu, exceto uma viagem de três meses ao interior do estado, realizada por recomendação médica em 1882.

---

[3] Acesso em 13 de fevereiro de 2013. Disponível em http://www.estadao.com.br/noticias/arteelazer,woody-allen-cita-livro--de-machado-de-assis-como-um-de-seus-favoritos,715819,0.htm

O escritor começou sua vida de modo bastante humilde. Na adolescência, não realizou estudos regulares, mas teve a oportunidade de aprender um pouco de latim com um padre. Também teve aulas de português e álgebra, com uma professora conhecida da família, e aprendeu francês com um casal que conheceu na barca que ligava a cidade do Rio de Janeiro a Niterói.

Após viver sua infância, marcado por uma série de trabalhos, de modo a auxiliar a sua família financeiramente, Machado conseguiu o seu primeiro ofício, como auxiliar de tipografia. No período, trabalhou sob a supervisão do jornalista e escritor Manuel Antônio de Almeida, autor de *Memórias de um sargento de milícias* (1855).

Nesse tempo, revelava uma especial predileção pela leitura. Dentre alguns dos autores prediletos do autor, estavam: o inglês William Shakespeare; os irlandeses Jonathan Swift (*As viagens de Gulliver*) e Laurence Sterne (*Tristram Shandy*); os pensadores alemães, especialmente Arthur Schopenhauer; bem como os escritores franceses em geral.

Sua erudição facilitou o seu acesso e êxito na sociedade carioca. Tendo em vista o meio em que estava inserido e a sua habilidade em se relacionar com os demais correspondentes culturais da cidade, aos poucos construiu um respeitável círculo de amigos, desde o editor literário Paula Brito até os políticos mais influentes do período, como Quintino Bocaiuva e o próprio Imperador Dom Pedro II.

Machado tornou-se uma autêntica referência social e cultural no meio fluminense. A partir dos 50 anos, passou a receber diversos prêmios e homenagens, dentre elas o convite para presidir e ocupar a cadeira de número um da Academia Brasileira de Letras, inaugurada em dezembro de 1896.

Além de dedicar-se com sucesso ao universo das letras, o autor ocupou diversos cargos públicos, chegando, ao final da vida, a Diretor-geral de Contabilidade do Ministério da Indústria, Viação e Obras Públicas, local em que trabalhava, em outras funções, desde 1893.

Hoje, Machado de Assis ocupa lugar de honra no Realismo brasileiro, embora ele se recusasse a aceitar o rótulo de escritor realista. O fato é que o autor mantinha uma impressionante produção, tanto em livros quanto em jornais, a exemplo de sua colaboração à *Revista Brasileira* e também em *A Estação*. O escritor publicou nove romances, mais de duzentos contos, aproximadamente seiscentas crônicas, diversas peças de teatro e quatro livros de poesia.

O próprio Machado reconheceu que a década de 1880 marcou a transição para uma "segunda maneira" de escrever em sua produção. Desde que o seu primeiro romance considerado realista saiu em folhetim,[4] seus leitores e críticos passaram a defender que sua obra poderia ser claramente dividida em duas fases: uma, mais romântica e convencional, marcada pelos seus quatro primeiros romances; e a segunda fase, a partir da publicação de *Memórias póstumas de Brás Cubas*, de tendência fortemente realista.

Questionário*

1. a) Em "O espelho", qual a função da *farda* para o narrador?

b) De que maneira essa função está associada à teoria defendida ao logo do conto?

2. No segundo parágrafo de "A causa secreta", o autor afirma que os três personagens "tinham falado também de outra coisa, além daquelas três, coisa tão feia e grave, que não lhes deixou muito gosto para tratar do dia, do bairro e da casa de saúde". Explique o que é essa "coisa feia e grave".

---

[4] O *folhetim* era o principal veículo — similiar aos jornais ou revistas de nosso tempo — em que os capítulos de uma obra eram publicados, em intervalos de uma semana ou quinze dias, naquela época. O nome se deve à semelhança da publicação com o formato alongado, e mais largo, baseado nas medidas de uma folha de papel.

* Professores podem obter o gabarito das questões desta seção, entrando em contato com o nosso departamento editorial.

3. a) Em “A causa secreta”, com base na reação de Garcia diante das atitudes de Fortunato, conforme observamos ao longo do conto, qual a função do *olhar* na narrativa?

b) Seria possível comparar a posição de Garcia com a do leitor? Justifique.

4. Qual a função da personagem Maria Luísa, de “A causa secreta”, em relação ao desenvolvimento da narrativa?

5. a) Que relação se estabelece entre os personagens Nogueira e Conceição em “Missa do galo”?

b) De que maneira o comportamento de Conceição seria considerado “inadequado” para a sociedade do século XIX?

c) Hoje em dia, esse comportamento seria adequado? Reflita sobre a condição social da mulher no século XXI em comparação com a do século XIX.

6. a) Por meio de quais recursos se produz o efeito de erotismo em “Missa do galo”?

b) Cite duas passagens do conto que justifiquem a resposta anterior.

7. No primeiro parágrafo de “A cartomante”, Machado de Assis inicia a narrativa com a seguinte afirmação: “Hamlet observa a Horácio que há mais coisas no céu e na terra do que sonha a nossa filosofia”.

a) Explique o que significa essa afirmação de acordo com o início da narrativa.

b) Essa afirmação se confirma no final do conto? Explique.

Questões de vestibular

1. (UFSM) Da perspectiva realista-naturalista, a sociedade humana funciona segundo certas leis dos ecossistemas, como a competição entre espécies, os processos de seleção natural, entre outros.

Considere as afirmativas a respeito dos contos "O caso da vara" e "Pai contra mãe", de Machado de Assis, que encontrou na alma humana a explicação de muitos mecanismos sociais.

I - A estranha complacência da consciência humana em face do mal reflete-se nas atitudes de Cândido Neves, embora suas palavras finais "Nem todas as crianças vingam, bateu-lhe o coração" apontem para o seu arrependimento.

II - Ao ceder à autoridade de sinhá Rita, Damião mostra a fragilidade dos bons propósitos diante dos interesses pessoais.

III - Ambos os contos estão contextualizados no Rio de Janeiro do início do Segundo Império e revelam o engajamento do autor na causa abolicionista.

Está(ão) correta(s)

a) apenas I.
b) apenas II.
c) apenas I e II.
d) apenas I e III.
e) apenas II e III.

2. (UESC) Leia o trecho a seguir, retirado de "O espelho", de Machado de Assis, e responda a questão.

"Os quatro companheiros, ansiosos de ouvir o caso prometido, esqueceram a controvérsia. Santa curiosidade!

Tu não és só a alma da civilização, és também o pomo da concórdia, fruta divina, de outro sabor que não aquele pomo da mitologia. A sala, até há pouco ruidosa de física e metafísica, é agora um mar morto; todos os olhos estão no Jacobina, que concerta a ponta do charuto, recolhendo as memórias. Eis aqui como ele começou a narração:

— Tinha vinte e cinco anos, era pobre, e acabava de ser nomeado alferes da guarda nacional. Não imaginam o acontecimento que isto foi em nossa casa. Minha mãe ficou tão orgulhosa! Tão contente! Chamava-me o seu alferes. Primos e tios, foi tudo uma alegria sincera e pura. Na vila, note-se bem, houve alguns despeitados; choro e ranger de dentes, como na Escritura; e o motivo não foi outro senão que o posto tinha muitos candidatos e que estes perderam. Suponho também que uma parte do desgosto foi inteiramente gratuita: nasceu da simples distinção."

Um dos problemas humanos tematizados na obra de Machado de Assis é o da identidade, e isso se faz presente no conto "O Espelho".

Com base no fragmento e na narrativa em sua totalidade, analise — no plano simbólico — o valor do uniforme em relação à integridade psicológica do personagem Jacobina.

3. (Unicamp) O trecho abaixo corresponde ao desfecho do conto "A causa secreta", de Machado de Assis:

"(...) Garcia inclinou-se ainda para beijar outra vez o cadáver, mas então não pôde mais. O beijo rebentou em soluços, e os olhos não puderam conter as lágrimas, que vieram em borbotões,* lágrimas de amor calado, e irremediável desespero. Fortunato, à porta, onde ficara, saboreou tranquilo essa explosão de dor moral que foi longa, muito longa, deliciosamente longa."

*Em borbotões: em jorros, em grande quantidade.

a) Explique a reação de Garcia diante do cadáver.

b) Explique a repetição do adjetivo "longa" no desfecho do conto.

4. (Unicamp) Leia a seguinte passagem do "Conto de escola", de Machado de Assis.

"(...) E lá fora, no céu azul, por cima do morro, o mesmo eterno papagaio, guinando a um lado e outro, como se me chamasse a ir ter com ele. Imaginei-me ali, com os livros e a pedra embaixo da mangueira, e a pratinha no bolso das calças, que eu não daria a ninguém, nem que me serrassem; guardá-la-ia em casa, dizendo a mamãe que a tinha achado na rua. Para que me não fugisse, ia apalpando, roçando-lhe os dedos pelo cunho, quase lendo pelo tato a inscrição, com uma grande vontade de espiá-la."

a) Como o narrador personagem conseguiu a pratinha que estava em seu bolso?

b) Qual o destino final da pratinha?

c) Nessa passagem, há uma oposição entre o espaço da rua ("lá fora, no céu azul") e o espaço em que acontece a ação, oposição que também comparece no início e no final do conto. Em que medida tal oposição contribui para caracterizar a personagem que narra?

5. (UESC) "Mariana respirou. A rola estava livre do gavião. Levava a alma doente dos encontrões, vertiginosa da diversidade de coisas e pessoas. Tinha necessidade de equilíbrio e saúde. A casa estava perto; à medida que ia vendo as outras casas e chácaras próximas, Mariana sentia-se restituída a si mesma. Chegou finalmente; entrou no jardim, respirou. Era aquele o seu mundo; menos um vaso, que o jardineiro trocara de lugar.

— João, bota este vaso onde estava antes, disse ela.

Tudo o mais estava em ordem, a sala de entrada, a de visitas, a de jantar, os seus quartos, tudo. Mariana sentou-se primeiro, em diferentes lugares, olhando bem para todas as coisas, tão quietas e ordenadas. Depois de uma manhã inteira de perturbação e variedade, a monotonia trazia-lhe um grande bem, e nunca lhe pareceu tão deliciosa. Na verdade, fizera mal... Quis recapitular os sucessos e não pôde; a alma espreguiçava-se toda naquela uniformidade caseira. Quando muito, pensou na figura do Viçoso, que achava agora ridícula, e era injustiça. Despiu-se lentamente, com amor, indo certeira a cada objeto. Uma vez despida, pensou outra vez na briga com o marido. Achou que, bem pesadas as coisas, a principal culpa era dela. Que diabo de teima por causa de um chapéu, que o marido usava há tantos anos? Também o pai era exigente demais..."

O trecho, de "Capítulo dos chapéus", permite observar que o chapéu de Conrado é um elemento-pretexto para se desvendar o perfil psicológico de Mariana, evidenciando a sua escolha existencial.

Comente essa afirmativa, fundamentando-se em dados do conto.

Para saber mais

BOSI, A. **Machado de Assis — o enigma do olhar**. São Paulo: Ática, 1999.

CASTELLO, J. A. **Realidade e ilusão em Machado de Assis**. São Paulo: Companhia Editora Nacional; Edusp, 1969.

GLEDSON, J. Introdução. In: MACHADO DE ASSIS. **Quincas Borba**. São Paulo: Penguin; Companhia das Letras, 2012.

MACHADO, U. **Três vezes Machado de Assis**. São Paulo: Ateliê, 2007.

MELLO E SOUZA, A. C de. Esquema de Machado de Assis. In: **Vários escritos**. 4ª ed. São Paulo: Duas Cidades; Rio de Janeiro: Ouro sobre Azul, 2004. [1970].

PEREIRA, C. M. **A assunção do papel social em Machado de Assis**. São Paulo: Annablume; Fapesp, 2007.

STEIN, I. **Figuras femininas em Machado de Assis**. São Paulo: Paz e Terra, 1984.

Relação dos Volumes Publicados

1. **Dom Casmurro**
Machado de Assis
2. **O Príncipe**
Maquiavel
3. **Mensagem**
Fernando Pessoa
4. **O Lobo do Mar**
Jack London
5. **A Arte da Prudência**
Baltasar Gracián
6. **Iracema / Cinco Minutos**
José de Alencar
7. **Inocência**
Visconde de Taunay
8. **A Mulher de 30 Anos**
Honoré de Balzac
9. **A Moreninha**
Joaquim Manuel de Macedo
10. **A Escrava Isaura**
Bernardo Guimarães
11. **As Viagens - "Il Milione"**
Marco Polo
12. **O Retrato de Dorian Gray**
Oscar Wilde
13. **A Volta ao Mundo em 80 Dias**
Júlio Verne
14. **A Carne**
Júlio Ribeiro
15. **Amor de Perdição**
Camilo Castelo Branco
16. **Sonetos**
Luís de Camões
17. **O Guarani**
José de Alencar
18. **Memórias Póstumas de Brás Cubas**
Machado de Assis
19. **Lira dos Vinte Anos**
Álvares de Azevedo
20. **Apologia de Sócrates / Banquete**
Platão
21. **A Metamorfose/Um Artista da Fome/Carta a Meu Pai**
Franz Kafka
22. **Assim Falou Zaratustra**
Friedrich Nietzsche
23. **Triste Fim de Policarpo Quaresma**
Lima Barreto
24. **A Ilustre Casa de Ramires**
Eça de Queirós
25. **Memórias de um Sargento de Milícias**
Manuel Antônio de Almeida
26. **Robinson Crusoé**
Daniel Defoe
27. **Espumas Flutuantes**
Castro Alves
28. **O Ateneu**
Raul Pompéia
29. **O Noviço / O Juiz de Paz da Roça / Quem Casa Quer Casa**
Martins Pena
30. **A Relíquia**
Eça de Queirós
31. **O Jogador**
Dostoiévski
32. **Histórias Extraordinárias**
Edgar Allan Poe
33. **Os Lusíadas**
Luís de Camões
34. **As Aventuras de Tom Sawyer**
Mark Twain
35. **Bola de Sebo e Outros Contos**
Guy de Maupassant
36. **A República**
Platão
37. **Elogio da Loucura**
Erasmo de Rotterdam
38. **Caninos Brancos**
Jack London
39. **Hamlet**
William Shakespeare
40. **A Utopia**
Thomas More
41. **O Processo**
Franz Kafka
42. **O Médico e o Monstro**
Robert Louis Stevenson
43. **Ecce Homo**
Friedrich Nietzsche
44. **O Manifesto do Partido Comunista**
Marx e Engels
45. **Discurso do Método / Regras para a Direção do Espírito**
René Descartes
46. **Do Contrato Social**
Jean-Jacques Rousseau
47. **A Luta pelo Direito**
Rudolf von Ihering
48. **Dos Delitos e das Penas**
Cesare Beccaria
49. **A Ética Protestante e o Espírito do Capitalismo**
Max Weber
50. **O Anticristo**
Friedrich Nietzsche
51. **Os Sofrimentos do Jovem Werther**
Goethe
52. **As Flores do Mal**
Charles Baudelaire
53. **Ética a Nicômaco**
Aristóteles
54. **A Arte da Guerra**
Sun Tzu
55. **Imitação de Cristo**
Tomás de Kempis
56. **Cândido ou o Otimismo**
Voltaire
57. **Rei Lear**
William Shakespeare
58. **Frankenstein**
Mary Shelley
59. **Quincas Borba**
Machado de Assis
60. **Fedro**
Platão
61. **Política**
Aristóteles
62. **A Viuvinha / Encarnação**
José de Alencar
63. **As Regras do Método Sociológico**
Émile Durkheim
64. **O Cão dos Baskervilles**
Sir Arthur Conan Doyle
65. **Contos Escolhidos**
Machado de Assis
66. **Da Morte / Metafísica do Amor / Do Sofrimento do Mundo**
Arthur Schopenhauer
67. **As Minas do Rei Salomão**
Henry Rider Haggard
68. **Manuscritos Econômico-Filosóficos**
Karl Marx
69. **Um Estudo em Vermelho**
Sir Arthur Conan Doyle
70. **Meditações**
Marco Aurélio
71. **A Vida das Abelhas**
Maurice Materlinck
72. **O Cortiço**
Aluísio Azevedo
73. **Senhora**
José de Alencar
74. **Brás, Bexiga e Barra Funda / Laranja da China**
Antônio de Alcântara Machado
75. **Eugênia Grandet**
Honoré de Balzac
76. **Contos Gauchescos**
João Simões Lopes Neto
77. **Esaú e Jacó**
Machado de Assis
78. **O Desespero Humano**
Sören Kierkegaard
79. **Dos Deveres**
Cícero
80. **Ciência e Política**
Max Weber
81. **Satíricon**
Petrônio
82. **Eu e Outras Poesias**
Augusto dos Anjos
83. **Farsa de Inês Pereira / Auto da Barca do Inferno / Auto da Alma**
Gil Vicente
84. **A Desobediência Civil e Outros Escritos**
Henry David Toreau
85. **Para Além do Bem e do Mal**
Friedrich Nietzsche
86. **A Ilha do Tesouro**
R. Louis Stevenson
87. **Marília de Dirceu**
Tomás A. Gonzaga
88. **As Aventuras de Pinóquio**
Carlo Collodi
89. **Segundo Tratado Sobre o Governo**
John Locke
90. **Amor de Salvação**
Camilo Castelo Branco
91. **Broquéis/Faróis/Últimos Sonetos**
Cruz e Souza
92. **I-Juca-Pirama / Os Timbiras / Outros Poemas**
Gonçalves Dias
93. **Romeu e Julieta**
William Shakespeare
94. **A Capital Federal**
Arthur Azevedo
95. **Diário de um Sedutor**
Sören Kierkegaard
96. **Carta de Pero Vaz de Caminha a El-Rei Sobre o Achamento do Brasil**
97. **Casa de Pensão**
Aluísio Azevedo
98. **Macbeth**
William Shakespeare

99. **Édipo Rei/Antígona**
Sófocles

100. **Lucíola**
José de Alencar

101. **As Aventuras de Sherlock Holmes**
Sir Arthur Conan Doyle

102. **Bom-Crioulo**
Adolfo Caminha

103. **Helena**
Machado de Assis

104. **Poemas Satíricos**
Gregório de Matos

105. **Escritos Políticos / A Arte da Guerra**
Maquiavel

106. **Ubirajara**
José de Alencar

107. **Diva**
José de Alencar

108. **Eurico, o Presbítero**
Alexandre Herculano

109. **Os Melhores Contos**
Lima Barreto

110. **A Luneta Mágica**
Joaquim Manuel de Macedo

111. **Fundamentação da Metafísica dos Costumes e Outros Escritos**
Immanuel Kant

112. **O Príncipe e o Mendigo**
Mark Twain

113. **O Domínio de Si Mesmo pela Auto-Sugestão Consciente**
Émile Coué

114. **O Mulato**
Aluísio Azevedo

115. **Sonetos**
Florbela Espanca

116. **Uma Estadia no Inferno / Poemas / Carta do Vidente**
Arthur Rimbaud

117. **Várias Histórias**
Machado de Assis

118. **Fédon**
Platão

119. **Poesias**
Olavo Bilac

120. **A Conduta para a Vida**
Ralph Waldo Emerson

121. **O Livro Vermelho**
Mao Tsé-Tung

122. **Oração aos Moços**
Rui Barbosa

123. **Otelo, o Mouro de Veneza**
William Shakespeare

124. **Ensaios**
Ralph Waldo Emerson

125. **De Profundis / Balada do Cárcere de Reading**
Oscar Wilde

126. **Crítica da Razão Prática**
Immanuel Kant

127. **A Arte de Amar**
Ovídio Naso

128. **O Tartufo ou O Impostor**
Molière

129. **Metamorfoses**
Ovídio Naso

130. **A Gaia Ciência**
Friedrich Nietzsche

131. **O Doente Imaginário**
Molière

132. **Uma Lágrima de Mulher**
Aluísio Azevedo

133. **O Último Adeus de Sherlock Holmes**
Sir Arthur Conan Doyle

134. **Canudos - Diário de uma Expedição**
Euclides da Cunha

135. **A Doutrina de Buda**
Siddharta Gautama

136. **Tao Te Ching**
Lao-Tsé

137. **Da Monarquia / Vida Nova**
Dante Alighieri

138. **A Brasileira de Prazins**
Camilo Castelo Branco

139. **O Velho da Horta/Quem Tem Farelos?/Auto da Índia**
Gil Vicente

140. **O Seminarista**
Bernardo Guimarães

141. **O Alienista / Casa Velha**
Machado de Assis

142. **Sonetos**
Manuel du Bocage

143. **O Mandarim**
Eça de Queirós

144. **Noite na Taverna / Macário**
Álvares de Azevedo

145. **Viagens na Minha Terra**
Almeida Garrett

146. **Sermões Escolhidos**
Padre Antonio Vieira

147. **Os Escravos**
Castro Alves

148. **O Demônio Familiar**
José de Alencar

149. **A Mandrágora / Belfagor, o Arquidiabo**
Maquiavel

150. **O Homem**
Aluísio Azevedo

151. **Arte Poética**
Aristóteles

152. **A Megera Domada**
William Shakespeare

153. **Alceste/Electra/Hipólito**
Eurípedes

154. **O Sermão da Montanha**
Huberto Rohden

155. **O Cabeleira**
Franklin Távora

156. **Rubáiyát**
Omar Khayyám

157. **Luzia-Homem**
Domingos Olímpio

158. **A Cidade e as Serras**
Eça de Queirós

159. **A Retirada da Laguna**
Visconde de Taunay

160. **A Viagem ao Centro da Terra**
Júlio Verne

161. **Caramuru**
Frei Santa Rita Durão

162. **Clara dos Anjos**
Lima Barreto

163. **Memorial de Aires**
Machado de Assis

164. **Bhagavad Gita**
Krishna

165. **O Profeta**
Khalil Gibran

166. **Aforismos**
Hipócrates

167. **Kama Sutra**
Vatsyayana

168. **O Livro da Jângal**
Rudyard Kipling

169. **De Alma para Alma**
Huberto Rohden

170. **Orações**
Cícero

171. **Sabedoria das Parábolas**
Huberto Rohden

172. **Salomé**
Oscar Wilde

173. **Do Cidadão**
Thomas Hobbes

174. **Porque Sofremos**
Huberto Rohden

175. **Einstein: o Enigma do Universo**
Huberto Rohden

176. **A Mensagem Viva do Cristo**
Huberto Rohden

177. **Mahatma Gandhi**
Huberto Rohden

178. **A Cidade do Sol**
Tommaso Campanella

179. **Setas para o Infinito**
Huberto Rohden

180. **A Voz do Silêncio**
Helena Blavatsky

181. **Frei Luís de Sousa**
Almeida Garrett

182. **Fábulas**
Esopo

183. **Cântico de Natal/ Os Carrilhões**
Charles Dickens

184. **Contos**
Eça de Queirós

185. **O Pai Goriot**
Honoré de Balzac

186. **Noites Brancas e Outras Histórias**
Dostoiévski

187. **Minha Formação**
Joaquim Nabuco

188. **Pragmatismo**
William James

189. **Discursos Forenses**
Enrico Ferri

190. **Medéia**
Eurípedes

191. **Discursos de Acusação**
Enrico Ferri

192. **A Ideologia Alemã**
Marx & Engels

193. **Prometeu Acorrentado**
Ésquilo

194. **Iaiá Garcia**
Machado de Assis

195. **Discursos no Instituto dos Advogados Brasileiros / Discurso no Colégio Anchieta**
Rui Barbosa

196. **Édipo em Colono**
Sófocles

197. **A Arte de Curar pelo Espírito**
Joel S. Goldsmith

198. **Jesus, o Filho do Homem**
Khalil Gibran

199. **Discurso sobre a Origem e os Fundamentos da Desigualdade entre os Homens**
Jean-Jacques Rousseau

200. **Fábulas**
La Fontaine

201. **O Sonho de uma Noite de Verão**
William Shakespeare

202. Maquiavel, o Poder
José Nivaldo Junior

203. Ressurreição
Machado de Assis

204. O Caminho da Felicidade
Huberto Rohden

205. A Velhice do Padre Eterno
Guerra Junqueiro

206. O Sertanejo
José de Alencar

207. Gitanjali
Rabindranath Tagore

208. Senso Comum
Thomas Paine

209. Canaã
Graça Aranha

210. O Caminho Infinito
Joel S. Goldsmith

211. Pensamentos
Epicuro

212. A Letra Escarlate
Nathaniel Hawthorne

213. Autobiografia
Benjamin Franklin

214. Memórias de Sherlock Holmes
Sir Arthur Conan Doyle

215. O Dever do Advogado / Posse de Direitos Pessoais
Rui Barbosa

216. O Tronco do Ipê
José de Alencar

217. O Amante de Lady Chatterley
D. H. Lawrence

218. Contos Amazônicos
Inglês de Souza

219. A Tempestade
William Shakespeare

220. Ondas
Euclides da Cunha

221. Educação do Homem Integral
Huberto Rohden

222. Novos Rumos para a Educação
Huberto Rohden

223. Mulherzinhas
Louise May Alcott

224. A Mão e a Luva
Machado de Assis

225. A Morte de Ivan Ilicht / Senhores e Servos
Leon Tolstói

226. Álcoois e Outros Poemas
Apollinaire

227. Pais e Filhos
Ivan Turguêniev

228. Alice no País das Maravilhas
Lewis Carroll

229. À Margem da História
Euclides da Cunha

230. Viagem ao Brasil
Hans Staden

231. O Quinto Evangelho
Tomé

232. Lorde Jim
Joseph Conrad

233. Cartas Chilenas
Tomás Antônio Gonzaga

234. Odes Modernas
Anntero de Quental

235. Do Cativeiro Babilônico da Igreja
Martinho Lutero

236. O Coração das Trevas
Joseph Conrad

237. Thais
Anatole France

238. Andrômaca / Fedra
Racine

239. As Catilinárias
Cícero

240. Recordações da Casa dos Mortos
Dostoiévski

241. O Mercador de Veneza
William Shakespeare

242. A Filha do Capitão / A Dama de Espadas
Aleksandr Púchkin

243. Orgulho e Preconceito
Jane Austen

244. A Volta do Parafuso
Henry James

245. O Gaúcho
José de Alencar

246. Tristão e Isolda
Lenda Medieval Celta de Amor

247. Poemas Completos de Alberto Caeiro
Fernando Pessoa

248. Maiakósvski
Vida e Poesia

249. Sonetos
William Shakespeare

250. Poesia de Ricardo Reis
Fernando Pessoa

251. Papéis Avulsos
Machado de Assis

252. Contos Fluminenses
Machado de Assis

253. O Bobo
Alexandre Herculano

254. A Oração da Coroa
Demóstenes

255. O Castelo
Franz Kafka

256. O Trovejar do Silêncio
Joel S. Goldsmith

257. Alice na Casa dos Espelhos
Lewis Carrol

258. Miséria da Filosofia
Karl Marx

259. Júlio César
William Shakespeare

260. Antônio e Cleópatra
William Shakespeare

261. Filosofia da Arte
Huberto Rohden

262. A Alma Encantadora das Ruas
João do Rio

263. A Normalista
Adolfo Caminha

264. Pollyanna
Eleanor H. Porter

265. As Pupilas do Senhor Reitor
Júlio Diniz

266. As Primaveras
Casimiro de Abreu

267. Fundamentos do Direito
Léon Duguit

268. Discursos de Metafísica
G. W. Leibniz

269. Sociologia e Filosofiia
Émile Durkheim

270. Cancioneiro
Fernando Pessoa

271. A Dama das Camélias
Alexandre Dumas (filho)

272. O Divórcio / As Bases da Fé / e outros textos
Rui Barbosa

273. Pollyanna Moça
Eleanor H. Porter

274. O 18 Brumário de Luís Bonaparte
Karl Marx

275. Teatro de Machado de Assis
Antologia

276. Cartas Persas
Montesquieu

277. Em Comunhão com Deus
Huberto Rohden

278. Razão e Sensibilidade
Jane Austen

279. Crônicas Selecionadas
Machado de Assis

280. Histórias da Meia-Noite
Machado de Assis

281. Cyrano de Bergerac
Edmond Rostand

282. O Maravilhoso Mágico de Oz
L. Frank Baum

283. Trocando Olhares
Florbela Espanca

284. O Pensamento Filosófico da Antiguidade
Huberto Rohden

285. Filosofia Contemporânea
Huberto Rohden

286. O Espírito da Filosofia Oriental
Huberto Rohden

287. A Pele do Lobo / O Badejo / o Dote
Artur Azevedo

288. Os Bruzundangas
Lima Barreto

289. A Pata da Gazela
José de Alencar

290. O Vale do Terror
Sir Arthur Conan Doyle

291. O Signo dos Quatro
Sir Arthur Conan Doyle

292. As Máscaras do Destino
Florbela Espanca

293. A Confissão de Lúcio
Mário de Sá-Carneiro

294. Falenas
Machado de Assis

295. O Uraguai / A Declamação Trágica
Basílio da Gama

296. Crisálidas
Machado de Assis

297. Americanas
Machado de Assis

298. A Carteira de Meu Tio
Joaquim Manuel de Macedo

299. Catecismo da Filosofia
Huberto Rohden

301. Rumo à Consciência Cósmica
Huberto Rohden

302. Cosmoterapia
Huberto Rohden

303. Bodas de Sangue
Federico García Lorca

304. Discurso da Servidão Voluntária
Étienne de La Boétie

305. Categorias
Aristóteles

306. Manon Lescaut
Abade Prévost

307. Teogonia / Trabalho e Dias
Hesíodo

308. As Vítimas-Algozes
Joaquim Manuel de Macedo

309. Persuasão
Jane Austen

310. Agostinho - *Huberto Rohden*

311. Roteiro Cósmico
Huberto Rohden

312. A Queda dum Anjo
Camilo Castelo Branco

313. O Cristo Cósmico e os Essênios - *Huberto Rohden*

314. Metafísica do Cristianismo
Huberto Rohden

315. Rei Édipo - *Sófocles*

Série Ouro
(Livros com mais de 400 p.)

1. Leviatã
Thomas Hobbes

2. A Cidade Antiga
Fustel de Coulanges

3. Crítica da Razão Pura
Immanuel Kant

4. Confissões
Santo Agostinho

5. Os Sertões
Euclides da Cunha

6. Dicionário Filosófico
Voltaire

7. A Divina Comédia
Dante Alighieri

8. Ética Demonstrada à Maneira dos Geômetras
Baruch de Spinoza

9. Do Espírito das Leis
Montesquieu

10. O Primo Basílio
Eça de Queirós

11. O Crime do Padre Amaro
Eça de Queirós

12. Crime e Castigo
Dostoiévski

13. Fausto
Goethe

14. O Suicídio
Émile Durkheim

15. Odisséia
Homero

16. Paraíso Perdido
John Milton

17. Drácula
Bram Stocker

18. Ilíada
Homero

19. As Aventuras de Huckleberry Finn
Mark Twain

20. Paulo – O 13º Apóstolo
Ernest Renan

21. Eneida
Virgílio

22. Pensamentos
Blaise Pascal

23. A Origem das Espécies
Charles Darwin

24. Vida de Jesus
Ernest Renan

25. Moby Dick
Herman Melville

26. Os Irmãos Karamazovi
Dostoiévski

27. O Morro dos Ventos Uivantes
Emily Brontë

28. Vinte Mil Léguas Submarinas
Júlio Verne

29. Madame Bovary
Gustave Flaubert

30. O Vermelho e o Negro
Stendhal

31. Os Trabalhadores do Mar
Victor Hugo

32. A Vida dos Doze Césares
Suetônio

34. O Idiota
Dostoiévski

35. Paulo de Tarso
Huberto Rohden

36. O Peregrino
John Bunyan

37. As Profecias
Nostradamus

38. Novo Testamento
Huberto Rohden

39. O Corcunda de Notre Dame
Victor Hugo

40. Arte de Furtar
Anônimo do século XVII

41. Germinal
Émile Zola

42. Folhas de Relva
Walt Whitman

43. Ben-Hur — Uma História dos Tempos de Cristo
Lew Wallace

44. Os Maias
Eça de Queirós

45. O Livro da Mitologia
Thomas Bulfinch

46. Os Três Mosqueteiros
Alexandre Dumas

47. Poesia de Álvaro de Campos
Fernando Pessoa

48. Jesus Nazareno
Huberto Rohden

49. Grandes Esperanças
Charles Dickens

50. A Educação Sentimental
Gustave Flaubert

51. O Conde de Monte Cristo (Volume I)
Alexandre Dumas

52. O Conde de Monte Cristo (Volume II)
Alexandre Dumas

53. Os Miseráveis (Volume I)
Victor Hugo

54. Os Miseráveis (Volume II)
Victor Hugo

55. Dom Quixote de La Mancha (Volume I)
Miguel de Cervantes

56. Dom Quixote de La Mancha (Volume II)
Miguel de Cervantes

58. Contos Escolhidos
Artur Azevedo

59. As Aventuras de Robin Hood
Howard Pyle